Peligrosa tentación

Mary Jo Putney

Peligrosa tentación

Titania

ARGENTINA - CHILE - COLOMBIA - ESPAÑA
ESTADOS UNIDOS - MÉXICO - URUGUAY - VENEZUELA

Título original: *Twist of Fate*
Editor original: Jove, Nueva York
Traducción: Amelia Brito

© 2003 *by* Mary Jo Putney
All rights reserved including the right of reproduction in whole or in part in any form. This edition published by arrangement with Berkley, a member of Penguin Group (USA) Inc.
© de la traducción: 2005 *by* Amelia Brito
© 2005 *by* Ediciones Urano, S. A.
Aribau, 142, pral. - 08036 Barcelona
www.titania.org
atencion@titania.org

ISBN: 84-95752-79-4
Depósito legal: B- 37.084 - 2005

Fotocomposición: Ediciones Urano, S. A.
Impreso por Romanyà Valls, S. A. - Verdaguer, 1 - 08786 Capellades (Barcelona)

Impreso en España - *Printed in Spain*

Para Susan King, por su apoyo y amistad,
que es práctica, creativa y metafísica.
¿Quedamos para almorzar?

Agradecimientos

Es sorprendente la cantidad de temas de los que no sé nada, pero por suerte hay muchas personas generosas dispuestas a compartir sus conocimientos.

Louis B. Curran, Julie Kistler, David Blum, Harriet Pilger, Jane Langdell, Susan Tanenbaum y el juez Alvin Cohen, mi consejo de asesores jurídicos, muchísimas gracias por vuestra ayuda; espero no haber cometido demasiados errores al trasladar vuestros conocimientos a mi libro.

Gracias especiales a Cynthia Parker y Cass Robertson por su ayuda con sus perspicaces observaciones para hacer justicia a mis personajes afroestadounidenses; a Denise Little por su información sobre el programa Hermana Mayor/Hermana Pequeña; a Catherine Abbot Anderson y Alice Cherbonnier por su información sobre lo que significa ser cuáquero; y a Tracy Farrell por su información sobre cómo cuidar un cabello pelirrojo muy rizado.

Gracias también a los de siempre: mi sospechoso amigo John Rekus, mi intrépida editora Gail Fortune, mi siempre alentadora agente Ruth Cohen, y a Mary Kilchenstein por su buen ojo y a Pat Rice por sus principios generales.

Prólogo

Hizo a un lado los restos de su última comida: camarones al estilo criollo del sur, pan de maíz y *mousse* de chocolate, con whisky de malta escocés para regarlo. Había bebido bastante whisky, para mellarle un poco el filo al miedo. Moriría tal como había vivido, con fría superioridad.

Llegaron los guardias para llevarlo a la sala de ejecución. Ya conocía a todos los guardias habituales del corredor de la muerte. Ninguno de ellos lo quería, de eso se había encargado él, pero ninguno se sentía feliz por ese último trayecto suyo. Esperaba que tuvieran pesadillas.

Sólo tenía que caminar unos pasos por el corredor para llegar a la sala donde se realizaba el asesinato legal. Con la cara serena, rechazó el ofrecimiento de consuelo de un sacerdote y apenas miró a las personas que habían acudido a verlo morir. Puso especial cuidado en no mirar a los ojos al único de sus familiares presente; ése sí esperaba que tuviera pesadillas, faltaría más.

Los guardias lo ataron a la camilla. Tuvo que hacer un esfuerzo para aparentar que no le importaba.

Eran tres inyecciones, la primera para dejarlo inconsciente, la segunda para paralizarle la respiración, la tercera para pararle el corazón. Se encogió involuntariamente al sentir el pinchazo de la primera aguja. Entonces sintió el segundo...

Rob Smith se despertó bruscamente, con el corazón retumbante y la cara mojada de sudor. Siempre despertaba en ese momento, justo antes del fin. ¿Dejaría de tener esa pesadilla si alguna vez llegaba hasta el fin? ¿O se le pararía silenciosamente el corazón como si de verdad le hubieran inyectado la sustancia letal?

Se quedó mirando el cielo raso en la oscuridad, tratando de normalizar la respiración. Poco a poco se le fue desvaneciendo la tensión. Después de todo, nunca había estado en el corredor de la muerte esperando la ejecución. Era el simple Rob Smith, un hombre cuyos únicos delitos eran del tipo que no se juzgan en un tribunal.

Lo que no era lo mismo que ser inocente.

Capítulo 1

Val Covington entró como una tromba en la oficina balanceando el maletín.

—Lamento el retraso, Kendra, el juez tenía ganas de hablar. ¿Llegó de Houston el paquete de FedEx?

Kendra Brooks levantó la vista de la pantalla de su ordenador. Auxiliar jurídica titulada, y secretaria ayudante de Val cuando era necesario, era alta, atlética, y poseía un sentido de la elegancia que la hacía parecer una supermodelo internacional.

—Sí, los documentos están en tu mesa lateral, porque tu escritorio podría desaparecer bajo el montón de papeles. Pero puedes tomártelo con calma, Val. Llamó Howard Reid para decir que hay que aplazar la declaración de esta tarde.

—Al honorable abogado contrario le encanta su golf y seguro que decidió que hacía un día demasiado bueno como para perderlo entre cuatro paredes —comentó Val, sarcástica—. De todos modos, puedo aprovechar el tiempo para ponerme al día.

—Jamás te pondrás al día. Estar siempre a tope de trabajo es lo normal en Crouse, Resnick y Murphy.

Kendra Brooks volvió la atención a su ordenador, moviendo sus oscuros dedos a una velocidad que parecía humanamente imposible.

—Qué consoladora eres.

Con pasos más moderados, Val abrió la puerta que conectaba las dos oficinas. Después de quitarse la chaqueta del traje sastre y colgarla en el armario, se sentó en su sillón y conectó el buzón de voz. Once mensajes, tres de ellos urgentes. Una vez que los contestó, hizo una rápida tría de los mensajes por e-mail. Envió respuestas rápidas a algunos, tomó notas de otros para contestarlos después e imprimió otros pocos.

—¿Jefa? —dijo Kendra por el intercomunicador—. Bill Costain quiere verte mañana a las nueve de la mañana. ¿Estás de acuerdo?

Val revisó su agenda. Había pensado emplear ese tiempo en trabajar en un informe, pero la fábrica de Bill era su cliente más importante, y él era simpático, además. Podría hacer el borrador del informe esa tarde.

—Muy bien. Pregúntale si prefiere su oficina o la mía.

Kendra se rió.

—Eso lo hará feliz, seguro.

Val iba a volver a sus e-mails cuando sonó el teléfono de su línea directa. Puesto que el número sólo lo tenían unos pocos amigos y clientes muy importantes, lo cogió inmediatamente.

—¿Sí?

—No me lo digas, nuevamente estás superocupada; me lo dice tu voz. —El comentario fue seguido por una famosa risa ronca.

—Rainey, ¿cómo estás? —Contenta al oír a una de sus más viejas amigas, Val inclinó hacia atrás el asiento del sillón y puso los zapatos de tacón alto sobre el escritorio—. Prometo dedicarte toda mi atención. ¿No estarás en Baltimore por casualidad?

—No, hoy estoy todo el día en Los Ángeles, en reuniones de trabajo. Tedioso.

Val sonrió de oreja a oreja. Raine Marlowe era actriz, productora y directora de gran éxito, pero no había logrado ese éxito gracias a que le gustaran las reuniones. Incluso cuando estaba en básica, prefería la acción a la conversación.

—¿Te han dado luz verde para tu próxima película?

—Se acerca, pero nada de champán todavía. Pronto, espero. Tenía otro motivo para llamarte —continuó, cambiando el tono—. ¿Te acuerdas de cuando estuvimos trabajando juntas en el guión para *Centurion* y te dije que sin tu ayuda habría renunciado?

—Sólo te sentías deprimida ese día. Al siguiente habrías vuelto a él y le habrías hincado tus dientes de terrier.

Rainey no era el tipo de persona que tira la toalla fácilmente. Contra viento y marea, escribió, produjo y dirigió una película basada en una novela victoriana titulada *The Centurion*, y la vio convertirse en un éxito que proporcionó varios oscars a ella y a su equipo. Con eso estaba en buena posición para crear otras películas que la entusiasmaran.

—No habría renunciado, probablemente —admitió Rainey—, pero tú fuiste esencial, tanto en la preparación como en el rodaje, cuando yo estaba al borde de un ataque de histeria. Por eso puse tu nombre en los créditos de la película.

—Eso me dio una alegría tremenda —dijo Val sonriendo—. Un añadido más a mi imagen de mujer desmadrada entre los elementos más serios del colegio de abogados de Baltimore.

—Cuando quieras trasladarte a Los Ángeles para dedicarte a producción tienes trabajo esperándote. Varios trabajos.

—De ninguna manera, Rainey. Lo pasé fabuloso trabajando contigo en esa película, pero el espectáculo no es para mí. No tengo tanto de cíngara en el alma.

—¿Te acuerdas de que te dije que te daría un porcentaje de los beneficios?

Val pensó un momento.

—Vagamente, pero me imaginé que simplemente estarías sufriendo un trastorno diabético por sobredosis de caramelos. Todo el mundo sabe que la participación en beneficios no significa nada, los contables de Hollywood tienen fama por asegurarse de que las películas no den nunca beneficios, aun cuando tengan un éxito loco.

—Los contables no hacen esos juegos con mis películas. Incluso sin ningún efecto especial, *Centurion* fue un éxito sólido en todo el mundo, y en los mercados secundarios. Tu porcentaje ya va por encima del millón de dólares, y continuará creciendo.

A Val casi se le cayó el teléfono.

—¡Bromeas!

—En esto no —dijo Rainey, en tono satisfecho—. Así pues, ¿qué vas a hacer con este dinero inesperado?

Val se apoyó en el respaldo, algo aturdida.

—Pues... será una fabulosa adición a mis fondos para la jubilación.

—¡Demonios, Val! —exclamó Raine—, una cartera gorda no es la cura para lo que te aqueja. Tienes treinta y tres años. ¿Por qué actuar como si tuvieras un pie en la tumba y el otro en el comedor de beneficencia? La vida es para vivirla ahora, no para... —dejó sin terminar la frase—. Perdona, ese es tu dinero, para que lo gastes como te venga en gana. Pero siempre te estás quejando de tu trabajo. ¿Por qué no aprovechar esto como una oportunidad para hacer algo que te guste?

Val cayó en la cuenta de que se estaba frotando la nuca y se obligó a parar.

—Buena pregunta. Tendré que pensarlo. Comenzaré por descubrir qué deseo hacer cuando sea mayor.

—Hazlo, por favor —dijo Rainey con la voz más suave—. Ya le has demostrado a tu padre que eres una abogada fenomenal. Es hora de que encuentres el trabajo que te haga dichosa.

Las viejas amigas sabían demasiado.

—Lo dices como si fuera fácil.

—No lo es, claro, pero es factible. ¿Por qué no le planteas a ese afilado cerebrito tuyo la pregunta de qué deseas hacer con el resto de tu vida? Es hora de pescar o cortar el sedal, Val. Tienes la oportunidad de cambiar tu vida. Si no lo haces, pierdes el derecho a quejarte de tu trabajo.

—Cielos, ¿qué pasatiempo tendría si no pudiera quejarme del trabajo?

Confusa y desconcertada, cambió de tema preguntándole por su marido y su hija. Su amiga tuvo que ceder, y el resto de la conversación continuó con temas no peliagudos.

Rainey se despidió y colgó, pero Val no volvió a sus e-mails. Se puso a mirar por la ventana de su oficina. La espectacular vista de la bahía de Baltimore de la que gozaba era una de las recompensas visibles de años de trabajo arduo. Acababan de hacerla socia de Crouse, Resnick, y estaba a punto de pasar de un buen sueldo a cifras importantes. Era una de los principales abogados de la ciudad y tenía los arreos para demostrarlo.

Pero decir que se sentía ambivalente respecto a su trabajo era decir poco. Tenía la suerte de que sus amigas siguieran permitiéndole quejarse. Su trabajo era tan exigente que a veces se sentía como un hámster haciendo girar una rueda lujosa. Aparte del permiso que pidió para ir a ayudar a Rainey durante el rodaje de la película, no se había tomado unas verdaderas vacaciones desde hacía años. No había tenido tiempo ni energía mental para pensar en un cambio.

¿Qué deseaba hacer cuando fuera mayor? Si no se ponía en marcha, seguiría tratando de encontrarse a sí misma cuando estuviera en una residencia de ancianos.

Sacó el bloc amarillo de abogada, trazó una línea en el medio de la primera hoja y comenzó a hacer la lista de los pros y los contras de su trabajo. En el lado positivo, le gustaban los desafíos mentales, el sueldo era bueno y pronto sería muy bueno. Después de una infancia pasada apretando céntimos hasta que chillaban, encontraba cómodo y agradable tener dinero en el banco. Después de terminar de pagar los préstamos para los estudios y la escuela de derecho, había ayudado a su madre a comprarse una casa, y luego se había comprado su propia casa soñada. En esos momentose estaba ocupadísima ahorrando dinero para la jubilación y los días lluviosos. Sí que le gustaba tener esa seguridad.

En el lado negativo, una abogada especializada en litigios tenía que tener la piel dura de un rinoceronte. No ser así de dura podía ser muy doloroso, y no sabía qué era peor, si sufrir o convertirse en una insensible hacha de batalla. Aunque la acusaban de ser lo segundo, no creía haber llegado ahí todavía. Pero era un verdadero peligro.

Volviendo al lado positivo, según Rainey, a ella le gustaba demostrarle a su padre abogado lo inteligente y exitosa que era. Sus dos hermanastras eran unas cabezas de chorlito, aunque encantadoras. Pero se habían criado en la misma casa con su padre, en cambio ella no. Nada podía cambiar eso ya, por muy buena abogada que fuera.

Otro punto negativo importante: estar demasiado ocupada para tener una vida, por ejemplo marido e hijos. Por mucho que quisiera a sus gatos, no era lo mismo.

Casi había llenado la página con pros y contras cuando se abrió la puerta y una alegre voz anunció:

—Ha llegado el almuerzo.

Al levantar la vista, Val vio la elegante figura rubia de Kate Corsi, otra vieja amiga que había vuelto a Baltimore y hacía un par de años se volvió a casar con su ex marido. Eso tenía la enorme ventaja de que la podía ver periódicamente en lugar de contentarse con llamadas telefónicas o escasas visitas al otro lado del país.

Dejó el bloc a un lado, aliviada.

—Hola, Kate. Esto es como esas semanas de aquellos tiempos, Rainey acaba de llamar. ¿Qué te ha traído al centro? ¿La búsqueda de un edificio para demoler?

Vestida con un traje gris de mujer de negocios seria, Kate dejó sobre el brillante escritorio una bolsa de papel y luego acercó una silla para sentarse al otro lado.

—Hoy no. Tenía una reunión por aquí cerca, así que llamé a Kendra para saber si estabas disponible. Dijo que sí, por lo que pasé por esa tienda árabe de bocadillos que hay en esta manzana.

—¿Falafel* en pan de pita? —preguntó Val entusiasmada.

—Más ensalada de pepino, un par de *baklavas* y zumo de mango para beber. El café lo pones tú.

—Hecho. —Val fue a la pequeña pica y puso agua en la cafetera para preparar el café—. A Rainey le va estupendamente. Y me ha dado una inesperada buena noticia.

Kate sonrió de oreja a oreja.

—Qué coincidencia. Yo también tengo una buena noticia.

Val detuvo el movimiento al captar el tono en la voz de su amiga. El peor día de su vida, Kate estaba hermosa, pero ese día estaba radiante.

—¿Estás embarazada?

—¡Sí! —exclamó Kate, feliz.

—¡Maravilloso!

Disimulando una punzada de envidia, Val dio la vuelta al escritorio para abrazarla.

—Felicidades. ¿Cómo se siente Donovan?

—Está todo aturdido, sentimental y romántico. El único inconveniente es que está dando señales de querer tratarme como si yo estuviera hecha de cristal soplado.

—Si quiere quitarte ese casco duro para que no puedas andar saltando por edificios en demolición, estoy con él.

Kate sacó los bocadillos de la bolsa y los puso sobre servilletas.

---

* *Falafel:* garbanzos, cebolleta picada, perejil, ajo machacado. *Baklava:* pasta oriental parecida al hojaldre rellena normalmente con miel, y cubierta de almíbar. (*N. de la T.*)

—Los dos sois unos miedicas. Me imagino que aún estaré bien un par de meses más por lo menos. No te preocupes, cuando comience a sentirme pesada, me quedaré en la oficina hasta el final.

Val comenzó a comer su bocadillo, pensando que su amiga mostraría un buen sentido común y sería una madre fabulosa. Además, cualquier bebé de Kate y Donovan sería precioso. Un hijo nacido del amor...

—¿Te ha fastidiado la noticia? —le preguntó Kate en voz baja—. Después de todo tú y Donovan...

Val se apresuró a negar con la cabeza.

—Nunca fue algo serio. Fíjate con qué rapidez le puso fin cuando tú decidiste volver a Baltimore. Pero... reconozco que mi reloj biológico acaba de sonar bastante fuerte.

Kate la miró atentamente a la cara, pero sólo dijo:

—¿Has dicho que acabas de tener una buena noticia de Rainey?

—En realidad es una de esas noticias con una parte buena y una parte mala. La parte buena es que Rainey me dio un porcentaje de beneficios por mi trabajo en *Centurion*, y ahora esto asciende a una asombrosa cantidad de dinero. —Tragó el último bocado—. La parte mala es que Rainey me ha informado de que si no empleo ese dinero en cambiar mi vida, no puedo seguir quejándome de mi trabajo.

—Vaya. ¿Y qué vas a hacer?

—Que me cuelguen si lo sé —dijo Val, sin lograr sacar un tono alegre.

—De acuerdo, entonces comencemos por lo básico. —Kate se limpió las manos, pensativa—. Me imagino que te gusta la abogacía, sino no serías tan buena en tu trabajo. Pero este bufete de medias de seda no es tu estilo. Sólo porque tu padre...

—Guárdate los comentarios sobre mi padre. Rainey ya ha tocado el tema. —Hizo un gesto hacia el bloc—. Estuve haciendo las listas de pros y contras de este trabajo y no he llegado a ninguna parte.

Kate cogió el bloc, echó una mirada a las listas y luego arrancó la hoja y la rompió en trocitos.

—Éste no es un asunto que pueda resolverse con un análisis racional. Si quieres descubrir qué tipo de trabajo te gusta, saca la cabeza del dogal y recurre a tu corazón. Por ejemplo, me parece que siempre te ha gustado el trabajo que haces de forma gratuita, el que normalmente tiene más que ver con personas que con empresas. ¿Por qué no abres tu propio despacho y usas esa ganancia inesperada para subvencionar los casos que te interesan?

Val se detuvo a mitad del zumo de mango.

—Bueno, ésa sí es una idea. La abogacía me fascina, pero con demasiada frecuencia la justicia se mide por el tamaño del billetero del cliente. No obstante, sería difícil llevar un despacho con sólo casos gratuitos.

—Si te marchas de aquí, algunos de los clientes que pagan se irían contigo. Eso bastaría para que siguiera entrando dinero. —Con los ojos brillantes, Kate se apoyó en el escritorio con los brazos cruzados—. Imagínate una vida en la que tú decides las horas que deseas trabajar. En que puedes coger los casos que realmente te interesan. En que puedes decir no a los clientes que no te caen bien. Ese es el lujo que da el dinero, Val, la elección.

La visión de Kate era seductora, y condenadamente aterradora.

—Es una posibilidad interesante, ¿pero por dónde empezaría? Estamos hablando de cambios importantes, importantísimos. Trabajando sola no podría coger los casos grandes, complicados, que llevo ahora.

—Voy a simular que esa pregunta no ha sido retórica. Necesitas una ayudante inteligente como Kendra para que te lleve el despacho; si le presentas un buen cebo, es posible que se vaya contigo. En cuanto a no poder llevar casos importantes, ¿no me dijiste una vez que es posible contratar abogados cuando es necesaria más ayuda? Podrías dar trabajo a algunas de tus amigas abogadas que han dejado el mundo empresarial para criar a sus hijos.

—Tienes todo esto pensado mientras yo sigo pestañeando deslumbrada ante las posibilidades.

Kate sonrió.

—Para mí es fácil, no es mi vida. Necesitarás el espacio físico de una oficina, lógicamente, a no ser que quieras trabajar en tu casa.

—No quiero que una oficina invada mi casa. Si voy a trabajar para hacer el bien, tendría que evitar las oficinas caras del centro y elegir un local de barrio. Algún lugar donde sea fácil aparcar.

—¿Qué te parece la zona Hamilton? Es agradable, precios razonables y te queda a un trayecto corto y cómodo desde tu casa.

Val pensó en Hamilton. Un barrio obrero del cuadrante nororiental de Baltimore, era modesto y seguro.

—¿En esa zona hay espacio para oficinas aparte de los locales con escaparates de Harford Road? No quiero llevar casos de divorcio. Ese trabajo es muy doloroso.

—En realidad... —Kate sacó una agenda electrónica del bolso y pulsó varias teclas—. Donovan tiene un amigo llamado Rob Smith, al que conoció en una de esas actividades benéficas de fin de semana, de trabajos de arreglos de casas. Se hicieron amigos hablando de los materiales Sheetrock para construcción y bricolaje. Rob es un tío simpático que hace trabajos de carpintería y remodelación. Compró una iglesia abandonada en Old Harford Road y la remodeló para local comercial, pero está teniendo dificultades para alquilarla. —Escribió un número de teléfono y una dirección en una hoja del bloc—. Échale un vistazo a ver si te gusta.

Val miró la dirección.

—Haces parecer posible esto.

—De eso se trata. Has demostrado que eres capaz de ejercer tu profesión en el centro, pero no quieres pasar el resto de tu vida aquí, de eso estoy segura. —Miró su reloj—. Tengo que correr, es más tarde de lo que pensaba. —Bebió de un trago lo que le quedaba del café y se levantó—. Estás en una posición para elegir entre muchas alternativas, Val. Igual te apetece dejar del todo la abogacía y sacar el certificado para enseñar en parvulario. O convertirte en veterinaria e instalar un centro para atender gatos. Explora las posibilidades. Descubre lo que te hace reír. No es mucho lo que has reído estos últimos años. El cambio da miedo, pero impide morir por dentro.

Dicho esto, Kate cogió su maletín y salió con la misma rapidez con que había entrado. En el repentino silencio que quedó, Val hizo una respiración resollante, como si la hubieran derrotado en una lucha con almohadas. Nada igual a tener amigas que dan buenos consejos los quiera uno o no.

«Una cartera gorda no es la cura para lo que te aqueja.»

Esas sagaces palabras de Rainey la habían hecho reconocer lo mucho que había llegado a buscar la seguridad en el dinero. Miró por la ventana sin ver, pensando en qué se había equivocado. No al elegir la facultad de leyes, aunque sus motivos fueran un enredo de espaguetis buenos y malos. Sí, había deseado impresionar a su padre, pero también le gustaban los retos y la disciplina exigidos por la abogacía, y sus talentos eran los adecuados para ese trabajo. Disfrutaba analizando casos, investigando precedentes y antecedentes, ideando estrategias ingeniosas y actuando en los tribunales. El bufete en el que trabajaba le gustaba, además cada día era diferente.

Pero en algún momento a lo largo del camino había perdido el rumbo. «Una cartera gorda no es la cura para lo que te aqueja.» Era extraño su deseo instintivo de ahorrar el dinero ganado con la película, teniendo en cuenta que en el aspecto económico las cosas le iban bien, tenía un buen trabajo, una hermosa casa y una saludable cantidad de ahorros. Sin embargo se había aferrado a ese millón de dólares (deducidos los considerables impuestos) como si ahorrar ese dinero fuera esencial para evitar la indigencia.

Le vino a la mente el recuerdo de un novio emocionalmente necesitado que vivía al borde del desastre económico porque intentaba llenar los agujeros de su espíritu derrochando su dinero de forma exagerada. Eso jamás le dio resultado; la satisfacción de comprar desaparecía a las pocas horas mientras que las facturas se iban acumulando.

Tuvo que romper con él a su pesar, al verse incapaz de soportar sus problemas económicos crónicos, y sin embargo no había reconocido la similitud que había entre ellos. Los dos ponían demasiada fe en las cosas materiales: él gastando y ella ahorrando. En algún momento se había convertido en Ebenezer Scrooge sin darse cuenta.

¿Había conocido alguna vez la paz interior?, pensó. Sí, cuando era niña había habido ocasiones en que se había sentido serena y satisfecha. Pero en esos momentos se sentía desasosegada y desgraciada, corriendo tanto en su trabajo que nunca tenía tiempo para pensar en su vida. Tenía que aminorar la marcha para encontrar una manera de sanar su maltrecho espíritu antes de que quedara estropeado sin remedio.

La pregunta era: ¿cómo?

Capítulo 2

Al salir de la carretera principal, Northern Parkway, Val viró hacia el sur en Old Harford Road. A diferencia de la calle cercana Harford Road, bullente de actividad comercial, esta calle más antigua era una tranquila zona residencial. Dos manzanas más allá encontró la dirección que le había dado Kate. Entró en la calle transversal, aparcó el coche y contempló el edificio de piedra de la esquina.

Pequeña y bien proporcionada, la iglesia era peligrosamente encantadora. Típico de Kate, arquitecta de profesión, saber de la existencia de esa interesante posibilidad.

Eso no significaba que el edificio le sirviera a ella, si llegaba a decidir instalarse por su cuenta, un inmenso «si...». Aunque pequeño para ser una iglesia, el local sería grande para el despacho de una sola abogada. Construida probablemente a comienzos del siglo XX, tenía ventanas en arco gótico con rosetones de vitrales en la parte superior. Los paneles más bajos sin colorear dejaban entrar mucha luz. Desde fuera, el interior se veía blanco y vacío.

Bajó del coche y fue a explorar. El letrero «SE ALQUILA» puesto en la ventana de la fachada se veía bastante maltratado por la intemperie, lo que le hizo pensar en cuánto tiempo llevaría Rob Smith tratando de encontrar un inquilino. Ése era un proyecto grande para un carpintero. Si había invertido todo su dinero en la iglesia, debía estar realmente preocupado.

Diciéndose que no debería alquilar un local simplemente para hacerle más fácil la vida a un desconocido, dio la vuelta por la parte de atrás de la iglesia. Bien cuidados arbustos rodeaban la base del edificio, y árboles grandes daban sombra al espacio de la esquina. Al llegar ahí vio que la parte de atrás tenía un segundo piso. Más espacio aún que no necesitaría.

Detrás de la iglesia había un aparcamiento que daba cabida a unos ocho o diez coches. Había una rampa para sillas de ruedas, lo cual era bueno; el carpintero conocía las leyes. Había sitio para aparcar en la calle también, lo cual era mucho más agradable que el garaje claustrofóbico que tenía que usar en el centro.

Estaba tocando una brillante hoja de un magnolio cuando una voz preguntó:

—¿Se le ofrece algo?

Val se sobresaltó, se giró rápidamente y vio a un hombre de constitución fuerte, vestido con tejanos y una desgastada camisa de trabajo azul, a la distancia de un brazo. Su pelo y barba castaños estaban aclarados por el sol, y sus ojos se veían asombrosamente claros al contrastar con su piel bronceada; un tenue matiz de azul impedía que fueran del color del hielo. Su mente hizo una rápida asociación con los montañeros de la frontera: fuertes, de facciones marcadas, absolutamente competentes.

Y guapísimo. No debía pasar por alto el hecho de que era guapísimo.

—Perdone, no era mi intención asustarla —dijo él. Tenía una voz profunda y agradable—. Estaba podando al otro lado del edificio.

La cara le pareció vagamente conocida, pero no logró ubicarlo. Pero su acento no era de Baltimore. Occidental, tal vez.

—¿Usted es Rob Smith?

—Sí.

La miró con las cejas arqueadas, y nuevamente ella tuvo la impresión de que su cara le era conocida, pero ninguna sensación de que se hubieran encontrado antes. Tal vez lo había visto al pasar en alguna parte. A pesar de ser una gran ciudad, Baltimore podía resultar a veces bastante pequeño. Pero no, seguro que recordaría a un hombre que le hacía hormiguear las terminaciones nerviosas con sólo mirarlo.

Recordando que estaba ahí por asuntos de negocio, le tendió la mano.

—Hola, soy Val Covington. Mi amiga Kate Corsi, la mujer de Patrick Donovan, me dijo que había remodelado una vieja iglesia para uso comercial, así que se me ocurrió venir a echarle un vistazo. Estoy... considerando la posibilidad de instalar mi propio despacho.

Su mano cálida y fuerte era áspera y tenía pequeñas cicatrices; la mano de un trabajador. Tal vez le resultaba familiar no como persona sino por su parecido general con los numerosos trabajadores que había contratado a lo largo de los años: fuerte, cómodo en su cuerpo. Ya fueran carpinteros, techadores, electricistas o jardineros, tendían a poseer ese tipo de seguridad en sí mismos que da el dominio físico del mundo que los rodea.

Los trabajadores que conocía tendían a ser bebedores de cerveza, espectadores de deportes, tíos tipo tíos, pero eran también simpáticos, fiables y tenían una cortesía innata que a ella le gustaba. El hombre que le hizo el trabajo de alicatar la cocina nueva era tan atractivo que Val le hubiera saltado encima si él no hubiera estado felizmente casado y con dos hijos. Así que, en lugar de saltarle encima, le preparó galletas y se las dio para que se las llevara a sus hijos.

—¿Desea ver el interior?

—Eso sería estupendo, señor Smith.

Val pensó que su respuesta había sido muy profesional.

—Llámame Rob, tuteémonos. —En sus ojos una levísima sonrisa—. Señor Smith suena muy genérico.

Y tenía un elegante sentido del humor. Estaba perdida.

—De acuerdo, Rob. Yo soy Val. ¿Qué tipo de iglesia fue ésta?

—Al principio, metodista.

Sacó un llavero del cinturón y subió los tres peldaños de la escalinata de atrás. La puerta de roble macizo en arco, tenía los goznes en forma de hojas de parra de hierro amartillado que suelen verse en las iglesias inglesas.

Rob abrió la puerta y la sostuvo para que ella entrara.

—El espacio se les hizo pequeño y se construyeron una iglesia más grande en Parkville. Luego fue una iglesia evangélica, pero también se quedó pequeña y se marcharon a otra parte.

Val cruzó el umbral y entró en un pequeño recibidor, absolutamente desprovisto de muebles, de acogedoras paredes blancas, hermosas molduras y suelo de roble bellamente pulido.

—Supongo que en esta parte estaban las oficinas del pastor y el secretario y cosas de ésas.

—Sí, con una cocina y una sala para reuniones abajo. En esta parte de atrás hay cuatro cuartos para oficinas, almacén, lo que sea.

Val abrió una puerta a la derecha y se encontró en una sala de tamaño bastante grande con zócalo alto de roble.

—Sí que les gustaba el roble a los constructores.

—Una iglesia gótica norteamericana de alrededor de 1910 —explicó Rob pasando las yemas de los dedos por el zócalo—. Fue necesario muchísimo trabajo para acondicionarla. La carcasa era sólida, pero el techo estaba desmoronándose y habían robado la mayor parte de los paneles de vitrales. Por suerte logré salvar algunas de las piezas más pequeñas y las incorporé a las nuevas ventanas.

Val se preguntó qué estudios tendría Rob. El exterminador de plagas que llamaba cada primavera para que le desinfectara la casa de avispas era un experto en historia rusa. Smith hablaba como si hubiera estudiado inglés como asignatura principal, lo cual hacía la carpintería una buena opción, puesto que un título en inglés no era exactamente una profesión.

Abrió la puerta que llevaba a la parte delantera de la iglesia y se detuvo en seco, encantada. El templo original de techo elevado estaba iluminado por la luz que entraba por las ventanas. Por un instante se sintió como si todas las oraciones y cantos que había conocido ese templo resonaran en toda ella. Y por debajo de todo eso tuvo la sensación de una profunda conexión mezclada con una fuerte alarma. Aplastando la reacción, con la intención de examinarla después más detenidamente, dijo:

—Qué hermoso. Este lugar... canta.

—¿Lo sientes?

Lo miró. Era difícil interpretar su expresión bajo esa barba, pero en sus ojos había intensidad.

—Si lo que quieres decir es que siento que éste fue un lugar de culto muy amado, sí. Me alegra que lo salvaras. Ningún edificio nuevo tendría jamás esta riqueza. —Avanzó sintiéndose como si estuviera nadando en luz—. Pero no es adecuado para mí.

—¿En qué trabajas?

—Soy abogada.

—¿Abogada?

Ella sonrió sarcástica al captar la sorpresa en su voz.

—A la gente le cuesta creer que soy abogada. Mi primera semana en la facultad de derecho, un catedrático se dirigió a mí diciendo: «Usted, la camarera de la tercera fila».

—¿Eso no se considera hostigamiento?

—Tal vez, pero en la facultad de derecho de Harvard, la teoría es que hay que atormentar a los alumnos para endurecerlos. Si no te adaptas, fatal. Me habían advertido de que esta escuela no es amistosa con el usuario, pero no entendí de verdad lo que significaba eso hasta que ya era demasiado tarde.

—En el caso de ese catedrático, significa que se fijó en ti. Cualquier hombre lo haría.

Sorprendida, ella se ruborizó.

—¿Eso es un cumplido?

—Ciertamente, sin la menor intención de acoso —dijo él sonriendo, y cambió el tema—: ¿Por qué Harvard? ¿Porque queda muy bien en el currículum?

—Por eso, y para demostrar que podía hacerlo.

Su respuesta fue distraída, porque su atención estaba centrada en él, que estaba bañado por un rayo de luz; el sol le formaba visos dorados en el pelo y acentuaba la anchura de sus hombros, por lo que era una visión digna de admirar. Haciendo a un lado los pensamientos producidos por el mucho tiempo que llevaba célibe, continuó:

—Mi madre dice que ya cuando era muy pequeña y estaba aprendiendo a caminar, la manera más segura de lograr que hiciera algo era decirme que eso no me convenía.

—La tozudez es un rasgo útil para un abogado —dijo él—. ¿Cuál es tu especialidad?

—Litigante. Actualmente trabajo en un bufete que sirve principalmente a empresas. Estoy considerando la idea de instalarme por mi cuenta, para tener más variedad de casos y menos horas de trabajo. —Hizo un gesto abarcando el ex templo—. Ejercer la abogacía aquí podría estropear la energía de este lugar. Y el edificio es demasiado grande, sobre todo con el espacio para oficinas de arriba.

—En realidad, el piso de arriba es un apartamento con entrada independiente por fuera. Actualmente vivo ahí, pero si quisieras vivir encima de tus oficinas, yo podría buscarme otro lugar.

Ella caminó hasta una ventana, admirando el esmero con que se habían combinado los vitrales con los paneles de cristal transparente. Rob era un hombre al que le gustaba hacer bien las cosas.

—Muchas gracias, pero no deseo vivir tan cerca de mi trabajo.

—¿Continuarás trabajando con empresas?

Ella paseó la vista por el ex templo, sin poder evitar imaginárselo como una sala de recepción.

—Un poco, pero lo que de verdad deseo practicar no es la abogacía sino la justicia. Deseo dar a la gente con menos recursos el tipo de representación legal que normalmente sólo pueden permitirse los que tienen dinero. Quiero desgarrar algunos cuellos gordos de felinos.

Los inquietantes ojos luminosos de Rob la miraron pensativos.

—Ésa es una misión que aprobaría esta vieja iglesia, me parece. Una versión moderna de expulsar del templo a los prestamistas.

¿Por qué había revelado tanto a un desconocido?

—Tal vez. O tal vez sólo se trata de que estoy temporalmente loca por la fiebre de primavera. Gracias por el recorrido, Rob. Aun cuando esto no sería adecuado para mí, has hecho un hermoso trabajo.

—Gracias. —La guió hacia la puerta de atrás—. Si cambias de opinión, llámame. ¿Tienes mi número de teléfono?

—Kate me lo dio.

Haciéndole un último gesto de despedida, subió al coche y puso rumbo al centro, con la mente hecha un torbellino. Pensar que si Howard Reid no hubiera cancelado la declaración de esa tarde ella estaría aterrorizando a su experto testigo en lugar de haber tenido todas esas inquietantes experiencias nuevas.

Rob se quedó observando el Lexus color borgoña hasta que viró hacia el sur por Old Harford Road, pensando si lo habría comprado para que hiciera juego con su pelo. Incluso con su peinado estilo maestra de escuela y su sexy cuerpecito oculto bajo un traje azul marino de severo corte, Val Covington chisporroteaba energía física y mental. Tenía que ser un demonio con tacones en un tribunal.

¿Cuánto tiempo hacía que no se fijaba tanto en una mujer? Años. Cuatro años, tres meses y siete días, para ser exactos. Le había encantado que ella valorara esa belleza única de la iglesia, pero prefería que no estuviera interesada en alquilarla. Tenerla tan cerca hubiera sido una tentación.

De todos modos, no logró resistir la tentación de subir a su apartamento a teclear «Val Covington» en el explorador. Obtuvo bastante información, principalmente en el *Daily Record*, el diario de información sobre economía, negocios y asuntos jurídicos de Baltimore. Había ganado casos muy importantes y acababan de hacerla socia en uno de los bufetes más prestigiosos de la ciudad. Habiendo conocido a la dama, no lo sorprendía.

Tampoco lo sorprendía que estuviera considerando la posibilidad de instalarse por su cuenta. Las exigencias del trabajo en un bufete dedicado a empresas era matador, pero, además, ningún disfraz para representar bien su papel podía ocultar del todo el brillo inconformista de sus ojos. Esperaba que se decidiera a establecerse por su cuenta y desgarrara algunos cuellos de felinos gordos.

Preferiblemente en un barrio muy alejado del suyo.

Por suerte, cuando Val volvió al trabajo, Kendra no estaba en su escritorio, porque habría notado lo distraída que venía su jefa. Ya a salvo en su oficina, cerró la puerta y trató de concentrarse en el informe más urgente que tenía que escribir.

Normalmente el trabajo absorbía toda su atención, pero ese día no. Pasados quince infructuosos minutos, renunció y cerró la carpeta, exasperada. Sacó su calculadora y empezó a jugar con cifras, calculando los gastos y el flujo de caja si abría su propio despacho.

Haciendo la estimación de costes lo más aproximada posible, llegó a la conclusión de que, deducidos los monstruosos impuestos, la inesperada ganancia con *Centurion* le daría dinero suficiente para pagar los costes de instalación y el mantenimiento inicial de su empresa hasta que estuviera establecida y empezara a ganar dinero.

Y, lo más sorprendente, esto sería trabajando cuarenta horas a la semana. ¡Todo un lujo! Tendría que ser capaz de dividir su tiempo entre trabajo pagado y trabajo gratuito, y sacar ingresos suficientes para la hipoteca, comida para los gatos y sus fondos de jubilación. Al trabajar sola en su propio despacho no tendría el desafío intelectual que exigía un equipo de abogados, pero eso lo compensaría la relación más directa con sus clientes y sus necesidades.

Se le aceleró el pulso al comprender que podría hacerlo si lo deseaba. Sus dudas no provenían del aspecto económico sino del miedo. Las inseguridades de su infancia le hacían ansiar lógica y orden, y ése era uno de los motivos de que le atrajera la abogacía. A pesar de sus frustraciones en Crouse, Resnick, ésta era una entidad conocida y lucrativa. Dejarla para ser su propia jefa sería muy excitante pero imprevisible, y no le gustaba nada que su vida fuera imprevisible.

Claro que había todo un abanico de posibilidades entre continuar en Crouse, Resnick y establecer su propio despacho. Podría trabajar para una empresa grande o entrar en el sector gubernamental, lo que sería menos agotador y de todos modos le daría ingresos estables y cómodos. Ese tipo de cambio sería seguro y relativamente fácil.

De todos modos, cuando entró en esa vieja iglesia experimentó una increíble sensación de que eso era lo correcto; una sensación estimulante incluso.

Entró en su pequeño lavabo y se miró en el espejo, pensando que estaba en una encrucijada. Una dirección era conocida, segura y agotadora; la otra, desconocida, seductora y condenadamente aterradora.

El espejo reflejaba su sobrio atuendo de abogada: traje sastre oscuro; una discreta cadenilla de oro al cuello, de buen gusto, y pendientes de oro a juego; el pelo recogido en un elegante moño en la nuca. Así era como venía a trabajar todos los días, desde hacía años. La imagen era muy distinta a la que tenía en su tiempo libre.

Se quitó las horquillas, se mojó los dedos y se los pasó por el pelo para restablecer la caída natural de su energética mata de cabellos rojos. Solía describirse como la huerfanita Annie un día de pelo revuelto. Esos rizos rojos habían sido el veneno de su niñez. El vivo color naranja la hacía destacar en una multitud por mucho que deseara armonizar con las demás niñas. Con los años el color se fue oscureciendo a un matiz menos violento, pero incluso así estaba condenada a ir por la vida con el aspecto de una camarera bajita necesitada de perder unos cuantos kilos.

Pero no tenía por qué ir por la vida embutida en trajes sastre; la decisión dependía de ella. Si deseaba una nueva vida, era el momento de dar unos cuantos pasos cautelosos en esa dirección.

Ay, si fuera posible pasar rápido por el cambio y llegar directamente a la siguiente posición segura.

Capítulo 3

Daba la impresión de que Val no había llegado aún, pero de todos modos Kendra preguntó:

—¿Estás ahí, Val? Te tengo las carpetas de Mercantile.

Mientras ponía en el escritorio el rimero de carpetas, Val salió del lavabo, su pelo alborotado alrededor de la cabeza y más rojo que cuando lo llevaba recogido en un moño.

—Chica, ¿qué le has hecho a tu pelo? —exclamó Kendra, sacada de su comedimiento habitual por la sorpresa.

—Nada. Después de cinco años de trabajar juntas, ya es hora de que veas a mi yo sin barnizar. —Fue a sentarse en el sofá, con una pierna recogida debajo del cuerpo, con un aspecto muy distinto a su yo profesional normal—. Estoy pensando en establecerme por mi cuenta. Si lo hiciera, ¿considerarías la posibilidad de venirte conmigo como auxiliar jurídica, gestora del despacho y secretaria? Podría darte el mismo sueldo y la cobertura médica, aunque los otros beneficios podrían no ser tan buenos.

Kendra cerró la puerta que daba a su oficina y se sentó, más sorprendida aún.

—¿De veras quieres marcharte de aquí ahora que te han hecho socia? Acabas de subir al tren. Unos pocos años más y tendrás la vida resuelta.

—Este trabajo me está comiendo viva —repuso Val francamente—. Soy buena ejerciendo como abogada para empresas, pero gran parte de este trabajo es un juego complicado. Me agota este juego, sobre todo cuando a veces deseo estar en el otro lado. —Titubeó un momento, tal vez porque le resultaba difícil revelar tanto de sí misma—. Deseo hacer justicia, Kendra. Necesito aceptar los trabajos pagados que me permitan cubrir el alquiler, pero lo que de verdad deseo son trabajos gratuitos con los que pueda sentirme a gusto. Deseo jugar contra los poderes fácticos y dar una oportunidad a los que son menos poderosos. Por sensiblero que parezca, deseo luchar por una buena causa.

Sus palabras sacudieron a Kendra. Justicia para los menos poderosos.

—¿Lo dices en serio?

Val sonrió irónica.

—Sí. La gran pregunta es si tengo el valor para hacerlo.

Kendra guardó silencio un buen rato, pensando en el dolor y la injusticia que le hacían sangrar el alma desde hacía tantos años. ¿Era demasiado tarde para hacer algo? Quizá no. Val era la abogada más inteligente que había conocido en su vida, y tenía un verdadero corazón, además de ese pelo rojo y esa lengua rápida. Tal vez... sólo tal vez...

—Si te marchas, me iré contigo si aceptas por mí una causa perdida.

Val la miró con expresión cautelosa.

—Puedo intentarlo. ¿Qué tipo de caso?

—Quiero que saques a un hombre del corredor de la muerte.

—¿El corredor de la muerte? —preguntó sorprendida—. ¿Alguien en quien tienes un interés personal?

—¿Te suena el nombre Daniel Monroe?

La mirada de Val se desenfocó mientras consultaba su increíble memoria.

—Mató a un policía hace unos años. Si no recuerdo mal, asaltó a una mujer, el policía intervino y lo único que logró fue recibir una andanada de balas. Feo asunto.

—Sí, pero Daniel no lo hizo —dijo Kendra con vehemencia, tratando de aplastar su amargura—. Daniel ha estado diecisiete años en la cárcel. Todas las apelaciones posibles han sido archivadas y denegadas, y el estado de Maryland está dispuesto a matar a un inocente. ¿Quieres hacer justicia? Sálvale la vida a Daniel Monroe.

La expresión de Val se suavizó.

—¿Supongo que era amigo tuyo?

—Más que amigo —repuso Kendra, con la boca curvada en un rictus—. Es el padre de Jason.

Jason, su guapo hijo, alto, cadete en la Academia de la Fuerza Aérea, que creía que su padre había muerto. Philip Brooks, el hombre con el que se casó después, había sido un buen padre para Jason, hasta que un ataque al corazón se lo llevó muy prematuramente, pero la sangre que corría por las venas de Jason era la de Daniel. Y la vida de Daniel quedó destruida sin ningún maldito motivo.

—Dios mío. —Horrorizada y compasiva, Val eligió con todo cuidado las palabras para continuar—: Si amabas a Daniel Monroe, es natural que creyeras en su inocencia, pero si no recuerdo mal, la acusación contra él era sólida. Su condena se confirmó un par de veces después de varias apelaciones.

—¡Los testigos oculares! —exclamó Kendra, y masculló otras palabras que jamás empleaba en la oficina—. Tres personas lo identificaron, y estaban equivocadas.

—¿Estás segura de eso?

—¡Pues claro que estoy segura! Cuando murió ese pobre policía, Daniel estaba conmigo en la cama, y estábamos follando como locos.

Empleó intencionadamente esa tosca expresión de su juventud para hacerle real su pasado a Val. Dio resultado, porque a ésta le cambió la expresión.

—Seguro que si tú atestiguaste eso...

—Nadie me creyó —interrumpió Kendra haciendo un gesto de furia con la mano—. Todos pensaron que yo era una chica negra ignorante que mentía para proteger a su chico malo.

—Cuéntame más —dijo Val entrecerrando los ojos.

—No hay mucho más que decir. Daniel había tenido unos cuantos encontronazos con la ley, pero nunca nada grave. Nunca, jamás, nada violento. Estuvo un tiempo preso por haber robado un coche, y había salido de la cárcel sólo hacía unos meses. Pero había encontrado un empleo y se estaba portando bien. Vivíamos juntos y pensábamos casarnos. Espera, tengo una foto.

Fue a buscar su bolso, sacó el billetero, lo abrió y le enseñó una foto descolorida en la que estaban ella, Daniel y Jason el día de su primer cumpleaños. Llevaba esa foto en el billetero desde el día en que se la hicieron. A Philip, bendito él, nunca le importó.

—¿Parece un asesino?

Val miró detenidamente la foto.

—Se ve una familia feliz. Jason salió a su padre, veo. Qué encanto era a esa edad. Tienen la misma sonrisa.

Daniel también había sido un encanto. Corpulento y dulce, tenía una vena romántica que a Kendra le hacía sentirse como a una reina. Habían estado muy cerca de tenerlo todo. Cerró el billetero.

—Entonces una noche llegaron los polis apuntando con sus pistolas, amenazando con disparar a cualquier cosa que se moviera. Jason se puso a llorar, tenía dieciocho meses. Cómo adoraba Daniel a ese niño —continuó, moviendo la cabeza—. Quería estar el máximo tiempo posible con él, ocuparse de él, a diferencia de su padre, que nunca estuvo por él. En lugar de eso...

Cerró los ojos tratando enérgicamente de contener las lágrimas. Siempre se había esforzado en no despertar esos recuerdos, para que el dolor no la discapacitara. Normalmente lo conseguía.

Val se le acercó más y le tocó la mano en silenciosa compasión.

—¿Lo arrestaron y acusaron de asesinato?

Kendra asintió.

—Uno de los detectives pensó que la descripción del asesino encajaba con Daniel, y vivíamos a un par de manzanas del lugar del asesinato. Puesto que Daniel tenía antecedentes, lo arrestaron. Los testigos lo eligieron en una rueda de sospechosos y eso fue todo. La policía nunca buscó a otro. Lo juzgaron, condenaron y sentenciaron a muerte.

—¿Aun cuando tú dijiste que estaba contigo?

Kendra la miró a los ojos francamente.

—Quizá pienses que estoy mintiendo. Pero, Val, juro sobre la tumba de mi madre que Daniel estaba conmigo cuando ocurrió el asesinato. Traté de hablar con gente. El abogado defensor de oficio que llevó el caso me creyó en cierto modo e hizo algunas investigaciones, pero jamás logró impugnar el testimonio de los testigos oculares.

Guardó silencio un momento, recordando lo horrorosamente mal que lo pasó durante un tiempo después de la condena de Daniel, tratando de mantenerse a flote con Jason, como madre soltera.

—Conseguí entrar en un programa estatal que daba formación profesional con el fin de encontrar un empleo donde me pagaran lo suficiente para mantenernos mi hijo y yo. Una razón para elegir estudiar secretariado y luego auxiliar jurídica fue la esperanza de encontrar una manera de salvar a Daniel. Pero no he tenido éxito.

Lo que había comprendido en realidad era que si bien el sistema judicial normalmente funciona, en algunas ocasiones no ocurre así.

Val cerró los ojos —su tensión era visible en su rostro—, tratando de asimilar la historia de Kendra.

—Si tienes razón, se ha cometido una terrible injusticia. —dijo Abrió los ojos, brillantes como acero—. Tenemos un trato, Kendra. Tú trabajarás para mí y yo haré todo lo que pueda por tu amigo. Pero sabes que son pocas las posibilidades de que logre algo después de todos estos años.

—Lo sé —dijo Kendra, con la boca en un rictus. El reloj había dado las once y la medianoche se acercaba rápidamente—. Tendrás que comenzar por persuadirlo de que te deje llevar el caso. El invierno pasado despidió a sus abogados, alegando que estaba cansado de luchar en esa batalla perdida. Pero tú eres capaz de encantar a una serpiente y hacerla salir de un hoyo, eres inteligente y conoces a todo el mundo en la ciudad. Eres la última oportunidad de Daniel, Val. Tú y Dios. Últimamente he tenido muchísimas conversaciones con Dios. Tal vez logres despertar las dudas suficientes para que le cambien la pena capital por cadena perpetua.

—¿Por qué nunca me habías hablado de Daniel?

—Éste es un sitio tan de pan blanco y cuello blanco que hablar de asesinatos y corredor de la muerte me parecía fuera de lugar. —Titubeó, comprendiendo que en esos últimos minutos había cambiado la relación entre ellas—. Y para ser franca, no creí que tuvieras ni el tiempo ni el interés para preocuparte por un condenado a muerte.

Val arrugó la nariz.

—Me he esforzado demasiado para mostrarme como una abogada indiferente. Créeme, siempre me ha preocupado la injusticia. Sólo espero que sea capaz de hacer algo por Daniel.

—Le ofreces una oportunidad —dijo Kendra—, y eso es más de lo que ha tenido Daniel.

Y a cambio ella sería la mejor auxiliar jurídica y gestora de bufete de Baltimore.

—Es hora de que vaya a presentar mi dimisión —dijo Val levantándose—. Hoy encontré un local que ofrece fabulosas posibilidades, una antigua iglesia remodelada en Old Harford Road, no lejos de donde vives. Buen presagio si la consigo, ¿no te parece?

Kendra sonrió levemente mientras Val salía de la oficina. ¿Una iglesia remodelada? Tal vez Dios no estaba sordo entonces, y eso era una señal. Con Dios, Val y ella trabajando juntos, quizá podrían sacar a Daniel del corredor de la muerte.

Con pasos firmes Val caminó por el corredor hasta el despacho de la esquina ocupado por Donald Crouse, el socio más antiguo de Crouse, Resnick. Curioso cómo la decisión que tanto le había costado tomar ya era tan deslumbrantemente clara. Era hora de dar otro rumbo a su profesión: hacer el bien, no sólo hacerlo bien y ganar dinero.

Musitó un saludo a Carl Brown, el mejor técnico de la empresa, un fuera de serie, en respuesta a la brusca inclinación de cabeza que él le había hecho al pasar a su lado. Querido Carl, tan encantador como siempre. Era el único de los socios antiguos que le caía mal, era muy competitivo y todo el mundo sabrá que creía que el bufete no debía tener socias. No lo echaría de menos.

Cuando Carl entró en su oficina, su secretaria levantó la vista, con el teléfono en la oreja.

—Señor Brown, su hija está al teléfono. ¿Puede coger la llamada?

—No tengo tiempo —contestó él secamente—. Dígale que si necesita dinero me envíe un e-mail.

Val hizo una mueca, imaginándose en la piel de la ausente Jenny, que era hija del primer o segundo matrimonio de Carl, no del actual. Los bufetes estaban llenos de personas tan ocupadas que no pueden hablar con sus hijos. Su padre era así, aunque por lo menos no tenía tan mal genio como Carl. Sí, marcharse era la decisión correcta.

Entrando en la sala de recepción de Donald Crouse, preguntó:

—¿Está libre el jefe?

—Pasa —dijo su secretaria—. ¿Qué le has hecho a tu pelo?

Sin contestar a la pregunta, Val entró en el santuario. Donald levantó la vista del documento que estaba leyendo. Alto, saturnino y con un ácido sentido del humor, era su favorito entre los antiguos socios. Había sido su mentor y defensor, incluso antes de que se hicieran amigos.

—Donald, me marcho de Crouse, Resnick —dijo sin preámbulos—. Finalmente me he dado cuenta de que no encajo aquí y de que ya es hora de que me lance sola.

Él apoyó la espalda en el respaldo y suspiró.

—No puedo decir que eso me sorprenda. Siempre has sido un triángulo en un agujero redondo.

A ella se le curvaron los labios.

—¿Ni siquiera una clavija cuadrada?

—De ésas hay a montones. Los triángulos son escasos. —La miró por encima de las gafas—. Siempre había deseado saber cómo te ves con el pelo suelto. Extraordinaria.

Ella sonrió y se sentó en un sillón.

—Lamento bastante demostrar a los otros socios que tenían razón, y que yo no soy el tipo de abogada que necesita este gabinete, pero ésa es la verdad. Comenzaré a organizar mis casos para que los cojan otros.

Él juntó las manos por las yemas de los dedos, pensativo.

—Si vas a abrir un despacho aquí en Baltimore, ¿te interesaría mantener una relación con nosotros? Muchas veces damos los casos poco importantes a otros gabinetes; además, habrá ocasiones en que tendremos casos más importantes que se beneficiarían de tu toque único.

La perspectiva le pareció económicamente muy interesante.

—Me llamas. Eres muy generoso al querer mantener una relación.

—¿Generoso? Y un cuerno —dijo él sarcástico—. Eres la mejor litigante de la ciudad, Val. Prefiero tenerte de mi lado que en la oposición.

—Te echaré de menos, Donald —dijo ella sinceramente—. Pero no echaré de menos la rutina diaria de aquí.

—Hace falta valor para marcharse. Hubo ocasiones en que me sentí tentado, pero... —hizo un gesto hacia la fotografía de familia que reposaba sobre su reluciente escritorio de caoba—. Demasiadas responsabilidades y demasiado acostumbrado a vivir bien.

Esa confesión la sorprendió; se lo había imaginado perfectamente conforme con la profesión que había elegido. Pero ¿cuánto sabe uno de la vida interior de otra persona?

Una vez que hablaron de las fechas, asuntos financieros y otros detalles anejos a su marcha, Val volvió a su despacho, haciendo listas mentales de todo lo que tenía que hacer. Cuando entró en la oficina de Kendra estaba sonando el teléfono.

—Si es mi padre, cogeré la llamada en mi despacho.

Kendra cogió el teléfono, saludó y arqueó las cejas en una expresión que decía: «¿Cómo lo sabías?» Sonriendo irónica, Val cerró la puerta y se sentó ante su escritorio para responder a la llamada. Esa predicción había sido fácil. Si su padre estaba disponible, la llamaría tan pronto como su viejo amigo Donald le hubiera dicho que ella se marchaba.

—Por el amor de Dios, Val —ladró Bradford Westerfield III, sin molestarse en saludar—, ¿qué tontería es esa de que te marchas de Crouse, Resnick?

—No es ninguna tontería —dijo ella tranquilamente—. Ya he vivido bastante en un bufete grande y estoy lista para marcharme.

—Estás loca si quieres arrojar por la borda todo lo que has logrado hasta el momento. Y justo después de que te hacen socia. Eso es más que una locura, es... es una perversidad.

Él continuó con su perorata y ella medio se desconectó. Era irónico que le hablara de sus éxitos profesionales sólo cuando se iba a marchar. Sí, la quería a su manera, pero de todos modos ella era una vergüenza para él, la hija ilegítima que engendró durante su único desliz juvenil. Ella nunca sería alta, esbelta, rubia y legítima.

Él suspiró exasperado.

—No has escuchado ni una sola palabra de lo que he dicho.

—Podría citar tus últimas frases, pero si lo que quieres decir es que nada de lo que digas me va a hacer cambiar de opinión, tienes razón. La decisión está tomada. —Sonrió pícara—. ¿Y si te digo que puedo hacer más dinero sola? ¿Seguirás pensando que estoy loca?

—¿Vas a llevar pleitos de interés común como esos contra el asbesto o el tabaco? —preguntó él en otro tono—. Se pueden ganar enormes cantidades de dinero en casos como ésos, y lo harías bien.

—Nada de pleitos de ese tipo, al menos por el momento. Acabo de aceptar mi primer caso: tratar de sacar del corredor de la muerte a un hombre condenado por asesinar a un policía. No sacaré ni un céntimo de esto, ni siquiera en el caso de que tenga éxito, que no lo tendré probablemente.

Él emitió un bufido, pensando que Val estab dispuesta a sacarle de sus casillas.

—Eres hija de tu madre, Val.

Esa afirmación no pretendía ser un elogio. Su madre, Callie Covington, seguía siendo a su edad una hippie que vivía según sus principios y desdeñaba lo práctico. De vez en cuando la sacaba de quicio, pero era auténtica y admirable, y por lo menos ella aprobaría que su única hija pataleara contra el sistema.

—Lo más probable es que Callie me compre una botella de champán barato californiano para celebrarlo.

Inesperadamente, su padre se echó a reír.

—Seguro. Muy bien, si estás tan decidida y resuelta a ejercer el derecho para hacer el bien, seguro que tendrás éxito. Pero cuando decidas que deseas volver a un verdadero bufete, vente a Nueva York a trabajar para mí.

—Brad, creo que eso es lo más bonito que me has dicho en toda mi vida.

Envió sus saludos a su madrastra y hermanastras y colgó.

Cuando era más joven pensaba cómo sería tener padres a los que pudiera llamar mamá y papá. En la comuna en que pasó sus primeros años se consideraba que cualquier apelativo que no fueran los nombres de pila era jerárquico y burgués.

La comuna Mount Hope Peace. Sus amigas de toda la vida estaban de acuerdo en que ella era la que había tenido la infancia más rara, aunque Rainey la seguía muy de cerca en segundo lugar.

Callie siempre fue una maravillosa madre, de pelo castaño rojizo, mientras que Brad, alto y rubio, era el prototipo del anglosajón blanco protestante, embelesado por el mundo de las apariencias de su privilegiada infancia. La pareja era el clásico ejemplo de la atracción de los opuestos, que luego fueron incapaces de continuar la relación. Vivieron juntos en la comuna de Carolina del Norte hasta que él se hartó de la rebeldía y volvió a su vida real, la que significaba Facultad de Derecho de Harvard y un puesto prominente en uno de los principales bufetes de Nueva York.

Callie continuó en Mount Hope practicando el arte, la jardinería y el amor libre hasta que su hija llegó a la edad escolar; entonces se trasladó a Baltimore e instaló allí un estudio. Aunque era una dotada artista en telas, no tenía aptitudes para los negocios y no tuvo ingresos fijos hasta que comenzó a enseñar arte en un pequeño colegio progresista. El sueldo no era muy alto, pero por lo menos era estable y a ella le gustaba ese trabajo.

Puesto que Brad era un hombre responsable —cuando se separó de Callie no sabía que ella estaba embarazada—, siempre pagó la manutención. Por lo tanto, Val estudió en el colegio cuáquero de la localidad, pagado por su padre, y luego pasó por la universidad y la Facultad de Derecho con becas de estudios. Aunque la enorgullecía habérselas arreglado sola, a diferencia de su madre nunca deseó rebelarse contra la clase media. Más bien deseaba pertenecer a ella, y lo había conseguido.

Y hablando de Callie... Val cogió el teléfono. Era el momento de invitar a cenar a su madre para darle la noticia.

Una vez que Callie aceptó la invitación, le quedaba por hacer una última llamada para luego empezar a escribir ese informe. El teléfono alcanzó a sonar tres veces:

—¿Diga? Aquí Rob.

Al oír ruido de tráfico al fondo, supuso que era su teléfono móvil.

—Hola, Rob. Soy Val Covington. He cambiado de opinión respecto a la conveniencia de poner un despacho de abogada en una iglesia. ¿Tienes tiempo ahora para hablar de los detalles?

—Claro que sí. —Ella detectó una sonrisa en su voz—. Me alegro de que hayas cambiado de opinión.

—Yo también.

No veía las horas de comenzar su nueva vida. Y al parecer ésta incluiría a Rob Smith, lo cual sería... interesante.

Callie ya estaba esperando en un reservado cuando Val entró en el fresco y tenuemente iluminado interior del restaurante Kandahar. Más alta que ella y ataviada con un artístico y vaporoso vestido de diseño propio, Callie encajaría a la perfección en una ópera wagneriana. Se levantó para abrazarla.

—¿A qué se debe este acontecimiento? Jamás sales de esa aburrida oficina a una hora decente para cenar.

—No suelo salir temprano, pero tienes razón, ésta es una ocasión especial. Yo pago la cena y espero que tú abras una botella de champán barato californiano.

—¡Voy a ser abuela! —exclamó Callie en tono teatral—. Incluso podrías casarte, con lo neoconservadora que eres, aunque me conformaré con el nieto. Pero nada de champán para ti si estás embarazada.

—Lamento decepcionarte en tus ambiciones dinásticas —sonrió Val—, pero no me cabe duda de que te hará feliz saber que me marcho de Crouse, Resnick para establecer mi propio despacho; y es mi intención hacer muchísimo trabajo del bueno.

—¡Ésta sí es mi nena! —exclamó Callie sonriendo de oreja a oreja—. Cuéntame más.

Val le contó con todo detalle sus deseos de ofrecer representación legal de calidad a aquellos que lo necesitaban y no tenían dinero. Dentro de un par de días sería capaz de explicar su decisión de forma más sintética. Después de hablar del caso del corredor de la muerte que iba a llevar, añadió:

—Te gustará el local que pretendo alquilar, una iglesia remodelada en Hamilton. Te voy a encargar un inmenso tapiz para colgar en una pared de la sala de recepción. El cielo raso necesita algo grande y vistoso.

Lo del tapiz se le acaba de ocurrir, pero pensó que era una buena idea. No sólo significaba tener en su oficina una preciosa obra de arte, sino también un poco de dinero para Callie. Aparte de permitirle dar la entrada para la compra de la casa, su madre siempre rechazaba su ayuda económica.

Con un destello travieso en los ojos, que indicaba que había captado su intención, Callie dijo tranquilamente:

—Me encantaría hacer un tapiz, pero será mi regalo para hacer más acogedor tu despacho.

—Seré la envidia de toda la comunidad jurídica de Baltimore.

Tuvo que aceptar graciosamente, puesto que era evidente que su madre no aceptaría que le pagara el tapiz. A Callie jamás le había importado mucho el dinero. En compensación, tenía la capacidad artística para hacer cómoda y atractiva su casa con menos dinero que el que gastaban la mayoría de las personas en un sofá. Aunque su infancia había sido caótica en muchos sentidos, jamás faltó en ella color ni imaginación.

Callie la miró ceñuda.

—Si buscas clientes dignos, yo tengo una. A la profesora de música de mi colegio, Mia Kolski, la hostiga jurídicamente su ex marido, un pedazo de cieno que vive llevándola a los tribunales. Vive con sus hijos y no tiene para pagar abogados, así que está aterrada por la posibilidad de perder la custodia de los críos. Al marido no le importan los hijos, simplemente quiere castigarla por haber sido lo bastante inteligente como para dejarlo.

Ésa era una historia corriente, pero de todos modos a Val le hacía hervir la sangre.

—Dile que me llame a casa para concertar una entrevista. Igual puedo ayudarla.

—Ésta es mi nena —dijo nuevamente su madre—. Has pasado tantos años con esos bandoleros de empresa que ya empezaba a pensar que te habías pasado al lado oscuro.

—Eres una vieja izquierdista impenitente.

—¡Vigila lo de «vieja»! De verdad, Val —continuó, poniéndose seria—, estoy muy, muy contenta de que vayas a hacer esto. Aunque nunca fui una cuáquera muy buena, siempre he tratado de ser una mujer con principios, por eso te llevaba a las reuniones y a la Escuela de los Amigos. Quería que crecieras mejor y más sabia que yo. Y mis esfuerzos parecían dar resultados, hasta que llegaste a la adolescencia.

Llegó el camarero para tomar nota de lo que iban a cenar, lo que le dio tiempo a Val para pensar en las palabras de su madre. Durante años las dos habían asistido a las reuniones de cuáqueros que se realizaban en el local llamado Stony Run Meeting, una sala adyacente a la Escuela de los Amigos. En la escuela descubrió la amistad y las alegrías del aprendizaje; en las reuniones, su corazoncito idealista respondía bien a la pureza espiritual del silencio y credo cuáqueros. Después se alejó de la fe mientras su madre se pasó a los unitarianos cuando tuvo de nuevo pareja, un judío que no se sentía a gusto en una iglesia cristiana.

Cuando se alejó el camarero, comentó alegremente:

—Es difícil ser una buena cuáquera y adolescente, y ser una abogada de empresas es aún peor. Harvard no te da el título a menos que hagas el juramento de sangre de entregar tu alma a los oscuros dioses del materialismo.

—Casi me creo eso —sonrió Callie—. Comprendo que desees llevar una vida cómoda. Incluso cuando eras una adorable nenita de rizos color zanahoria, estaba claro que no estabas hecha para ser artista ni para vivir en un desván. Ponías tus juguetes en hileras bien ordenaditas, y siempre moderabas tus opiniones, igual que tu padre. Supongo que naciste para ser abogada, pero de verdad me hace muy feliz que vayas a usar tus dotes para ayudar a las personas que lo necesitan. Ahora explícame más.

Val se sintió feliz de complacerla. Era interesante que habiendo renunciado a tratar de ganarse la aprobación de su padre tuviera la de su madre.

Y eso le resultaba condenadamente agradable.

Capítulo 4

Una larga pasada del rodillo cubrió en su mayor parte la desparramada pintada que decía «¡Arde!» en la pared lateral de una casa abandonada. Rob contempló la pintura con ojo crítico; el color tostado no quedaba mal. Serviría hasta que alguien estuviera dispuesto para pintar de nuevo toda la pared.

Cuando terminó de tapar todo el grafiti, puso la tapa a la lata y envolvió el rodillo.

—¿Podrías terminar esto, Sha'wan? Tengo que ir a la iglesia. Es posible que por fin tenga una inquilina, una abogada.

—¿Está buena la tía? —preguntó su compañero.

—Ésa no es manera de hablar de una dama.

Sha'wan sonrió impenitente.

—Sí, pero ¿está buena?

Rob recordó la curvilínea figura de Val Covington, sus excelentes piernas y se sorprendió sonriendo.

—Decididamente está muy bien, y tiene el pelo rojo para probarlo.

Sha'wan se echó a reír.

—Estoy ansioso por conocerla. Pero por ahora me subiré al techo para ocuparme de las pintadas de la parte de arriba de la casa de al lado.

—Vigila donde pones los pies.

El consejo le salió automáticamente, más debido a su edad que a la habilidad de Sha'wan para trepar. Sin la menor dificultad para encontrar asideros, el chico tardó sólo unos segundos en llegar al techo. Cuando se cruzó en su camino, Sha'wan iba lanzado en el oficio de allanar moradas; ahora aplicaba ese talento de modos más productivos.

—La pared de la casa siguiente tiene una enorme cantidad de pintadas —gritó Sha'wan—. Súbeme más pintura.

—¿Más de la tostada?

—Gris esta vez.

Rob fue a la furgoneta y sacó una lata de pintura gris tamaño industrial. Los cinco colores básicos que llevaban en el vehículo eran útiles para cubrir la mayoría de los grafitis que se encontraban. Se trataba de borrar pintadas, no de ofrecer un servicio de pintura comercial. Ató una cuerda al asa de la lata y la llevó hasta la pared.

—¿Listo?

El chico se sentó a horcajadas en la parhilera cercana al borde del techo.

—Lánzala.

Rob lanzó el extremo de la cuerda. Sha'wan la cogió al vuelo e izó la lata.

—Cuando termine aquí iré al centro comercial Crabtown. Llamaron esta mañana para decir que anoche estuvieron unos chavales haciendo pintadas.

—Si necesitas ayuda, llámame. Esta reunión no tiene por qué durar mucho.

Acto seguido Rob subió a su camioneta y puso rumbo a la iglesia para encontrarse con Val. Aunque habían llegado a un acuerdo respecto a las condiciones del alquiler, ella quería ver el resto de la iglesia antes de comprometerse en firme.

Se sorprendió silbando suavemente mientras conducía hacia el norte. Le extrañó que le hiciera tanta ilusión ver a alguien. Aunque intuía que habría sido mejor que ella no hubiera aparecido en su puerta, no podía dejar de agradarle la idea de tenerla literalmente bajo los pies. Viviendo en el piso de arriba, era seguro que se toparía con ella con frecuencia. Si la proximidad lo distraía demasiado, siempre podía mudarse.

Con el rabillo del ojo vio un altercado en la pobretona calle.

Un niño flaco y larguirucho estaba intentando robarle el monedero a una anciana. Ella lo tenía agarrado enérgicamente, a riesgo de que la golpearan o algo peor.

Frenó bruscamente junto a la acera, desconectó el motor y bajó de un salto, justo cuando la anciana golpeaba los tobillos a su asaltante con su bastón. Mientras el niño chillaba, Rob lo cogió y lo inmovilizó sujetándole los brazos a la espalda. Cuando el chico intentó liberarse, le torció la muñeca, con fuerza.

—Quédate quieto o te rompo el brazo —le ordenó—. ¿Se encuentra bien, señora?

La anciana asintió. Debía de tener más de setenta años y pesaba unos cuarenta y cinco kilos como mucho.

—No es la primera vez que intentan robarme y no será la última —dijo. Miró al niño con los ojos entrecerrados—. Te conozco. Eres Darnell, el nieto de Lucy Watts.

Darnell emitió un sonido ahogado. Percibiendo que el chaval era un aficionado nervioso, Rob lo soltó, pero se mantuvo vigilante. Incluso niños de diez años de aspecto inocente podían sacar un cuchillo o un arma.

—¿Qué tipo de tonto ataca a las amigas de su abuela?

—No... no sabía que era la señorita Marian —tartamudeó Darnell. Tendría unos catorce años, si no menos—. No pensaba hacerle daño a nadie. Nunca había robado antes.

—¿Y has dejado que tus amigos matones te manden a robar monederos?

Darnell bajó los ojos.

—Los tribunales de la ciudad están castigando duro a los delincuentes violentos —continuó Rob. Cogió su móvil—. Si intentas escapar mientras yo llamo al novecientos once, te prometo que lo lamentarás.

—Ha estado saliendo con malas compañías, dice Lucy —dijo la señorita Marian, ceñuda—. ¿Quieres acabar en la cárcel o muerto, Darnell?

El niño negó con la cabeza, afligido. Se veía muy pequeño y muy asustado. Rob y la señorita Marian se miraron. Ése era un momento oportuno para enseñar, según decían los psicólogos. Si hacían lo correcto, tal vez podrían evitar que un niño esencialmente decente se descarrilara.

—¿Tus amigos te han dicho que robar a la gente te hace un hombre? Eso sólo te hace un cobarde, Darnell —le dijo Rob con voz pedregosa—. Si quieres ser un verdadero hombre, ve a la escuela, termina los estudios, ponte en buena forma, y si tienes suerte, tal vez te acepten los marines. Ellos sí son hombres valientes, no los delincuentes callejeros que no valen nada.

Pasó un destello por los ojos oscuros del niño.

—Los marines no me querrán.

Al ver su renuente interés, Rob añadió en tono severo:

—Claro que no aceptarán a un ladrón, pero en los cuerpos de marines hay muchísimos hombres negros fuertes y valientes. Verdaderos héroes. Si deseas hacer algo útil con tu vida, ve al centro juvenil Fresh Air. Juega al baloncesto, siéntate ante un ordenador, ejercita tu cerebro y tu cuerpo. Podrías sorprenderte de ti mismo. En unos pocos años podrías ser un buen candidato para el cuerpo de marine. Pero eso sólo si la señorita Marian no quiere denunciarte.

Cogiendo el relevo, la anciana le pinchó las costillas a Darnell con la empuñadura del bastón.

—No presentaré denuncia, pero se lo diré a tu abuela. Ahora ve a ese centro juvenil y haz nuevos amigos. Tienes un buen cerebro. Úsalo.

—Sí, señorita Marian. —Después de un largo silencio, añadió con dificultad—: Lo siento, de verdad, lo siento. No volveré a intentar robarle a nadie, nunca más.

—Procura que sea verdad. Porque si la señorita Marian no se entera, yo sí me enteraré. —Le dirigió una sonrisa de tiburón—. Y yo no soy ni de cerca tan amable como ella.

—Sí, señor —dijo Darnell, y empezó a alejarse del lugar muy nervioso.

La señorita Marian lo detuvo con un gesto.

—Si vienes mañana a mi casa y limpias de basura el patio de atrás, no le diré nada de esto a Lucy. ¿Vendrás?

—Sí, señora —contestó Darnell muy serio—. Le haré un buen trabajo, se lo prometo.

—Ven después de la iglesia, entonces. Y si lo haces bien, habrá pastel de melocotón para ti.

Darnell asintió y luego echó a correr hasta desaparecer en un callejón.

—¿Cree que irá bien?

—Hay una buena posibilidad —repuso la señorita Marian—. Siempre fue un niño bueno, pero su madre se droga y su padre murió, y a Lucy le resulta difícil manejarlo. —Movió la cabeza—. Darle algo mejor para hacer es un comienzo. Gracias por la ayuda.

—Usted sería una excelente marine, señora.

La anciana sonrió.

—Yo daba clases en un instituto, y allí aprendí que no hay que dejarse asustar por los críos, por grandes que sean. Haces todo lo que puedes, con la esperanza de que te hagan caso.

—¿Quiere que la lleve a alguna parte?

—La casa de mi hija está a una manzana. Gracias por su ayuda, joven. —Ladeó la cabeza—. ¿No es usted el Chico Grafitis?

Él asintió y le tendió la mano.

—Rob Smith.

—Marian Berry. —Le estrechó la mano con un apretón sorprendentemente fuerte—. Es bueno librarnos de las pintadas, pero ¿acaso los críos no vuelven enseguida a pintar otras?

—Normalmente no. Desean reconocimiento. Que les borren los grafitis como si ellos no importaran, por lo general los lleva a buscar un lugar donde no se les puedan tapar inmediatamente. Si entonces llega otro a hacer pintadas por aquí, se las borramos y muy pronto también se marcha.

—Sin duda eso hace que el barrio tenga mejor aspecto. Continúe con su buen trabajo, joven.

Dicho eso la anciana echó a caminar, con la espalda muy recta.

Todavía bombeando adrenalina, Rob volvió a su camioneta y reanudó el trayecto hacia la iglesia, con la esperanza de no llegar tarde. Acababa de frenar en el aparcamiento cuando pasó un Lexus color borgoña cerca de él. El coche hacía parecer vieja y cansada a su camioneta.

Bajó y entonces miró a la mujer que salía del coche. Llevaba tejanos una camiseta naranja oscuro en la que se leía: «El 99 por ciento de los abogados insulta a los demás», y tenía una alborotada melena de rizos rojos. Unos pendientes colgantes y un chaleco bordado de origen étnico completaban su atuendo.

—¿Quién es usted y qué hace con el coche de Val Covington? —preguntó.

Ella se echó a reír.

—Éste es mi verdadero yo, estilo sábado. ¿Eres capaz de soportarlo?

Él subió la escalinata de atrás y abrió la puerta.

—¿Soportarlo? Estoy fascinado. Siempre me ha gustado la historia de Jekyll y Hyde.

—Supongo que el doctor Jekyll soy yo con mi disfraz de abogada. —Lo miró de soslayo al pasar junto a él para entrar por la puerta—. Lo cual significa que ahora soy el peligroso míster Hyde.

Peligroso era decir poco. El optimismo y el entusiasmo de Val le tocaban cuerdas que llevaban tanto tiempo en silencio que había olvidado cómo sonaban, y eso sin contar sus atractivos físicos. Si ya con su traje sastre era sexy, con su atuendo informal estaba francamente excitante. Y estaba coqueteando con él.

No se lo tomaría como algo personal hacia él; ese día ella irradiaba esa especie de chispeante feminidad que coquetea con el mundo y seduce a hombres de nueve a noventa años.

—¿Una abogada irresistible? —dijo tratando de dar un tono travieso a su voz—. Muy peligrosa, por cierto.

La guió hacia la sala de atrás, que él había estado usando de oficina. Val metió la mano en su enorme bolso de tela bordada y sacó un fajo de papeles.

—Redacté un contrato de alquiler basándome en las condiciones que hablamos por teléfono. Léelo, consulta con otro abogado si quieres, o dime si deseas algún cambio.

Él echó un vistazo a la copia y comprobó que el precio del alquiler y las cláusulas eran los que habían acordado.

—No es necesario. Estoy dispuesto a firmar ahora.

Ella negó con la cabeza.

—Eres demasiado confiado.

—Un contrato no vale mucho más que la honradez de las personas que lo firman.

—Cierto, pero son útiles si surge una situación conflictiva y es necesario arreglar y armar las piezas. Quiero hablar contigo sobre algunos trabajos de remodelación antes de mudarme, pero eso tiene que ser un trato aparte. —Sonrió—. Ni siquiera he visto todo el local. Debería avergonzarme por no hacer mis deberes.

—Vamos a hacer un recorrido completo antes de firmar nada, así podrás echarte atrás si cambias de opinión.

—No cambiaré de opinión por nada inferior a una humedad tan grande en el sótano que desencadene una epidemia de cólera. Y tal vez ni siquiera por eso.

Si ella encontraba una humedad en el sótano llamaría a un fontanero, pensó él. Una mujer eficiente Val Covington. Le abrió la puerta para bajar al sótano. Aunque parecía alta debido a su enérgica presencia, al llevar sandalias en lugar de tacones altos se veía menuda y algo bajita.

—Compruébalo tú misma.

Dado que el templo y las oficinas de la iglesia estaban a una altura de media planta, el sótano tenía ventanas por las que entraba mucha luz, pero aparte de eso no tenía atractivo alguno. La mayor parte de la sala era un espacio abierto, las paredes blancas y el recubrimiento de vinilo del suelo de color neutro aparecía acentuado por las molduras de madera oscura.

La cocina y los lavabos estaban en la parte de atrás, debajo de las oficinas. La vieja cocina era anticuada, diseñada para que trabajaran en ella doce o más mujeres. Puesto que él no sabía qué uso se le daría, no había hecho nada aparte de limpiar, pintar y comprobar que funcionaran los viejos electrodomésticos. A Val no le importó.

—Esta vieja cocina es fabulosa. Con una mesa en el medio y un microondas será un estupendo comedor para el almuerzo. —Paseó la mirada por el amplio espacio de la sala, que habían diseñado para cenas y reuniones—. No hay humedad ni cólera a la vista, así que quiero que esto se divida en cuartos para archivos y oficinas para estudiantes en prácticas y voluntarios.

—¿Estudiantes en prácticas?

—Habiendo dos facultades de derecho en Baltimore, no tendría que ser difícil encontrar estudiantes entusiasmados por tener una verdadera experiencia en el mundo real. También tengo la intención de atraer aquí a algunos de mis amigos abogados. Puesto que tienen que hacer algún trabajo gratuito, igual podrían hacerlo aquí. No soy la única que anhela hacer justicia. —Echó a andar hacia la escalera—. Próxima parada, las oficinas.

Rob la llevó hasta el que fuera el estudio del pastor de la iglesia, que estaba inmediatamente detrás del templo.

—Éste es el despacho más agradable, me parece.

Val suspiró feliz al ver la ventana salediza, que en la parte superior tenía estrechos vitrales.

—Será el mío. Siempre he soñado con tener un asiento junto a una ventana. —Atravesó la sala y se sentó en el ancho alféizar, que parecía un banco sin cojines—. Paneles en forma de rombos y vistas de los rododendros del vecindario. No es un mal cambio de haber estado disfrutando de una vista a ojo de buitre de la bahía de Baltimore.

Él pensó cómo sería su actual trabajo.

—Me imagino que resulta raro cambiar un ajetreado bufete en el centro por un apacible despacho a las afueras.

—Estoy lista para eso —dijo ella encogiéndose de hombros—. Durante años, cada día me he dedicado a resolver seis casos que no admiten prórroga y a atender a una interminable riada de personas nerviosas y tensas. La adrenalina es adictiva, pero el ajetreo no es sustituto de una vida.

Rob pensó que podría resultarle más difícil recuperarse de esa adicción de lo que ella creía; él lo había pasado fatal tratando de hacerlo. La simplicidad no es fácil. Claro que Val sólo quería aminorar la marcha de su vida, no desconectar el motor del todo, como hizo él.

—¿De veras vas a dedicarte a llevar casos sin cobrar nada?

—Espero hacerlo más o menos la mitad del tiempo. Ya veremos. —Puso los pies sobre el alféizar y se rodeó las rodillas con los brazos—. Deseo hacer algo bueno en las vidas de las personas, no sólo en sus billeteros. No es que haya nada malo en la prosperidad, pero no quiero que mi vida gire en torno al dinero. Durante años ha sido así, y ni siquiera me daba cuenta, hasta estos últimos días. Vivía trabajando, trabajando...

Se interrumpió, como si ya hubiera dicho demasiado.

Era juiciosa al ver la luz antes que su vida estuviera en crisis. Él había sido menos juicioso.

—¿Cómo encontrarás causas dignas de luchar por ellas?

—Ellas me están encontrando a mí. Ya acepté ocuparme de un caso, y probablemente cogeré otro una vez que haya hablado con la posible clienta, una mujer cuyo ex marido rico no hace más que meterle pleitos sin ningún buen motivo.

—Espero que lo aplastes como a un gusano. ¿Cuál es el otro caso?

—Es uno difícil. Kendra, mi ayudante, me pidió que viera si puedo hacer algo por un viejo amigo suyo que está en el corredor de la muerte. A Daniel Monroe lo condenaron por matar a un policía. Ella jura que es inocente, pero él está harto de apelaciones y la fecha de ejecución la fijarán pronto. —Hizo un gesto de pena—. Veré qué puedo hacer, pero sería necesario un milagro para salvarle la vida.

Las palabras «corredor de la muerte» golpearon a Rob como agua helada, destrozando su ánimo relajado.

—¿Estás segura de que tu ayudante no se equivoca respecto a la inocencia de su amigo? La mayoría de los reos juran sobre un montón de biblias que los han condenado precipitadamente.

—Kendra dice que estaba con él la noche del asesinato.

—¿La policía no le creyó?

—Pensaron que mentía para proteger a su chico. Estoy segura de que eso ocurre, pero Kendra no miente. Si ella dice que él estaba con ella, es que estaba con ella.

O sea que realmente ése podía ser un hombre inocente condenado por error.

—¿Cuáles eran las pruebas contra Monroe?

—Aún no he visto los archivos, esto acaba de surgir, pero Kendra dice que lo condenaron basándose en el testimonio de tres testigos oculares.

Él torció la boca.

—El error del testigo ocular es la causa más común de condenas injustas.

Ella apretó más los brazos alrededor de las rodillas.

—Sí, pero es tremendamente difícil demostrar que están equivocados. Si una víctima sube a la tribuna de los testigos y dice: «Fue ese hombre», el jurado le cree. Un testigo equivocado puede enviar a la muerte a un hombre inocente.

—Cuando un crimen es causa de horror y escándalo público, todo el mundo está impaciente por ver castigado al asesino —dijo Rob en tono sarcástico—. A la policía y a los fiscales les resulta muy fácil cargarse al primer sospechoso verosímil y no investigar nada más.

Ella lo miró atentamente a la cara.

—Sabes algo sobre crimen y castigo.

Él desvió la vista.

—He leído un poco. —Era cierto, aunque la mayor parte de lo que sabía la había aprendido del modo más duro—. ¿Qué vas a hacer? Al ser un caso de pena capital, me imagino que lo habrán revisado todo una y otra vez.

—Comenzaré por conseguir los expedientes del caso en el despacho del abogado defensor que le asignaron. Después intentaré entrevistar a todas las personas importantes en la instrucción de la causa: el abogado defensor, el fiscal, los policías, los testigos; espero que todos estén vivos. Tendré que analizar y desmenuzar los argumentos que se presentaron como pruebas y buscar puntos débiles. —Se interrumpió—. No, no es por ahí que debo comenzar. Primero tengo que visitar a Monroe en la penitenciaría. Todo lo que sé de él lo sé por Kendra. Quiero conocerlo y ver si quiere que yo le defienda. En realidad, no puedo hacer nada sin su consentimiento.

El deseo de Rob de mantenerse indiferente luchó una breve pero intensa batalla con su irresistible deseo de participar en ese caso.

—Llévame contigo. Tal vez yo pueda ayudarte en la investigación.

—¿Por qué habrías de hacer eso? —le preguntó ella sorprendida.

—No me gusta la pena capital —dijo él sin más—. ¿Qué piensas tú al respecto?

—No estoy segura. No clamo por ver sangre derramada —dijo ceñuda—, pero algunas personas han hecho cosas tan horrendas que es difícil lamentar que sean condenados a muerte.

—Matando el Estado se rebaja al nivel de un asesino. Por no decir que mueren hombres inocentes. ¿Sabías que por cada siete hombres ejecutados se ha liberado a uno del corredor de la muerte por ser totalmente inocente? Muchos presos han quedado en libertad gracias a la prueba del ADN, cuando ésta ha demostrado que eran inocentes. ¿Qué nos dice eso sobre los casos en que no hay ADN para dar la prueba absoluta de la culpabilidad o inocencia?

Ella lo estaba mirando fijamente.

—¿Uno de cada ocho? ¿De veras?

—Eso he leído. Las cifras no son exactas. Muchas agencias siguen las pistas de los crímenes y los castigos, pero no son muchas las que siguen la pista de las condenas equivocadas.

Val bajó de su asiento en la ventana y comenzó a pasearse por la sala.

—El doce por ciento. Eso es horroroso. Si ese porcentaje de condenas erróneas se mantiene, quiere decir que decenas de miles de personas inocentes están en la cárcel. —Movió la cabeza impaciente—. Cualquier persona con dos dedos de frente reconoce que el sistema judicial falla de vez en cuando y envía a la cárcel a un hombre inocente o, peor aún, a la cámara letal. Pero si los errores se cometen a esa escala... Bueno, es horrendo.

—Seguro que esta tarde en tu casa vas a investigar para ver si mis cifras son exactas —pronosticó él.

Ella lo miró sorprendida.

—¿Tan transparente soy?

—Los abogados creen en hechos. Antes de comenzar tu cruzada vas a asegurarte de que llevas el estandarte correcto.

—Exactamente. —Detuvo su paseo y lo miró a la cara con alarmante intensidad—. Rob, tu deseo de ayudar a un hombre inocente me parece muy sincero, pero debo preguntarte si tienes alguna experiencia como investigador. ¿Te crees capaz de llevar una investigación con tanta prisa? No habrá tiempo para segundas oportunidades. Si este tipo de trabajo queda fuera del campo de tu experiencia, puedo contratar a un investigador profesional.

Aunque él prefería no hablar de su pasado, esta vez no tenía escapatoria.

—Fui policía militar en los marines. Han pasado algunos años, pero me enseñaron bastante bien cúales deben ser las habilidades de un investigador, y también entrevistar y a hacer deducciones.

—Estás contratado. No es que vaya a haber mucho dinero en esto. —Sonrió levemente—. Entre ahora y el momento que deje mi trabajo voy a estar a tope, así que serán una bendición tu habilidad y tu interés en este caso.

—Gracias por permitirme colaborar. —Esas palabras quedaban cortas para expresar lo que sentía; no lograba explicar del todo, ni siquiera a sí mismo, esa urgente necesidad de intentar salvar a un desconocido. Para cambiar el tema, dijo—: ¿Te interesa que haga obras de remodelación antes de que te mudes aquí?

—Estanterías para libros, armarios con estantes, ese tipo de cosas. Uno de los cuartos de atrás habrá que acondicionarlo para poner allí fotocopiadoras e impresoras. —Entrecerró los ojos, pensativa, pasando su atención de la justicia a cómo debía distribuir el espacio de su despacho—. Podría ser conveniente instalar puertas dobles entre esta oficina y la de atrás. El espacio que quede en medio lo puedo aprovechar para biblioteca y sala de reuniones.

—Ningún problema. ¿Quieres pensar en los cambios durante el fin de semana y luego me das la lista para que yo pueda hacer el presupuesto?

—Perfecto. Quiero venirme aquí tan pronto como deje atadas las cosas en Crouse, Resnick. —Miró hacia el techo—. Tu apartamento no puede ser muy grande. Si quieres seguir teniendo tu oficina aquí o en el sótano mientras tanto, siéntete libre. Hay muchísimo espacio.

Él movió la cabeza, divertido y sorprendido.

—Y luego dices que yo soy demasiado confiado. ¿Y si yo fuera un ex asesino?

—Si lo eres, espero recordar los movimientos de mis clases de defensa personal. —Salió por la puerta—. Pero no tienes aspecto de estar particularmente loco, y si estás por aquí parte del tiempo, eso podría desalentar a otros ex asesinos.

Una dama pragmática. La siguió por el corredor y entraron en la antigua iglesia.

—¿Qué va aquí?

—La oficina de Kendra, para que pueda vigilar la puerta, y también la sala de espera. Tal vez necesitaremos unas paredes bajas o divisores móviles para darle cierta privacidad. Que ella elija. —Fue a ponerse en el centro de la sala y miró los rosetones de los vitrales—. Me gusta muchísimo este edificio. ¿Cómo no se va a poder hacer justicia aquí?

—La justicia es buena —dijo él suavemente—. La misericordia es mejor.

—O sea que volvemos a la pena capital. —Su mirada era incómodamente penetrante—. Eres un hombre interesante, Rob Smith.

—Y los chinos convirtieron en maldición la palabra «interesante». —Sacó varias llaves del bolsillo—. Es hora de firmar el contrato para hacerte inquilina oficial. Así puedes entrar y salir a tu gusto.

—No olvides que debo darte un cheque —dijo ella sonriendo de oreja a oreja.

Él hizo chasquear los dedos con fingida sorpresa.

—Ah, sí, dinero. Me hace falta trabajar esa parte del oficio de casero. Soy mejor con tocones y Sheetrock.

Ella se apresuró a sacar su tarjeta de abogada y se la pasó.

—Si necesitas una abogada me lo dices. Precios especiales para caseros.

Los dos se rieron y, para gran alivio de él, volvió a alegrarse la atmósfera. Firmar los contratos sólo les llevó unos minutos, después de lo cual dejó sola a Val para que explorara su nuevo imperio. Pero cuando conducía hacia el centro de la ciudad, no pudo sacársela de sus pensamientos.

Durante años había andado por el mundo como un fantasma, relacionándose principalmente con cosas, y no con personas. Val Covington lo hacía real.

Y ésa era una sensación condenadamente incómoda.

Capítulo 5

Después que Rob se marchó, Val tomó las medidas de las habitaciones y las anotó, pero tenía la mente alborotada. Si él tenía razón respecto a las muchas personas inocentes que enviaban a prisión, y sospechaba que él no cometía muchos errores, había descubierto un tema que podría apasionarla.

Aunque agradecía el interés de Rob y sus capacidades como investigador, pensó si no necesitaría más ayuda. ¿Tal vez estudiantes de periodismo? En la Universidad de Northwestern, un catedrático de periodismo y sus alumnos habían hecho investigaciones que libraron a tantos hombres del corredor de la muerte que el gobernador de Illinois puso en moratoria las ejecuciones. Pero esos estudiantes necesitarían cierta supervisión, y ella sencillamente no tenía tiempo para ello. Daría a Rob la oportunidad de demostrar su valía antes de buscar más voluntarios.

Mientras tanto, tenía que acabar el trabajo que tenía pendiente en Crouse, Resnick. Más informes. Clientes que pagaban muy bien por contar con toda su atención. Pero ese día era sábado, y tenía derecho a su propia vida durante unas pocas horas. Eso significaba consultar precios del equipo que necesitaba para el despacho y luego correr a casa para cenar con una amiga.

Después de visitar una tienda de muebles de oficina y otra de ordenadores, condujo a casa pensando nuevamente en su casero. Decididamente un fuera de serie. Le encantaría saber más cosas sobre el pasado de Rob, pero no era lo bastante indiscreta como para hacerle preguntas. Sonrió. Cuando lo conociera mejor, entonces sí podría ser indiscreta.

La relación entre ellos avanzaba rápidamente, aunque de modos nada tradicionales. Todavía le sorprendía su impulsiva sugerencia de que mantuviera su oficina en el local de la iglesia, pero era cierto que tenía espacio de sobra y sería agradable tenerlo cerca.

De acuerdo, Val, reconoce que te atrae. Le gustaba su mentalidad, le gustaban sus habilidades sólidas, prácticas, le gustaba que él se preocupara por el destino de un hombre condenado al que no conocía.

Por no decir que irradiaba atractivo sexual, o tal vez ella llevaba demasiado tiempo sin salir con un hombre. Tal vez eran ambas cosas.

Cayó en la cuenta de que iba tarareando la canción que le cantaba su madre para hacerla dormir: «Si yo fuera carpintero...» Sonrió. Muy apropiada, porque bajo las armoniosas letra y melodía, era una canción acerca de las clases sociales. Ella era una abogada educada en Harvard y él carpintero, un restaurador y un ex marine. ¿Estaba condenada al fracaso esa atracción?

Demonios, no. La educación está muy bien, pero según su experiencia, tener una mente inteligente y activa es más importante que tener un diploma colgado en la pared. Y a menos que su juicio estuviera muy errado, ella no le era indiferente a él.

Qué hermosa combinación de fuerza y habilidades prácticas, mente aguda y seductoras texturas. Le encantaría pasar los dedos por esa abundante barba color ámbar oscuro.

Interrumpió esos pensamientos, no fueran a descender al territorio considerado X. El hecho de que fuera interesante y atractivo no lo hacían necesariamente material para romance, aun cuando fuera de la edad apropiada, no tuviera ningún vicio aparente y ella sintiera debilidad por su barba.

Desde hacía mucho tiempo, tenía por norma no liarse con hombres con los que trabajaba, y puesto que él era su casero y posible investigador, una relación más íntima con él daba mucho espacio para provocar problemas si no funcionaba. Mejor mantener las cosas a nivel profesional.

Por otra parte, pensó, tal vez intentaba negar la posibilidad de romance porque había perdido su osadía; hacía mucho tiempo que no tenía una verdadera relación.

La última fue con Donovan, el ex y actual marido de su amiga Kate. Era un hombre fabuloso que siempre la trató bien, pero mirando en retrospectiva comprendía que él nunca estuvo emocionalmente disponible para ella porque jamás dejó de amar a Kate. Por suerte se las habían arreglado para continuar siendo amigos cuando Kate volvió a Baltimore y cayó directamente en los brazos de su ex marido.

El hombre más interesante que conoció después de Donovan fue Greg Marino, el cámara en la película de Rainey. Durante el rodaje del filme, trabajando de ayudante de Rainey, estuvo saliendo con él. También tenía una deliciosa barba, era francamente encantador, además de tener mucho talento; él la invitó a ser su acompañante en la ceremonia de la Academia, en la que él recibió un oscar, lo que hizo inolvidable esa noche. Pero aunque le gustaba muchísimo, no había futuro para una pareja formada por un errabundo del espectáculo y una chica de la costa Este convencional como ella.

Hombres, suspiró. Ahora que realmente podría tener tiempo para un verdadero romance tendría que encontrar mejores maneras para elegirlos.

Al detener el coche en el garaje de su casa, sintió pasar por ella una agradable corriente de relajación. El barrio Homeland era uno de los mejores de Baltimore, con casas hermosas y espaciosas y frondosos árboles; predominaban las casas coloniales tradicionales, pero ella se enamoró de esa casa estilo Tudor en el momento en que la vio. Asimétrica y con acabado en estuco color crema entre vigas espigadas, la casa descansaba plácidamente bajo tejados inclinados de pizarra. Comodidad con un toque de excentricidad, exactamente su estilo.

Cuando era niña le encantaba la grandiosa mansión de su padre en Connecticut, en las raras ocasiones que iba a visitarlo. El terreno que tenía era más grande que algunos de los parques de Baltimore, y los jardines estaban mucho mejor diseñados, pero tenía más cuartos de baño que residentes. Su deseo de vivir en una casa así la había hecho sentirse desleal hacia la pequeña casa que compartía con su madre. La casita era agradable y estaba maravillosamente decorada por Callie, y ella la ayudó a comprarla cuando el casero decidió venderla. Pero jamás sería una mansión.

Su casa Tudor en Homeland tampoco era una mansión, pero era perfecta para ella, y una recompensa por sus muchos años de arduo trabajo. Puesto que iba a dejar de percibir los ingresos de socia del bufete, tal vez habría sido más sensato continuar en su primera casa, una situada cerca de la Universidad Johns Hopkins. La hipoteca y los costes de mantenimiento serían muchísimo más bajos, pero no podía lamentar el haber comprado su casa soñada. Si acababa teniendo que recortar los gastos en otras cosas, pues así lo haría.

Gracias a una parada en una tienda para *gourmets* que había de camino a casa, tenía los ingredientes para la cena. La comida sería sencilla, puesto que su invitada, Rachel Hamilton, era amiga suya desde el primer año de básica, y entre ellas no era ni necesaria ni deseada la formalidad. Esperaba con ilusión ese encuentro. Hacía meses que no lograban encontrar un momento para reunirse, y sería agradable ponerse al día. El buen sentido común de Rachel siempre era útil para mantener las cosas en perspectiva. Una lástima que se hubiera desaprovechado en la Facultad de Medicina; habría sido una juez fabulosa; de hecho, el padre de Rachel era juez.

Cuando entró por la puerta de atrás, los gatos la estaban esperando en el vestíbulo donde se quitó la ropa y los zapatos embarrados. El lustroso y sanote gato negro *Damocles* la miró con aire indiferente, mientras la gatita blanca moteada, *Lilith*, se enroscaba sugerentemente en sus tobillos con la mirada fija en las bolsas de plástico donde llevaba la comida.

—No finjas estar muerta de hambre, *Lilith*. Te vi apenas inhalar tu desayuno esta mañana.

Se agachó a acariciarle la cabeza a *Lilith* y rascarle el cuello a *Damocles* para que no se sintieran olvidados, y después se dirigió a la cocina.

Con gran eficacia, pronto tuvo más salchichas italianas en rodajas hirviendo a fuego lento en salsa marinara en el quemador de atrás, la mesa puesta con copas de cristal y velas (¿por qué reservar la elegancia para las cenas con hombres?) y una ensalada verde enfriándose en el refrigerador junto con una botella de vino. Estaba envolviendo en papel de plata el pan al ajo para ponerlo a calentar cuando sonó el timbre.

Corrió a abrir la puerta a su amiga. Alta y serena, con una melena oscura corta cayendo en suaves ondas naturales, Rachel inspiraba confianza incluso cuando se veía agotada, como esa tarde. Entró en el vestíbulo e hizo una profunda inspiración.

—Huele muy bien. ¿Cómo lo haces, Val? Estás como mínimo tan ocupada como yo, pero sigues arreglándotelas para ser una diosa doméstica.

Val se rió.

—Sé dónde comprar buena comida preparada por otros para llenar los vacíos que no tengo tiempo de llenar yo. Vamos, entra, bebe un poco de vino y me cuentas en qué has estado.

Durante la cena, pastas y postre regados con vino, conversaron con la comodidad de amigas que conectan inmediatamente por mucho que sea el tiempo transcurrido desde el último encuentro. Después se instalaron en el porche del lado del sol, que era más acogedor que la sala de estar formal. Val se sentó con las piernas recogidas en el sillón de orejas, con *Lilith* en la falda, mientras *Damocles* se acomodó en la falda de Rachel, que iba convenientemente vestida de negro, lo que evitaría que se notaran los pelos.

Después de oír la historia de Val sobre cómo y por qué iba a cambiar de rumbo en su profesión, Rachel comentó:

—Ésta tiene que ser una buena decisión. Hacía años que no te veía tan feliz y entusiasmada.

—Estoy muy contenta, pero también asustada —repuso Val. Guardó silencio un momento para aclarar sus dudas—. Hasta ahora la competitividad me ha mantenido orientada en la dirección correcta. Ahora no sólo voy a tocar asuntos profesionales de los que no sé mucho, sino que no tengo ni idea de qué haré con el tiempo libre. Estoy acostumbrada a correr como un hámster en una rueda giratoria.

Rachel se tomó con calma esa revelación; siempre había sido la madre confesora de su grupo de amigas.

—Es lógico que estés asustada, cualquier cambio en la vida que valga la pena da miedo. Pero creo que estarás contenta una vez que hayas hecho el ajuste. Sólo tienes que cambiar algo del orden que te gusta por más desorden.

—Suena horrible dicho así —gimió Val.

—Entonces impón orden haciendo listas. Siempre te ha gustado eso. ¿Qué tienes en tu lista para aprovechar tu nuevo tiempo libre?

—Me gustaría volver a trabajar en el jardín —dijo Val pensativa—. Viajar más, cocinar más, buscar antigüedades. Sería maravilloso poder vagar por la casa con los gatos sin sentirme culpable. Pero lo más importante son las relaciones. Las amistades son plantas a las que hay que regar, dedicándoles tiempo y esfuerzo. Deseo poder salir a almorzar con una amiga sin tener que programarlo con un mes de antelación.

—Supongo que ése es el motivo por el que mis amistades son personas a las que conozco desde hace años —dijo Rachel rascándole bajo la barbilla a *Damocles*—. No he tenido tiempo para hacer nuevas amistades. Y hablando de relaciones, cuéntame más cosas sobre ese casero tuyo. Te aparece un brillo felino en los ojos cuando hablas de él.

Val arrugó la nariz.

—¿Tanto se me nota?

—Claro como el cristal.

—Es interesante, del tipo las aguas mansas son profundas. Muy práctico y terrenal, lo que me será muy útil en la investigación del caso del corredor de la muerte. Creo que siente un auténtico interés en salvarle la vida a Daniel Monroe, así que pondrá todo su empeño.

—Todo eso está muy bien, pero ¿es atractivo?

Val buscó una analogía repasando las películas que veían en aquella época en que se juntaban todas los domingos por la noche a ver cine.

—Piensa en Charlton Heston como Ben Hur después que se hunde la galera romana y va remando en esa balsa. Muchos músculos y una barba rubia.

Rachel se echó a reír.

—Si es así y también tiene cerebro, pregúntale si tiene algún hermano. Espero impaciente las novedades.

—No te hagas ilusiones. Rob es estrictamente pasto para fantasías.

Rachel arqueó las cejas con evidente incredulidad, pero no quiso discutir ese punto con Val.

—Aunque con él resultara imposible, un nuevo trabajo significa conocer a nuevas personas. Tal vez entre ellas aparezca el amor de tu vida.

—En el caso de que encontrara al príncipe azul, me enfrentaría a uno de mis mayores temores, la maternidad —dijo Val sarcástica—. Mi reloj biológico avanza como un loco, pero la perspectiva de tener hijos también me aterra. ¿Y si encuentro un hombre que cuida de mí, tengo un bebé y entonces descubro que soy un fracaso total como madre? Ése es un trabajo que no se puede dejar una vez que lo empiezas.

—Personalmente, sospecho que también eres muy ambivalente respecto a dejar entrar al amor en tu vida —observó Rachel—, pero no serás un fracaso si decides tener hijos. Leerás todos los libros sobre la educación de los hijos que se hayan escrito, los analizarás y luego pondrás en práctica las mejores ideas. La verdadera pregunta no es si serás una buena madre, sino si ésta es una responsabilidad que deseas asumir.

—Tienes razón, es la responsabilidad la que me asusta. Sería estupendo si pudiéramos hacernos una batería de tests sobre la capacidad para la maternidad antes de saltar al abismo.

—Piensas demasiado sobre este asunto, un número increíble de personas se las arreglan muy bien sin hacer ningún plan por adelantado. Pero por si te hace sentir mejor, quiero que sepas que existen diferentes tipos de tests.

Val hizo un rápido repaso de su lista de amigas con hijos pequeños.

—¿Pedir prestado un hijo a alguien para un fin de semana?

—Eso sería un comienzo. O podrías entrar en el programa Hermana Mayor/Hermana Pequeña. —Rachel sonrió de oreja a oreja—. Encajarías a la perfección en tu nueva profesión de bienhechora.

—Nunca se me había ocurrido eso —dijo Val pasado un momento—, pero es una buena idea. Igual aprendo algo sobre lo bien que puedo llevar una relación duradera con un niño.

—Puede que sí, puede que no. Conozco a muchas personas que dicen que los únicos críos que pueden soportar son los propios. Pero incluso si eso no te da una respuesta definitiva en el asunto de convertirte en madre, ser mentora de una niña tendría sus propias recompensas.

—Pondré «hermana pequeña» en el primer lugar de la lista.

Val sonrió, tranquilizada por el vino, la buena compañía y el ronroeo gatuno. Tenía la perspectiva de un trabajo excitante, un hombre interesante y encontrar una niña con la que podría jugar y luego devolver.

¿Qué más podía desear una mujer?

Capítulo 6

Rob estaba a punto de comenzar a poner los marcos para las puertas de las nuevas oficinas en el sótano de la iglesia cuando lo llamó Val a su móvil.

—Hola, Rob, soy Val. Sé que esto es intempestivo, pero ¿podrías encontrarte conmigo en la cárcel SuperMax, en Madison con Fallsway, dentro de una hora? Tenemos una entrevista con Daniel Monroe.

Tan pronto. Comprender lo que estaba a punto de comenzar fue como un viento frío del norte sobre su piel desnuda.

—Claro que sí, pero deja que te vaya a recoger a tu oficina.

—Puedo arreglármelas, no está lejos de donde trabajo.

—¿De veras quieres aparcar tu Lexus en esa zona?

—Probablemente no —concedió ella—. ¿Sabes dónde está mi oficina?

—Sí. —La había visto cuando investigó a Val en la web—. Nos vemos a las once.

Colgó pensando que sería mejor subir a su apartamento a cambiarse ropa. Como más cómoda se sentía era con sus tejanos desgastados, pero tenía que parecer un investigador, no un preso.

Hacía años que no se esforzaba mucho en verse respetable, y descubrió que su chaqueta azul marino le quedaba un poco estrecha de hombros y los pantalones caqui algo holgados en la cintura. Martillear clavos era un ejercicio mucho mejor que martillear un teclado.

Subió a su camioneta y puso rumbo al centro. Se sintió raro al verse vestido con traje en su vieja furgoneta. Seguro que se rompería la simplicidad monástica de la vida que había llevado esos últimos años. Sus sentimientos sobre eso eran ambivalentes. La opresiva pesadez que lo aplastaba empezaba a aligerarse lentamente, pero ¿qué tipo de cambios sería capaz de soportar?

¿Y qué se merece un hombre que lleva la marca de Caín?

Las oficinas de Crouse, Resnick se veían relucientes, silenciosas y caras. Incluso con su americana se sentía como un bedel. La recepcionista se mostró impecablemente amable a pesar de su apariencia. A los dos minutos de que llamara ella para anunciar su llegada, llegó una negra alta, bellísima, a hacerlo pasar. El elegante moño destacaba la hermosa forma de su cabeza, y un traje color fucsia marcaba una admirable figura muy femenina.

—¿Señor Smith? Soy Kendra Brooks, la ayudante de la señorita Covington.

Él le tendió la mano.

—Soy Rob. Es un placer conocerla. Nos veremos con frecuencia, seguro.

Cuando lo guiaba por el corredor, ella miró alrededor. No había nadie a la vista, pero de todos modos le habló en voz baja:

—Le agradezco que se haya ofrecido para ayudar a Daniel.

Así de cerca, él vio las señales de cansancio y estrés alrededor de sus ojos y tuvo que revisar el cálculo que había hecho de su edad, pasándola de treintañera a cuarentona. Kendra Brooks era una mujer que había capeado su buena cuota de problemas.

—Espero poder servir de algo. Este caso... toca algunas teclas personales.

Kendra le dirigió una mirada sagaz y abrió la puerta de una oficina. Val estaba hablando por teléfono y le hizo un gesto invitándolo a entrar. Ese día lucía su aspecto habitual de abogada, con el pelo recogido y un sobrio traje gris. Interesante ver como en su llameante pelo rojo se distinguían varios matices más oscuros cuando estaba firmemente recogido en un moño.

Cuando ella se inclinó a tomar notas, él admiró el delicado contorno de su nuca, donde un brillante mechón le caía enroscado sobre la blanca piel. Un lugar perfecto para besar...

Desvió la vista tan pronto como se le formó el pensamiento. Estaba ahí para un asunto serio, no para fantasear como un adolescente. Fue hasta la ventana, que estaba detrás de ella, la que ofrecía una espectacular vista de la bahía. Abajo en el muelle estaba atracado un enorme barco con la bandera alemana y había una desordenada cola de personas esperando para un recorrido; un malabarista las estaba entreteniendo. Al otro lado del pabellón Harborplace estaban desembarcando turistas de un taxi acuático. Se le ocurrió pensar si Val iría a echar de menos estar en el centro de la ciudad con un incesante carnaval fuera de su ventana. Se volvió hacia ella al oír que colgaba el teléfono.

—Perdona que te haya hecho esperar —dijo Val, levantándose y saliendo de detrás del escritorio.

Ese día llevaba traje pantalón. Seguramente no quería causar problemas en una prisión enseñando sus preciosas piernas. También llevaba tacones altos, los que creaban la ilusión de que era algo más alta. ¿Cómo reaccionaría si le decía que estaba preciosa? Probablemente lo despediría.

—Ningún problema. ¿Lista para irnos?

Ella le pasó una pesada carpeta tipo acordeón llena de documentos, luego cogió un maletín y salió con paso enérgico hacia los ascensores.

—Le eché una rápida mirada a los documentos del caso. Esa carpeta contiene las copias de los más importantes. Una vez que los hayas leído, tenemos que sentarnos a hablar de los argumentos y pruebas y decidir la forma de atacar. Eso, suponiendo que tú, yo y Monroe deseemos seguir adelante.

—¿Y has tenido tiempo para obtener los archivos y leerlos? Sólo hace cuatro días que decidiste abrir tu propio despacho.

—Éste es un caso en que el tiempo es verdaderamente esencial.

—Se abrieron las puertas del ascensor, entraron y ella pulsó el botón del garaje—. A cualquier persona sentenciada a muerte en Maryland se le archivan automáticamente las apelaciones, así que los argumentos y pruebas ya se han estudiado de seis maneras a partir de cero. Cuatro meses no es mucho tiempo para idear una estrategia que convenza al gobernador de conmutar la sentencia. Sobre todo en un año de elecciones, en que a los políticos les aterra parecer blandos con el crimen.

—Si es inocente, debería haber una manera.

En ese momento salieron al aparcamiento y ella echó a andar hacia la camioneta.

—Me encanta tu optimismo —dijo ella sonriendo.

—Es fácil ser optimista cuando se es ignorante.

La ayudó a subir al elevado peldaño de la camioneta; tenía la mano pequeña y fresca, y su tranquilidad la hacía parecer totalmente a gusto sobre el parchado asiento de una camioneta de trabajo. Le gustaba eso en una mujer.

Menos de diez minutos de trayecto los llevaron a la zona bordeada por la autopista Jones Falls, en la que se agrupaban varios recintos importantes del Departamento Correccional, como fans de piedra en un concierto al aire libre. A Rob se le erizó la piel cuando vio la Penitenciaría de Maryland.

La prisión más antigua en funcionamiento continuo de Estados Unidos. La penitenciaría parecía un malsano castillo medieval. El enorme edificio de piedra se alzaba recto en una de las calles en dirección oeste más importantes de la ciudad, sin siquiera una acera que lo separara de la calzada con denso tráfico. En lo alto brillaban al sol los horribles rollos de alambre de púa enroscados en espiral. Rob pensó qué le harían esas afiladas púas a un preso que al intentar escapar cayera dentro de uno de esos rollos, pero entonces decidió que no le convenía pensar en eso.

Cuando daban la vuelta a la penitenciaría por las calles de un solo sentido para llegar al aparcamiento, vio a mujeres en la acera gritando a los presos asomados a las estrechas ventanas de la prisión. Esposas y novias, presumiblemente. ¿Les tirarían drogas y otros objetos de contrabando a los prisidiarios?

Le alegró que su destino fuera la cárcel SuperMax, que estaba justo enfrente. Relativamente nuevo, el edificio de ladrillo no había tenido tiempo para acumular tantos fantasmas como la penitenciaría.

—Aunque hay corredor de la muerte aquí —explicó Val mientras aparcaban—, la principal finalidad de la SuperMax es tener seguros a los criminales más violentos. Los presos pasan veintitrés horas al día en encierro solitario, con una hora de recreo.

—O sea que si no están locos cuando los mandan aquí, muy pronto pierden la cabeza.

—Es probable, pero por lo menos no pueden asesinarse entre ellos.

Guardaron silencio cuando llegaron a la entrada de la Super-Max. Aunque él nunca había estado en esa cárcel, la rutina le resultó dolorosamente conocida. Guardias y detectores de metales, un concienzudo registro del maletín de Val y una atmósfera tan tóxica como gas venenoso.

Cuando los guardias lo cachearon para comprobar si llevaba armas ocultas, se sintió como si le apretaran una faja de acero alrededor del pecho. Captando su aterrado deseo de echar a correr, Val le dijo en voz baja:

—Si quieres esperarme en la camioneta, no pasa nada.

—Gracias, pero no. Es necesario hacer esto. —Resueltamente se dijo que estaba ahí por propia decisión. Si volvía a visitar la SuperMax tal vez le resultaría más fácil—. Pero menos mal que serás tú quien lleve la conversación.

—Hablar es fácil. —Apretó los labios mirando el entorno—. Pero convencer a Monroe puede no serlo tanto.

—Tú lo conseguirás.

Se miraron transmitiéndose apoyo mutuo y siguieron a un guardia hasta una sala de visitas. Ésta era un poco más grande que un armario y tenía una mampara de plástico transparente que separaba al preso de las visitas. La conversación se hacía a través de un par de teléfonos. Val se sentó en una de las dos sillas, pero Rob se quedó de pie, paseándose nervioso por el pequeño espacio, sin lograr relajarse. No se sentó en la silla junto a Val hasta que se abrió la puerta del otro lado de la sala y entraron dos guardias escoltando a Daniel Monroe esposado.

A Rob le impresionó la corpulencia de Monroe. Sobrepasaba el metro ochenta, y sus macizos hombros estiraban la tela del mono de vivo color naranja. Una larga y fea cicatriz le estropeaba la perfección de ébano de su brillante cabeza calva. Tenía otra cicatriz en la mandíbula. ¿Herida de cuchillo? ¿De cristal roto? Si él viera a ese hombre en la calle por la noche, echaría a correr con la mayor rapidez posible. Incluso esposado y separado por la mampara, Daniel Monroe inspiraba miedo.

Sin que se le moviera un pelo, Val esperó hasta que él se sentó; entonces cogió el teléfono y se presentó:

—Señor Monroe, soy Val Covington. Kendra Brooks me dijo que le había dicho que yo vendría.

—Me lo dijo. —La voz de bajo profundo retumbó en el auricular, con un tono más resignado que peligroso—. Esa chica no quiere renunciar.

—Yo tampoco, señor Monroe —dijo Val. Hizo un gesto hacia Rob—. Él es mi investigador, Rob Smith. Usted despidió a sus abogados anteriores. ¿Nos permite actuar en su nombre?

Monroe pasó su atención a Rob. Su mirada no era la de un perro asesino rabioso, ni tampoco la mirada insípida de un psicópata. Tenía los ojos sabios y tristes de un hombre que ha visto cosas indecibles y ha perdido toda la fe en la justicia.

—¿Para qué molestarse? Ya no tengo esperanza. Cuando el juez presidente de la Corte Suprema dice que el hecho de ser inocente no equivale necesariamente a un argumento constitucional, es hora de renunciar.

—¿Un juez ha dicho eso? —preguntó Val incrédula—. ¿Cuál?

—Rehnquist. Compruébelo —dijo Monroe con toda naturalidad.

—Lo haré. —Val frunció el ceño, pensando cómo contestar—. Muy bien, puesto que la esperanza es un lujo que no puede permitirse, no espere que logremos algo. Los dos sabemos que las posibilidades de éxito son muy pocas. Pero ¿no vale la pena una tentativa para probar suerte?

Monroe se miró las muñecas esposadas.

—No sabe lo que pide.

—Creo que sí lo sé —dijo Val en voz baja—. Y ahora voy a hacer una tentativa barata. ¿Nos permitirá hacer lo que podamos por Kendra, para que no se atormente pensando si podría haberse hecho algo más?

Después de un largo silencio, Monroe soltó el aire en un resollante suspiro.

—De acuerdo, señorita Covington. Por Kendra. No quiero que lleve pesares cuando yo me marche.

—Estupendo. Y, por favor, tuteémonos, llámame Val. Vamos a tener que conocernos muy bien. —Sacó un bloc amarillo del maletín—. Sé que ya has explicado mil veces tu historia, pero ¿te importaría hacerlo otra vez?

—No hay mucho que decir. Nunca fui un santo. Cuando era niño me metí en problemas con la ley un par de veces. Nunca hice nada violento, pero tenía antecedentes y los policías me conocían. Después de cumplir una condena de seis meses por robar un coche para conducir un rato, decidí que era hora de crecer. Kendra me dio otra oportunidad, y conseguí un trabajo en un almacén. Me trataban bien y me iban a hacer supervisor. Saqué mi certificado de graduado escolar y estaba a punto de seguir algunos cursos vespertinos en el instituto de la comunidad.

»Entonces, una noche, llegaron los policías a golpear la puerta. Cuando la abrí, me empujaron y me estrellaron contra una pared. Me moví lento, muy lento, para que no les hormiguearan los dedos y se sintieran tentados de apretar el gatillo. Dijeron que tenía que ir a la comisaría para contestar unas preguntas. Cuando salí con ellos, le dije a Kendra que volvería pronto, porque sabía que no había hecho nada malo —continuó con amargura en la voz—. Me despedí de Kendra y del bebé, y desde entonces estoy encerrado.

—¿Qué ocurrió en la comisaría?

—Me hicieron preguntas y más preguntas sobre lo que había hecho esa noche. Yo no sabía lo que ocurría, hasta que uno de los detectives me golpeó en la cara y me gritó que por qué maté al agente Malloy. Entonces fue cuando comprendí que estaba con la mierda hasta el cuello: un policía asesinado. Les dije la verdad una y otra vez. Entonces me pusieron en una rueda de presos, un par de testigos dijeron que yo era el asesino, y ahí acabó todo. Me acusaron, me juzgaron y me condenaron. La gente gritó vivas cuando me condenaron a muerte.

Su voz monótona era escalofriante.

—¿Nadie creyó el testimonio de Kendra de que tú estabas con ella en el momento del asesinato?

—El asesinato ocurrió a sólo un par de manzanas de donde vivíamos, así que el fiscal aseguró que yo tuve tiempo de salir a hurtadillas de casa y volver sin que Kendra se enterara. —Soltó un bufido—. Como si fuera lógico que yo dejara a Kendra para atacar a otra mujer, volarle los sesos a un policía y volver tranquilamente a casa a jugar con mi bebé. Pero el sentido común no importaba. Necesitaban urgentemente condenar a alguien y yo estaba a mano.

—Hace unos años hubo un intento de conmutarte la pena capital por cadena perpetua —dijo Val.

—La familia de la víctima no quiso oír nada de eso, y lo que ellos piensan sí importa. —Se puso tenso—. Unos tíos inteligentes intentaron ayudarme y no llegaron a ninguna parte. Es hora de dejarlo estar en las manos de Dios.

—Ya hablamos de eso, y has aceptado dejarnos ver qué podemos hacer. Personalmente, prefiero pensar que Dios ayuda a los que se ayudan. No soy abogada criminalista, pero sí soy muy buena abogada, y tal vez pueda dar una nueva visión al caso. —Pasó la página y dejó a la vista las preguntas que traía escritas—. ¿Estás dispuesto para hablar ahora sobre las pruebas?

Monroe la miró con una leve sonrisa pesarosa.

—¿Quieres decir que la resistencia es inútil y que será mucho más fácil si colaboro?

Val sonrió.

—De eso se trata, Daniel. Intentémoslo y veamos qué pasa. ¿Qué tienes que perder?

Él se pasó una mano por la cabeza calva, dejando ver el borde de un tatuaje por debajo de la manga.

—Nada, mientras no sea tan tonto como para tener esperanzas, y hablar contigo es un descanso del aburrimiento. Pregunta.

Val obedeció, haciéndole preguntas exploratorias sobre el crimen, los argumentos y pruebas y las personas involucradas. Rob miraba en silencio, al mismo tiempo que se enteraba de los detalles del caso y observaba las reacciones de Monroe. Le sorprendió el conocimiento profundo que Val tenía del caso, teniendo en cuenta que lo acababa de coger y estaba ocupada con múltiples trabajos.

Cuando se les acabó el tiempo, salieron de la SuperMax en silencio. Al llegar a la calle, él hizo una inspiración profunda, pensando que incluso el aire contaminado con gases de los tubos de escape sabía maravillosamente después de la sofocante atmósfera de la cárcel.

Tomó en sentido real la actitud tranquila de su acompañante, hasta que llegaron a la intimidad del interior de la camioneta. Tan pronto como él cerró la puerta, ella se cubrió la cara con las manos.

—¡Qué lugar más abominable! Es... es como entrar en una nube de gas venenoso.

—Peor —dijo él lúgubremente—, las cárceles destruyen el alma a todos los que están dentro.

—Ver a Daniel me ha hecho entender lo que significa realmente la pena capital. Kendra me enseñó una foto de antes de su encierro. Era un verdadero oso, un tipo enorme, muy diferente a cómo se ve ahora. Mientras hablaba no podía dejar de pensar que sus días están literalmente contados. Algún día de septiembre, el Estado pretende amarrarlo a una camilla, enterrarle una aguja en el brazo y asesinarlo. —Se le escapó un desgarrador sollozo—. Es algo bárbaro. Es una barbarie.

Con un nudo en la garganta, él le pasó un brazo por los hombros.

—Eso es lo peor de ejecutar a personas. Nos hace bárbaros a todos.

Ella se giró y se apoyó en él, estremecida por los sollozos. Su reacción contrastaba sorprendentemente con la serenidad que había mostrado en la cárcel.

La reacción de él fue igualmente intensa. Mientras la rodeaba con el otro brazo, comprendió que la deseaba, con una vehemencia que no sentía desde hacía años. Deseaba tenerla y abrazarla, protegerla, y buscar consuelo en ella. Deseaba conectar con otro ser humano como nunca antes. Desde el principio se había sentido atraído físicamente por ella, y muy pronto llegó a admirar su inteligencia y encanto. Pero su vulnerabilidad le tocaba una parte del alma que llevaba mucho tiempo congelada.

Sin poder soportar la cascada de sus emociones, buscó una manera de restablecer la normalidad.

—Tal vez tú eres la única capaz de mantener a raya la barbarie esta vez, Val.

—Es posible —dijo ella. Levantó cansinamente la cabeza—. Perdona, no quería llorar. Nunca hago cosas así, pero conocer a un hombre condenado a muerte ha despertado en mí emociones que no había experimentado nunca.

—No le diré a nadie que la SuperMax se te metió bajo la piel. A mí me ocurrió lo mismo, igual. —Sacó su pañuelo y se lo pasó, al mismo tiempo apartándose, poniendo entre ellos el mayor espacio posible dentro de la cabina de la pequeña camioneta—. Me sorprende lo mucho que sabes ya acerca del caso en tan poco tiempo.

—Hay tres cosas esenciales para ser un buen abogado: preparación, preparación y preparación. Aburrido, pero cierto. Cuanto más me documento y preparo, mejores son los resultados, y aprendí muy pronto a hacer bien mi trabajo.

—¿Crees que Monroe es inocente?

—Es muy posible. —Se le endureció la expresión—. Pero aunque sea culpable, haré todo lo que pueda para sacarlo del corredor de la muerte. Acabo de descubrir que a partir de ahora mi objetivo será poner fin a la pena capital.

—No hay nada como la experiencia personal para comprender su horror. —Antes de que Val pudiera pensar en su comentario, continuó—: Si no he entendido mal, si se elimina el testimonio de los testigos, se desmorona la acusación contra Monroe. No hay ninguna prueba física que lo relacione con el asesinato. No hay sangre, y el arma no se encontró nunca. Su único delito podría ser que era aproximadamente del tamaño del verdadero asesino.

—Como él ha dicho, con un policía muerto, tenían que condenar a alguien, y él estaba a mano. ¿Sigues dispuesto a investigar para este caso? No va a ser divertido, y las posibilidades de sufrimiento y depresión son enormes. Si no estás seguro, ahora es el momento de echarte atrás.

—Estoy seguro. —Giró la llave de contacto y el motor se puso en marcha—. Esta noche empezaré el trabajo con los documentos que me has dado. Cuando me ponga al día, podemos hablar de estrategias.

—Trato hecho —sonrió ella con aire cansado—. Estamos en un buen comienzo, creo.

Eso esperaba él, sino, Daniel Monroe estaba perdido. Pero cuando se incorporó al tráfico de la tarde y puso rumbo al centro, era Val la que dominaba sus pensamientos. Ahora que sabía lo mucho que la deseaba, ¿qué haría si podía hacer algo?

Capítulo 7

Domingo por la tarde en el parque. Disfrutando del perezoso sol, Val entró en el aparcamiento cubierto de hierba y dejó el coche al final de una hilera irregular de vehículos. En los ocho días pasados había decidido instalar su propio despacho, se había comprometido a llevar un caso muy doloroso con pocas posibilidades de éxito, había pasado muchísimo tiempo fantaseando con su nuevo casero y había averiguado que una organización local Hermana Mayor/Hermana Pequeña iba a hacer una merienda campestre esa tarde. No sabía si tanto cambio era excitante o aterrador.

Sí lo sabía: era ambas cosas.

Bajó del coche diciéndose que asistir a una merienda no era comprometerse. Anita Pérez, la asistenta social coordinadora del grupo, le había explicado el programa e invitado a esa merienda. El grupo lo componían principalmente parejas ya existentes del programa Hermana Mayor/Hermana Pequeña, acompañadas por otros familiares, pero también asistirían niñas necesitadas de pareja y algunas mujeres interesadas en convertirse en hermanas mayores.

Sacó el pastel que había traído como aportación y se dirigió hacia el muy numeroso grupo reunido a la sombra de los robles. Sobre una mesita había tarjetas en blanco para escribir los nombres y prenderlas en la chaqueta. Se detuvo ahí a escribir su nombre de pila en una tarjeta.

Iba siguiendo el aroma de hamburguesas a la brasa cuando se le acercó una mujer de edad madura, relajada, de ojos sagaces y sonrisa llana. Mirando la tarjeta, la mujer dijo:

—Hola, Val. Esperaba que vinieras. Soy Anita Pérez.

—Me alegro de conocerla en persona. Me siento ridículamente nerviosa.

—No hay ninguna necesidad de estar nerviosa. Come, conoce a la gente, habla con algunas mayores y pequeñas para ver qué opinan del programa. Las niñas que necesitan hermana mayor llevan camisetas rojas con el letrero «Soy superguay». Si quieres entablar conversación con una, muy bien, pero no hay ninguna urgencia. Ponemos especial cuidado en formar parejas que funcionen bien por ambos lados.

La llevó hasta la barbacoa más cercana, la presentó a algunas mujeres y se alejó a saludar a otras.

Empezaron a aflojársele los nervios. Sus amigas solían decir que era capaz de entablar conversación con un asta de bandera, por lo que el hecho de no conocer a nadie no era ningún problema. Eran personas simpáticas; hacía falta un espíritu generoso para hacerse amiga de una niña necesitada de atención extra, y desde luego la relación beneficiaba a ambas partes. Lógicamente, todas disfrutaron diciéndole que el programa era maravilloso.

Cuando ya habían dado cuenta de los bocadillos de salchicha, las hamburguesas y los refrescos, todas cayeron sobre la mesa con los postres, donde el pastel fue rápidamente convertido en trocitos. En la perezosa tregua después de comer, las más enérgicas del grupo decidieron jugar al béisbol. Se formaron los equipos, con muchas bromas y risas.

Val estaba decidiendo si ofrecerse para cubrir el área entre la segunda y la tercera base cuando divisó una mancha roja al final del bosquecillo. Una niña estaba sentada sobre la mesa más distante, con los pies apoyados en el banco y la nariz metida en un libro. Se veía frágil y solitaria.

Para una adicta a la lectura, esconderse con un buen libro era la mayor diversión del mundo. De todos modos decidió ir a investigar.

La niña tendría unos diez u once años, llevaba la mata de pelo oscuro toda revuelta y una de las camisetas «Soy superguay». En su tarjeta decía «Lyssie», y su pelo rizado y el color algo acaramelado de su piel indicaba que era mestiza.

Val fue a sentarse encima de la mesa, lo más lejos posible de la niña para no invadir su espacio.

—Hola. ¿Es bueno el libro?

La niña la miró. No era bonita. Unas gruesas gafas le deformaban los ojos y tenía la cara delgada y recelosa.

—Mi padre asesinó a mi madre y luego se mató —le dijo con voz monótona—. Ahora puedes irte.

Dicho eso volvió la mirada a su libro.

A Val se le deslizó hacia abajo la mandíbula, lo cual era sin duda la reacción que deseaba Lyssie. Dominando su impresión, dijo:

—Ése es un buen freno para la conversación, pero no veo por qué lo que les ocurrió a tus padres signifique que yo tenga que irme. Reconozco que un buen libro normalmente es más entretenido que cualquier otra cosa, pero ésta es una merienda campestre. Conocer a otras personas también puede ser divertido.

La niña volvió a mirarla.

—Mis padres no estaban casados, así que soy bastarda.

Val supuso que la niña había sido atormentada, rechazada y aislada tantas veces que había decidido ser ella la que rechazara a los demás. La combinación de beligerancia y vulnerabilidad le conmovió el corazón.

—Pues tenemos algo en común, mis padres tampoco estaban casados.

—¿Eres bastarda también?

—Sí, aunque mi madre prefirió llamarme hija del amor, lo que significa lo mismo pero suena más bonito. —Deseosa de retener su interés, continuó—: Tenemos otra cosa en común, el alborotado pelo rizado. Ser ilegítima nunca me dio ningún problema, pero este pelo era el veneno de mi existencia cuando tenía tu edad. —Se tironeó un mechón—. Igual de rizado que el tuyo, y naranja como una zanahoria. Sobresalía en una multitud como una oveja naranja.

—Ahora que eres adulta, ¿por qué no haces algo? Alísatelo. Tíñetelo.

—Podría, pero no quiero. He aprendido a quererlo así. Cuando quiero parecer respetable en el trabajo, me lo recojo en un moño atrás y me veo formidable, poderosa. —Se lo demostró, recogiéndose el pelo y frunciendo el ceño. Después se lo soltó dejándolo caer alrededor de los hombros—. Cuando me lo suelto, parezco un espíritu libre o una rebelde. Así que agradécelo, tienes un pelo que es un sistema de señales instantáneo.

La breve sonrisa de Lyssie se desvaneció.

—No soy una rebelde.

—¿No? Estás aquí leyendo un libro cuando el rebaño está allá, repitiendo postre y jugando en grupo. Eso te hace al menos un poco rebelde.

Los delgados hombros se hundieron. Adoptando otra táctica, Val miró el libro para leer el título.

—Ah, el cuarto Harry Potter. Buena elección. Es fabulosa esa serie, ¿no?

Por primera vez, los ojos oscuros la miraron con toda su atención.

—¿Has leído los libros de Harry Potter?

—Pues claro. Son buenos en muchos aspectos. Buenas historias, buenos personajes, temas potentes, buena narrativa y humor. Por eso gustan a lectores de todas las edades.

Lyssie ya estaba decididamente interesada.

—¿Lees otros libros de fantasía?

—Son mis lecturas favoritas en mi tiempo libre. —Titubeó y luego decidió abrirse un poco más a la niña—: La fantasía trata de la lucha entre el bien y el mal, y normalmente gana el bien. Soy abogada, así que a veces mi trabajo también es acerca del bien y el mal, pero la vida real se vuelve bastante complicada y no siempre sé si estoy en el lado bueno. Leer novelas de fantasía es más o menos como ducharse para quitarse el polvo del día.

Pensó que eso podría resultar difícil de entender a Lyssie, pero la niña estaba asintiendo pensativa. Era una cría inteligente.

—Quiero ser escritora —dijo—. En los libros, el final resulta bien.

A diferencia de la vida real. Nadie debería tener que soportar lo que había sufrido esa niña.

—Conozco a una escritora, y dice que el gusto por la lectura es el primer paso hacia la escritura. Cuanto más lees más cimientos tienes. Es decir, cuando leas, no te limites a relajarte y disfrutar de la historia, piensa en lo que resulta bien y lo que no.

A Lyssie se le iluminó la cara, dotándola de cierta belleza.

—Ya lo hago.

Y se lanzó a un análisis de varios libros que había leído últimamente. Aunque Val sólo había leído los de Harry Potter, le pareció que la niña tenía buen ojo para la narrativa. Cuando Lyssie acabó la parrafada, le preguntó:

—¿Te interesa tener una hermana mayor o estás aquí sólo porque alguien te obligó a venir?

Lyssie volvió a encogerse de hombros.

—Mi abuela me pidió que lo intentara.

La niña estaba ahí de mala gana. ¿Temía que nadie la deseara, como si su traumático pasado fuera contagioso? Val sintió una potente oleada de ternura.

Aunque tuvo el buen juicio de no acercarse a abrazar a la niña, la soprendió la fuerza de su reacción. Había asistido a la merienda porque le interesaba el programa, pero en ese momento no quería una hermana pequeña en abstracto, quería a ésa. Deseaba saber más sobre esa niña inteligente y trágica. Deseaba pasar tiempo con ella, hacerla reír.

—Nunca he sido una hermana mayor —dijo algo nerviosa—, y necesito formación, pero si estás dispuesta, y Anita y tu abuela aceptan, me gustaría muchísimo tenerte de hermana pequeña. ¿Te gustaría eso a ti también? Podemos tener camisetas iguales que digan «Cada día mi pelo es más rebelde». —Titubeó, esperando no haber hablado demasiado pronto—. Claro que si no quieres, no pasa nada. El emparejamiento tiene que ser algo que deseen las dos personas.

El rechazo de Lyssie no le sentaría nada bien, pero lo último que deseaba era hacer sentirse desgraciada a la niña. Casi sin respirar, esperó mientras Lyssie sacaba un punto de libro y lo ponía con todo cuidado entre las páginas.

—¿Qué haríamos?

—No sé, cosas que nos gusten a las dos. A mí me gustaría leer y comentar libros, o tal vez ir al cine, o trabajar en cosas artesanales, o cocinar. ¿Crees que te gustarían algunas de esas cosas? Tenemos que elegir reunirnos.

Lyssie estuvo un buen rato jugueteando con el punto de libro. Después cerró el libro y la miró con una tímida sonrisa.

—Me... gustaría.

—¡Fantástico! —exclamó Val, sonriendo como una idiota—. ¿Vamos a buscar a Anita?

A lo largo de los años Kendra se había acostumbrado a la Super-Max. Conocía las rutinas y a algunos de los guardias. La mayoría eran hombres buenos que hacían ese trabajo para mantener a sus familias. Pero jamás dejaba de odiar ese lugar. A veces cuando no podía dormir por la noche, la atormentaban pensamientos de estar encarcelada en esa prisión. Paredes de hormigón basto, incluso una cama de hormigón, en un cuarto del tamaño de un armario grande; ventanucos que eran unas rajitas en la pared, por los que sólo podría escapar una serpiente. Veintitrés horas diarias de soledad. Se volvería loca.

La tranquila aceptación de Daniel era poco menos que un milagro. Aunque estaba en el corredor de la muerte, jamás causaba ningún problema, por lo que se le permitían algunos privilegios. Se había formado de manera eléctrica con sus variadas lecturas. Se mantenía en forma con los ejercicios que se podían hacer en su celda y jugando al baloncesto con dos o tres hombres durante las horas de recreo. Cuando se apagaron su rabia y amargura iniciales, volvió a la religión de su infancia con una fe sorprendente. Aunque no deseaba morir, no se estaba consumiendo por la rabia.

Sólo en raras ocasiones ella veía un atisbo de la frustración que sentía por su encarcelamiento. ¿Cómo sería estar encerrado como una rata en una caja? ¿No poder comer lo que deseaba, ir donde deseaba? ¿No tener jamás una relación sexual, a no ser que fuera con su mano derecha? Por mucho que ella intentara imaginarse lo que era estar preso, no lograba entender realmente ese lugar oscuro que tenía él en el centro de su alma. Eso lo agradecía, aunque le diera vergüenza. Ella no tendría fuerzas para soportar la cruel injusticia con esa elegancia.

Se sentó en la silla de la sala de visitas, a esperar. Esperar no era algo que se le diera bien, pero había aprendido a ser paciente. Cuando llegó Daniel, venía escoltado por dos guardias. Los dos la saludaron con amistosas inclinaciones de cabeza. Todos evitaron educadamente mirar las esposas que ataban al preso.

—Hola, nena, ¿cómo te va? —la saludó Daniel sonriendo con cariño en sus ojos.

Aunque nunca recurría al chantaje emocional para que lo visitara, ella sabía lo mucho que significaban sus visitas para él, un punto luminoso en el lento transcurrir de sus monótonos días.

—Bastante bien, muchachote. ¿Qué te pareció mi jefa?

Él se rió.

—Es todo un carácter. No me gustaría ser su enemigo.

—Es inteligente, Daniel, tal vez la más inteligente de todos los abogados con los que he trabajado. Es posible que logre crear una duda razonable.

A él se le desvaneció la sonrisa.

—Es demasiado tarde para eso, Kendra. Las personas partidarias de las ejecuciones viven haciendo más y más difícil plantear dudas después de las condenas. Aun en el caso de que esa pelirroja presentara un affidávit firmado por Dios de que soy inocente, no serviría para salvar mi negro culo. No te engañes, Kendra. Sólo te hará peor el dolor cuando yo haya muerto.

Esas palabras le produjeron un escalofrío.

—No renuncies, cariño. Val necesita que colabores para intentar que te conmuten la sentencia.

—Voy a colaborar, pero no porque crea que servirá de algo. Y en el caso de que me conmutaran la sentencia, ¿qué significaría? Simplemente me trasladarían a la penitenciaría. No tiene mucho de vida eso. Tal vez estaría mejor muerto.

—¡No digas cosas tan horribles! —suplicó ella—. Nadie está mejor muerto.

—Todos morimos, encanto —dijo él dulcemente—. En cierto modo, tengo la suerte de saber cuándo. Eso me da la posibilidad de hacer las paces conmigo mismo.

A ella no le gustaron sus palabras, pero con ellas le daba pie a ponerle el tema que la atormentaba.

—Déjame que se lo diga a Jason.

A él se le ensombreció la expresión.

—¡No! Hemos hablado muchas veces de esto. ¿Qué bien le hará saber que a su verdadero padre lo ejecutarán por asesinato?

Ningún maldito bien. Phil Brooks lo adoptó y se portó bien con los dos. Jason ya perdió al padre que conocía. No lo hagas avergonzarse de un padre que no conoció.

—Jason ya no es un niño, es un hombre. Diecinueve años, cadete de las Fuerzas Aéreas. Un hijo que va a volar. Se merece saber la verdad.

Por un instante, el sufrimiento de Daniel se reflejó claramente en su rostro. Pero enseguida veló esa expresión.

—Lo único que necesita saber es que su verdadero padre lo quería y murió joven.

—Tiene derecho a conocerte, a verte por lo menos una vez, y a saber que eres inocente. —Su tono ya era suplicante, pero no le importó—. No deberías tomar esta decisión por él.

—No puedo impedirte que se lo digas —suspiró Daniel—. Pero, Kendra, ¿no puedes al menos darme esto?

Esas palabras la silenciaron. Jamás había podido negarle nada, desde el momento mismo en que se conocieron. Él estaba jugando al baloncesto con unos amigos en el patio de la escuela local. El balón salió volando por encima de la valla cuando ella pasaba de vuelta a casa después de salir del trabajo, con una bolsa de hamburguesas. Entonces era Kendra Jackson y tenía diecinueve años, aunque se sentía tres veces mayor.

Cuando el balón botó delante de ella, lo cogió automáticamente. Daniel se acercó a la valla.

—Eh, chica, ¿nos haces el favor de tirarlo hacia acá?

Ella se giró a mirarlo y vio al hombre más guapo que había visto nunca. Un par de años mayor que ella, alto, esbelto, de piernas largas, y con una sonrisa capaz de iluminar todo Baltimore Este. Un alegre guerrero ashanti. Ella apuntó y lanzó el balón por encima de la valla; el balón describió un arco y fue a pasar limpiamente por la canasta.

—¡Vaya, chica! —exclamó Daniel admirado—. Sí que eres buena.

—Simplemente tuvo suerte —dijo uno de sus amigos.

—Puede que sí, puede que no. —Daniel botó el balón, con la mirada fija en Kendra—. ¿Quieres probar unos cuantos tiros?

Ella dudó un momento y al final dijo:

—Pues claro.

No había mucha diversión en su vida en ese tiempo, con su madre muriéndose de cáncer; no podía dejar pasar esa ocasión. Fue hasta la puerta de la valla y entró. Los chicos la aceptaron con buen humor, que pronto se sintieron alarmados, cuando ella hizo gala de su destreza con el balón.

Cuando encestó por quinta vez, Daniel cogió el balón y comentó riendo:

—Tenemos un as de la canasta aquí. ¿Dónde jugabas, encanto?

—Dunbar. Estuve dos años en el equipo All-State. —Sonrió traviesa—. No sólo los tíos negros saben jugar al baloncesto. —Se le desvaneció la sonrisa al pensar en las becas para deportes que le habían ofrecido. Su madre cayó enferma y de ninguna manera podía continuar estudiando. Miró su reloj—: Tengo que irme a casa.

—Te acompañaré.

Daniel lanzó el balón hacia atrás y los dos salieron, en medio de un coro de vivas e insinuaciones verdes.

En el camino se dijeron sus respectivos nombres y descubrieron que la familia de él iba a la misma iglesia que los primos de ella. Le gustó eso de tener que mirarlo hacia arriba. La mayoría de los chicos eran demasiado bajos para ella.

Cuando llegaron a la pequeña casa que había alquilado su madre porque estaba cerca del hospital Hopkins, él le preguntó:

—¿Te apetece que nos veamos este fin de semana a solas?

Le rozó suavemente la mejilla con el dorso de la mano, dejando claro con su expresión qué tipo de juego deseaba. La atracción instantánea que sintió ella fue ahogada inmediatamente por una oleada de recelo.

—No puedo. Tengo mucho que hacer.

—Siempre debería haber tiempo para el amor.

Una frase astuta. Demasiado. Decidiendo mostrarle por qué no podía jugar con jóvenes sementales despreocupados, le dijo:

—Entra a conocer a mi madre.

Eso habría hecho huir a muchos chicos, pero no a Daniel. Y no salió corriendo ni se encogió cuando conoció a su madre, que estaba calva, en los huesos y agotada por la enfermedad que la estaba matando. Cuando Kendra hizo las presentaciones, él le estrechó solemnemente la mano y le dijo:

—Señora Jackson, tiene una hija admirable. Tal vez algún día me case con ella.

—Que sea cierto —contestó la mujer, que siempre sabía qué decir—. No aguanto a los chicos que hacen hijos y luego son demasiado cobardes para ser maridos.

—Sí, señora.

Desde ese momento, Daniel y la madre de Kendra fueron amigos. Él fue el que estuvo sentado junto a ella en el hospital al final, y quien sostuvo a Kendra durante el funeral. Entonces se fue a vivir con ella a la casa, y su amor era lo único agradable en ese tiempo tan triste.

Le había pedido que se casara con él antes que muriera su madre, y ella le dijo que sí por su madre. Pero después le fue dando largas cuando él quería fijar una fecha. Aunque estaba locamente enamorada de él, Daniel no estaba preparado para el matrimonio. No tenía trabajo estable ni ninguna ambición, y se pasaba gran parte del tiempo vagando con sus ociosos amigos. No creía que él se drogara, pero algunos de sus amigos sí lo hacían, y le preocupaba pensar qué tipo de vida podrían forjarse juntos. Ella deseaba casarse con un hombre fiable como su padre, que cuidó bien de su mujer y de su hija hasta que murió en un accidente en el trabajo en Bethlehem Steel.

El embarazo fue un accidente que la decidió a fijar una fecha para la boda porque no quería que su bebé naciera ilegítimo. Justo entonces, una noche Daniel se emborrachó en una fiesta de solteros y entre él y sus amiguetes robaron un coche y luego chocaron contra unos vehículos aparcados. Y puesto que tenía un par de antecedentes, su hombre fue a la cárcel en lugar de al altar.

Ella se puso furiosa y rompió con Daniel, jurando que no volvería a fiarse jamás de él. No fue ni una sola vez a visitarlo a la cárcel, aunque sí pensaba muchísimo en él, sobre todo cuando nació el bebé.

Cuando Daniel salió en libertad, una de las primeras cosas que hizo fue ir a ver a su hijo; tenía derecho a ello, y por lo tanto ella se lo permitió. Parecía más serio, y lamentaba verdaderamente no haber estado ahí cuando ella lo había necesitado. Adoraba a su hijo. Cuando encontró trabajo y le hizo promesas, ella comenzó a pensar que tal vez sí tenían un futuro. Fijaron la fecha en la iglesia y Kendra se compró incluso un vestido para la boda.

Pero en lugar de boda, el mundo se le vino abajo con los golpes de la policía en la puerta y las acusaciones. Sabiendo que él era inocente, luchó de todas las formas que sabía para liberarlo, pero no sirvió de nada. La policía deseaba venganza y Daniel fue el sacrificado.

La primera vez que lo visitó después de la sentencia, él le dijo terminantemente que lo considerara muerto y continuara con su vida. Cuando Jason fuera mayor debía decirle que su padre murió joven en un accidente, y que siempre lo amó muchísimo.

Ese día salió de la cárcel con la cara mojada por las lágrimas y el corazón roto, aun cuando aceptaba que él tenía razón. Continuar con su vida no fue fácil, lógicamente. Sin dinero y con un bebé, la situación era deprimente. Encontró un programa estatal que le daba manutención y servicio de guardería y asistencia al niño, además de la formación profesional que le permitiría encontrar trabajo. Escribía a Daniel de vez en cuando y le enviaba fotos y dibujos del niño a medida que iba creciendo.

En esa época conoció a Philip, quince años mayor que ella, tan formal como bueno. Adoraba a Kendra y a Jason, y entonces ella comprendió que era posible volver a amar. Muy pronto le contó lo de Daniel. Otro tipo de hombre podría haberse sentido celoso, pero Philip no. Se compadeció y nunca puso ninguna objeción a que su mujer se mantuviera en contacto con un hombre que estaba en el corredor de la muerte.

Con el permiso de Daniel, Philip adoptó a Jason para que los tres tuvieran el mismo apellido. Ella se enorgullecía de eso, una verdadera familia, como cuando era pequeña y sus padres estaban vivos. Philip jamás la abandonó hasta que se murió, hacía tres años.

Después de su muerte, ella comenzó a visitar a Daniel. La primera vez la impresionó ver a un hombre calvo, con aspecto de matón, cicatrices en la cara, enormes hombros y rostro ceñudo. Sabía que un hombre tiene que ser duro para sobrevivir en la cárcel, pero ése era un desconocido. Entonces él sonrió y vio que seguía siendo su Daniel.

—Ya casi se ha acabado el tiempo, señora —dijo uno de los guardias en voz baja, sacándola de su ensimismamiento.

—Muy bien, Danny, chico. No le digo nada a Jason y tú colaboras con Val. ¿De acuerdo?

—De acuerdo.

Haciendo tintinear las esposas, levantó una enorme mano y apoyó la palma en la mampara de plástico que los separaba. Ella se besó el centro de su palma más pequeña y la apoyó contra la de él. Sintió su calor a través del plástico, pero no el contacto, jamás el contacto.

—¿Me vas a cantar una canción? ¿*Amazing Grace*?

—Si quieres.

Era su costumbre, e incluso los guardias parecían disfrutar con ello. Cerrando los ojos entró en su interior, en el lugar donde vivían las canciones, y empezó a cantar. Al principio las palabras le salieron suaves, pero al conmoverla su espíritu se le fortaleció la voz hasta que llenó la pequeña sala de fe, esperanza y solaz. En la canción podía tocar a Daniel como no podía tocarlo físicamente.

—*... was lost, but now I'm found...*

Cuando se desvaneció la última nota, abrió los ojos. Los guardias estaban asintiendo solemnemente y en los ojos de Daniel se distinguía un asomo de lágrimas.

Simulando que no las veía, consiguió sonreír por última vez y se levantó. Luego giró sobre sus talones y salió de la sala con la cabeza en alto, porque se había prometido no volver a permitir jamás que él la viera llorar.

Era una promesa que había cumplido. Hasta el momento.

Capítulo 8

Cuando terminó la merienda, Val volvió a su coche, encantada por los acontecimientos y el desenlace de esa tarde; cuando hablaron con Anita, ésta se mostró entusiasmada por el emparejamiento, puesto que ella y Lyssie lo deseaban.

Arrugó un poco el ceño al pensar cómo encontraría el tiempo para forjar una relación con la niña. Pero se las arreglaría. Después de todo, ése era el motivo para cambiar de orientación su trabajo; tener una vida.

Antes de ponerse en marcha conectó el teléfono móvil y vio que tenía una llamada. El número de Rob. Pulsó para llamarlo, pensando que tenía un día redondo. Él contestó.

—Hola, Rob, soy Val. ¿Pasa algo?

—He terminado de leer los documentos de Monroe y quería fijar una hora para reunirme contigo para esa sesión de estrategias.

Se le desvaneció un poco el buen humor al pensar en su agenda para la siguiente semana. De ninguna manera podía meter en ella una reunión larga con Rob. Pero eso no podía esperar.

—Tendrá que ser esta noche. ¿Puedes arreglártelas con tan poco tiempo de aviso? Si puedes, ven a cenar a casa y así aprovecharemos cada minuto.

—Me parece estupendo, pero no tienes por qué cocinar. Puedo comprar algo de camino.

—No es necesario. ¿Eres vegetariano, vegetalista, haces régimen con poca grasa, poca sal, pocos hidratos de carbono, eres intolerante a la lactosa, tienes alguna alergia alimentaria o cualquier otra cosa especial que deba saber para prepararte la cena?

—Como de todo —rió él—. Da la impresión de que alimentas a muchas personas.

—A todas las posibles. Tengo un montón de recetas de preparación rápida y un refrigerador grande. ¿Qué te parece a las seis?

Después que él aceptó y colgó, Val se puso a pensar en la cena. Nada muy complicado, no se trataba de una cita romántica después de todo. Pero quería mostrar sus dotes culinarias. Compraría pescado fresco y lo serviría con arroz pilaf envasado y una ensalada. Mientras conducía a casa tuvo que reconocer que era bastante absurdo que deseara impresionarlo con sus habilidades culinarias. Su relación era de negocios.

Pero esperaba que le gustara un buen trozo de atún asado.

La cena resultó bien. Rob llegó con una botella de excelente chardonnay, y luego comió como un hombre que añora la comida casera. Cuando terminó de comer, exhaló un suspiro de felicidad.

—He llegado a la conclusión de que no duermes, y por eso logras hacer tantas cosas.

Ella se echó a reír mientras retiraba las cosas de la mesa.

—Eso es más amable que decir que soy hiperactiva, de lo que me han acusado. ¿Quieres café mientras hablamos del caso?

—Por favor.

Cuando volvió con la cafetera, él estaba distribuyendo carpetas y hojas con apuntes encima de la mesa del comedor.

—Ésta es la lista de las personas que pienso entrevistar —dijo—. Evidentemente, las más importantes son los testigos que identificaron a Monroe y cuyo testimonio causó su condena. Sería fabuloso si estuvieran teniendo dudas respecto a su identificación.

Ella miró la lista, asintiendo.

—Tendrás que tachar de tu lista a Darrell Long. Aunque no aparece en el expediente, tengo entendido que murió en un tiroteo durante un robo hace casi diez años. Un atraco a mano armada.

Rob arqueó las cejas.

—¿Un atraco a mano armada? En el expediente se los describe a él y a Cady como honrados alumnos del instituto de la comunidad y miembros de la iglesia. Puede que la vida de Long cambiara de rumbo en los años siguientes, después que su testimonio condenara a Monroe, pero podría sernos útil averiguar si él y Cady eran menos de fiar de lo que se le dijo al jurado.

—Si pudiéramos demostrar que Long y Cady mintieron al decir que eran hombres de bien, eso podría persuadir al gobernador de que hay dudas suficientes para conmutar la sentencia de Daniel por cadena perpetua —concedió ella—. No creo que lleguemos muy lejos con Brenda Harris; ella es la mujer cuyo atraco llevó al asesinato. Supongo que te has fijado en que al principio no estaba segura de que Daniel fuera su asaltante, pero una vez que tomó la decisión, su opinión quedó fraguada en hormigón. No la cambiaría en la tribuna de los testigos.

—Quiero averiguar cómo era la iluminación en el lugar donde ocurrió el atraco. Por su propia declaración, el ataque y los disparos sucedieron muy rápidos, o sea que igual no pudo ver con claridad a su asaltante. —Frunció el ceño, casi juntando sus tupidas cejas—. Me imagino que ya has pensado en esto, pero a mí me parece que hay un punto importante que no se ha explorado. Si Monroe es inocente, ¿quién mató al agente Malloy?

Val sintió el típico hormigueo en la nuca que le producían las ideas importantes.

—No había pensado mucho en eso, pero tienes razón. Un hombre que ataca a una mujer y tiene un arma lista para disparar no es ningún inocente. Es posible que esté en una celda en estos momentos. Pero ¿cómo localizar a un sospechoso así después de todos estos años?

—Si el verdadero asesino es del mismo tamaño que Monroe, eso reduce las posibilidades; pero de todos modos no nos va a resultar fácil encontrarlo. Comenzaré por hablar con algunos de los detectives de la ciudad de esa época, por si recuerdan a algunos tíos de la calle que encajen en esa descripción. También quiero ver el expediente completo, no sólo la versión resumida —indicó la pila de papeles que le había dado ella—. Es posible que haya algo enterrado en el archivo completo que nos sea de utilidad. Tal vez hay personas que vivían en el barrio que podrían tener algo que decir.

—Todo me parece muy bien, pero ¿tendrás tiempo de hacer todas esas averiguaciones teniendo un negocio que llevar?

—Encontraré el tiempo —repuso él con una leve sonrisa.

Nuevamente ella percibió el interés personal de Rob en salvar a Daniel Monroe. Estuvo a punto de preguntarle al respecto, pero decidió no inmiscuirse. Era mejor esperar, quizá él se lo contara voluntariamente.

—¿Veamos la lista de testigos para decidir las preguntas que necesitamos hacer?

—De acuerdo. —Rob sacó un bloc con rayas para tomar notas—. Cuando tenga claro qué preguntar, necesito volver a hablar con Monroe. Él podría darme algunas ideas sobre cómo proceder. Necesito hablar con Kendra Brooks también. Es posible que tuviera vecinos que verificaran que Monroe no salió del apartamento.

—Es lastimoso lo poco que se investigó en el momento. Puesto que la policía pensó que tenían a su hombre, no se molestaron en investigar más. —Sonrió—. El lado positivo es que tenemos muchísimas cosas para investigar debido a que se hizo tan poco.

—Ya estás viendo un rayito de esperanza. Es posible que tengas razón y encontremos al conejo en el almiar.

—Un cóctel de metáforas, lo que en este caso es mejor que hablar de pistolas humeantes.

Poniéndose seria, Val sacó su bloc amarillo. Pese a todos los aparatos de alta tecnología disponibles, en ese momento del caso necesitaba un bloc y un rotulador azul para poder dar forma a sus pensamientos.

Durante más de cuatro horas de trabajo intenso, analizaron caso del revés y del derecho, sopesando la información que tenían y proponiendo posibles aspectos que se deberían investigar. Ella también explicó las opciones jurídicas. Maryland era un estado bastante liberal en que se realizaban pocas ejecuciones, pero el gobernador no intervenía en un caso a menos que hubiera razones muy sólidas para creer que se arriesgaban a matar a un hombre inocente; y mucho menos en un año de elecciones. Tendrían que encontrar pruebas muy convincentes.

Rob tenía un don para resolver problemas, y un método pragmático para localizar posibles pistas. Val encontró estimulante dar y recibir ideas con él. Condenadamente sexy, en realidad. Siempre había tenido debilidad por los hombres inteligentes.

Cayó en la cuenta de que estaba perdiendo la concentración cuando se sorprendió admirando los visos que formaba la luz en sus cabellos de color rubio oscuro. Y esas manos tan hermosas... Ahogando un bostezo, dijo:

—Es hora de acabar. Creo que hemos hecho todo lo que hemos podido por ahora. El siguiente paso es el viejo método de escarbar en busca de información.

Él reunió sus papeles y los metió en su gastado bolso de lona.

—Cribar toneladas de arena por si encontramos una pepita de oro. Puede que esté un poco oxidado, pero en los marines me formaron bien. Ya tengo pistas de algunas de las personas que deseo entrevistar. Es un comienzo.

Ella se levantó para acompañarlo a la puerta.

—Has hecho algo más que ser policía militar y carpintero, ¿verdad? —preguntó.

Suponía que iba a eludir la pregunta, pero después de un breve silencio contestó:

—Aproveché la formación de los marines para aprender algo sobre ordenadores —se levantó y se colgó el bolso al hombro— y trabajé en en el campo de la informática un tiempo.

—¿Te importaría añadir solucionar problemas de ordenador a tu otro trabajo? —le preguntó ella esperanzada—. Gran parte de nuestro trabajo lo hacemos con ordenadores, y cuando el sistema falla, nos ponemos histéricas.

—Cuando tengas problemas, me ocuparé de solucionarlos, pero no doy ninguna garantía. Hoy en día las combinaciones de equipos y programas son tan complejas que nadie las entiende del todo.

—Eso era lo que me temía —masculló ella.

Echaron a andar hacia la puerta, seguidos por los gatos, que acababan de despertar. A *Damocles* le caía bien Rob, lo cual no era de extrañar pues le caía bien todo el mundo, pero a *Lilith* también, y normalmente era muy tímida con personas desconocidas.

Rob cogió el pomo y se detuvo. Sus impresionantes ojos claros fijos en la cara de Val. Ella se despabiló totalmente al notar el cambio en la atmósfera.

—No es el momento ni el lugar —dijo él titubeante—. Tal vez nunca haya un momento ni un lugar. Pero no paro de pensar en... en una relación contigo que no sea laboral.

O sea que no eran imaginaciones suyas que Rob y ella estaban coqueteando, pensó Val. Pero estaba claro que él no estaba a punto de saltarle encima. En una situación complicada, él se limitaba a comunicarle que estaba interesado. Una reacción negativa de ella, y él abandonaría el tema, tal vez para siempre.

¿Qué deseaba? Los motivos para mantener las distancias eran muchos. Él era su casero, estaban trabajando juntos en un caso importantísimo y ella sabía muy poco de él. Además, su historial en elegir hombres no era fabuloso.

Contra eso pesaba la atracción que sentía por él y su soledad. Hacía demasiado tiempo que no conocía a un hombre que le interesara tanto. Sería una tonta si desechaba esa posibilidad.

Levantó la mano y le acarició la barba, disfrutando de la textura y el cosquilleo. Sexy y masculina. Su boca bien formada, fuerte, un suave contraste con la barba, comprobó al pasar las yemas de los dedos por sus labios.

Él le acarició el pelo, enrollándose en el dedo un rizado mechón rojo.

—Me encanta tu pelo. Rezuma tanta vida como tú.

—Pelo contracultural. Es mi carta de presentación.

El roce de la mano de él por su pelo le produjo hormigueos en todo el cuerpo. ¿Qué deseaba? Un compañero. Un hombre que pudiera ser un amigo de confianza y un amante, el que siempre había soñado pero nunca encontrado. Rob era un misterio en muchos sentidos, pero tenía profundidad, amabilidad e inteligencia. Al diablo con las posibles complicaciones.

Se puso de puntillas y lo besó. Acabó la inmovilidad de él y le correspondió el beso, rodeándole la cintura con las manos para acercarla más. Labios cálidos, barba con textura, un débil y agradable sabor agridulce a café en la lengua.

El primer beso fue tímido, tentativo, dos desconocidos explorándose, pero la pasión despertó cuando ella le echó los brazos al cuello. Le hormiguearon los pechos al apretarlos contra él y comenzó a bailarle la sangre con la química animal que confunde a los adolescentes. Se apretó contra él musitando:

—Me parece que esto es muy mala idea.

—Sin duda.

Rob comenzó a masajearle la espalda, sus fuertes manos acariciándole y despertando sus cansados músculos mientras profundizaba el beso.

Ella lo llevó hasta el sofá y cayeron en él en un enredo de brazos y piernas. Val le aprisionó las piernas entre las suyas, echada sobre los duros músculos de su cuerpo de obrero. Se sentía como una adolescente abrazándose y besuqueándose con su chico en el porche después de una salida. Había olvidado lo deliciosas que podían ser esas sesiones.

No, «deliciosa» era una palabra muy frívola. Se estaban comunicando en profundidad, sin palabras. Bajo las oleadas de pasión, percibía en él una necesidad inmensa, casi aterradora, en lo más profundo de su ser, avidez que él estaba controlando rigurosamente. Deseó zambullirse en esas profundidades, explorar sus misterios.

El sentido común la hizo reaccionar justo a tiempo. Estaba sacando demasiadas conclusiones de ese beso. Diciéndose que quería cambiar su vida y sus relaciones, se apartó, rodó hacia el lado y se sentó en el otro extremo del sofá

—Sí que es mala idea —dijo temblorosa.

Él controló su instintivo movimiento hacia ella e hizo una inspiración profunda.

—Sé que tienes razón, pero recuérdame por qué.

Ella miró hacia otro lado, tratando de ordenar sus enredados pensamientos.

—No sé nada de ti, Rob, aparte de que eres interesante y atractivo. No sé dónde naciste, qué has hecho en tu vida, por qué sientes ese deseo de ayudar a Daniel. Eres el misterioso desconocido moreno, salvo que no eres moreno.

Él se puso tenso, su expresión pétrea. Pasados unos doce latidos, se levantó. Ella creyó que se iba a marchar, pero no, comenzó a pasearse por la sala, su cuerpo tenso por el estrés y la indecisión. Se quedó muy quieta, pensando con qué demonios interiores estaría batallando.

—No quiero tu alma —le dijo—. Pero necesito saber más sobre ti. Ya he cubierto mi cuota de errores con hombres, y trato de no cometer los mismos dos veces. Esto funciona en ambos sentidos, tú podrías querer saber más de mí.

—Figuras en la *Harvard Law Review* —dijo él al instante—. Eres la socia más joven que Crouse, Resnick ha tenido en toda su existencia. Tu padre es Bradford Westerfield III, socio antiguo de un prestigioso bufete de Nueva York, y tienes dos hermanastras rubias que tienen los dientes totalmente parejos. Tu madre, Callie Covington, es una artista textil y miembro del consejo del American Visionary Art Museum. Eres absolutamente leal con tus amigos, tienes el corazón blando para los animales extraviados y tu vicio no tan secreto son los helados de fruta muy dulces.

Ella lo miró fijamente, pensando que acababa de mostrarle sus credenciales como investigador.

—¿Cómo te has enterado de todo eso?

—Principalmente en Internet. De algo por Kate Corsi, cuando la llamé para preguntarle por tu interés en alquilar la iglesia. Claro que las cosas que me dijo ella fueron bastante inocentes. Jamás diría algo de las cosas realmente interesantes.

—Gracias al cielo, las viejas amigas sabemos demasiado las unas de las otras como para atrevernos a airear trapos sucios —dijo ella, pensando si él querría cambiar de tema para no hablar de él; daba la impresión de querer estar en cualquier otra parte del mundo. Pero aún no había huido—. No hay nada demasiado interesante acerca de mí. Siempre he estado tan ocupada con mis estudios o en mi trabajo que no he tenido mucho tiempo para meterme en problemas.

Él detuvo su paseo junto al hogar y se miró en el espejo con marco dorado como si no reconociera su reflejo.

—Llevo cuatro años escondido —dijo de pronto—. Pero si queremos tener una relación que pase de lo superficial, necesitas saber la verdad.

Val se sintió como si le hubieran arrojado agua helada.

—¿Eres... un fugitivo de la justicia? —El nombre Robert Smith parecía un seudónimo.

—No he cometido ningún delito, pero durante un par de años conocí a fondo el sistema judicial. Me alejé de mi antigua vida porque... porque...

Volvió a interrumpirse. Ella casi no respiraba, por temor a asustarlo. Cuando él volvió a hablar adoptó otra táctica:

—¿Recuerdas haber oído hablar de un terrorista fanático del medio ambiente que se apodaba a sí mismo el Ángel Vengador?

—Jeffrey Gabriel, farisaico destructor de las urbanizaciones construidas en las tierras húmedas costeras —dijo ella al instante—. Comenzó provocando incendios del modo más sencillo y luego pasó a usar bombas incendiarias. Cuatro personas murieron en sus incendios y muchísimas resultaron heridas, además los daños en las propiedades destruidas ascendieron a millones de dólares. Llevaba algo así como ocho años incendiando cuando lo cogieron en Texas. Lo vi en televisión. Tenía los ojos más fríos que he visto en mi vida.

Rob giró bruscamente sobre sus talones y se alejó del hogar.

—Es hora de que me vaya, antes de que las cosas se pongan feas. Lo siento, Val. Debería haberme guardado en secreto mi interés.

Ella se levantó del sofá.

—¡No puedes marcharte ahora! ¿Participaste en esos incendios? ¿Fuiste un cómplice al que no cogieron?

—Habría sido más fácil si lo hubiera sido. —La miró a la cara, sus ojos claros del color del hielo—. Soy el hermano del Ángel Vengador.

Ella ahogó una exclamación, atraída su atención por los ojos de Rob, tan parecidos a los del hombre que había visto en la televisión y en los diarios. Dios santo, con razón se sentía atormentado.

—Eres Robert Smith Gabriel —musitó—. El hombre que lo entregó.

Capítulo 9

Rob se tensó al ver la horrorizada expresión de Val. Debería haber sabido que ella estaría al tanto de la sórdida historia.

—Exactamente, el cruel magnate de la informática que delató a su propio hermano. Caín mata a Abel. Hubo todo un frenesí de información en los medios de comunicación sobre el tema. —Giró el pomo—. Buenas noches, Val. Simulemos que me marché inmediatamente después de guardar mis carpetas y olvidemos lo demás.

Ella le cogió la muñeca, sin apretar, pero firme.

—Seguramente te sientes culpable, pero hiciste lo correcto. Cuando se publicó la historia, te admiré por el increíble valor que exigía hacer lo que hiciste. A veces he pensado cuánto te costaría. —Le miró atentamente y movió la cabeza—. Vi fotografías tuyas entonces, pero jamás te habría reconocido con esta barba.

—De eso se trataba, de eliminar a Robert Smith Gabriel. Fue fácil dejar el Gabriel y convertirme en el genérico Robert Smith. Dio resultado hasta esta noche.

—Ahora que has comenzado, ¿podrías contarme toda la historia? —le dijo ella con voz muy dulce—. Una pesadilla compartida es una pesadilla domada.

Él titubeó, desgarrado entre el deseo de correr a esconderse en la madriguera de conejo donde había vivido desde el arresto de Jeff y el deseo igualmente fuerte de hablar con ella, pues en sus ojos no veía condena ni juicio, sino sólo aceptación.

—Ven a sentarte. Puedes decirme mucho o poco, como quieras.

Esas palabras le animaron a hablar. Val era la primera persona que conocía que le hacía posible imaginarse una vida más allá de la paralizadora sensación de culpa y traición, así que era el momento de desnudar su alma. Ella ya sabía lo esencial; ¿cómo soportaría los tristes detalles que llevaban tanto tiempo pudriéndose dentro de él?

Cuando hizo un brusco gesto de asentimiento, Val pasó la mano por debajo de su codo y lo llevó de vuelta al sofá. Luego ella fue a sentarse en el sillón del frente.

—No bromeabas sobre el frenesí informativo de los medios de comunicación —dijo—. Les encantó que tú fueras un personaje importante de Silicon Valley mientras tu hermano pequeño quemaba puertos deportivos y carísimos condominios.

Él cogió una delicada figurilla de un dragón chino de la mesita lateral y empezó a hacer rodar la sedosa y pulida madera entre las palmas.

—Jeff siempre fue una especie de excéntrico muy inteligente. Su mente funcionaba de modo distinto a la de la mayoría de las personas. No era bueno para las relaciones sociales, pero nunca le hacía daño a nadie. Lo que más deseaba era que lo dejaran en paz. Solía decir que debería haber nacido en la época de los expedicionarios aventureros, como Jim Bridger, porque así habría vivido en el desierto sin tener que ver nunca a nadie. Mirando en retrospectiva, veo los signos de lo que fue después, pero en ese tiempo, sólo era mi inteligente hermanito excéntrico. —Su hermanito ya muerto—. Me respetaba, me... admiraba.

—Tu familia vivía en Baltimore cuando eras niño, ¿verdad? Ese aspecto local siempre se mencionaba en los diarios.

Él asintió.

—Por eso volví aquí tras la muerte de Jeff. Era el único lugar donde había sido feliz. Después que nuestro padre nos dejó y mi madre se casó con un tipo llamado Joe Harley, nos trasladamos a Florida y la vida se convirtió en un infierno. Harley era un borracho cruel incapaz de mantener un trabajo, así que nos mudábamos muchísimo de casa. Tuve terribles peleas con él, es un milagro que no nos matáramos. En cuanto terminé secundaria me alisté en los marines. Me decía que todo iría mejor si yo no estaba en casa para fastidiar a Harley, pero el verdadero motivo fue que quería escapar. Ésa fue la primera y peor traición a mi hermano.

—No es un delito que un joven se haga adulto y se marche de casa.

Él dejó la figurilla en la mesita.

—Yo era el mayor. Debería haberme quedado ahí para defender a Jeff. Eso no se dijo en el juicio, porque en Texas no les interesan mucho las circunstancias atenuantes, pero el abogado de Jeff sí sabía que tras irme yo Harley comenzó a golpear a Jeff. Era un niño flaco y no sabía defenderse, así que sólo podía huir. Esa situación continuó así hasta que Harley murió en un incendio.

Ella retuvo el aliento entendiendo al instante.

—¿Tu hermano hizo eso?

—Mirando en retrospectiva, lo creo probable. El incendio lo causó un cigarrillo que quedó encendido en el sillón favorito de Harley. Él fumaba y bebía hasta quedar en coma cada noche, así que su muerte se atribuyó a accidente. Pero... yo no creo que lo fuera.

—Si Jeffrey fue capaz de organizar ese tipo de accidente fatal a sangre fría, probablemente ya no habría servido de nada cualquier ayuda que pudieras haberle ofrecido. Quizá sufría alguna enfermedad mental desde que era muy pequeño.

Val estaba pálida, pero no desvió la vista. Era fuerte; Rob lo había comprobado en la SuperMax.

—Puede ser, pero su conducta era bastante normal y nunca le diagnosticaron una enfermedad mental. Los frecuentes cambios de una escuela a otra significaban que nunca estaba en un lugar el tiempo suficiente para atraer la atención de nadie.

Había dedicado horas y horas a escarbar en sus recuerdos, pensando en las veces en que le tapaba cosas a su hermano. Si no lo hubiera hecho, tal vez habría tenido remedio.

—Lo llevaba a excursiones en tienda de campaña por la costa o por el Parque Nacional Everglades. A él le encantaba. Hablaba de los dos viviendo en el bosque cuando creciéramos, pero yo nunca le tomé en serio. De los marines fui a la universidad a convertirme en un as de la informática y no veía a mi familia más de una o dos veces al año. Y al hacer eso, fallé a Jeff. Mientras yo lo pasaba bomba trabajando veinte horas diarias y oyendo decir qué inteligente era, él se iba enfermando más y más, hasta que empezó a incendiar urbanizaciones en la costa. Si me hubiera mantenido más cerca de él, si hubiera visto cómo iban las cosas, podría haber prevenido lo peor de sus excesos. Estoy seguro.

—Tal vez sí y tal vez no —dijo ella en voz baja—. Si era incapaz de comunicarse, incapaz de experimentar empatía, seguramente era imposible ayudarlo.

—No era totalmente cruel. Era sensible a la naturaleza, la fauna y la flora, y me quería. Por eso soy el único que podría haber hecho algo para cambiarlo.

Y quería a Jeff. A pesar de su fría y retorcida inteligencia, su hermano no había sido un monstruo, al menos cuando eran niños. Eso vino después.

—Puede que te respetara y admirara, pero de todos modos te robó ese aparato de seguridad que estabas perfeccionando. Podrían haberte arrestado por los delitos de tu hermano.

Ese maldito aparato detector de alarmas fue lo que precipitó la caída de Jeff.

—Nunca tenía noticias de Jeff, aparte de un ocasional e-mail, así que me llevé una agradable sorpresa cuando un día apareció inesperadamente en mi despacho de Menlo Park. Me alegré mucho de verlo, pero estaba a punto de partir para Japón, así que no hubo tiempo para mucho más que un recorrido por la empresa y un almuerzo. Me hizo preguntas acerca de varios productos en los que yo estaba trabajando, pero no mostró ningún interés especial en el aparato detector de alarmas. No me di cuenta de que había robado uno de los prototipos.

»Y eso fue lo que finalmente me hizo comprender. Leí un artículo sobre cómo el Ángel Vengador destruyó un lujoso balneario cerca de Galveston justo antes de que lo inauguraran. El artículo decía que el pirómano utilizó un complejo aparato para detectar y neutralizar la alarma. Pensé: "Eso se parece al aparato en que he estado trabajando". Y me sonaron las campanillas de aviso cuando recordé la visita de Jeff y las cosas que le había oído decir a lo largo de los años. Sabía que odiaba las edificaciones que destruían la naturaleza en nuestras costas, y comprendí que se hacía llamar Ángel por el apellido de la familia, Gabriel, pero en realidad no podía creer que Jeff se hubiera convertido en terrorista.

»De todos modos me asusté tanto que hice una búsqueda en la web para hacerme una especie de esquema, con las fechas y horas de los ataques. Jeff vivía en Florida, y la mayoría de los incendios ocurrían en la costa del Golfo, entre Florida y Texas. Los dos únicos que hubo en California sucedieron después que fue a visitarme, y ésos fueron los primeros en que se utilizó el aparato detector de alarmas.

—¿Llamaste a tu hermano para hablar con él?

—Lo intenté, pero lo único que tenía era su dirección de correo electrónico y un apartado de correos en un pueblo diminuto de esa franja de Florida que se interna en la parte sur de Alabama, y él no contestó los mensajes que le envié a ninguna de las dos direcciones. Estaba cada vez más precupado porque los incendios eran más frecuentes.

—Y más peligrosos —observó ella—. Todas las muertes ocurrieron al final, cuando comenzó a usar esos explosivos de tipo militar.

Él asintió cansinamente.

—Lo dejé todo y volé a Florida para intentar encontrarlo, pero tampoco tuve suerte. Hacía semanas que no había ido a recoger el correo. Cuando quedaron heridos tres bomberos en otro incendio en Texas, comprendí que no podía seguir esperando. Le pedí a mi abogado que llamara al FBI y les dijera que un cliente suyo podría tener una pista sobre la identidad del Ángel Vengador, pero que no hablaría con ellos mientras no juraran que si lo juzgaban no pedirían la pena de muerte. Después de ciertas discusiones, aceptaron. —Sonrió amargamente—. Ya sabes cómo cumplieron su palabra.

Ella suspiró.

—Los federales podrían haberla cumplido, pero Texas lo cogió primero y lo juzgó por los delitos cometidos allí. Acabó demasiado rápido. Puesto que rechazó todos los intentos de apelar su sentencia, el estado de Texas pudo complacerlo en su deseo de morir bastante rápido.

—Se juntó gente fuera de la cárcel de Huntsville a vitorear cuando murió. —Ya incapaz de continuar sentado, se levantó y comenzó a pasearse otra vez—. Comprendí por qué no quiso que se apelara la sentencia. Para una persona a la que le gustaba tanto el aire libre, la perspectiva de estar encerrado en una caja de hormigón cincuenta años era un infierno inimaginable.

—¿Comprendió por qué lo delataste?

Rob sonrió amargamente.

—No lo sé. Lo que sí sé es que no me perdonó. Se negó a hablar conmigo después que lo arrestaron y también a colaborar con los caros abogados que contraté para que lo defendieran. Si les hubiera dado algo con lo que trabajar, es posible que lo hubieran condenado a cadena perpetua y no a la pena capital.

—Aun en el caso de que tus abogados hubieran conseguido que lo absolvieran basándose en su enfermedad mental, lo que es muy improbable, sólo habría significado un encarcelamiento de otro tipo.

—Pero mientras estuviera vivo había esperanzas. Igual algún día descubrían un medicamento para controlar ese tipo de trastornos mentales.

Ésa había sido una débil esperanza, pero él se había aferrado a ella todo el tiempo que fue posible.

—¿Nunca volviste a verlo después de su visita a Menlo Park?

Rob tenía la boca tan reseca que casi no podía hablar.

—Lo vi. Estuve presente en la sala del tribunal todos los días que duró el juicio hasta la sentencia. No me miró nunca, en ningún momento. Cuando pidió que yo estuviera presente en su ejecución, tuve la esperanza de que quisiera verme, tal vez para despedirse. Pero no, sólo quería que yo lo viera morir.

—Dios mío —susurró ella—. Qué crueldad más grande.

Ni pasearse con paso enérgico le aliviaba el dolor que le producía el recuerdo de la ejecución.

—Lo peor fue que al final creo que sintió miedo. No sé si alguien más lo notó, pero yo sí. Había rechazado a todos los que se le acercaron, incluso al capellán de la cárcel, por lo que estaba completamente solo. Nadie debería morir tan solo.

Llegó hasta el otro extremo de la sala, sintiéndose como un pájaro aleteando contra las rejas de su jaula.

—A veces tengo pesadillas en que yo soy Jeff y chillo sin que nadie me oiga mientras me amarran a la camilla y me clavan las agujas.

Ella se estremeció.

—¿Después que murió pensaste que tenías que abandonar tu vida anterior?

—Lo que de verdad me hizo hacer las maletas fue recibir la recompensa de un millón de dólares que habían ofrecido por la información que llevara al arresto y condena del Ángel Vengador.

Ella lo miró horrorizada; también él se sintió horrorizado cuando se enteró de eso.

—¿Qué hiciste con el dinero?

—Lo di a las víctimas y sobrevivientes de los incendios. —Incluso en ese momento se le revolvió el estómago al pensar en ese dinero—. Antes de morir, Jeff me acusó públicamente de haberlo delatado por la recompensa.

Val levantó las piernas y se rodeó las rodillas con los brazos; estaba temblando.

—¡Qué terrible! ¡Qué horroroso! ¿Y tu madre? ¿Comprendió por qué tuviste que actuar así?

—Cuando arrestaron a Jeff me llamó y me preguntó cómo había podido hacer algo así. ¿Dónde estaba mi lealtad?

—El deber y la lealtad chocan muchas veces, pero tú no podías quedarte callado mientras los actos de tu hermano amenazaban las vidas de otras personas. Ninguna persona sensata podría hacerlo. Espero que tu madre lo comprenda finalmente. ¿Dónde estaba ella cuando tú y Jeff erais pequeños?

—Atendía un bar. Le gustaba más que ninguna otra cosa en el mundo. Era un bar lleno de humo que había cerca de casa, y puesto que su trabajo nos mantenía, tenía la disculpa perfecta para no estar en casa. —Movió los hombros, haciéndolos girar para aflojar los músculos—. Cuando arrestaron a Jeff, ella ya estaba muy enferma de cáncer de pulmón; llevaba décadas fumando tres paquetes diarios. Murió durante el juicio de Jeff, antes de que lo ejecutaran. Si alguna vez comprendió por qué lo hice, nunca me lo dijo.

Val estaba tan pálida que las casi desaparecidas pecas de su infancia le formaban una especie de nube dorada en los pómulos.

—¿Tienes algún otro familiar?

—Ninguno cercano. Mi verdadero padre podría estar vivo en alguna parte, pero, claro, no iba a dar un paso para decir que éramos sus hijos con toda esa publicidad. Es posible que haya muerto; él también fumaba muchísimo. Apenas lo recuerdo.

—¿Dónde aprendiste a ser tan buen carpintero?

Rob supuso que Val deseaba pasar a un tema menos triste. Difícil conseguirlo tratándose de su pasado.

—De Harley. Era carpintero y no era un mal hombre cuando estaba sobrio; es decir, hasta el mediodía.

Se detuvo delante de la estantería, donde movía la cabeza un dragón mucho más grande, la piel dorada con trocitos de espejo incrustados. ¿Qué significarían los dragones para Val?, pensó. Símbolos de invencibilidad tal vez.

—Durante los años que trabajé con ordenadores vivía en un mundo artificial. Después que murió Jeff, necesitaba alejarme de todo eso y hacer un trabajo real y físico en un lugar donde nadie supiera quién era. Siempre me gustó trabajar con madera y hacer reparaciones en la casa, así que volví a Baltimore, compré una destartalada casa y la reparé para venderla.

—También aprendiste a restaurar cosas bellas como la iglesia, y a ayudar a reparar las casas de algunos ciudadanos viejos y pobres de Baltimore. Pequeños actos redentores.

—Demasiado pequeños. Toda una vida de reparar paredes y tejados y hacer arreglos de fontanería no compensan las vidas de Jeff y sus víctimas.

—Salvar de la ejecución a un hombre inocente serviría para equilibrar la balanza.

—Sí, si es posible salvarlo.

Lo sorprendió la rapidez y facilidad con que ella hizo la conexión. Pensándolo bien, era evidente: una vida por una vida. Deseaba salvar a Daniel Monroe por no haber sido capaz de salvar a su hermano. La culpabilidad o la inocencia eran secundarias; lo que anhelaba era que Monroe no muriera.

Ella bajó las piernas del sofá, se levantó y atravesó la sala hasta donde él había detenido su paseo.

—Juntos tenemos una oportunidad de salvar a Daniel —le dijo mirándola muy seria con sus ojos color ámbar—. Si fracasamos, no será por falta de empeño.

Le pasó las manos por el pelo hasta la nuca y le bajó la cabeza para darle otro beso. Los besos anteriores habían sido ardientes. Éste lo perforó hasta los huesos. Le correspondió apasionadamente, ansioso por enterrarse en ella. Aunque el vínculo emocional entre ellos era nuevo y tentativo, la conexión física le invadió los sentidos.

—¿Vamos arriba? —le dijo ella con voz ronca.

Él trató de pensar, lo que no fue fácil porque el deseo le estaba disolviendo la razón.

—No creo que esto sea mejor idea ahora que hace media hora.

—Pues yo creo que sí. Antes te dije que no sabía lo suficiente de ti. Ahora lo sé. —Le susurró cálidamente en la oreja.

Él hizo una inspiración entrecortada, desmoronada su resolución.

—Un hombre muerto de hambre no rechaza un banquete, pero, la verdad, no quiero que después lamentes haber cedido a un impulso caritativo esta noche. No me hace ninguna falta que alguien más me desprecie. Y mucho menos tú.

—No me mueve la lástima, Rob. —Frotó la mejilla en su pecho como una gata—. Me gustas desde el momento en que nos conocimos, y a menos que tenga estropeado el radar, a ti yo no te desagrado. Los dos somos adultos y libres. Al menos yo lo estoy, y supongo que tú también.

Él asintió al ver que ella lo miraba de soslayo.

—Siempre he estado tan ocupado que no he tenido tiempo para un tipo de relación seria.

—Ya ves lo mucho que tenemos en común —dijo ella irónica—. Ahora bien, ¿en cuanto a ir arriba...?

Con una repentina sensación de euforia, él la cogió por la cintura y la levantó del suelo. Riendo, ella le echó los brazos al cuello y le rodeó las caderas con las piernas. Condenadamente sexy. Pero claro, todo lo que ella hacía era condenadamente sexy. Agarrándola con fuerza, dijo:

—Sólo dime hacia dónde he de ir.

Ella se movió pegada a él, tan seductoramente que estuvo tentado de depositarla en el sofá y comenzar a quitarle la ropa ahí mismo.

—Mira que admiro a los hombres por su inteligencia —dijo ella—, pero no puedo negar que me encanta ser llevada en brazos por un supermacho. Por la escalera y luego a la derecha.

Él se rió con ella.

—Un supermacho. Acabo de enterarme de algo que ignoraba ser.

Mientras subían por la escalera, seguidos por los gatos, ella acercó la cara para besarle el cuello. El pasado era un desastre, el futuro desconocido, pero en ese precioso momento él recordó lo que era ser feliz.

Capítulo 10

El interruptor del dormitorio de Val encendió una sola lámpara Tiffany en un rincón de forma tenue que iluminaba la habitación, proporcionando la suficiente luz para ver y admirar, pero no tanta como para eliminar el romanticismo. La habitación era como ella, simpática, fuera de lo común y acogedora, con una elegante cama de curvas en color cereza y una exquisita colcha en cálidos matices dorado, bermejo y ámbar, elegidos sin duda para que hiciera juego con su pelo; ella se veía igualmente exquisita cuando él echó atrás las mantas y la depositó sobre la sábana color ámbar oscuro. Sus cabellos eran una llama y sus ojos le miraban seductoramente dorados.

Val lo hizo caer sobre ella y, riendo exuberante, amoldó su cuerpo al de él.

—¿Cuánto tardaremos en desvestirnos mutuamente?

—Demasiado —repuso él quitándole la camiseta de algodón y dejando al descubierto un satinado sujetador color albaricoque—. Lo haríamos más rápido y mejor si nos hubiéramos quedado de pie.

Ella no tardó un instante en desabotonarle la camisa mientras él se quitaba la chaqueta.

—¿Y qué gracia hay en eso?

Él se estremeció cuando ella puso la palma abierta en su pecho desnudo y le acarició una tetilla con el dedo. La risa dio paso a una cascada de deseo. Llevaba tanto tiempo célibe que se sentía como si fuera la primera vez. Y en cierto modo lo era; su vida estaba dividida en el antes y el después del juicio y la muerte de Jeff, y no era el mismo hombre que había sido.

Deseaba tomarse su tiempo para saborearla, con la vista, con el tacto, con todos los sentidos, pero aún deseaba más arder en el fuego de la pasión.

Val tenía sus propias ideas. Mientras le bajaba la cremallera, él recordó decir:

—No vine preparado para nada de esto.

—Yo fui exploradora, así que siempre estoy preparada. Mira en el cajón de la mesilla.

En el cajón esperaba recatadamente un paquete de condones. Él sacó uno.

—Espero que no haya pasado la fecha de caducidad —dijo ella un tanto a la defensiva.

Comprendiendo que Val temía parecer demasiado experimentada, él dijo:

—Es tremendamente injusto que a un hombre que está preparado se lo considere responsable mientras que una mujer que hace lo mismo corre el riesgo de que la consideren una... —se interrumpió, tratando de encontrar una palabra que no fuera insultante.

—Creo que la palabra que buscas es «furcia» —lo ayudó ella.

—Palabra horrible que no tiene nada que ver contigo. —Sonrió irónico—. Espero que no haya pasado «mi» fecha de caducidad. Hace tanto tiempo que no estoy con una mujer que igual no recuerdo cómo hacerlo.

—Para mí también ha pasado mucho tiempo. Demasiado. —Le deslizó la mano desde el pecho hacia abajo—. Pero estoy segura de que nos saldrá bien.

Y sí que les salió bien, a pesar de que él estaba atontado de excitación. Cada prenda que quitaba era otra oportunidad para besar su suave piel femenina y aspirar su embriagador aroma. Ella estaba vibrantemente viva, una mujer plena de colorido que había entrado abrasadora en su monocromática existencia. Rodó hasta quedar de espaldas y la subió encima de él.

Ronroneando, ella se dio un festín besándolo mientras ajustaba el cuerpo al de él. El contacto piel con piel fue electrizante. Rob estaba tan excitado que casi no podía soportarlo, y cuando ella bajó introduciéndolo en ella, el exquisito placer casi lo llevó al final. Su muy prolongado celibato había intensificado su sensibilidad; todas sus terminaciones nerviosas estaban terriblemente sensibles.

Ella se quedó muy quieta, rozándole el pecho con sus pechos, mientras él se esforzaba en prolongar el acto de amor. Después ella comenzó a moverse, muy despacio, con movimientos pequeños que lo volvieron loco.

Borracho de placer, olvidó todo lo que no fuera el momento, ella y la dicha de la libertad de la pasión. La unión fue rápida y sudorosa, y el orgasmo de Val desencadenó el de él. Llegó al orgasmo con un estremecido gemido, repitiendo su nombre y hundiendo la cara entre su desordenada mata de cabellos.

Mientras se le iba normalizando la respiración comprendió que eso había sido algo más que sexo fabuloso, era una transformación emocional que lo sacaba de la parálisis llevándolo a un mundo nuevo y peligroso; un mundo en el que podría volver a sufrir. Sintió un absurdo deseo de decirle que la amaba, pero ¿cómo podía sentir amor cuando aún les faltaba tanto por saber el uno del otro? ¿Y qué sabía él del amor?

—Mmmm... —suspiró ella suavemente—. He olvidado todos los motivos de que esto podría no ser una buena idea.

Se separó de él y se acostó de costado; él pudo entonces contemplar su hermoso cuerpo. Era una sinfonía de curvas, cada parte de ella era una invitación a acariciarla.

Al notar su mirada escrutadora, Val se revolvió incómoda y cogió la sábana. Él le cubrió la mano, deteniendo el movimiento.

—No te escondas. Quiero admirarte.

—Rubens me habría admirado, pero este cuerpo no es nada atractivo hoy en día.

Aunque dijo eso en tono alegre, era evidente que se sentía cohibida. Él sintió una oleada de ternura al comprender que incluso una mujer tan inteligente como ella no podía ser indiferente a los dictados de la moda, que proponía una mujer que fuera piel y huesos. En qué sociedad más idiota vivían, en la que una mujer hermosa se consideraba defectuosa.

—No te acerques ni de lejos a las proporciones admiradas por Rubens. —Ahuecó la mano en su pecho y le acarició lentamente el pezón con el pulgar—. Eres lo que solía llamarse una Venus de bolsillo, menuda pero de proporciones perfectas y seductoras. Un festín para los ojos y para los demás sentidos también.

Ella se arqueó agradecida hacia su mano.

—Eso suena muy bien. Mañana voy a estar cansada, pero esto lo vale.

—Yo creía que los ángeles de misericordia no se cansaban.

—No soy ningún ángel de misericordia. No creo que los abogados lleguen a ser ángeles. No sería un buen comportamiento profesional.

Él sonrió, pero comprendió que ése era el momento en que podrían surgir dudas. Por suerte, Val no parecía tener ninguna, porque le acarició el pecho con la palma.

—Si hubiera sabido que iba a ser así, te habría saltado encima en el momento en que nos conocimos.

—No habría sido así entonces —dijo él.

Intentó que no se le notara el pesar que sentía al darse cuenta de que estaban en lugares muy distintos. Aunque ella estaba feliz y contenta de estar en la cama con él, no se le habían movido tantas cosas dentro como a él.

Percibiendo su estado de ánimo, aunque no el motivo, ella dijo:

—¿Estás preocupado porque temes que mañana yo lo lamente? No lo lamentaré, pero ¿y tú?

—No, no, pero... estaba pensando qué viene después.

—Mejor vayamos poco a poco. Parece que nos llevamos bien, en la cama y fuera de la cama. ¿No es suficiente eso por esta noche?

—Creo que nunca tendré suficiente de ti. —Notó que ella se retiraba un poquitín; decididamente no estaba para declaraciones emotivas. Continuó en tono despreocupado—: Espero que no me añadas a tu lista de hombres equivocados. ¿En qué lista me incluirás?

Ella sonrió nuevamente relajada.

—Hasta el momento no he visto ninguna señal en ti de que seas un error. He hecho muchas cosas estúpidas. Una vez creí a un hombre casado, pero mi estupidez es disculpable porque era muy joven. Durante muchos años salí con algunos hombres separados, hasta que caí en la cuenta de que cada vez que me encaprichaba de uno ocurrían cosas desagradables, porque las personas separadas siempre están liadas. Traté de consolar a unos cuantos tipos heridos pensando que me necesitaban. —Arrugó la nariz—. Eso sí que es idiotez. Y qué te voy a decir de los adictos al trabajo. ¿Y tú? Creo recordar una foto tuya, durante el tiempo del escándalo, en que estabas con una mujer que presentaban como tu novia.

—Ésa era Janice Hale, una estupenda diseñadora de juegos que estaba tan entregada a su profesión como yo a la mía. Nos iba bien salir juntos cuando los dos teníamos tiempo. —Habían sido agradables compañeros de cama que sabían muy bien que era mejor no hacerse muchas preguntas—. En realidad, fui yo el que cometió el error; siempre estaba tan ocupado que no me metía en serio en la relación. Durante el tiempo de la locura mediática, Jan fue una amiga leal, pero nunca mi novia. Cuando mi preocupación por el caso de Jeff se apoderó de mí totalmente, no me quedó espacio para ella.

Fue un alivio para él cuando Jan lo llamó por teléfono para decirle tranquilamente que era hora de que cada uno siguiera por su lado. A él no le quedaba nada para darle y ella se merecía algo mejor.

—Se casó con un diseñador de juegos hace un par de años, tuvo un bebé, y lo último que sé es que está trabajando en juegos para niños pequeños, elefantes bailarines, osos juguetones y ese tipo de cosas.

—Demostrando por lo tanto que los adictos al trabajo pueden cambiar —dijo ella. Hizo una mueca—. Tendría que pedirle consejos sobre cómo hacerlo.

—Sin duda el primer paso es desear cambiar, y tú ya lo has dado.

—Mi mente sí, pero mi cuerpo sigue corriendo como un hámster en una rueda giratoria. Será un alivio terminar las cosas pendientes en Crouse, Resnick y mudarme a la iglesia. Seguro que estar en ese ambiente me va a hacer aminorar la marcha.

Él detecto cierta tristeza en su voz. Tal vez ella no había pasado por lo que él, pero estaba intentando cambiar su vida. Si él tenía paciencia, era posible que ella encontrara el tiempo para enamorarse.

—Sólo te faltan un par de semanas para trasladarte a tu nuevo despacho. Puesto que mi apartamento está arriba, puedo ofrecerte mis servicios para relajarte si te encuentras demasiado tensa.

Se inclinó a besarle un hermoso pecho y movió la lengua en un lento círculo. Ella hizo una inspiración entrecortada, con los ojos brillantes.

—Es curioso, estoy comenzando a sentirme tensa justo ahora.

Él le sopló suavemente el ombligo.

—Los dos estaremos cansados mañana, pero en este momento es imposible darle importancia a eso.

Riendo ella alargó la mano para cogerlo nuevamente.

—Por suerte no necesito dormir mucho.

—Estupendo. Yo tengo que compensar un buen número de años. Esta vez sin prisas.

Había deseado que a la pasión le siguiera un tiempo para saborear con calma el cuerpo de Val, y así fue. Mientras la primera vez fue quizá principalmente sexo, esta vez hicieron el amor con la emoción del deseo de complacer. Ella se mostró exquisitamente sensible, como un instrumento musical creado para un experto maestro. Hasta ese momento él no sabía lo intensamente excitante que era hacerle el amor a una mujer que manifestaba con tanta franqueza y dicha su placer.

Un largo y exquisito orgasmo los dejó finalmente agotados. Val se las arregló para subir las mantas antes de que se quedaran dormidos. Él agradeció su tácito permiso para pasar la noche allí; habría sido terrible tener que salir de la cama para volver a su casa. Infinitamente mejor quedarse dormido con ella acurrucada contra su pecho, con sus alborotados rizos rojos haciéndole cosquillas en el mentón.

Pero a pesar del agotamiento, su sueño fue ligero y despertó temprano. La luz de la aurora era suficiente para iluminar los planos de la cara de Val. No era lo que se diría técnicamente bella, pero él encontraba hechicera su cara. Una elfa con una pícara inteligencia.

Sintió la tentación de besarle su carnoso labio superior, pero cuando intentó moverse descubrió que estaba inmovilizado entre Val y los gatos. Como no quería despertarlos, volvió a relajarse; sólo movió la mano para ahuecarla sobre un pecho de Val.

El sueño no le había eliminado la sensación de que había encontrado algo especial y extraordinario con ella. Necesitaba comprender mejor el amor; para empezar, le agradaba creer que sería capaz de amar. Luego necesitaba imaginar cómo ser lo bastante atractivo y simpático para que una mujer como Val se enamorara de él. Como si eso fuera a suceder.

Vivir la vida a todo color no le resultaría fácil, después de tantos años de monocromía.

Val despertó con un estremecimiento de placer al percibir el cuerpo de Rob pegado al de ella. Se desperezó, con todas las células del cuerpo hormigueantes de satisfacción. Casi había olvidado lo fabulosa que podía ser la relación sexual. No, no era sólo eso lo que la hacía sentirse tan bien, era Rob, que ponía una concentración hipnótica al hacer el amor. Nunca antes había estado con un hombre que estuviera tan totalmente presente en el momento. Además, lo encontraba muy atractivo: firme, en buena forma y espléndidamente proporcionado.

Él abrió los ojos. Su color claro seguía sorprendiéndola, pero no tenía nada de hielo. Acercó la cara para rozar sus labios con los de él.

—Me siento como la Cenicienta después del baile, de vuelta a su tarea de fregar ladrillos o lo que fuera que hiciera en un día de trabajo normal.

Él le devolvió el beso con suma concentración.

—Supongo que no hay ninguna esperanza de convencerte para bailar un último baile.

Ella estaba calculando si habría tiempo para un revolcón rápido cuando sonó el despertador. De un golpe aplastó el botón, fastidiada con él por haberla devuelto a la maldita realidad.

—Ay de mí, no. Tengo tiempo para darme una ducha rápida y, si te interesa, puedo preparar huevos con beicon, pero tengo que estar en la calle dentro de una hora. Tengo una tonelada de trabajo por hacer si quiero verme libre alguna vez de mi Crouse, Resnick.

Le gustó que él la soltara en lugar de intentar convencerla. Había tiempo para disfrutar y tiempo para trabajar, y un hombre que intentara seducirla cuando ella tenía la mente puesta en el trabajo sería irritante, no romántico.

—Yo consolaré a los gatos mientras tú te duchas —dijo él. Le cogió la mano y se la besó con una ternura que la derritió—. Tu plan de desayunar me parece fabuloso. ¿Te parece bien que use tu ducha?

—Pues claro.

Pensando en todo lo que debía hacer ese día, se levantó de la cama, sacó el albornoz del armario y entró en el baño. En días como ése le alegraba tener ese pelo raro pero que le exigía tan pocos cuidados. A los diez minutos salió del baño peinándose la mata de rizos con los dedos.

—La ducha es toda tuya.

Rob se quitó a *Damocles* del pecho y se levantó de la cama.

—Eres rápida. ¿No tienes que secarte el pelo?

Mirando sin disimulo su cuerpo espléndidamente desnudo, ella le pasó un par de toallas azul marino.

—Un secador me lo dejaría como una enorme masa de pequeños rizos rojos. Si hoy tuviera que ir al tribunal a ver a clientes, me lo recogería en un moño, pero como estaré trabajando en la oficina, puedo utilizar el método fácil, que consiste en darle forma con las manos y dejar que se seque solo.

—¿Y cuando hace frío? ¿No coges una neumonía o algo así yendo por ahí con el pelo mojado?

Ella se echó a reír.

—La verdad es que a veces en invierno se me ha congelado el pelo cuando me lo he dejado mojado, pero hasta ahora nunca he tenido neumonía.

—Increíble —comentó él moviendo la cabeza—. Las cosas que uno no sabe de las mujeres.

A ella le gustó el guiño que vio en sus ojos cuando él se dirigió al baño. En realidad, le gustaba todo de él. A pesar de lo poco que había descansado se sintió rebosante de energía mientras se ponía un traje pantalón, se daba unos rápidos toques de maquillaje y bajaba corriendo a la cocina.

Lo primero, la comida para los gatos; ésa era una ley inquebrantable. Cuando sus peludos amigos habían terminado su primera ronda en sus platos, ella ya tenía la cafetera en el fuego y el beicon en el microondas, y estaba mezclando los huevos con perejil y un poco de queso mientras calentaba la sartén en un quemador de la cocina. Como era una mujer a la que le gustaba alimentarse bien pero que siempre iba justa de tiempo, había convertido en ciencia la eficiencia culinaria.

Cuando oyó cerrarse la ducha bajó la palanca del tostador y puso los huevos revueltos al fuego, y mientras se hacían puso la mesa en el rincón para el desayuno junto a la ventana salediza. Cuando entró Rob en la cocina ella estaba sirviendo zumo de naranja en los vasos.

Su aparición produjo una aguda disonancia, ya que su reposada imagen profesoral contrastaba con el recuerdo del apasionado amante de esa noche. La consecuencia fue una inesperada timidez.

El silencio sólo duró un instante, hasta que él atravesó la cocina y la atrajo en un abrazo que disolvió toda la timidez de la mañana siguiente.

—Eres increíble —musitó—. Una mujer hermosa, una cocina perfumada con los aromas a beicon y café y los recuerdos de anoche, suficientes para tenerme todo el día sonriendo como un gato de Cheshire. ¿Puedo llamarte Mujer Prodigiosa?

Ella se rió sintiéndose a gusto otra vez.

—Siempre que sonrías mientras lo dices.

El desayuno fue relajado, aunque no pausado. Era fácil y cómodo estar con Rob. Justo cuando ella estaba pensando que debía ponerse en marcha, él miró su reloj.

—Es hora de que me vaya para que puedas hacer todo lo que tienes pendiente. —Se levantó y llevó su plato y los cubiertos al fregadero—. No sé muy bien qué significa ir poco a poco en esta relación. En cuanto al trabajo, te llamaré si aparece algo interesante en mis investigaciones. En cuanto a lo personal, me gustaría llevarte a cenar cuando puedas hacerme un hueco en tu agenda.

Ella pensó un momento, contenta de que él entendiera lo ocupada que estaba en esos momentos.

—¿El próximo sábado?

—Hecho. —Se inclinó para darle un suave y dulce beso—. Gracias, Val, me siento más vivo de lo que me he sentido en años.

Dicho eso se marchó, con su bolso con archivos en la mano. En lugar de salir corriendo de la casa, ella se quedó inmóvil, tocándose los labios con las yemas de los dedos. Rob era lo más maravilloso que le había ocurrido desde hacía mucho, muchísimo tiempo.

Pero no tenía tiempo para pensar en ello en ese momento. Con una rápida sacudida de la cabeza, subió corriendo la escalera para ir a retocarse los labios y ponerse los pendientes, los que había olvidado antes. Pasaría la mañana preparándose para una vista que tenía al día siguiente. Por la tarde, tenía que informar a otro socio sobre un caso que le iba a pasar, puesto que ella se marchaba. Además, tenía que hacer por lo menos tres llamadas importantes a primera hora...

Cuidadosamente colocado sobre el tocador Corian* del baño había una pajarita de papel. Lo cogió admirada y balanceó su peso pluma en la palma. Rob había convertido una hoja del bloc amarillo con rayas en esa criatura mágica. Una pajarita, pensó.

Inesperadamente tuvo que cerrar fuertemente los ojos para contener las lágrimas, al recordar a Jimmy, el joven músico con el que estuvo saliendo cuando estaba en la universidad. Encantador, de mucho talento, y autodestructivo, él era el único hombre que había conocido que podría haber hecho algo tan caprichoso y romántico; uno de los chicos que ella trató de salvar, Jimmy murió de sobredosis más o menos un año después de romper con ella.

¿Quién podría haberse imaginado que un carpintero, marine y mago de la informática podía ser tan romántico como un músico condenado a la perdición? Y no era que Rob no llevara muchísimo bagaje encima, pero al menos no parecía autodestructivo. Tal vez estaba haciendo progresos en sus relaciones.

O quizá no. El tiempo lo diría. Dando un ligero beso en el pico de papel, dejó la pajarita en su lugar y salió a sumergirse en su jornada laboral.

---

* Corian es una marca de fábrica de muebles de cocina y baño. *(N. de la T.)*

Capítulo *11*

Rob se sorprendió silbando mientras subía a su camioneta. La vida podía haberse vuelto más complicada de la noche a la mañana, pero por primera vez en muchos años se encontraba mirando con ilusión los retos, en lugar de esconderse de ellos.

Él y Val yua habían acordado qué dirección debía tomar la investigación, así que ese día descubriría lo oxidadas que estaban sus técnicas. Por suerte, había terminado el último trabajo de renovación, y los nuevos residentes estaban a punto de mudarse, por lo que podría dedicar toda su atención al caso de Daniel Monroe. A pesar de los años transcurridos desde el crimen, todavía encontraría información interesante, si escarbaba bien. Dado lo somero de la investigación policial en el momento del asesinato, podría haber muchas cosas por descubrir si buscaba en los lugares correctos. El problema era por dónde empezar.

Cuando se dirigía a Northern Parkway, sonó su móvil. Suspirando, detuvo la camioneta junto a la acera. Si había algo que ya debería saber era que la vida rara vez iba de acuerdo con los planes.

—Hola, jefe, soy Sha'wan —dijo alegremente el muchacho—. Anoche llenaron de grafitis otra vez el centro comercial Crabtown. ¿Puedes venir a ayudarme?

Rob titubeó, pensando en la investigación. Pero era importante borrar rápidamente las pintadas, y Sha'wan tenía que dar una clase en el centro comunitario Fresh Air esa tarde. Entre los dos podrían acabar ese trabajo en dos horas si lo hacían juntos.

—Estaré ahí dentro de media hora —contestó.

Cuando conducía a su apartamento para cambiarse de ropa, cayó en la cuenta de que el centro comercial Crabtown estaba cerca del lugar donde asesinaron al agente Jim Malloy, y de la casa donde habían vivido Kendra y Daniel, a unas manzanas de distancia. Tuvo la impresión de que eso le daba una orientación respecto a por dónde comenzar la investigación.

Igual que Kensington, el barrio donde se encontraba, Crabtown había conocido tiempos mejores, pero seguía funcionando. El pequeño centro contenía un supermercado cuyo dueño era del barrio, una tienda de todo a un dólar, un salón de peluquería, un restaurante de pollo frito y camarones, el taller de un zapatero remendón y otras tiendas pequeñas. Ese día el centro también lucía grafitis en los costados y en la pared de la planta superior, en la que había varias oficinas.

Sha'wan ya estaba en la escalera tapando las obscenidades escritas en la pared de la planta superior. Rob abrió la furgoneta con el material para eliminar pintadas y cogió pintura y un rodillo.

Cuando se dirigía hacia el final de la pared, Sha'wan levantó su rodillo a modo de saludo.

—Hola, jefe. Esta vez hay menos pintadas que la última, así que estamos progresando. El director del supermercado y otros tres dueños de tiendas ya salieron a darme las gracias. Dicen que la empresa que lleva este centro no habría hecho nada durante meses. —Sonrió—. El tío de la tienda de todo a un dólar dice que nos dará pintura, y el del supermercado dijo que él nos paga el almuerzo si queremos bocadillos y gaseosa.

—Me parece estupendo.

Rob dio la vuelta a la esquina y se puso a trabajar. Había personas que consideraban un arte los grafitis, y tal vez algunos lo eran. Pero en su mayor parte eran un grito furioso que intimidaba y señalaba una comunidad en peligro. Como él había vivido en barrios como ése, sentía una profunda satisfacción al contribuir a mantener un ambiente cívico estable.

Trabajando los dos, a mediodía los grafitis habían desaparecido. Rob llegó a la furgoneta, donde el chico estaba comenzando a limpiarse.

—Sha'wan, ¿conoces bien este barrio?

—Por supuesto, me crié aquí, en Kensington. Vivía con mi abuela en Hurley. Ella lleva cuarenta años en esa casa.

—¿Sí? —Sacó del bote el rodillo empapado de pintura y lo metió en una bolsa de basura. Era el momento de comenzar a buscar nueva información—. ¿Has oído hablar de un agente de policía al que asesinaron en este barrio hace diecisiete años?

—Ah, sí. Le dispararon justo a la vuelta de la esquina de la casa de mi abuela. Hubo un tremendo alboroto en el barrio. —Se quitó el mono para pintar que cubría los tejanos y una chillona camiseta de manga corta—. Les ha llevado tiempo freír al asesino.

—Mi nueva inquilina de la iglesia...

—¿La zorra?

Rob reprimió una tonta sonrisa.

—La «abogada», Val Covington. Ahora es la abogada defensora de Daniel Monroe. Él dice que es inocente. Lo conocí, y creo que podría ser cierto lo que dice, así que voy a ayudar en la investigación. ¿Crees que tu abuela aceptaría hablar conmigo? Es posible que ella sepa algo o conozca a alguien que podría ayudar a probar la inocencia de Monroe.

—Mi abuela habla con todo el mundo, y te dará un pastel junto con el cotilleo. —Se caló una gorra de béisbol en la cabeza, con la visera hacia atrás—. ¿De verdad crees que ese tío no lo hizo?

—Es una clara posibilidad. Y seguro que se merece una investigación mejor que la que hicieron hace diecisiete años.

—Entonces mi abuela es la persona con quien tienes que hablar. Siempre ha sido muy activa en la asociación de la comunidad, y conoce a todo el mundo. Ahora está en Atlanta, visitando a su hermana, hasta la próxima semana, pero cuando vuelva, llámala y dile que yo te envío. —Anotó un número de teléfono en un papel y se lo dio—. Podría convenirte hablar también con el anciano que lleva el taller de reparación de calzado. El señor Sam es más viejo que Dios, y ha vivido siempre aquí. Podría saber algo.

—Gracias. Hablaré con los dos —dijo Rob pensando que estaba en el buen camino. La imagen de Val pasó como un relámpago por su mente. No, no tenía ninguna disculpa para llamarla—. ¿Vamos a buscar ese almuerzo gratis?

Después de almorzar con Sha'wan, Rob pasó por la tienda de todo a un dólar a comprarse una libreta de apuntes y se dirigió al taller del zapatero, pero se quedó vacilante ante el escaparate. No había tomado en cuenta todas las consecuencias cuando se ofreció a ayudar en la investigación. Aunque en los marines había aprendido que las entrevistas dan mejores resultados si se establece una buena relación, «relacionarse» significaba como mínimo una ilusión de intimidad, y eso era algo que había evitado durante años. El hecho de que ni siquiera supiera que Sha'wan se había criado en ese barrio era señal de la enorme distancia que mantenía entre él y las personas.

Pero si había sido capaz de desnudarse en cuerpo y alma ante Val, sería capaz de echar abajo algunas barreras con un zapatero remendón. Armándose de valor, entró en la tienda.

—Buenas tardes.

No había nadie en la tienda, aparte de un anciano nervudo detrás del mostrador que estaba abrillantando un zapato de señora. El hombre levantó la vista. Si bien no era mayor que Dios, tendría por lo menos sesenta años, el pelo canoso y una mirada sagaz.

—Buenas tardes. ¿En qué puedo servirle?

—¿Usted es Sam? —Al verlo asentir, continuó como había planeado—. No podría dejarle mis botas hoy, porque las llevo puestas, pero ¿cree que podría arreglármelas? Las llevé a un zapatero, pero el hombre me dijo que él tiraba botas en mejor estado que éstas.

Sam se rió.

—Sáquese una para que yo le eche una mirada.

Rob obedeció y por encima del mostrador le pasó la bota con el tacón desgastado por un lado, manchada de pintura y llena de rozaduras. La historia del zapatero remendón que se negó a repararárselas no era mentira.

Sam examinó atentamente la bota y se la devolvió.

—Estas botas se pueden reparar si las quiere tanto como para pagar lo que vale el remiendo.

—Las quiero. Lleva años conseguir que sean así de cómodas. —En el momento de coger la maltrecha bota vio algo que podría servir para crear una conexión: en el antebrazo, el anciano llevaba un tatuaje descolorido de la insignia del Cuerpo de Marines—. ¿Fue marine?

—Una vez marine, siempre marine —dijo el anciano enseñando unos dientes blancos en su oscura cara y mirando el tatuaje—. Da Nang. Primer Batallón, Cuerpo Veintisiete de Marines.

—Yo también fui marine, pero más recientemente, cuando estábamos entre guerras.

—Agradézcalo —dijo Sam—. Vietnam me enseñó mucho más sobre la vida y la muerte de lo que deseaba saber. Ahora bien —añadió mirando la libreta—, ¿cuál es el verdadero motivo de esta visita?

Hasta ahí llegaba la sutileza. Por lo menos el anciano parecía curioso, no hostil.

—Estoy investigando el asesinato del agente de policía James Malloy, ocurrido en este barrio hace diecisiete años. Sha'wan Baker me sugirió que me convendría hablar con usted puesto que trabajaba aquí entonces.

Sam lo miró con los ojos entrecerrados.

—Usted es uno de los chicos grafitis. Faltaría más, acerque ese taburete y pregunte, aunque no es mucho lo que sé. ¿Le apetece una taza de café?

—Gracias. Lo tomo negro. En cuanto a si usted sabe algo útil, bueno, estoy comenzando, así que es mucho lo que necesito averiguar. —Se sentó en el taburete—. Quiero que sepa que estoy trabajando para la abogada del condenado por el asesinato. Estamos tratando de encontrar pruebas que demuestren que Daniel Monroe es inocente.

Sam dejó sobre el mostrador una taza de café humeante, que parecía lo bastante fuerte como para deshacer la loza.

—¿Van a intentar demostrar la inocencia de Daniel Monroe? Siempre he dudado que fuera él el asesino. El chico estuvo aquí un par de veces. Decididamente no era un mal tipo. Puede que fuera un poco alocado, pero a mí nunca me pareció un asesino.

Rob tomó un sorbo de café, cauteloso. No se había equivocado respecto a que el brebaje era fuerte.

—A Monroe lo condenaron por el testimonio de testigos oculares, que no siempre son fiables. Es un hombre muy alto, fuerte, de hombros anchos. Muy visible. Estaba pensando si alguien de altura y constitución similares podría haber matado a Malloy. ¿Recuerda a algún joven de este barrio al que podrían haber tomado por Monroe y que podría haber estado más dispuesto a apretar un gatillo?

—Ah, sí, había otros que encajan con esa descripción. Había un tipo llamado Shooter, lo mataron unos años después de la muerte de Malloy. Un par de primos llamados Omar e Isaac Benson; eran iguales, como guisantes en una vaina. Los dos fueron a la cárcel. —Movió tristemente la cabeza—. Había muchos gamberros que encajan con esa descripción y que con poca luz podrían ser confundidos por Monroe.

—Averigüé la hora de la puesta de sol el día del asesinato, y ya estaba oscuro cuando ocurrió todo. La luz pudo haber llevado a error a los testigos.

—Aquél fue un día lluvioso y nublado, así que estaba más oscuro de lo normal. —El zapatero hizo una mueca—. Es fácil recordar un mal día.

—Eso es interesante —dijo Rob anotando el comentario sobre el tiempo para verificarlo después. Si la tarde estaba más oscura de lo normal, eso dificultaba aún más la identificación de los testigos—. ¿Conoció al agente Malloy?

—Era un buen policía —asintió Sam—. Joven, idealista. Entraba en estas tiendas con regularidad, así que lo conocíamos y confiábamos en él. Yo soy el único propietario que continúa aquí, los otros negocios han cerrado o cambiado de dueño. El día antes que lo asesinaran, me enseñó una foto de su mujer y su hija. Su hija tenía la misma edad que la mía.

El tiempo no disminuye la sensación de tragedia, pensó Rob. Un joven agradable e idealista que trabajaba duramente en su oficio había muerto sin ningún buen motivo.

—¿Cómo era el barrio en ese tiempo?

—Había problemas, con los mercados de droga al aire libre y gente de fuera que venía a comprar drogas. No era un barrio tan malo como otros más alejados de la ciudad, pero no era bueno. Por suerte, un mandamás importante del departamento de policía vivía cerca, así que teníamos atención extra, lo que mantenía fuera de Kensington a los peores traficantes de droga. Todavía tenemos problemas, pero en su mayor parte éste es un lugar bastante bueno para vivir y trabajar.

—¿Había algún detective de la policía que trabajara regularmente en el barrio y que podría recordar quienes andaban vagando por aquí?

—Había un par. Los veía por aquí a menudo. ¿Cómo se llamaban...? —Pensó un largo rato, y finalmente negó con la cabeza—. Uno se apellidaba Washington, no recuerdo el nombre. El otro era Xenon Barkley. Un tipo inteligente, duro. Conocía a todos los actores por sus apodos callejeros y antecedentes policiales. No consiguió mucho Barkley; tomó parte en la investigación del asesinato de Malloy.

—¿Sabe si sigue en el departamento de policía?

Rob no esperaba respuesta, pero el anciano dijo:

—Lo dejó hace unos años, cuando un nuevo jefe de policía caprichoso consideró que los detectives eran demasiado engreídos y decidió que debían realizar trabajos diferentes. —Emitió un bufido de disgusto—. Así, los detectives experimentados se vieron obligados a marcharse y se solucionaron muchos menos asesinatos. El diario publicó un gran artículo sobre eso. Mencionaban a Barkley como uno de los detectives que prefirió retirarse antes que pasar a dirigir el tráfico o a hacer algo por el estilo.

—Parece un apellido fácil de encontrar en el listín de teléfonos si todavía sigue por ahí —comentó Rob. Le tendió la mano—. Gracias por su ayuda. No sé muy bien adónde me llevará todo esto, así que ¿le parece bien si vengo por aquí en otra ocasión con más preguntas?

—Venga cuando quiera. Hay demasiados negros en la cárcel que no se lo merecen. Si Daniel Monroe es uno de ellos, le deseo éxito.

El apretón de mano de Sam fue de marine duro.

Rob le pasó su tarjeta de carpintero por si se le ocurría algo más relacionado con el caso y se marchó.

O sea que el asesinato tuvo lugar en condiciones más parecidas a la noche que al atardecer. Era un comienzo. Ya tenía más nombres para seguirles la pista y, tal vez, si se esforzaba un poco, daría con algo que podría salvar a Daniel Monroe.

Como la mayoría de los abogados, Val era capaz de concentrarse completamente en lo que hacía cuando trabajaba, por lo que logró mantener a raya los pensamientos sobre Rob toda la mañana. Eso acabó cuando terminó su informe. Kendra le había ido a comprar una ensalada, y cuando le estaba poniendo el aliño, tenía las hormonas alborotadas. Si Rob estuviera allí, se pegaría a él como una loción bronceadora. No se había sentido tan tonta desde que era adolescente. Eran las exigencias acumuladas después de un largo celibato, pero saberlo no le disminuía el anhelo.

Miró su reloj. Faltaban veinte minutos para la reunión de la tarde, y no conseguía encontrar ni un solo buen motivo para llamar a Rob. Si tuviera dieciséis años, podría llamarlo y contentarse con reírse en el teléfono, pero era una mujer adulta, por el amor de Dios.

La mejor manera de evitar llamar a Rob era telefonear a otra persona, y le debía una llamada a Rachel. Era más difícil localizar a los médicos que a los abogados, pero valía la pena intentarlo.

Tuvo suerte. Rachel le telefoneó a los dos minutos de que la llamaran a su busca. Después de intercambiar los holas, Val dijo:

—Gracias por recomendarme averiguar lo del programa Hermana Mayor/Hermana Pequeña. He conocido a un verdadero encanto, bueno, tal vez no es un encanto, pero Lyssie es una niña estupenda, y ahora están haciendo el papeleo. ¿Sabías cuántos formularios hay que llenar? Prácticamente las direcciones de todas las casas en que he vivido, entrevistas, referencias, ¡incluso un certificado de que no tengo antecedentes penales! Y no es que les critique el ser tan cuidadosos.

—Pareces tan entusiasmada como Kate cuando anunció su embarazo. ¿Sigues teniendo dudas sobre tus instintos maternales?

Val tragó un bocado de ensalada.

—Vamos poco a poco, una cosa por vez, el emparejamiento no es oficial todavía. La asistenta social encargada del caso dijo que, puesto que he vivido en Baltimore la mayor parte de mi vida, el papeleo podría estar listo bastante rápido. Eso espero, estoy impaciente por comenzar, aunque sólo el cielo sabe dónde encontraré el tiempo. Por cierto, necesito recomendaciones de cuatro personas que me conozcan desde hace diez años por lo menos. ¿Me darás una? Me imagino que «doctora Hamilton» se verá bien en la lista, pero te advierto, hay que llenar un largo formulario.

—Soy médica, los formularios largos forman parte de mi vida —repuso Rachel sarcástica—. Me encantará hacerlo, pero tal vez quedarías mejor con mi padre. «Juez» Hamilton es aún más impresionante que «doctora».

Val se estremeció.

—Habiéndome visto crecer, me da miedo lo que podría decir tu padre. ¿Crees que ha olvidado aquella vez que construí un fuerte con sus libros de derecho, cogiendo incluso los que tenía cuidadosamente apartados para estudiarlos?

—No lo ha olvidado, pero ahora le agrada pensar que eso fue un signo precoz de tu talento jurídico. —Añadió en otro tono—. ¿Y cómo te va con el casero guapo? ¿Siguen corriendo profundas sus aguas?

Val casi se atragantó con la ensalada. Menos mal que Rachel no estaba ahí para ver su rubor.

—Muy profundas. Vamos a salir a cenar el sábado.

—¡Espléndido! ¿Será vuestra primera cita?

Val suspiró.

—No exactamente. Los demás detalles son *top secret*.

—Vaya, eso sí es ir rápido —comentó Rachel riendo—. Debe de ser algo muy especial para interesarte en volver a un romance.

Val deseó poder hablar con Rachel de la atormentada historia de Rob; su amiga era maravillosamente intuitiva respecto a lo que hacía tilín a la gente. Pero las confidencias de Rob no eran para contarlas.

—Sí. Es que Rob es un fuera de serie en realidad, realmente simpático. —Pensó qué podría contarle—. Esta mañana encontré una pajarita de papel hecha por él, que me dejó como regalo. Casi me desmayé ahí mismo.

—¡Un romántico! Val, si decides que no lo deseas, quiero que me lo presentes.

—No es tu tipo, no te gustan las barbas. —Miró su reloj—. Tengo que correr. Esta noche te enviaré por correo el formulario. Gracias por aceptar recomendarme, y muchas gracias por sugerirme que me buscara una hermanita. Las niñas del programa tienen que carecer por lo menos de uno de los padres, y la pobre Lyssie ha perdido a los dos. Se merece atención especial.

—Agradécemelo después de su primera pataleta de adolescente —dijo Rachel—. Cuando tú y Lyssie os conozcáis mejor, podríamos hacer algo las tres juntas. Tal vez dar un paseo en el barco.

—Trato hecho, doc.

Val colgó y puso la mano en la manilla del carrito rodante para equipaje que contenía tres cajas con archivos que debía llevar al abogado que la sustituiría en ese caso. Algún día, pronto, se prometió, tendría una vida en la que no estaría siempre comiendo de prisa y corriendo.

Pero por el momento... suspiró, se metió en la boca el último tomate cherry y se dirigió a la puerta.

Capítulo *12*

Aun cuando pensaba en Rob cada vez que aminoraba la marcha para tomarse un respiro, Val consiguió mantener a raya sus hormonas hasta el jueves. No tenía ningún sentido desear verlo cuando no tenía tiempo para hacerlo.

De todos modos, pese a su impecable lógica, seguía deseando verlo, caramba, y por eso decidió pasar por la iglesia al salir de Crouse, Resnick la tarde del jueves. No le quedaba lejos de su camino a casa, y si la camioneta estaba aparcada podía pasar a hacerle unas preguntas acerca de su traslado, que se aproximaba veloz. Sólo un par de minutos de conversación amistosa para calmar el hambre de verlo. Después se iría a casa para comer antes de la entrevista con Mia Kolski, la mujer a la que hostigaba con pleitos su ex marido.

Medio se había convencido de que él no estaría, pero su camioneta estaba en el aparcamiento. Cuando detuvo el coche junto a la camioneta, sintió una inesperada timidez y dudó si entrar en la iglesia. Dos años de abstinencia la habían oxidado en los rituales de coqueteo. ¿O siempre habría sentido esa cobardía? Si era así, no era de extrañar que no hubiera tenido una relación con un hombre desde hacía tanto tiempo.

Diciéndose que estaba cambiando de vida y que esta vez tenía que ser diferente, hizo una respiración profunda y bajó del coche. Una rápida mirada por la iglesia le indicó que estaba terminado el trabajo de remodelación, pero no vio a Rob por ninguna parte. Tendría que ser poco sutil. No, considéralo franca. Ser franca es bueno. De todos modos se sentía como una adolescente nerviosa cuando iba subiendo por la escalera que conducía al apartamento de Rob.

Tocó el timbre. Nada. La camioneta en el aparcamiento no significaba que él estuviera en casa.

La puerta se abrió cuando se volvía para marcharse. Apareció Rob, gigantesco ante ella, informal con sus tejanos y una camiseta de manga corta que dejaba ver sus músculos espléndidamente desarrollados. A él se le iluminó la cara como una candela cuando vio quién estaba en el umbral de su puerta.

Val tragó saliva, sintiéndose aún más parecida a una adolescente asustadiza. Ridícula sensación, puesto que ya habían estado juntos en la cama.

—Ah, hola. Perdona que te interrumpa, pero pasé a ver cómo iba la remodelación del local y se me ocurrió pasar a saludarte.

—Me alegro de que lo hicieras. Pasa. ¿Te apetece una gaseosa o algo así?

Él se hizo a un lado para que entrara. Limpio, con pocos muebles y paredes blancas, el apartamento le hizo pensar en la celda de un monje, aun cuando jamás en su vida había visto una.

—Tengo que estar en casa a las siete en punto para ver a una clienta, pero un vaso de agua helada sería agradable.

—¿Té frío con hielo?

—Eso sería mejor aún.

Él entró en la pequeña cocina y sacó una jarra del refrigerador.

—Beber té helado es uno de los pocos signos de mis años en el sur.

—Te has movido bastante. ¿Baltimore te parece un hogar, o simplemente fue un lugar para esconderte?

—Ambas cosas. —Sirvió té en dos vasos llenos de hielo y le pasó uno—. Además, estaba lo más lejos posible de California sin salir de Estados Unidos.

Ella se apoyó en el borde de la mesa, lo más informal que podía hacer llevando uno de sus trajes de poder. La cocina igualaba en austeridad a la sala de estar. Lo único de color era un caprichoso juego de botes de cerámica en vivos tonos fucsia, magenta y naranja.

—Hermosos botes.

—Quieres decir que destacan como un pulgar hinchado. Fueron un regalo de la familia que se mudó a la primera casa que reformé. La señora los hizo. Le gustan los colores vivos más que a mí, pero es una buena ceramista. Si quieres azúcar para el té, está en el naranja.

Val no quería azúcar pero le gustaban los botes.

—Son graciosos. Necesitas más color en tu vida.

—Tienes razón. —Pasó una lenta mirada por ella—. Tu pelo da un hermoso toque de color al apartamento.

Ella no se ruborizó del todo.

—¿Algún progreso en tu investigación?

—En realidad no. Te escribiré un informe, pero es lento el proceso de hablar con personas que podrían llevarme a otras que podrían ayudar a encontrar las piezas que faltan en este extraño rompecabezas. La investigación requiere mucho tiempo y paciencia.

Aunque Rob tenía paciencia, no había mucho tiempo.

—Tiene que ser difícil trabajar en un caso tan viejo cuando la mayoría de las personas no logran recordar qué comieron para cenar la semana pasada.

—Cierto, pero hay algunas ventajas. Las relaciones y alianzas que eran comprometedoras o condicionantes en el momento del asesinato podrían haber cambiado. Alguien que sabía algo entonces pero no lo dijo por miedo o lealtad podría estar dispuesto a decir la verdad ahora... si logro encontrar a las personas convenientes y hacer las preguntas adecuadas.

Ella detuvo el vaso a medio camino hacia la boca, impresionada.

—Ésa es una idea interesante. De hecho, podría ser nuestra mejor baza. Si el verdadero asesino estaba involucrado en drogas, formaba parte de un mundo en que las alianzas pueden cambiar en un abrir y cerrar de ojos. Encontrar los hilos correctos podría llevar a una red de tipos que estaban unidos entonces. Los delincuentes suelen alardear de sus delitos, por eso son útiles los soplones de la cárcel, aun cuando sean poco de fiar.

—Todo eso es cierto —dijo él—, pero entre esa gente hay una elevada tasa de mortalidad. Ya he tenido un par de pistas que me han llevado literalmente a puntos muertos. Me gustaría mucho, de verdad, hablar con Darrell Long y Joe Cady, los testigos oculares, pero, como sabes, Long ya murió y hasta el momento no he tenido suerte en encontrar a Cady. Tengo datos de un par de personas que los conocieron. Si sabemos más, tal vez los podamos desacreditar como testigos.

—Eso serviría, aunque cuando una sentencia de muerte está tan próxima a su ejecución hace falta algo muy, importante para lograr la atención oficial.

Por ejemplo, la prueba irrefutable de quién era el verdadero asesino, y ni siquiera eso garantizaría la salvación de Daniel. El sistema judicial tenía sus procedimientos y no se desviaba fácilmente de su ruta de progreso acostumbrada.

Ese pensamiento le hizo ver por qué se había sentido inquieta respecto a Rob toda la semana; las cosas habían avanzado demasiado rápido, habían pasado de una relación de trabajo a estar una noche juntos sin ningún paso intermedio. Le había parecido correcto ofrecerle la forma más primitiva de consuelo cuando él le reveló su atormentado pasado, y seguía pareciéndoselo, pero en ese momento no sabía si eso era el comienzo de una relación o un hecho aislado producido por circunstancias insólitas. Por eso estaban ahí hablando como dos personas que apenas se conocían.

—Estás preocupada —dijo Rob—. ¿Eso significa que has descubierto algo útil? ¿O se trata de todo lo contrario?

—En realidad no estaba pensando en el caso —dijo ella pasado un momento—. Me he sentido nerviosa toda la semana... No sé bien si tenemos una relación... o fue un ligue de una noche.

En lugar de palidecer por su franqueza, él repuso:

—No soy hombre de una noche. ¿Y tú?

Era una pregunta justa, ya que ella había planteado el tema.

—No es mi estilo, pero a veces... las cosas ocurren. Una chispa prometedora muere en lugar de convertirse en una llama. —Torció la boca—. Te dije que ya he cubierto mi cuota de problemas con los hombres. Generalmente por culpa de mi capacidad de hacerme ilusiones. Tú y yo nos saltamos las fases normales de la relación y nos fuimos directamente a la cama, lo cual me hace pensar si... si hay algo más que sexo o si nuevamente estoy fantaseando.

Él la miró pensativo.

—¿Deberíamos simular que no hubo sexo y limitarnos a salir durante un tiempo para conocernos mejor?

Ella pestañeó sorprendida. ¿Cuántos hombres sugerirían una moratoria al sexo a favor de llegar a conocerse? Una estrella de oro para Rob. De todos modos, si pensaba en la noche alucinante que pasaron juntos...

—No quiero poner veda al sexo, pero mi verdadero motivo para venir aquí hoy fue el deseo de asegurarme de que la noche del domingo fue un comienzo, no un... un error.

—Espero que no haya sido un error —dijo él. Dejó a un lado el vaso y la energía entre ellos se tornó eléctrica—. De hecho, se me ocurre una muy buena manera de demostrar que no fue una aventurita de una noche. —Con una traviesa sonrisa que ella no le había visto antes, la cogió por la cintura, la sentó en el borde de la mesa y procedió a besarla tan concienzudamente que la hizo estremecerse hasta los dedos de los pies—. Haz las cuentas.

—Tienes razón, si volvemos a hacerlo ya no es una aventurita de una noche. —Desvanecidas las dudas, dejó el vaso a un lado y se entregó al beso. La peor parte de sus dos años de celibato había sido la falta de caricias, por lo que él hacía despertar sus sentidos como el sabor dulce y silvestre de las frambuesas—. Toda la semana he deseado enrollarme alrededor de ti como una boa constrictor.

—Si nos vamos a poner freudianos, creo que yo tengo el derecho a la imagen de la serpiente —dijo él. Su risa retumbó en el pecho de ella—. Me alegra tanto que estés aquí, Val. Toda la semana he deseado llamarte, pero como sabía lo ocupada que estabas, no quería molestar.

Ella le sacó los bordes de la camiseta del pantalón y aplanó las manos en su dura espalda.

—Me habría encantado hablar contigo. Creo que nos gustamos, así que está bien llamar o visitar.

—Es mucho más que gustarnos. —Pasó las manos por debajo de ella y le acunó las nalgas con falda sastre—. Tienes casi una hora y media hasta tu reunión. Yo podría preparar comida mexicana con lo que tengo en el congelador para darte de cenar, o... —hundió la cara en su pelo, su aliento cálido sobre su garganta— podría llevarte al dormitorio. No es muy bonito, pero seguro que mejoraría mucho si tú estuvieras en la cama.

La embriagadora excitación de un nuevo encuentro burbujeó en ella como champán.

—Quiero ver ese dormitorio. Después de todo, tú has visto el mío.

Puesto que el apartamento de él era más pequeño, llegaron a la habitación de Rob mucho más rápido que lo que tardaron en llegar al dormitorio de ella la noche del domingo.

Media hora después estaban entrelazados en la cama de Rob, la pasión satisfecha, pero el deseo de acariciarse todavía era fuerte. Val jugueteó perezosamente con su barba.

—Esta barba te da una errónea apariencia de osito de peluche.

Él hizo una mueca exagerada

—¿De osito de peluche? Y yo que pensaba que parecía un Ángel del Infierno. Ésa es tu idea de un supermacho.

—Eres lo bastante supermacho para mí —dijo ella apretándose más contra él—. ¿Sigue en pie nuestra salida del sábado?

—Eso espero, por supuesto. —Sus manos, tan activas como las de ella, acariciaban, masajeaban—. ¿Tienes algún restaurante favorito al que quisieras ir?

—Sorpréndeme.

—De acuerdo. De punta en blanco a las siete en punto.

Ella asintió con la cara apoyada en su hombro.

—Tengo que levantarme para irme a casa.

Él suspiró y aumentó la presión del brazo alrededor de ella.

—«El mundo puede con nosotros; tarde y pronto».

A ella también le gustaba la poesía, así que continuó la cita:

—«Ganando y gastando desperdiciamos nuestro poder. Poco vemos en la naturaleza que sea nuestro.» Pensar que Wordsworth escribió eso doscientos años antes del buzón de voz y el fax.

—¿Qué haría si le tocara vivir en nuestro mundo? Probablemente se suicidaría.

—¿Quién podría culparlo?

Pesarosa se desprendió de sus brazos y se levantó de la cama. Después de arreglarse un poco en el baño recogió sus ropas lanzadas al azar y comenzó a vestirse.

Mientras Rob se ponía los tejanos, le preguntó:

—Cuando te busqué en Internet, todas las referencias eran como Val. ¿Ése es tu nombre completo, o decidiste que no te gustaba Valerie?

—Ninguna de las dos cosas. —Al ver que las medias estaban

destrozadas, metió los pies en sus elegantes zapatos de abogada—. Mi madre, eterna hippie, sentía algo por el Príncipe Valiente. Consideró la posibilidad de llamarme Valiant, pero al final el nombre quedó en Valentine, ya que nací el día de San Valentín. Eso es mejor que Valiant, pero no mucho.

—Me gusta el nombre Valentine.

Se acercó a ella por detrás y le rodeó la cintura con los brazos. Ella apoyó la espalda en él, disfrutando del juguetón afecto de su abrazo. Había habido pasión antes y la habría otra vez, pero por el momento le bastaba con el abrazo.

Y ya no estaba preocupada sobre si tenían o no una verdadera relación.

Rob acompañó a Val hasta el coche y la despidió con un último y largo beso. Aunque ella dejó sus brazos de mala gana, cuando iba saliendo del aparcamiento parecía una mujer capaz de mantener la atención en el trabajo durante su reunión de esa tarde. Él no podría hacer lo mismo de ninguna manera. De hecho, prefirió vagar por ahí con una sonrisa idiota en la cara.

Bullente de energía optimista, fue a ponerse pantalones cortos y zapatillas y salió a correr por las tranquilas calles bordeadas de árboles del barrio. Val podía no estar tan perdidamente enamorada como él, pero él le gustaba lo bastante como para haber ido a verlo a su casa. Desde la noche del domingo él había estado pensando si habían acabado en la cama porque esa era la manera de ella de expresar compasión. El hecho de que ese día hubiera encontrado el tiempo para visitarlo a pesar de su apretada agenda lo hacía desear dar volteretas.

La había encontrado asombrosamente tímida cuando la vio en su puerta. Después de recuperarse de la sorpresa, se apresuró a invitarla a entrar, antes que ella cambiara de opinión y se marchara. Sólo quería estar un rato con ella, unos pocos minutos en su compañía habrían bastado para hacerle feliz el día. Que hubieran acabado en la cama nuevamente era un glorioso extra.

Exuberante, dio un paso largo, pegó un salto y golpeó un montón de hojas del arce que colgaban hacia la acera. Se sentía como un chico de diecisiete años enamorado por primera vez.

Aunque jamás se había sentido así cuando era niño. En ese tiempo siempre estaba preocupado por qué nueva explosión doméstica lo aguardaba en casa, y contaba los días que faltaban para poder escapar hacia una nueva vida. El verdadero motivo de sus buenas notas en el instituto era que estudiar en la biblioteca lo mantenía lejos de casa.

De niño nunca supo que era inteligente; su familia no miraba el mundo desde ese punto de vista. Pero cuando su vida hogareña se deterioró, encontró solaz en los libros. Disfrutaba leyendo y usando la mente, le gustaba la aprobación de sus profesores, le gustaba demostrar que era más inteligente que los chicos que venían de hogares normales.

Y así acabó siendo el alumno que hizo la oración de despedida de la clase, sin siquiera intentarlo. A su profesor de matemáticas le rompió el corazón que él eligiera los marines en lugar de la universidad, pero la educación superior era otra cosa que no formaba parte de la visión del mundo de su familia. Demonios, Harley jamás se graduó en secundaria. A pesar de sus notas, en su corazón nunca creyó que un chico de su lado del mundo pudiera ir a la universidad, aun cuando sus profesores juraban que conseguiría las becas que se lo harían posible.

¿Habría resultado diferente Jeff si él hubiera ido a una universidad cercana y hubiera podido estar cerca de él? Teniéndolo a él como ejemplo, Jeff podría haber ido a la universidad también. Con esa inteligencia para ejecutar tan brillantemente su sucesión de destrucciones, ¿qué no habría logrado si se le hubiera animado a canalizar su inteligencia de modos constructivos? Si no hubiera robado y utilizado el aparato experimental de detección de alarmas, todavía estaría vivo, y probablemente continuaría quemando urbanizaciones y personas.

Se le evaporó la euforia. Mientras él disfrutaba en las bibliotecas su hermano pequeño desapareció en una guarida boscosa y tosca de su propia creación. Jeff era el clásico solitario. Los matones del colegio aprendieron a evitarlo porque luchaba como un loco si lo atacaban. Y así se pasaba el tiempo solo, enfureciéndose y torciéndose cada vez más. A él no se le había ocurrido entrometerse en la vida de su hermano; en ese tiempo le parecía que debían respetarse mutuamente la intimidad. Pero debería haber estado más atento; debería haber hecho algo.

Sudoroso y con las piernas cansadas, aminoró la marcha y empezó a caminar, agobiado por la sensación de pesadez. Para él Val era como el mejor regalo de Navidad del mundo, resplandeciente, hermosa e infinitamente deseable. Pero a edad muy temprana había aprendido a no fiarse de los regalos. Una vez, poco después de casarse su madre con Harley, el viejo chivo llevó a sus hijastros a una heladería mientras su madre estaba trabajando. La especialidad de la casa era un helado llamado Brown Derby: helado de crema en un cucurucho de azúcar y bañado con chocolate caliente que se solidificaba encima formando una deliciosa capa crujiente.

La dependienta sirvió los Brown Derby extra grandes y se los dio. A él se le hizo la boca agua al verlos; esa bochornosa noche de Florida, la suavidad de la crema y la exquisitez del chocolate al derretirse en la lengua era lo más cercano al cielo. Entonces Harley presentó un cupón de dos por uno y la chica le dijo que estaba caducado. Enfurecido y soltando maldiciones, Harley le hizo un gesto para que se llevara los helados y los dos niños los vieron desaparecer, paralizados por la conmoción y el deseo. La familia no era tan pobre; siempre había suficiente para la comida y para la cerveza de Harley, pero por ahorrar un dólar el muy cabrón le dejó un recuerdo que todavía le producía una desilusión tan intesa que le dolía. Ese estúpido cucurucho de helado de crema se convirtió entonces en el emblema de todo lo que estuvo mal en su niñez.

No hace falta mucho para tener feliz a un niño: un poco de afecto, un vientre lleno y una invitación ocasional a algo placentero, y nada de violencia física aunque el niño hiciera una travesura. Pero a él y a Jeff se les enseñó que no se merecían las cosas buenas de la vida, y siempre que parecía que podrían tener suerte, les arrebataban el premio.

La maravilla era que no se hubieran convertido los dos en pirómanos.

Mia Kolski resultó ser una mujer esbelta, rubia y de aspecto cansado. Cuando Val llegó a casa, estaba sentada en el peldaño superior de la escalinata de la entrada. Val se bajó del coche y le pidió disculpas:

—Lamento llegar tarde, Mia.

Para ser exactos, lamentaba haberse retrasado pero no el motivo. Firmemente apartó a Rob de sus pensamientos, pues Mia se merecía toda su atención.

—Ningún problema —dijo la mujer, levantándose para estrecharle la mano—. Estar sentada diez minutos en esta apacible calle ha sido como unas vacaciones. Agradezco muchísimo tu disposición a ayudarme. Mi querido ex marido me va a enviar al asilo de los pobres llevándome constantemente a los tribunales, y aunque los profesores de música estamos mal pagados, de todos modos ganamos demasiado para poder recibir algún tipo de ayuda del Estado. A veces siento la tentación de coger a mis hijos y huir con ellos, a ver si podemos comenzar de nuevo en otro lugar con nombres falsos.

Aunque se las arregló para hacer dibujar en su rostro una débil sonrisa, estaba claro que Mia estaba a punto de volverse loca.

—Huir no es conveniente —le dijo Val—. Entremos y veamos qué se puede hacer. Y, créeme, algo se puede hacer. ¿Te apetece un *capuccino*?

—Muchísimo. Le doy fuerte a la cafeína.

Val la llevó al estudio y la dejó allí. Cuando volvió con los dos *capucchinos*, *Damocles* estaba cómodamente instalado en la falda de Mia ronroneando.

—¿Tienes gatos? Si no tienes, deberías hacerte con uno. Son maravillosos para aliviar el estrés. —Dejó el humeante café junto a Mia y se sentó con un bloc para tomar notas—. ¿Por dónde deseas comenzar?

Mia se echó atrás el pelo; se sentía algo nerviosa.

—Estuve casada diecisiete años con Steve. Los primeros doce él estaba en el ejército y nos trasladábamos muchísimo. Siempre fue un hombre negativo y controlador, y con el tiempo fue empeorando. Yo lo soportaba cuando sus críticas me hacían llorar a mí, pero cuando encontré a mi hija llorando como si se le fuera a partir el corazón porque él le estropeó el placer por algo que había logrado con muchísimo esfuerzo, decidí que era el momento de acabar con mi matrimonio y le dije que se marchara.

—¿Era violento? ¿Os pegaba a ti o a los niños?

—Eso nunca, pero he llegado a comprender que nos maltrataba psicológicamente —contestó Mia—. Después del divorcio él se fue a Atlanta y estuvo allí un par de años; en ese tiempo mi vida fue fabulosa. Después volvió aquí y comenzó a meterme pleitos, tratando de reducir la asignación para manutención de los niños, tratando de obligarme a dejar la casa, la que habíamos acordado que tendría yo hasta que los dos niños tuvieran veintiún años, peleando por las visitas. Ahora me amenaza con solicitar la custodia de los niños, alegando que no estoy capacitada para educarlos.

—¿En qué basa su acusación?

Mia se relajó y sonrió.

—Tengo un amigo, un hombre estupendo que tiene hijos propios y trata bien a los míos. Mis hijos lo encuentran fabuloso. Nunca pasamos la noche en mi casa ni hacemos nada que pueda molestar o perturbar a los niños, pero el solo hecho de que tenga un amigo me convierte en una furcia ante los ojos de Steve.

—No llegará muy lejos en el tribunal con eso. —Val se apoyó en el respaldo del sofá—. ¿Steve quiere a sus hijos?

Mia lo pensó un momento.

—Sí, pero no le gustan mucho. Según él, los adolescentes son demasiado ruidosos, cabezotas y descontrolados. Además, es tan narcisista que no ve lo mucho que hiere a los niños sus constantes peleas conmigo, aunque yo hago todo lo posible para que no se enteren de la mayor parte de las cosas.

—¿Pasa mucho tiempo con los niños?

—En realidad no. Los tiene con él dos fines de semana al mes. Nunca ha hecho nada para verlos con más frecuencia, y yo no me opondría si ellos lo desearan. Pienso que es importante que su padre forme parte de sus vidas, aunque sea un pelmazo. —Sonrió tristemente—. Conste que nunca lo critico delante de los niños. Son lo bastante inteligentes como para formarse sus propias opiniones.

—No da la impresión de que tenga una base sólida para quitarte la custodia, además, si la consiguiera probablemente eso fastidiaría su estilo de vida de soltero —dijo Val cínicamente—. Es probable que te amenace sólo para preocuparte.

—Con gran éxito. O tal vez su madre lo incita. A ella le encantaría quitarme los niños para controlarlos ella.

—No te preocupes, eso no ocurrirá. —Normalmente un abogado no daba garantías tajantes, pero ella se imaginaba que Mia necesitaba que la tranquilizaran. Puesto que Callie llevaba años trabajando con Mia y respondía por ella en todo, no era probable que saliera algún esqueleto del armario de la profesora de música—. Cuando hablamos por teléfono, ¿te pedí que trajeras copias de tu historial?

Mia abrió su enorme bolso y sacó un gordo archivador de acordeón.

—Esto cubre lo básico. Si quieres los detalles, puedo copiarlo todo, pero aquí hay suficiente para llenar dos cajones de archivos.

—Esto servirá para comenzar —dijo Val echando una rápida ojeada al papeleo de los pleitos con que Steve Kolski había llevado a los tribunales a su ex mujer—. Como sabes, soy abogada especializada en empresas, no abogada de familia, pero tengo amigos que podrán orientarme. —Golpeteó el archivador con el rotulador—. En mi trabajo como litigante, una lección que he aprendido es que la mejor defensa es un buen ataque. Tenemos que encontrar un punto en que sea vulnerable tu ex marido y entonces atacar.

Mia la miró asustada.

—No podría acusarlo de algo que no ha hecho. No me importan cosas como recibir todo el dinero de su pensión; sólo deseo que deje de hostigarme y siga pagando la manutención de los niños hasta que sean mayores.

—¿Dinero de la pensión? ¿Has renunciado a tu derecho a la mitad de su pensión de militar?

—No que yo recuerde, pero una vez que miré el asunto, descubrí que no voy a recibir nada. Si tengo que enseñar hasta que caiga muerta, pues muy bien. Me encanta enseñar música y siempre conseguiré mantenerme. —Sonrió levemente—. Mi hija desea ser médica. Dice que ella me mantendrá cuando esté vieja y canosa. Y lo haría seguro. Pero por ahora sólo quiero que Steve me deje en paz para criar a mis hijos, enseñar mi música y... y llevar mi vida sin tener que preocuparme de cuál será su próxima jugada ni de cómo pagar la última ronda de gastos. ¡Por no decir el Prozac!

—¿Tomas antidepresivos? Eso podría utilizarse como prueba de que estás capacitada para mantener la custodia de tus hijos. Dudo que él logre llegar muy lejos, pero es bueno estar preparada.

—No tomo Prozac, sólo fue un decir. Cuando estoy molesta, preocupada o deprimida, toco el piano. —Arrugó la nariz—. Una cosa sí puedo decir, pese a todo el hostigamiento de Steve, estoy tocando mejor que nunca.

—Bien.

Mirando su bloc, Val tomó nota mental de que debía averiguar el asunto de la pensión. Igual Steve había metido una renuncia a su pensión entre otros documentos y Mia la había firmado sin darse cuenta. Si era así, eso les daría una ventaja, aunque claro, sería la palabra de Mia contra la de Steve sobre si ella la había firmado voluntariamente o no.

—Dime, ¿por qué crees que Steve es tan persistente? ¿Sigue enamorado de ti?

Mia se rió por primera vez.

—Qué va. Tiene una preciosa amiguita quince años más joven que él. Sus pleitos no tienen que ver conmigo ni con los niños en realidad. Simplemente no le gusta perder.

Val enseñó los dientes.

—A mí tampoco. Y créeme, una litigante formada en Harvard es capaz de cortarle el cuello a un oficial de ejército retirado sin problemas.

Era capaz y lo haría, pensó. Mia Kolski necesitaba justicia y ella se iba a encargar de que la obtuviera.

Capítulo *13*

La euforia generada por su visita a Rob sostuvo a Val el resto de la semana. Eslabón a eslabón iba cortando las cadenas que la ataban a su antiguo trabajo, aparte de un par de casos que Donald Crouse deseaba que llevara hasta el final. En dos semanas se trasladaría a su nuevo despacho y se convertiría oficialmente en autónoma. Se sentía impaciente.

La mañana del sábado Anita Perez, la asistenta social encargada del programa Hermana Mayor/Hermana Pequeña, fue a visitarla a casa. Además de comprobar que tenía una casa respetable, Anita la sometió a un interrogatorio acerca de cómo se las arreglaría si algo fuera mal cuando ella y Lyssie estuvieran juntas. ¿Qué haría en el caso de un accidente o de una enfermedad? ¿Cómo se las arreglaría si Lyssie tenía una rabieta o una pataleta? Y, por favor, quería ver la prueba de que tenía el seguro del coche al día.

Val tendría que firmar también un contrato que especificaba las reglas básicas para ser una hermana mayor, entre otras estaba el compromiso de dedicar por lo menos seis horas al mes a Lyssie, la promesa de ir a buscarla a tiempo y de devolverla a su abuela a la hora acordada. Lyssie firmaría un contrato similar que especificaba sus responsabilidades en la relación.

Al final del encuentro, Val comentó irónica:

—Es sorprendente pensar que la gente se lanza a tener hijos sin considerar nada de esto. Me parece rotundamente irresponsable.

—Entre nosotras, si por mí fuera, no permitiría que alguien tuviera un bebé sin pasar antes por un examen semejante al que se pasa para obtener el permiso de conducir. —Arrugó la nariz—. Durante años trabajé en servicios de protección de niños. Son muchísimos los críos que pagan el precio de haber nacido de padres irresponsables a los que no se les debería confiar ni un pez de pecera, y mucho menos un bebé complejo, exigente, frágil y que necesita amor.

—La gente piensa que ser abogado es difícil, pero lo que haces tú es muchísimo más complicado. Si yo trabajara con niños maltratados, me volvería loca enseguida.

—Por eso dejé ese trabajo, queman diez años de ver lo que algunas personas pueden hacerles a los niños. Este trabajo es mucho más agradable. Con un buen emparejamiento todos se benefician. —Anita cogió sus papeles y los metió en su maletín—. Me alegro mucho de que tú y Lyssie hayáis congeniado. Temía que fuera difícil emparejarla porque es quisquillosa. Su pasado es horroroso.

—Lo sé —dijo Val en voz baja—. Al menos creo que sé lo consiguió.

—¿Te lo contó? Sí que conectasteis.

—La verdad, creo que Lyssie quería asustarme, pero no le resultó.

—Fantástico. Su abuela hace todo lo que puede, pero no está bien de salud. Lyssie necesita a alguien como tú que sea una presencia estable y solidaria en su vida. —Le tendió la mano—. Aceleraré el papeleo y, con suerte, podrás reunirte con Lyssie y su abuela el próximo fin de semana. Si no hay ningún problema, ya tienes una nueva hermana pequeña.

—Siempre he deseado tener una hermana pequeña. Gracias por acelerar los trámites.

—No fue ningún problema. Tus amigos enviaron las recomendaciones con prontitud. Todos tienen una elevado concepto de ti.

Val sonrió.

—Los elegí con mucho esmero. Que tengas un buen fin de semana, Anita.

Cuando salió la asistenta social, Val cerró la puerta pensando que de todos los cambios que estaba haciendo en su vida ése era el que entrañaba la mayor responsabilidad. La perspectiva era temible, pero excitante. Bastante parecido a una verdadera maternidad en realidad.

Entre la visita de Anita y la cita con Rob, Val se concentró en el asunto de vivir: la colada, la compra de alimentos, los quehaceres domésticos básicos. Era una clara señal de que pasaba mucho tiempo en la oficina el hecho de que disfrutara realmente planchando y pasando la aspiradora.

Mientras doblaba las sábanas sacadas de la secadora pensó en lo que se pondría para salir a cenar. Normalmente en una primera cita solía ponerse algo que le sentara bien pero que no fuera provocativo, para no tener que pararle los pies al tipo si era de esos que creía que un escote era una invitación a que le saltaran encima. Puesto que con Rob ya habían pasado de ese punto, no experimentarían la cautela de ir pisando sobre huevos, normal en las primeras citas. Eso significaba que sería posible relajarse y disfrutar de una cena romántica; y puesto que sabía cómo terminaría la velada, se pondría algo que lo deslumbrara tanto que se le salieran los ojos de las órbitas.

Examinó su ropero, buscando algo que fuera femenino, ligeramente recatado pero decididamente sexy. Después de ducharse y ahuecarse el pelo para darle mucho volumen, se puso un vaporoso vestido de seda negra con los bordes pintados en colores granate, oro y ámbar. La falda hasta los tobillos tenía una abertura hasta la rodilla y el corpiño sin mangas y escotado le realzaba bellamente los pechos, mientras la chaqueta larga y holgada le daba un aire de falsa respetabilidad. Un maquillaje para la noche, varias mariposas brillantes en el pelo y los zapatos granates con tacones de aguja completaban el atuendo.

En lugar de morderse las uñas mientras esperaba que sonara el timbre pasó los últimos minutos anotando estrategias para llevar el caso de Mia Kolski. El matón señor Kolski lamentaría haber usado su dinero para hostigar a su ex mujer. El truco estaba en encontrarle un punto vulnerable y ponerle un pleito; si él tenía algo que perder, podría estar dispuesto a dar marcha atrás.

Cuando sonó el timbre se hizo una rápida revisión ante el espejo: el vestido se veía bien, las mariposas estaban firmes en el pelo.

Fue a abrir la puerta, preparada para ser admirada, y se detuvo en seco, atónita. El saludo murió en sus labios.

Rob se había afeitado la barba. En el umbral de su puerta estaba Robert Smith Gabriel, el bien trajeado magnate que entregó a su hermano pirómano. Si no hubiera visto sus fotos en los reportajes de esa época habría creído que un desconocido estaba en su puerta. Con la cara sin expresión, le dijo algo parecido a lo que le dijera él la primera vez que la vio con tejanos:

—¿Quién es usted y qué ha hecho con mi acompañante para la cena?

—Pues me pareció que el aspecto de osito de peluche podría ser una desventaja para un investigador, y... bueno, pensé que era hora de salir de mi escondite. Un poco, en todo caso.

La barba había sido un buen disfraz; afeitado proyectaba una imagen totalmente distinta. Aunque cuando en los diarios apareció la noticia del arresto del pirómano ella simpatizó con él, comprendiendo su terrible dilema moral, no se sintió particularmente atraída por sus fotos. Se veía demasiado controlado, los ojos demasiado fríos, demasiado parecido a su hermano.

Sin barba y en persona, esas cualidades eran más visibles aún. Su cara de rasgos afilados le gustaba más que la que recordaba, y le parecía aún más formidable.

—Ahora vas a asustar con la verdad a unas cuantas personas.

—¿Te he asustado a ti?

—No —dijo ella, no siendo del todo sincera—. Pero me llevará un tiempo acostumbrarme a tu nuevo aspecto.

—Lo siento —suspiró él—. Me corté la barba de forma impulsiva esta tarde.

—Es tu cara, tienes todo el derecho a cambiarla. Te ves muy atractivo así. Sólo... que es diferente a lo que estaba acostumbrada. —Cayendo en la cuenta de que seguían en la puerta, retrocedió—. Entra antes de que se escapen los gatos. Van a querer comprobar tu identidad.

—¿Y si rechazan mi nueva apariencia?

Ella se echó a reír.

—Ah, entonces estás en un grave problema, Robert.

Apareció *Damocles* y se frotó con adoración contra el tobillo de Rob. Si él se hubiera apartado para que no le dejara pelos en el pantalón, ella habría empezado a preocuparse, pero Rob se agachó a rascarle la cabeza al gato con la misma despreocupación que si llevara tejanos.

—Ahora que me ha examinado el gato —dijo él enderezándose—, puedo decir que estás absolutamente preciosa. Me gustaría besarte, pero si lo hago creo que perderíamos nuestra reserva en el restaurante.

—¿Dónde vamos?

—A Milton Inn. Seguramente tú ya has estado, pero yo no. Me pareció un lugar agradable para nuestra primera cita de verdad.

—Nada de besos entonces. Me encanta Milton Inn. —Cogió su pequeño bolso de noche de tela bordada—. ¿Nos vamos? ¿O tienes alguna otra sorpresa reservada?

—Bueno, no vine en la camioneta. Temí que no nos dejaran entrar en ese restaurante elegante si llegábamos en ella. Así que traje mi coche.

Ella salió y tuvo que pestañear al ver el brillante descapotable plateado que estaba aparcado junto a la acera.

—¡Vaya!, ¿qué coche es?

—Un Roll-Royce Corniche. —Le puso suavemente la mano en la espalda y la guió hacia el vehículo—. Aunque me iba muy bien en mi negocio, no vivía con demasiado lujo. El consumismo en serio lleva tiempo, y nunca tenía el necesario para dedicarme a comprar. Entonces un día, conduciendo, pasé junto a un concesionario de Roll-Royce. Siempre los había considerado lo mejor en calidad y clase, muy lejos de mi clase social. De repente se me ocurrió que podía comprame uno si quería, así que entré y encargué un Corniche.

Dio la vuelta al vehículo para subir por el lado del conductor y pulsó un botón que subió la capota.

—Abandoné todo lo demás de mi vida en California, pero no logré encontrar la fuerza de voluntad necesaria para vender mi coche. Lo conduje a través del país con una bolsa de lona con mis efectos personales y un ordenador portátil en el maletero. Puesto que un Rolls no encajaba en mi nueva vida, al llegar a Baltimore alquilé una plaza de garaje para guardarlo. Hoy lo saqué de allí por ti, pues tú eres lo mejor en calidad y clase.

—Siempre me he imaginado yendo en un Ferrari, pero me conformaré con un Roll-Royce. —bromeó. Acarició la suave piel del asiento y entendió por qué el coche había sido un símbolo irresistible para un chico con una infancia difícil. ¿Cuánto costaría un coche como ése? Un cuarto de millón de dólares como mínimo, pensó—. ¿Eres rico, Rob? Pasa por alto la pregunta si prefieres, pero llevas los arreos de la riqueza con la misma facilidad con que llevas tus raídos tejanos.

Se hizo un largo silencio, mientras él ponía en marcha el coche y lo sacaba del lugar. Val empezó a lamentar haberle hecho esa pregunta.

Ya iban por Northern Parkway cuando él dijo:

—Si la riqueza es un estado mental, nunca he sido rico, aunque vendí mi empresa por una buena cantidad de dinero. Después de la ejecución de Jeff, establecí una fundación para financiar proyectos en barrios pobres. Me dejé un poco para mí, había trabajado demasiado como para renunciar a todo, y de ninguna manera deseo volver a ser pobre. Supongo que tengo comodidades, pero ¿rico? No lo soy ahora, y nunca lo he sido anímicamente.

¿Una fundación? Otro intento de redención, supuso Val.

—Empleas bien el dinero. ¿Alguno de tus proyectos está aquí en Baltimore?

—Un par de ellos. Brothers Foundation es la principal patrocinadora del Centro Comunitario Fresh Air. Ha tenido éxito, así que esperamos crear otros dos centros en otros barrios. La fundación también aporta fondos para la financiación de varias organizaciones comunitarias de vivienda ya existentes, y además financia nuestro programa de erradicación de grafitis.

—¿Grafitis? ¿Como el chico grafitis del que leí en el diario hace un tiempo?

Él sonrió levemente.

—Yo soy el chico grafitis, o por lo menos fui el primero. Actualmente la mayor parte del trabajo lo hace Sha'wan Baker. Es un chico fabuloso.

Ella movió la cabeza, impresionada, pero amilanada.

—Me siento como si además de afeitarse la barba te hubieras hecho también un trasplante de personalidad.

Él frunció el ceño.

—Eso me parece algo de lo que hay que hablar. ¿De veras me encuentras tan diferente? Puedo volver a dejarme barba.

—No te preocupes, me acostumbraré. —Le miró atentamente la cara, intentando integrar a ese rutilante hombre de mundo con el cálido y sensible amante—. Pero eres una caja de sorpresas, Rob. Cuando nos conocimos pensé que eras un carpintero muy trabajador, sin complicaciones. Luego te volviste marine, investigador, un hombre con un pasado, y ahora un filántropo con la apariencia de un grandioso magnate. Aun cuando todas estas cosas son ciertas, es más o menos como acostarse con un harén masculino. —Sonrió levemente—. No es que eso sea necesariamente malo, pero sigo pensando si en realidad te conozco.

Él detuvo el coche junto a la acera y se volvió a mirarla.

—Cierra los ojos.

Ella obedeció y sintió el crujido del asiento cuando él cambió el peso para inclinarse sobre el salpicadero. Una mano grande le acarició el pelo hacia atrás y luego se ahuecó en su mejilla. Era la mano áspera de un carpintero, no los dedos suaves de un hombre de negocios. Entonces él la besó con el ardor y la ternura que ella ya conocía tan bien. Ése era el hombre que creía conocer, no el rico sin alma que apareció en su puerta esa tarde. Su vulnerabilidad seguía ahí, debajo de su brillante superficie, como también la indefinible cualidad que lo hacía Rob.

—¿Ahora te resulto más familiar? —susurró él antes de profundizar el beso.

Un calor líquido la inundó haciéndola ansiar sus caricias.

—Argumento aceptado —dijo temblorosa—. Sigues siendo tú, y tenías razón, los besos ponen en peligro la cena.

—¿Cuánta hambre tienes? —preguntó él bajando la boca por el cuello y encontrando inevitablemente un lugar de pulso que amplificó el efecto erótico.

Ella lo pensó y se apartó.

—Bastante. No olvides que el placer aplazado es placer multiplicado.

Él hizo una respiración profunda y volvió a poner en marcha el coche.

—Tienes razón. Podemos continuar esto después, en un lugar menos público.

—Dada la atención que atrae este coche, ésa es una buena idea. —Val se miró en el espejo y decidió que su nuevo pintalabios daba bastante buen resultado; realmente no dejaba manchas—. ¿Dónde estudiaste informática? Lo dijiste con tanta despreocupación que me pareció que habías ido a un instituto comercial, pero ahora sospecho que fue en algún lugar como el MIT.*

Él la miró consternado.

—¿Para qué iba a querer estudiar en una escuela de segunda clase como el MIT? Fui a Stanford.

Ella se rió, feliz de que su sentido del humor siguiera siendo reconocible.

—Silicon Valley. Chico de California. Stanford, claro. Debería habérmelo imaginado. Siempre me he considerado de una mujer de mente abierta, pero eres un verdadero reto para mis ideas preconcebidas, Rob.

—Soy difícil de clasificar, porque no encajo en ningún marco normal.

Aunque lo dijo con voz tranquila, sin emoción, ella detectó tristeza subyacente.

—Lo normal es un mito —dijo—. A mí me das la impresión de que te creas un lugar para ti dondequiera que vayas.

Le puso la mano izquierda en el muslo. Pasado un momento, él bajó la mano derecha y la puso encima.

Mientras continuaban hacia el norte, adentrándose en el campo de Maryland, Val lo observaba con el rabillo del ojo. Era un hombre extraordinariamente bien parecido, con o sin barba, pero no podía dejar de sentir que su relación estaba construida sobre arena movediza.

No debería haber intentado hacer perfecta esa noche, estaba pensando Rob. La primera grieta apareció tan pronto como Val abrió la puerta y se quedó paralizada al verlo afeitado. Aunque le aseguró que se adaptaría rápidamente, durante el resto de la noche la notó más reservada que de costumbre.

Debió haberle dicho que se iba a afeitar la maldita barba, pero, tal como le explicó, fue un acto impulsivo. La decisión de salir de su caparazón fue sólo uno de los motivos. Igualmente fuerte fue

* MIT: Massachusetts Institute of Technology. *(N. de la T.)*

mirarse en el espejo y comprobar que su barba no quedaba bien con su traje de gerente. Puesto que deseaba impresionarla, sacó las tijeras y la máquina de afeitar.

Tardíamente se le ocurrió que dado que ella pasó sus años de formación en una comuna, podría preferir una barba a la cara afeitada. Había descubierto que la barba lo hacía más accesible. Su cara sin adorno inspiraba recelo, y tenía su efecto en Val.

Su intento de impresionarla con el Rolls no fue mucho mejor. Aunque a ella le gustó el coche, él debió haber imaginado que una mujer que se sentía perfectamente a gusto en una maltrecha camioneta no se iba a desmayar al ver un caro conjunto de ruedas.

Su optimismo se reavivó cuando llegaron al restaurante. Bien al norte de la ciudad, Milton Inn era una verdadera posada de postas construida en la primera mitad del siglo XVIII; era un lugar muy romántico. Pero no fue una escapada. A Val no sólo la saludaron por su nombre, sino que además ella hizo gestos de saludo a varios conocidos cuando los llevaban a una mesa en uno de los encantadores comedores.

Incluso se detuvo junto a la mesa de una pareja mayor para hacer presentaciones.

—Mi diversificado pasado está a punto de quedar al descubierto, Rob. Cuando niña era miembro de una pandilla de chicas, y esta tolerante pareja, el juez Charles Hamilton y Julia Corsi Hamilton, eran los padres de dos de mis amigas. Señores, él es mi amigo Rob Smith.

El juez, un hombre distinguido de cabellos plateados, se levantó a estrecharles las manos.

—Val era la abogada de la pandilla —dijo en tono travieso—. Ya a los diez años tenía una asombrosa habilidad para elaborar defensas infranqueables cuando las niñas se portaban mal.

—Sí que tiene una gran capacidad para conseguir lo que quiere con palabras —convino Rob, saludando con la cabeza a la señora Hamilton.

La perspicaz mirada que le dirigió el juez le hizo pensar que podría haberlo reconocido, pero si lo reconoció, no dijo nada.

Después de despedirse de sus amigos, Val se dirigió a la mesa de ellos, en el otro lado de la sala.

—Lo siento —dijo cuando se sentó—. Habiendo vivido aquí la mayor parte de mi vida, es lógico que siempre vea a personas que conozco. Por cierto, Julia es la madre de Kate, la esposa de tu amigo Donovan. No hace mucho que se casó con el juez. Los dos eran viudos, así que cuando se casaron, Kate y mi amiga Rachel se convirtieron en hermanastras, además de ser ya amigas.

Rob la miró detenidamente, admirando la caída de la seda sobre su exuberante figura.

—Quieres decir que eran miembros de tu pandilla. Debe de ser maravilloso tener amigas de tanto tiempo.

—Sí, pero es difícil salir impune de algo cuando cada vez que te giras ves a alguien que te conoció cuando le llegabas a la rodilla a una ardilla.

Él trató de imaginarse cómo sería formar tanto parte de un lugar, y fracasó. Tal vez si se quedaba en Baltimore un largo tiempo lo descubriría.

Después de una rápida mirada a la carta, ella decidió que ya sabía lo que quería y la dejó a un lado.

—Cuéntame cómo es ser el chico grafitis.

Esa elección de tema rompió el hielo, y mientras comían y bebían vino profundizaron en su conocimiento mutuo. Él aprobó que ella se hiciera hermana mayor porque sabía lo valiosos que podían ser esos programas, pero esperaba que la hermana pequeña no le ocupara demasiado tiempo. Deseaba todo lo posible de su tiempo para él.

Sólo hablaron un momento de Daniel Monroe, y fue cuando él dijo:

—Se me ha ocurrido que podría ser conveniente preguntarle a Monroe sobre otros jóvenes del barrio con los que le podrían haber confundido. ¿Te importa si voy a visitarlo a la cárcel sin ti?

—En absoluto. —Val tragó un bocado del pastelillo de frutas y cerró los ojos para saborearlo mejor—. Kendra podría tener algunas ideas también. Después de todo ella y Daniel son nuestras principales fuentes de información.

—Otra fuente importante es el detective de policía que llevó el caso, Xenon Barkley. Tengo una reunión con él el lunes. Podría decirme cosas que no llegaron al informe de la policía.

Val asintió.

—La próxima semana tengo programado encontrarme con el abogado defensor de oficio que llevó el caso. Va a ser difícil la entrevista. No quiero que piense que voy a atacar su trabajo. Si colabora, podría darme información interesante.

—Tal como te ves esta noche, no creo que haya ningún hombre vivo que no colaborara contigo.

Ella sonrió ladeando la cabeza.

—Me haces sentir como si fuera la mujer más irresistible desde Cleopatra.

Al mover la cabeza se le soltó una de las brillantes mariposas que llevaba en el pelo y cayó sobre la mesa. Él la cogió con la yema de un dedo y se la colocó suavemente en sus rizos rojos.

—Si Cleopatra se parecía en algo a ti, Marco Antonio era un hombre afortunado.

De todos modos, pese a las bromas románticas y a la pasión cuando hicieron el amor al volver a la casa de Val, la noche no fue lo que él había esperado. Mientras ella dormía en sus brazos, él estuvo mirando el cielo raso oscuro, convencido de que estaban más separados que cuando ella fue a visitarlo a su apartamento.

Deseaba más de ella, y no sabía cómo obtenerlo.

Capítulo 14

—¿Señor Barkley?

El hombre sentado ante su ordenador levantó la vista.

—Pase y tome asiento. Dentro de un minuto habré acabado esto.

Rob se sentó pensando que el negocio de la seguridad privada le había ido bien al ex detective policial. Esa discreta y cara agencia ofrecía una buena gama de servicios, desde investigar un delito de guante blanco a proporcionar guardaespaldas a hombres de negocios internacionales. En calidad de vicepresidente, Barkley tenía una oficina espaciosa y pulcra que parecía un bufete de mucho prestigio.

Pero no había nada pulcro en Barkley. Musculoso y de cabeza alargada como una bala, le habían roto la nariz más de una vez, y estaba claro que no era un hombre con el que se pudiera jugar. Debió ser un interrogador temible en su época de detective. El estilo de Rob era más discreto, dependía más de la persuasión que del coactivo poder de la ley.

Barkley acabó lo que estaba haciendo en el ordenador y se levantó para estrecharle la mano.

—Me alegra que llamara. Siempre estoy dispuesto para hablar de cuando trabajaba de policía. —Encogiéndose de hombros indicó su bien amueblado despacho—. Gracias a la seguridad privada mis hijos van a la universidad, pero este trabajo no tiene la misma emoción.

—Volvió a sentarse y añadió—: ¿Va a escribir un artículo sobre al caso Malloy ahora que a su asesino se le han acabado las apelaciones?

—Lo siento, no era mi intención darle esa impresión. Soy investigador privado, no periodista.

Barkley arqueó sus tupidas cejas.

—¿Por qué va a investigar este caso? Tiene interés humano para un reportaje periodístico, pero los hechos quedaron establecidos hace años. No queda nada que investigar.

Rob titubeó, presintiendo que el hombre no aprobaría su finalidad, pero no quería mentir.

—Represento a la familia de Daniel Monroe. Él siempre ha sostenido que es inocente, así que esto es un intento de quemar el último cartucho para encontrar pruebas que podrían exculparlo.

Barkley acercó su silla bruscamente; había desaparecido su afabilidad.

—¡Inocente! El cabrón es culpable como el pecado. La noche que lo ejecuten abriré una botella de champán que tengo reservada para la ocasión.

—Lo condenaron basándose en el testimonio de testigos oculares —dijo Rob sin perder la calma—, los cuales son notoriamente poco dignos de confianza.

—Dígale eso a Brenda Harris, la mujer a la que atacó Monroe. Los otros testigos estaban al frente, pero Monroe la atacó físicamente a ella. Lo tuvo delante de la cara y sabía condenadamente bien a quién identificaba.

—Sin embargo, no pudo identificarlo en una muestra de fotos. Sólo fue después, cuando él era la única cara conocida en una rueda de presos, cuando decidió que Monroe era el asesino.

Barkley se encogió de hombros.

—Harris estaba tremendamente asustada y nerviosa por el ataque y por ver asesinar a un hombre delante de ella. Es comprensible que no lograra hacer una identificación pocas horas después. Los otros dos testigos lo identificaron sin ninguna dificultad.

Pero estaban lejos y la iluminación era mala, se dijo Rob. Brenda Harris, que fue la que vio mejor al asesino, no lo reconoció la primera vez que vio la foto de Daniel. Sólo después se manifestó segura de que él era el cupable.

—Hay casos en que la víctima se equivoca al identificar a un violador —dijo apaciblemente—. El atraco acabó en segundos y es posible que ella tuviera una impresión mejor de su constitución general que de su cara.

Barkley emitió un bufido.

—Es lógico que la familia de Monroe desee creer que fue una identificación equivocada. Cualquier criminal del mundo tiene una madre que asegura que es un buen chico que cayó en malas compañías. Si se les creyera, cabría pensar que las cárceles están llenas de hombres inocentes.

—La mayoría de los delincuentes condenados son culpables —concedió Rob—. Pero se cometen errores. Las pruebas de ADN lo han demostrado más de una vez.

—Sí, pero Monroe no es ningún error —dijo Barkley imperturbable—. Ha leído los archivos del caso, por lo tanto sabe que comenzó por dispararle a Malloy en la cara. Cuando el muchacho cayó al suelo gritando, Monroe se le puso encima y le metió otras cinco balas. El asesinato más a sangre fría que he investigado en mi vida.

—Fue asesinato a sangre fría, de acuerdo. Pero no cometido necesariamente por Daniel Monroe. Tenía coartada para el momento del crimen.

Barkley volvió a apoyarse en el respaldo de su silla.

—¿La de esa guapa chica suya? No puede haber sido policía, si no sabría que las chicas mienten. Las familias mienten. Los sospechosos mienten. Todos mienten, principalmente los criminales condenados. Monroe y la chica vivían a sólo un par de manzanas, y ella reconoció que esa tarde había estado bañando al bebé. Aun en el caso de que dijera la verdad, lo que dudo, Monroe tuvo tiempo de sobra para salir a escondidas de su casa, cometer el asesinato y regresar.

—No hubo ninguna prueba física que conectara a Monroe con el asesinato. Ni sangre, ni huellas digitales, ni arma.

Barkley descartó eso con un movimiento de la mano.

—Siempre es más difícil encontrar buenas pruebas físicas en los escenarios del crimen al aire libre, y él podría haberse librado del arma de montones de maneras. Probablemente se la pasó a un amigo que la arrojó en la bahía.

—¿No había otros chicos en el barrio que tuvieran el mismo volumen y constitución de Monroe? —preguntó Rob—. ¿Ningún yonqui o cualquier chico de una banda que se le pareciera y que pudieran confundir con él debido a la poca luz?

—Claro que había otros chicos tan altos como él, pero fue la cara de Monroe la que eligieron en la rueda de sospechosos. Eso y el tatuaje que lleva en la muñeca. Está machacando en hierro frío, Smith. No me haga perder más tiempo.

Rob se levantó; sabía que no obtendría nada más.

—Gracias por recibirme.

Salió de la agencia de seguridad con el entrecejo fruncido. Desde el comienzo había aceptado que Daniel Monroe era inocente porque el hombre era convincente y él deseaba creerle. Pero era posible que Barkley tuviera razón. Su experiencia en la policía militar no era nada comparada con la de Barkley en sus años de detective, pero sí sabía que las personas mienten todo el tiempo, y que los criminales más convincentes mienten con un ingenio y aplomo increíbles.

Aun en el caso de que Daniel hubiera matado al joven policía, trataría de salvarle la vida porque no era partidario de la pena de muerte, pero deseaba saber la verdad. Necesitaba hablar con Daniel y con Kendra. También era hora de comprobar distancias y tiempos entre el escenario del crimen y el apartamento donde vivieron Kendra y Monroe. Tenía que hacer una reconstrucción con un cronómetro. Y quería preguntarle a Daniel acerca del tatuaje, que era un punto bastante importante para hacer creíbles los testimonios de los testigos.

También necesitaba otro coche, decidió, mientras subía a su camioneta. La camioneta era fabulosa para sus trabajos de reformas y construcción y el Rolls era perfecto para ir con Val, pero los dos vehículos eran demasiado llamativos para un investigador. Necesitaba un utilitario de cinco años de antigüedad e inclasificable.

Le resultaba más fácil pensar en coches que preguntarse si sería Daniel el que asesinó al policía a sangre fría.

Kendra estaba colgando el teléfono cuando entró su jefa como una tromba. Últimamente Val estaba en movimiento perpetuo, más aún de lo acostumbrado. Kendra cogió una carpeta y extendió el brazo con ella, para que la cogiera al pasar. Adelantándose a las preguntas, dijo:

—Sí, hice todas las llamadas que me pediste, y escribí un informe con las respuestas que obtuve. Éste es el archivo Hampton, y tu chico acaba de llamarme para reclutarme para la reconstrucción del crimen. Si aún no te lo ha pedido a ti, se debe a que nunca frenas el tiempo suficiente para que él te coja.

Ante eso, Val se detuvo.

—Tienes mucha razón. Me cuesta creer que dentro de unos días estaremos de verdad en el nuevo local. Gracias a Dios por tu pericia organizativa. ¿Te pago lo suficiente?

—Por ahora —repuso Kendra con una sonrisa traviesa—. Pero me harás una revisión de salario dentro de seis meses, ¿verdad?

Val abrió la carpeta que acababa de recibir.

—Supongo, si sobrevivo todo ese tiempo. ¿Qué es eso de reconstruir un crimen? ¿Del asesinato de Malloy?

—Correcto. Quiere hacer un ensayo general, literalmente, para ver cuánto tiempo lleva todo, conmigo, para poder consultarme cualquier duda que tenga, y contigo, para que sostengas el cronómetro o algo así.

Val frunció el ceño.

—El sábado a última hora de la tarde es lo más pronto que puedo hacer eso, si esa hora os va bien a los dos.

—A mí me va bien. En cuanto a Rob, sospecho que su tiempo, entre otras cosas, te pertenece a ti. No agotes al muchacho antes de que acabe su investigación.

La piel de pelirroja de Val mostraba bellamente sus rubores.

—No tengo tiempo para agotarlo en estos momentos, pero tal vez después sí, cuando se calmen las cosas. Por el momento, no hemos tenido mucho más que una cita la noche del sábado.

Cita que duró hasta el desayuno almuerzo del domingo, supuso Kendra.

—¿Vas en serio con Rob, o simplemente te propones romperle el corazón?

Val levantó la vista de la carpeta y la miró sorprendida.

—Siempre me tomo en serio las relaciones, Kendra. ¿Qué te hace pensar que me propongo romper corazones? Rob es muy especial, y tal vez... tal vez incluso es el hombre que buscaba.

Kendra guardó silencio un momento, tratando de averiguar por qué había hecho esa pregunta.

—Puede que te estés tomando en serio esta relación, pero Rob, creo, se la está tomando muy en serio. Es vulnerable. Sé cuidadosa con él, Val.

Otros jefes podrían despedir a un ayudante por un comentario como ése, pero Val se limitó a mirarla pensativa.

—Muy perspicaz de tu parte. Créeme, tengo la intención de ser cuidadosa. Una de las cosas que más me gustan de Rob es que escucha, y habla de otras cosas además de cómo van a triunfar los Orioles otra temporada. Tengo la esperanza de que una vez que pasemos la fase de vértigo y lleguemos a unos cuantos baches seamos capaces de hablar y solventar los problemas. —Arrugó la nariz—. Es hora de ir al ordenador. Esta charla de noventa segundos ha sido mi descanso de la tarde. Tal vez de todo el día.

Cuando Val desapareció en su oficina, Kendra trató de visualizarla junto a Rob. A lo largo de los años había adquirido la fama de adivina entre sus amigas, debido a su capacidad para predecir qué romances durarían y cuáles no.

No sabía bien cómo lo hacía, aun cuando su abuela y su madre tenían la misma habilidad. A veces, cuando visualizaba juntas a dos personas tremendamente diferentes, veía que engranaban muy bien a pesar de las apariencias superficiales. Otras veces no lograba ver a dos personas como pareja aunque parecían estar hechos el uno para el otro.

¿Qué veía respecto a Val y Rob? Eran muy diferentes aparentemente, pero sus cualidades y rasgos se complementaban. Él era un hombre serio, y si decidía que estaba enamorado de Val, estaría por ella contra viento y marea, o contra Hacienda. Val, chispeante como un colibrí, aportaría el entusiasmo, la risa y el encanto que necesitaba Rob. Podrían ser una pareja fabulosa, del tipo «para siempre».

Pero cuando los visualizó juntos vio algo un poco desequilibrado. Frunció el entrecejo. Basándose en su experiencia de mujer sabia a media jornada, tendría que haber algunos cambios importantes para que Rob y Val consiguieran que su relación fuera un éxito.

La segunda visita de Rob a la cárcel SuperMax le resultó más fácil que la primera, aunque habría preferido estar en cualquier otra parte. Daniel Monroe le pareció más grande y más ominoso que lo que recordaba cuando apareció escoltado por los guardias. Al ver su expresión de extrañeza, cogió el teléfono comunicador:

—Soy Rob Smith, el investigador que está trabajando con Val Covington. Si mi cara le resulta desconocida, se debe a que llevaba barba la primera vez que estuve aquí.

—Sí que le cambia la cara. —Monroe miró detenidamente a su visitante y luego soltó un suave silbido—. Diablos. Su principal apellido no es Smith, ¿verdad? No me extraña que esté interesado en si me matan o no.

Rob exhaló un suspiro.

—Usted es la primera persona que me reconoce.

—Déjese crecer la barba otra vez si no quiere que lo reconozca más gente. Claro que la mayoría de las personas no siguen las noticias sobre ejecuciones con la misma atención que alguien que está en el corredor de la muerte.

Rob no pudo evitar responder a esa ácida ironía.

—Para la mayor parte de la gente, yo fui un figurante en una historia que ya es vieja. Lo prefiero así.

—¿Estuvo allí cuando ejecutaron a su hermano?

Rob asintió sintiendo cierta opresión en la garganta.

Monroe desvió la mirada y bajó su profunda voz a un susurro:

—Cuando me toque a mí, no permita que esté Kendra en la sala. Por favor.

—La finalidad de esta investigación es impedir que eso ocurra.

La boca de Monroe se torció en un rictus.

—Como ya les dije, creo que van a fracasar. Estoy dispuesto a sorprenderme si logran conmutar mi sentencia, pero no espero que eso ocurra. ¿Me promete que va a impedir que Kendra presencie mi ejecución?

Rob pensó si él tendría una actitud tan filosófica sobre su próxima muerte si estuviera en el lugar de Monroe. ¿Cómo se sentiría Jeff? ¿Resignado como Monroe? ¿Furioso? ¿Ansioso de salir de la prisión de la única manera posible? Sólo Dios lo sabía.

—Haré lo posible, pero no puedo prometerle nada. Es una mujer con mucho carácter. Tal vez usted podría conseguir que el alcaile le prohíba asistir.

—Buena idea. Veré si es posible hacer eso. Ahora dígame, ¿a qué ha venido?

—Principalmente, deseo hacerle preguntas que ya están contestadas muchas veces en los expedientes, pero quiero oír sus puntos de vista respecto a lo que ocurrió.

—Pregunte. No tengo nada mejor que hacer.

—Hablé con Xenon Barkley, el detective que investigó el asesinato de Malloy.

—Sí, mucha investigación hizo —bufó Monroe—, cuando ya me tenía en custodia. Jamás consideró siquiera la posibilidad de que lo hubiera hecho otro.

—¿Cree que él hizo algo ilegal para incriminarlo?

Rob sentía curiosidad por saber si Monroe aprovecharía la oportunidad para culpar a alguien de perseguirlo, pero el hombre negó con la cabeza.

—No, su pecado fue no esforzarse en buscar otros sospechosos. Podría o no haber incriminado a otros, pero no creo que actuara mal en la acusación en mi contra. No tenía por qué hacerlo, con todos los testigos apuntándome con sus dedos.

—¿Actuó bien su abogado?

—A Cal Murphy le metieron prisas, pero era inteligente e hizo todo lo que pudo. Los abogados de oficio son tíos que se especializan en casos de pena capital, y ponen verdadero empeño. —Entrecerró los ojos—. ¿Por qué me hace todas estas preguntas sobre asuntos judiciales? Pensaba que eso era más el trabajo de la señorita Val.

—Sólo quiero formarme una idea de lo que ocurrió y de cómo se sintió usted. —Qué demonios, igual podía preguntárselo francamente—: Probablemente un abogado no le preguntaría esto por temor a lo que usted podría decir, pero deseo saberlo. ¿Lo hizo usted? Yo trabajaré con igual empeño si lo hizo, pero deseo saberlo.

En lugar de enfurecerse, Monroe respondió en tono sarcástico:

—Si mi palabra no valió antes, no valdrá ahora. Yo podría ser el tipo de monja torcida que me he pasado tanto tiempo mintiéndome a mí mismo que ahora creo que soy inocente aunque sea culpable como el pecado. O igual podría mentirles a todos sabiendo que soy un asesino insensible. Sigo diciendo que no disparé a ese policía, pero si usted me cree o no es asunto suyo. Usted elige.

Rob sintió evaporarse sus dudas. Eso podía ser irracional, pero le costaba creer que un hombre con la actitud indiferente de Monroe estuviera mintiendo.

—Elijo creer que es inocente, y que el verdadero asesino salió impune.

—Ocurre con regularidad. En los asesinatos como el de Malloy la gente quiere que alguien pague, pero no son selectivos en cuanto a quién. Si Kendra y yo hubiéramos estado viviendo en otro barrio, hoy yo no estaría aquí.

Bueno, ése sí era un pensamiento deprimente.

—Puesto que se menciona en las identificaciones, quiero preguntarle por ese tatuaje que lleva en la muñeca. ¿Tiene alguna historia?

Monroe levantó el antebrazo derecho y lo giró para enseñar el dorso a su visitante. Las líneas del tatuaje no eran mucho más oscuras que su piel, pero se distinguía con claridad la imagen de una llamativa serpiente enrollada en la muñeca.

—Sí, pero es menos interesante de lo que usted podría pensar. ¿Sabe que fui a la cárcel por robar un coche? En ese tiempo, cuando estuve por primera vez en la cárcel, estaba de moda entre los presos más jóvenes hacerse un tatuaje para demostrar que eras un verdadero hombre. Hay muchos ex presidiarios que llevan tatuajes.

Ésa era una información útil.

—¿Era popular la imagen de una serpiente?

—Sí, la serpiente y una calavera y llamas eran las preferidas. —Se examinó el tatuaje—. Tuve suerte. El tío que me lo hizo era bastante bueno, y no me contagié del sida con su aguja. Dicen que ahora es un artista del tatuaje en Fells Point.

Rob se sorprendió a sí mismo preguntando:

—He estado pensando, ¿se esfuerza en tener una apariencia que inspira miedo?

Monroe sonrió con un alarmante relampagueo de dientes blancos.

—Diablos, sí. La mejor manera de que te dejen en paz en la cárcel es parecer alguien con el que sólo un tonto se metería. Soy alto, para empezar. Años de ejercicio en la cárcel, unas cuantas cicatrices, la cabeza afeitada, y parezco alguien con el que ni yo querría encontrarme en un callejón.

—¿Conocía a los dos hombres que le identificaron?

—Más o menos. Eran chicos del barrio que siempre se juntaban en las esquinas. No eran amigos míos, sólo los conocía de vista. No tenían ningún motivo para incriminarme a mí, si eso es lo que se pregunta.

Como le había dicho a Val, las alianzas pueden cambiar, en especial en el mundo de la droga.

—Es posible que no tuviera nada particular contra usted, pero ¿y si deseaban proteger a un amigo que se le parecía? ¿Es posible eso?

Monroe pareció sorprendido e interesado.

—Podría ser, pero es difícil demostrarlo, puesto que uno de ellos, Darrel Long, ya murió. Pasó un tiempo en la cárcel después de acusarme. Tal vez si lograra encontrar a un compañero de celda de él podría enterarse de algo más. La cárcel es tan aburrida que es fácil vaciar las entrañas ante cualquiera que quiera escuchar. Claro que también es fácil inventarse historias, y por eso la palabra de un soplón presidiario no tiene mucho valor.

—Vale la pena investigar eso. Sigo buscando al otro testigo, Joseph Cady. No he logrado encontrar ninguna pista que me diga si está vivo o muerto.

—Su apodo callejero era Jumbo. Un tío bajito y flaco.

—Podría servir —dijo Rob tomando nota.

Continuó haciendo preguntas, con la esperanza de que alguno de esos fragmentos sueltos podría ser la llave que abriera la celda de Daniel.

Capítulo 15

Ya estaba terminado el proceso de papeleo del programa Hermana Mayor/Hermana Pequeña y Val había asistido a las clases de formación y pasado las verificaciones de antecedentes. Había llegado finalmente el encuentro oficial. Ella y Lyssie eran atípicas, en el sentido de que se conocieron en la merienda organizada por la entidad, y normalmente los emparejamientos se hacían mediante esmerados análisis por parte de las encargadas del caso. En ese día ocurriría el primer encuentro. Y aunque ya se conocían y habían conectado, ese encuentro era un acontecimiento importante. Val dedicó a elegir ropa apropiada el mismo tiempo que dedicó a elegir su atuendo para la cita con Rob la semana anterior.

Decidida a no dejarse distraer por el hecho de que lo vería dentro de unas horas, examinó atentamente su ropero. Nada de trajes ese día. Quería parecer una mujer responsable a la abuela de Lyssie, pero debía ir lo bastante informal para no intimidar a la niña. Se decidió por una vaporosa falda larga estampada de fresco algodón azul, una camiseta sin mangas azul marino y una blusa de batista holgada, arremangada hasta los codos; parecida a chaqueta, pero menos formal. Unas sandalias azul marino y ya estaba lista para ir a la reunión de emparejamiento y luego al escenario del crimen para la reconstrucción de los hechos.

Los encuentros de emparejamiento se realizaban en lugares neutros, y en este caso el elegido era un elegante restaurante Mac-

Donald con patio para juegos. Se sintió nerviosa cuando entró con el coche en el aparcamiento del restaurante. Representar legalmente los intereses de los clientes era una gran responsabilidad, pero comprometerse con una niña era una mucho mayor. ¿Quien era ella para ser mentora de una niña que había soportado cosas tan horribles como Lyssie?

Ya era demasiado tarde para dar marcha atrás. Sólo eran nervios, tal como esperar para hacer su discurso de apertura en el tribunal. Entró en el restaurante y vio que Lyssie, su abuela y Anita ya habían llegado y estaban sentadas bajo las plantas colgantes en una sala parecida a un porche. La abuela de Lyssie era una mujer obesa de etnia indefinible. Aunque de piel muy morena, sus cabellos canosos eran lacios y sus rasgos insinuaban sangre asiática o de indios norteamericanos.

Se les acercó sonriendo.

—Lyssie, Anita, es maravilloso veros. —Volviéndose hacia la anciana le tendió la mano—. ¿Señora Armstrong?

La mujer la miró haciéndole un examen rápido y completo que pareció penetrarle la carne y los huesos hasta llegarle al alma. Aparentemente aprobadora, le estrechó la mano sonriendo. Una sonrisa simpática, rebosante de traviesa sabiduría.

—Es un placer conocerla, señorita Covington. Supe que era una buena pareja para Lyssie tan pronto como ella me dijo que las dos estuvieron hablando de Harry Potter.

Val se rió.

—Tenemos en común eso y el pelo rizado. —Miró la mesa—. ¿Pedimos algo para comer o para beber? Yo invito.

Mientras tomaban helados y bebidas, Anita subrayó las responsabilidades de todas las partes, añadiendo que siempre estaría disponible para hablar de cualquier problema que pudiera surgir. Y acabó diciendo:

—Val y Lyssie, ¿por qué no salís al patio a charlar mientras la señora Armstrong y yo nos tomamos otro café?

—Buena idea —dijo Val levantándose y mirando a Lyssie, que sólo había hablado para contestar las preguntas que le habían hecho.

Lyssie se levantó con la cabeza gacha y salió con ella al colorido patio, que a esa hora de media tarde estaba vacío de niños. Con pantalones cortos azules y una camiseta de manga corta, Lyssie era toda gafas, extremidades flacas y una alborotada mata de pelo oscuro.

Mientras su nueva hermanita caminaba nerviosa por el patio, Val se sentó en una inmensa hamburguesa de plástico.

—¿Estás tan nerviosa como yo, verdad?

Lyssie la miró.

—¿Cómo puedes estar nerviosa? Eres una abogada rica.

—Ser abogada significa principalmente que soy buena para actuar, porque eso es muy útil en un tribunal, por eso hoy actúo como si no estuviera nerviosa —explicó Val—. El dinero es un tema muy interesante y complicado, puesto que muchas veces a las personas se las juzga por la cantidad de dinero que tienen. Es absurdo, pero así son las cosas. Gano lo suficiente para sentirme más o menos valiosa, pero no era rica cuando estaba creciendo, y no puedo decir que me sienta rica ahora.

—¿Cómo es sentirse rica? —preguntó Lyssie interesada.

—Creo que significa tener dinero suficiente para no pensar en él. Cuando estaba en el colegio y la universidad, tenía que pensar tres veces antes de comprar un diario, porque incluso veinticinco céntimos era un dinero que no podía permitirme gastar. Pero nunca tuve que preocuparme de si tenía dinero suficiente para comer, aun cuando algunas semanas vivía de fideos con atún. Ahora puedo comprar muchas cosas sin tener que pensarlo. —Sonrió—. Hay un viejo chiste que dice que si tienes que preguntar cuánto vale un yate, es que no puedes comprártelo. Tal vez eso significa ser rica, no tener que pensar nunca en el dinero. Y eso quiere decir que cualquiera que no se preocupa por el dinero puede considerarse rica.

Lyssie insinuó una leve sonrisa y se giró hacia otro lado. Estaba tan delgada que sus omóplatos se distinguían perfectamente bajo su camiseta amarilla.

—Siempre he tenido suficiente para comer.

—Algunas personas considerarían que eso es ser rica.

¿Qué más decir?, pensó Val. Equivocadamente había contado con la simpática forma como habían conectado en el primer encuentro. Pero Lyssie era una niña reservada y recelosa, y un breve encuentro no se convertía en una relación. Esperando que la sinceridad sirviera de algo, continuó:

—Aunque sea abogada, estoy nerviosa. Hemos firmado contratos que dicen que cada una de nosotras va a intentar formar parte de la vida de la otra. Eso significa algo más que llevarte al cine o al acuario o a un centro comercial. Significa comunicarnos pensamientos e ideas y compartir intereses. Será fabuloso si resulta bien, pero si no es así, me sentiré muy incómoda. Creo que podríamos hacer funcionar esta relación, pero las dos tenemos derecho a estar nerviosas. Puede que yo te parezca una bienhechora mandona, pero yo no puedo dejar de pensar si tú no resultarás ser demasiado dura para una enclenque como yo. Con drogas, pandillas o algo así.

—Drogas no. Nunca. Mi padre sí se drogaba —dijo Lyssie—. Tampoco formo parte de una pandilla. No tengo amigas.

Val sintió una discapacitadora oleada de ternura. Diciéndose que tenía que ser una amiga y mentora, no una madre, continuó:

—Entonces nos podemos saltar la parte de preocuparnos por drogas y cosas de ésas y pasar a la parte agradable. Después de todo, las hermanas deben pasarlo bien y divertirse juntas. —Levantó las rodillas y se las rodeó con los brazos, con la larga falda cayéndole sobre los tobillos—. ¿Qué te gustaría que hiciéramos juntas? A mí me encanta cocinar. ¿Te gustaría probar a preparar algunos platos o postres o pasteles? O si crees que te gustaría ayudarme en el jardín, podríamos dedicarnos a eso, aunque ya es un poco tarde en la estación para comenzar. —Al ver que la niña se encogía de hombros, añadió—: Ahora te toca a ti hacer sugerencias.

Lyssie se tironeó un mechón para alisarlo.

—Podemos leer juntas.

—Juntarnos en mi estudio para leer nuestros libros por separado será divertido, pero hay otras maneras de divertirse leyendo. Una amiga mía fundó un club de lectura madres-hijas. Cada mes todas leen el mismo libro y luego lo comentan. Dice que han tenido conversaciones fabulosas, y todas aprenden algo de las demás. Los miembros se turnan en sugerir los libros.

—¿Otras chicas? —preguntó Lyssie, con poco entusiasmo.

Adivinando lo que le preocupaba, Val contestó:

—Son chicas a las que les gustan los libros, lo cual es un buen comienzo para hacer amigas. ¿Quieres que averigüe cuándo se reúnen? Han leído todo tipo de libros, incluidos los de Harry Potter.

Lyssie asintió con expresión levemente interesada. Animada, Val continuó:

—¿Te gusta hacer cosas? A mí me encantaba hacer trabajos manuales, pero hace tiempo que estoy demasiado ocupada. Necesito un pretexto para volver a hacerlos.

Lyssie la miró fugazmente a los ojos.

—Eso podría estar bien.

—¿Programamos una visita a una gran tienda donde haya materiales para hacer trabajos manuales para nuestra primera salida? Me gustaría que fuera el próximo sábado, si a ti te va bien.

Lyssie asintió, y esta vez mostró una tímida sonrisa.

Puesto que Anita había llevado a Lyssie y a su abuela a la reunión, Val se ofreció para acompañarlas a casa. La pequeña pero pulcra casa de las Armstrong estaba situada en un barrio cercano al hospital Sinaí, a unos quince minutos de la casa de Val. Cuando detuvo el coche, Lyssie bajó y entró saltando en la casa, pero la señora Armstrong se quedó.

—Tenga paciencia con ella —le dijo en voz baja—. La vida no ha sido nada fácil para mi nieta.

—Comprendo. No se preocupe, sé que esto llevará tiempo. Es una niña muy especial, para haber soportado tan bien lo que ha tenido que vivir.

—Se esconde en los libros.

—Hay lugares peores para esconderse. Los libros y los gatos han sido buenos amigos para mí.

—¿Tiene gatos? A Lyssie le encantan. Adora a mi viejo gato atigrado. —La sonrisa de la señora Armstrong se desvaneció—. Ella es lo único que me queda, señorita Covington, y no sé si puedo ser todo lo fuerte que ella necesita que sea. Por eso quiero que tenga a alguien como usted.

—Haré todo lo que pueda, pero le advierto que no he tenido mucha experiencia con niñas desde que yo era una. Y, por favor, tutéeme, llámeme Val.

—Tú tienes buen corazón y la tomas en serio, tal como es. Eso es lo que necesita cualquier niño. Cualquier persona, en realidad. Durante años fui auxiliar de enfermera domiciliaria, y sé que lo primero que necesita cualquier persona es que la tomen en serio y la traten con cariño. —Abrió la puerta del coche—. Tutéame, Val, llámame Louise. Espero que nos veamos periódicamente.

—Si te va bien, Lyssie y yo pensábamos salir juntas el próximo sábado y hacer una incursión en una tienda de material para trabajos artesanales.

—Ah, eso es estupendo. Que use su imaginación para hacer cosas. —Louise bajó del coche, pero se volvió para añadir—: Es un buen comienzo. Gracias, Val.

Kendra se sentía un poco nerviosa cuando se encontró con Rob y Val en el centro comercial Crabtown para hacer la reconstrucción del crimen. Olvidó temporalmente sus nervios cuando vio a Rob.

—Hombre, ¿qué te has hecho? Te ves muy distinto sin la barba.

—Todo el mundo dice lo mismo —repuso él—. Val todavía no me lo ha perdonado.

—Siempre me han gustado los ositos de peluche y las barbas —dijo Val sonriendo a su amado—. Pero me estoy adaptando.

No tendría que ser difícil adaptarse a un hombre tan guapo como Rob, pensó Kendra. Puesto que a ella no le gustaban las barbas, lo había encontrado simplemente agradable cuando la llevaba. Afeitado estaba decididamente guapísimo.

Paseó la mirada por el aparcamiento del centro comercial, observando el asfalto agrietado y un par de fachadas de tiendas con los escaparates vacíos. No había estado allí desde que condenaron a Daniel; se había mudado de ese maldito apartamento en cuanto pudo. El barrio estaba bastante bien, pero volver a él la deprimía.

—Tú estás al mando, Rob. ¿Qué quieres que hagamos?

—Comencemos por tu antiguo apartamento. Quiero hacerme una idea de la disposición. Tú nos dices todo lo que hiciste esa noche. Después quiero ir al escenario del crimen para caminar por donde ocurrió. Es posible que eso nos dé algunas ideas nuevas. Aunque tal vez no. Pero vale la pena intentarlo.

Kendra asintió y caminaron dos manzanas hasta el apartamento. El edificio había comenzado como un par de casas semiadosadas. Después cada una se dividió en dos apartamentos pequeños. Ella y Daniel vivían en el apartamento superior de la casa de la derecha. Había un patio bastante grande con un magnolio y miramelindos florecidos en la sombra, pero se estremeció cuando miró las ventanas acortinadas de su antiguo apartamento.

—¿Estás bien? —le dijo Val en voz baja.

Kendra se rodeó con los brazos, aunque el aire de última hora de la tarde era cálido.

—Sí, si. Éste era un lugar feliz cuando vivíamos aquí y tranquilo. Tenía el suelo de parquet y un bonito patio. Mi hijo dio sus primeros pasos en la cocina. Daniel se portaba bien, se estaba organizando, y lo pasábamos muy bien, justo hasta que...

Se mordió el labio, recordando los golpes en la puerta cuando llegó la policía a llevarse a su hombre. Val le tocó el brazo compasiva.

—Cuando hablé con el detective Barkley —intervino Rob—, me dijo que tú estabas bañando al bebé y que Monroe pudo haber salido y vuelto a entrar en casa sin que te percataras. ¿Es posible eso?

—En teoría —repuso Kendra—. Esa ventana pequeña del lado de la casa es el cuarto de baño donde lavaba a Jason. La entrada al apartamento está en la parte de atrás, esa acera lleva allí. Daniel podría haber bajado sin que yo lo viera, pero esa noche estuvimos hablando. Él estaba muy entusiasmado porque su jefe quería promocionarlo, así que los dos estábamos de buen humor. —Se obligó a recordar cosas que había tratado de olvidar—. A la mitad del baño de Jason, él entró para darme un vaso de cerveza. Estaba haciendo comentarios sugerentes cuando el bebé agitó los brazos y nos echó agua a los dos. Nos reímos y Daniel fue a cambiarse la camisa. No pasaban más de un par de minutos en que yo no supiera dónde estaba exactamente.

Entonces no sabía que ésa sería la última vez que estarían juntos como familia.

—Barkley no dijo nada de eso. Cree que tú estabas tan ocupada con el bebé que no pudiste darte cuenta de nada más.

Kendra curvó la boca en un rictus.

—Ya había decidido que yo mentía, por lo tanto no hacía caso de nada que no encajara en su teoría. Después de bañar y secar a

Jason, puse al niño en la cama. Su cuna estaba en el rincón de la sala de estar. Pensábamos buscarnos un apartamento con más habitaciones pronto, cuando... cuando nos casáramos. Después de acostar al niño, Daniel y yo... bueno, también nos fuimos a la cama, pero no a dormir. Acabábamos de levantarnos y ponernos algo de ropa, y yo estaba a punto de entrar en la cocina para preparar algo para comer cuando llegaron los policías.

—¿Qué hora era?

—Faltaba poco para las nueve. A las nueve ponían un programa en la televisión que nos gustaba ver, y yo estaba pensando qué tenía en la cocina para preparar algo rápido y poder ver el programa mientras comíamos.

—El asesinato tuvo lugar justo antes de las ocho, o sea que la policía se movió rápido —observó Rob—. Vamos al escenario del crimen. Kendra, ¿cuál crees que sería la ruta más lógica para Daniel entre este lugar y el lugar de los disparos? Quiero ver cuánto tiempo lleva hacer la distancia.

—¿Vas a interrogar a la gente de los alrededores para averiguar si alguien vio a un hombre corriendo esa noche? —preguntó Kendra—. Estoy segura de que la policía nunca interrogó a nadie.

Rob negó con la cabeza.

—Tal vez lo haría si tuviera tiempo y el personal necesario, pero no serviría en nuestro caso. El momento de preguntar fue entonces. Deberían haber interrogado a todos los que vivían en las manzanas que rodean el lugar, porque el asesino corrió hacia alguna parte, aunque no necesariamente en esta dirección. No tiene mucho sentido preguntar ahora.

—A ver, ¿cuál sería la mejor ruta?

Kendra se orientó primero y luego echó a andar a paso enérgico por la acera. Giró a la izquierda, al cabo de un momento cruzó la calle y tomó por el callejón que pasaba por en medio de la siguiente manzana, entre patios traseros con rejas y algunos garajes.

—Usábamos mucho este callejón —explicó a sus acompañantes—. Éste habría sido el camino que Daniel hubiera hecho.

Mientras los guiaba, pensó que probablemente ese era un ejercicio inútil, pero la actividad física le daba la sensación de que estaba haciendo algo útil.

Cinco minutos de caminata por el callejón los llevó al escenario del crimen. Era una calle tranquila de casas de ladrillo; a ambos lados había coches aparcados, que dejaban una estrecha calzada en medio. Cada casa tenía un porche techado a varios peldaños por encima del nivel de la calle, muchos estaban adornados con plantas colgantes y juguetes de niños.

Rob ya había estado allí antes, pero de todos modos se le erizó la piel. Esa calle se veía demasiado tranquila, demasiado segura, para un asesinato.

—Hemos tardado cinco minutos caminando, por lo que un joven en buena forma física podría haber recorrido esta distancia en dos minutos corriendo. Supongo que eso apoyaba la teoría de Barkley. —Se detuvo bajo un sicomoro un poco más allá de la esquina con el callejón—. Ocurrió exactamente aquí.

Kendra se dio una vuelta lentamente mirando la tranquila calle.

—Debería haber una marca negra en la acera o una cruz. O alguna otra cosa que indicara que un hombre murió aquí. Nunca vine aquí después. No soportaba ni pensarlo. Tú tienes los archivos policiales, Rob. ¿Qué ocurrió exactamente?

—Eso es lo que hemos venido a averiguar —contestó Rob—. Val, ¿tú haces el papel de Brenda Harris? Ella iba caminando por este lado de la calle en dirección este. Al salir del trabajo tomó un autobús para ir a su casa. Estaba cansada. No prestaba mucha atención al entorno porque ya estaba casi a punto de llegar a su casa y se sentía segura. —Miró a ambos lados de la calle—. Incluso ahora no hay muchas luces en la calle. El asaltante estaba acechando en este callejón. Hacía un poco de frío y estaba bastante oscuro, la oscuridad de un día nublado. Muchas personas estarían cenando, así que la calle estaba casi desierta. Kendra, ¿tú cruzas la calle y vas hasta la segunda casa, contando desde el final? Ahí estaba Malloy cuando atacaron a Brenda Harris. Había estado patrullando por los alrededores del centro Crabtown y decidió visitar las calles residenciales. Era muy concienzudo. Cuando yo empuje a Val hacia el callejón, vienes corriendo como si la hubieras oído gritar.

Kendra cruzó al trote la calle mientras Rob se retiraba al callejón a esperar a Val. Metiéndose en su papel, Val echó a andar por la acera, con la cabeza gacha, una mujer cansada después de un largo día de trabajo.

Rob asumió el papel del asaltante. Probablemente estaba colocado con algún tipo de droga, sintiendo la comezón bajo la piel, con ganas de meterse en problemas. Ahí viene una mujer, bastante joven, de buen ver, despistada. Objetivo fácil.

Salió corriendo del callejón. Unos cuantos pasos y la cogió. Ella se puso rígida.

—¿Debo luchar?

Él miró su pequeña cara, sintió su cuerpo menudo en sus manos. ¿Cómo podría un hombre desear hacerle daño a una mujer inocente? Dios santo, ¿cómo se sentiría si atacaran a Val? Brenda Harris tenía un marido y dos hijos. ¿Cómo les afectaría a ellos el incidente?

—Si quieres, pero no con demasiada fuerza. No quiero que alguien resulte lesionado esta noche.

Ella empezó a retorcerse y a mover los brazos, pero él la dominó fácilmente y la obligó a retroceder hacia el callejón. Se imaginó como el tipo de hombre al que excita la resistencia. Estaba excitado por lo que ella hacía, no pensando en las consecuencias.

—Brenda no era tan pequeña como tú, pero tampoco era una mujer corpulenta. El atacante le tapó la boca con la mano, pero ella logró girar la cabeza y gritar pidiendo auxilio mientras él la empujaba para dejarla fuera de la vista de la calle.

Le hizo un gesto a Kendra, que al instante echó a correr hacia ellos con la agilidad de una atleta. Cuando llegó hasta ellos, gritó:

—¡Alto, en nombre de la ley!

—El asaltante suelta palabrotas y golpea a Brenda con tanta fuerza que la deja aturdida.

Hizo a un lado a Val y se giró a mirar a Kendra, imaginándose la rabia por la mala suerte que puso a un policía en el lugar.

—Tú tratas de hacerme a un lado, pero te acercas demasiado. Soy más voluminoso que tú y mucho más cruel, así que te doy un puñetazo en la mandíbula. Tú te tambaleas hacia atrás y antes de que puedas sacar tu arma yo saco mi elegante pistola europea. —Sacó una pistola de agua de plástico del bolsillo pequeño de atrás, que había mantenido oculta en la chaqueta—. Te disparo a la cabeza a bocajarro, y tú caes al suelo de espaldas.

Representando espanto y horror, Kendra se arrojó al suelo, en el borde con hierba de la acera. Rob apuntó la pistola de agua vacía hacia la hierba, sin poder apuntar ni siquiera con una de juguete a otro ser humano.

—Bang, bang, bang, bang, bang.

Se hizo un impresionante silencio, impregnado por el doloroso conocimiento de que un joven bueno había muerto allí, víctima de una violencia fortuita, sin sentido. Había quedado un agujero en las vidas de todos los que lo conocían. Muchos desconocidos habían llorado la muerte de un hombre valiente que había querido servir y proteger. Las vidas de Kendra y de su hijo habían cambiado irrevocablemente.

El silencio lo rompió una voz ronca:

—Ahora huyes corriendo por el callejón, mascullando palabrotas.

Capítulo 16

Sobresaltada, Val levantó la vista y vio a un hombre de pelo blanco fumando una pipa en el porche de la casa de la derecha.

—¿Sabe qué estamos haciendo?

El hombre exhaló una bocanada de humo con olor a manzana.

—Estáis reconstruyendo el asesinato de Malloy.

Val se puso de pie y se pasó las manos por la falda.

—Si vivía aquí entonces, ¿vio algo?

En los archivos no había ninguna referencia a que un vecino hubiera visto el asesinato.

—Oí gritar y salí justo cuando se disparó la primera bala, así que volví a entrar y llamé al novecientos once. Sólo dije que había oído disparos. No quería involucrarme, así que me dije que no había visto lo suficiente para decir algo útil a la policía. —El hombre dio otra calada a su pipa—. Ahora lamento bastante no haber hablado.

—Pero ¿lo oyó decir palabrotas y vio en qué dirección corría? —le preguntó Rob.

—Oí su voz por una ventana abierta, y lo vi correr, pero estaba mirando a través de las cortinas, así que no vi mucho, aparte de la dirección en que corría. —Desvió la mirada hacia el asfalto agrietado del callejón—. Desde entonces, en todos estos años, ni una sola vez he entrado o salido de la casa sin pensar en lo que ocurrió aquí.

—¿Cómo lo soporta? —le preguntó Kendra en voz baja.

El anciano suspiró.

—Uno se acostumbra a cualquier cosa. ¿Qué pretendéis? Es extraño hacer esto por diversión.

—Soy la abogada que representa al hombre al que condenaron por el asesinato —explicó Val—. Estamos investigando su posible inocencia, así que vinimos a reconstruir el crimen para hacernos una idea de lo que ocurrió. Ha dicho que el asesino huyó por el callejón. ¿Puede decirnos cómo era ese hombre, qué constitución tenía, o cómo se movía?

—Alto. Ancho. Seguro que joven, porque corría rápido. Como dije, nada útil. Una vez que huyó por allí —indicó con la pipa—, pudo continuar derecho hasta la otra travesía o girar al norte o al sur por detrás de las casas. Cuando llegó la policía, él podría estar ya en cualquier parte.

—¿Vio a los hombres que declararon como testigos? —le preguntó Rob.

—No. —Volvió a apuntar con la pipa hacia la izquierda de la calle—. Supuestamente estaban ahí.

Notando la elección de palabras, Val preguntó:

—¿Tiene algún motivo para dudar de sus declaraciones?

El anciano emitió un bufido.

—Eran un par de inútiles, buscarruidos, que solían ir a una casa de la vuelta de la esquina donde vendían droga. Cuando testificaron en el juicio, el fiscal los presentó como *boy scouts*, pero no lo eran. Yo no hubiera creído a ninguno de los dos, ni aunque hubieran dicho que el sol sale por el este.

—¿Quiere decir que eran testigos poco fiables? —preguntó Val interesada.

—Sí, pero nadie me pidió mi opinión. —El anciano vació la pipa en un cenicero que estaba sobre la baranda—. No sé más ahora de lo que sabía entonces. Pero el que mató a Malloy merece morir.

Dicho esto, entró en la casa.

Rob miró sus notas con el ceño fruncido.

—El informe da a entender que un policía reconoció a Daniel por la descripción y por eso fueron directamente al apartamento, pero el informe está redactado de modo ambiguo. Es posible que no fuera un policía el que lo acusó primero.

Adivinando hacia dónde iban sus pensamientos, Val dijo:

—¿Crees que uno de esos serviciales testigos pudo haber sugerido a Daniel? Hago uso de mi imaginación, pero ¿y si vieron que el asesino era uno de sus amigos? Para protegerlo podrían haber decidido echarle la culpa a Daniel. Les sería fácil atenerse a la historia si se ponían de acuerdo en los detalles antes.

—Tu teoría explicaría muchas cosas —dijo Rob pensativo—. Supongamos que Brenda Harris se equivocó. Si se equivocó, lo cual es muy posible dadas las circunstancias, y los otros dos testigos se confabularon para decir una mentira, se desmorona toda la acusación contra Daniel. Pero ¿cómo demonios podemos demostrar algo así con Darrell Long muerto y Joe Cady desaparecido?

—Tal vez yo pueda ayudar con Cady —dijo Kendra mirando la calle que se iba oscureciendo—. Si esos dos estaban ahí, no podían ver mucho, a no ser que no hubiera coches aparcados, y en los barrios con hileras de casas como éste, siempre hay coches aparcados.

—Val, ven conmigo —dijo Rob—. Quiero ver que visibilidad se tiene desde ahí.

En silencio, Val le cogió la mano y cruzaron la calle en dirección a la segunda casa. La representación la había deprimido, y se sintió mejor con el contacto de su mano. Cuando llegaron al lugar, Rob se volvió para mirar hacia donde estaba Kendra.

—Con esta luz y con los coches en medio es casi imposible ver ningún detalle.

—Yo no veo nada —dijo Val—. ¿Cuánto medían Long y Cady?

—Eran más altos que tú.

La cogió por las rodillas y la levantó hasta dejarla sentada en su hombro. Ella se aferró a su cabeza y brazos, asustada y divertida. Sí que sabía levantar a una chica.

—Ni siquiera a esta altura veo mucho, aparte de una persona que está allí de pie. Puesto que Kendra lleva pantalones, ni siquiera podría jurar de qué sexo es. Es difícil creer que esos dos drogadictos pudieran ver algo.

—Supongo que podrían haber reconocido al asesino por su forma de moverse o vestirse. —Rob la dejó en la acera con sumo cuidado—. Pero de ninguna manera le vieron la cara con claridad.

Val iba ceñuda cuando llegaron junto a Kendra.

—Para liberar a Daniel necesitamos mucho más que la posibilidad de que mintieran —dijo—. ¿Se te ha ocurrido algo para encontrar a Joe Cady?

—Conozco a alguien que podría saber dónde está. ¿Os apetece cenar en un restaurante especializado en cocina negra sureña? —Sonrió levemente—. Aunque esté equivocada, tendréis las mejores chuletas de cerdo estofadas y el mejor pastel de melocotón con costra de Baltimore.

—Trato hecho —dijo Rob—. ¿Dónde está el restaurante?

—En el lado oeste. Os llevaré en mi coche. En tu camioneta no cabemos los tres y, Val, no te conviene llevar tu Lexus a ese barrio.

—De acuerdo, tú conduces y yo voy a coger el talonario. Ahora que voy a ser autónoma, estoy dispuesta a deducir todos los gastos que pueda.

—Deducir todos los gastos posibles es la primera regla del trabajador autónomo —dijo Rob pasándole el brazo por los hombros—. Me llevó años recordar eso después de comenzar mi negocio.

De vuelta al centro comercial donde habían dejado los coches, Val caminaba al lado de Rob. La reconstrucción del crimen les había dado más información y teorías, pero tristemente sabía que no estaban más cerca de salvar a Daniel Monroe.

Los tres iban en silencio mientras Kendra conducía hacia la zona oeste de Baltimore. A ella, la visita a su antiguo hogar le había despertado recuerdos agridulces y rabia. Desde el arresto y la condena de Daniel había logrado mantener controlada la furia; una muchacha tratando de mejorar su situación y cuidar de su hijo no podía permitirse desperdiciar la energía en furia. Pero su rabia por la injusticia continuaba ardiendo en el fondo del alma.

La alegró encontrar un lugar para aparcar en la calle a una manzana y media del restaurante. Aunque el barrio había mejorado en los últimos años, no era una zona residencial. Cuando bajaron del coche, Val miró alrededor.

—Tienes razón. No me convenía traer mi Lexus a este barrio.

—No es tan malo como parece —repuso Kendra cerrando las puertas con llave—. El municipio ha invertido mucho dinero en esta zona, y están abriendo nuevas tiendas ahora que han limpiado el barrio de la mayoría de los narcotraficantes. Aunque no es el tipo de lugar donde se encuentra normalmente a socios de Crouse, Resnick.

Le alegraba estar con Rob. Ningún ratero inteligente se atrevería a asaltar a un grupo en que estuviera él. Una vez marine, siempre marine.

Aunque ya se había puesto el sol el aire seguía muy bochornoso. El verano en la ciudad. Cuando era niña, las noches como ésa sus padres se sentaban con ella en la escalinata de mármol de la casa a disfrutar de la ocasional brisa fresca y a conversar ociosamente con los vecinos. Por entonces era demasiado joven para comprender que estaba viviendo buenos tiempos.

El restaurante, Soul Survivors, era una vieja casa contigua a la fachada de una pequeña iglesia de nombre larguísimo. Por dentro era más grande de lo que parecía desde fuera, con paredes de ladrillo visto y pintorescos y primitivos cuadros que representaban escenas de la vida sureña. Kendra aspiró los seductores efluvios de la cocina negra del sur. Hacía mucho que no iba a ese restaurante, y le agradaba estar de vuelta.

—Este lugar huele como la casa de mi abuela —comentó.

Como cualquier sábado por la noche, el comedor estaba repleto. Bajo el rumor de las voces se oía un piano tocando jazz clásico. Le divirtió observar a Val, que estaba mirando todos los detalles tratando de no parecer sorprendida. Aparte de ella y Rob, sólo había una pareja blanca, y la verdad, los dos eran del tipo moreno. Para ser tan liberal, a Val le faltaban muchas cosas que ver en la vida.

Se les acercó una cabaretera vestida con un colorido atuendo africano.

—Bienvenidos. El comedor está lleno, pero si quieren cenar, hay una mesa abajo.

—Perfecto.

La siguieron hasta la estrecha escalera que bajaba al club, una acogedora sala de cielo raso bajo, con más ladrillos vistos y un tablado bajo en un extremo. Sobre él había un hombre de pelo blanco que estaba tocando al piano una perezosa y dulce música de jazz, lo bastante suave para permitir pensar y lo bastante seductora para recompensar la escucha atenta.

Cuando estuvieron sentados, Kendra dijo a la joven:

—¿Podría pedirle a Luke que pase por aquí cuando hayamos llegado a los cafés y los postres? Mi nombre es Kendra Brooks.

La cabaretera asintió y se alejó. Kendra observó a Val mirando su carta.

—No trates de comer sano aquí, Val. Nada de esta carta forma parte de una alimentación sana.

Val sonrió al ver las especialidades del día.

—Ya lo he notado. Como como un conejo con frecuencia, así que puedo darme un gusto de vez en cuando. ¡Vengan esas chuletas de cerdo estofadas!

La comida era tan buena como recordaba Kendra, cocina tradicional sureña sencilla pero preparada a la perfección. Los tres la atacaron con entusiasmo, hasta el exquisito pastel de melocotón con costra acompañado de helado de crema casero. Difícil estar furiosa cuando se acaba de comer un postre orgásmico.

Estaban en las segundas tazas de café, Val ya había pagado, y Luke seguía sin aparecer. Kendra estaba empezando a pensar si tal vez él no quería hablar con ella cuando vio a un hombre de hombros anchos caminando por el estrecho espacio dejado por las mesas. Como siempre, la sorprendió lo mucho que se parecía a Daniel aunque sólo eran hermanastros.

No había ningún placer en su cara cuando la miró. Ella se levantó recelosa.

—Me alegra verte, Luke. Acerca una silla y siéntate un rato.

—Ha pasado mucho tiempo —dijo él con los ojos entornados.

—Demasiado.

—¿De quién es la culpa? —Su voz profunda también se parecía a la de Daniel—. ¿Le has dicho a ese hijo tuyo quién es su verdadero padre? ¿O sigue siendo un bastardo ignorante?

El buen Luke. Kendra estuvo tentada de asestarle un puñetazo, pero controló el impulso.

—Vigila a quién llamas bastardo, Luke. Que yo sepa, tus padres nunca estuvieron casados. Sabes por qué no se lo he dicho a Jason. ¿Crees que estaría mejor sabiendo que su verdadero padre está condenado por asesinato?

—Si hay una cosa que aprendí en rehabilitación, es que la sinceridad es esencial.

—En principio, tal vez, pero ya es difícil criar a un niño negro en esta ciudad. No quería empeorar las cosas. Jason siempre ha sido un chico fabuloso, pero otros chicos fabulosos se han perdido en las calles.

Luke hizo un gesto de pena. Como Daniel, siempre era justo.

—Tienes razón en eso, pero es mi sobrino, Kendra. Quiero conocerlo.

—Algún día, Luke —dijo ella en tono más suave—. Pero si te hubiera conocido, lo único que tenía que hacer era mirarse en el espejo para empezar a pensar en su padre y comenzar a hacer preguntas que ni Philip ni yo queríamos contestar.

—¿Cuándo llegará ese «algún día»?

Kendra había pensado en eso a lo largo de los años.

—Cuando tenga veintiún años. Te juro que se lo diré, Luke. Y... te agradezco que hayas respetado mis deseos sobre esto y no contactado directamente con Jason.

—Son los deseos de Daniel los que he respetado. —Relajó la expresión—. Supongo que tu método dio resultados, puesto que el chico está en la Academia de las Fuerzas Aéreas. No me gustaron mucho los oficiales cuando estuve en Vietnam, pero ahora la academia parece buena. Debes estar orgullosa de él.

—Lo estoy, y también lo está Daniel. —Sonrió—. Puesto que no nos hemos abofeteado, ¿te sientas ahora? Ellos son mis amigos Val Covington y Rob Smith. Val y Rob, os presento a Luke Wilson, hermano de Daniel, que lleva este estupendo establecimiento con su mujer Angel.

Rob se levantó para estrecharle la mano.

—Encantado de conocerle, señor Wilson. Tiene un fuerte parecido con su hermano.

—Llámeme Luke. Danno y yo sólo somos hermanastros, pero los dos nos parecemos a nuestra madre, Dios tenga su alma en paz. —La silla crujió cuando se sentó e hizo una seña al camarero para que le trajera café—. No sé por qué dudo que hayas venido sólo por el pollo frito.

—Val es mi jefa —explicó Kendra—, y ha aceptado hacer un último intento para lograr que conmuten la sentencia de Daniel.

Por la cara de Luke pasaron esperanza y duda.

—¿Hay alguna posibilidad de eso?

—Sinceramente no lo sé, Luke —repuso Val muy seria—. Daniel no quería que nos metiéramos, y sólo aceptó colaborar por el bien de Kendra. No te voy a mentir, hará falta algo muy importante para sacar a tu hermano del corredor de la muerte. Pero investigaron tan poco en el momento que podría haber alguna posibilidad de encontrar una nueva prueba convincente. Rob ha estado trabajando en ello casi a tiempo completo.

Miró a Rob. Comprendiendo la indicación, él dijo:

—Por eso estamos aquí. Esta noche visitamos el escenario del crimen y hemos pensado que los dos testigos podrían haberse confabulado para echar la culpa a Daniel con el fin de salvar a un amigo de ellos.

—Por eso pensé en ti, Luke —añadió Kendra inclinándose hacia él—. Darrell Long murió y Rob no ha logrado localizar a Joe Cady. Tú ibas con ese grupo. ¿Tienes alguna idea de dónde podríamos buscar a Joe? ¿Sigue vivo?

Luke frunció el entrecejo y se rascó el interior de un codo, donde bajo la manga corta de la camiseta se veían viejas cicatrices de pinchazos de aguja. Él estaba en posición de saber que chicos fundamentalmente decentes podían descarrilarse si sucumbían al peligroso atractivo de las calles.

—Joe era un adicto que jamás se limpió, y estuvo dentro y fuera de la cárcel. Hace años que no lo veo, pero hace un par de semanas supe que se está muriendo de sida. No sé dónde. —Bajó la mirada a las cicatrices de aguja—. Algunos tuvimos suerte con las agujas. Joe no. No era un mal chico, pero si Darrell le ordenaba que mintiera, mentía.

—Suponiendo que nuestra teoría sea cierta, ¿tienes alguna idea de a quién querrían proteger? —le preguntó Rob en voz baja—. ¿A alguien que se parecía un poco a tu hermano?

—Ya había pensado eso. Incluso se lo sugerí a los policías cuando arrestaron a Danno, pero me echaron. —Nuevamente comenzó a frotarse las cicatrices—. Un par de primos que llevaban la casa de *crack* cercana. Omar y Ike Benson. Los dos eran tíos altos, de aspecto duro, y llevaban armas. Es fácil imaginarse a cualquiera de ellos asaltando a una mujer y disparando al policía que intentó impedírselo. Puesto que ellos controlaban el aprovisionamiento de droga del barrio, Darrell y Joe podrían haber pensado que les valía la pena ponerse del lado conveniente.

Rob anotó los nombres.

—Me han hablado de los Benson antes. Es hora de buscarlos. ¿Tienes alguna idea de dónde podrían estar ahora?

—Los dos murieron. A Omar lo acuchillaron en la cárcel y a Ike le dispararon unos años después, cuando un narcotraficante se puso furioso. Otro tío que trabajaba para ellos, Shooter Williams, podía ser confundido con Danno también. Demonios, pero había un montón de chicos que entraban y salían de esa casa del *crack* y que, aunque no se parecían a mi hermanastro, podrían haber cometido una violación y un asesinato si estaban colocados.

—No tenemos tiempo para buscarlos a todos —dijo Rob anotando el nuevo nombre—. Quiero comenzar con Joe Cady, si sigue vivo. —Sacó una de sus tarjetas y se la dió a Luke—. Si se te ocurre alguna otra idea, llámame.

—Lo haré. Le preguntaré a Angel también —contestó Luke guardándose la tarjeta en el bolsillo. A Val y a Rob les dijo—: Mi mujer es mi ángel. Sin ella no habría logrado mantenerme derecho, y seguro que no tendría este negocio. Ella es el genio de la cocina.

—Saluda a Angel y a los niños de mi parte —le dijo Kendra—. Eres un hombre afortunado.

—No lo sabré yo. —La miró a la cara con algo del cariño que compartieron en otro tiempo, cuando eran prácticamente cuñados—. ¿Me haces un favor, Kendra? Canta un par de canciones antes de marcharte.

Luke estaba pensando en los viejos tiempos.

—Hace años que no canto en un club —dijo Kendra indecisa—. Tus clientes se merecen algo mejor.

—No cantes para ellos. Canta para mí y Angel.

Su voz era dulce y mimosa, igual que la de Daniel cuando deseaba conseguir algo.

—De acuerdo, Luke. Para ti y Angel.

Mientras Luke se alejaba de la mesa y subía por la escalera, Kendra tuvo escondida la cara entre las manos, retrocediendo mentalmente veinte años, hasta la época en que era joven y despreocupada y estaba a rebosar de sueños.

Cuando logró recuperar esa sensación, se pasó los dedos por el pelo para soltárselos, luego se levantó y sacudió la cabeza, para que la negra mata le bailara seductora alrededor de los hombros. Aunque vestía informales pantalones y blusa holgados, se intuían sus largas piernas de atleta cuando caminaba hacia el tablado; una vez allí, se soltó los primeros botones de la blusa para enseñar lo que le diera el buen Dios. No tenía que mirarse en el espejo para saber que ya no parecía una auxiliar ejecutiva de un bufete del centro.

Esperó a que el pianista terminara la pieza que estaba tocando, y después habló con él. Se llamaba Ernie y lo conocía de otro tiempo, de otra vida. Una vez que se pusieron de acuerdo en las canciones, él le pasó un micrófono y ella se giró a mirar la sala llena de comensales.

Val la estaba mirando sorprendida, mientras Rob tenía una expresión que indicaba que acababa de caer en la cuenta de que Kendra era guapísima, tal como ella se fijó antes en lo guapo que era él. Ella les sonrió y les hizo un saludo con la mano, meciéndose al ritmo de las notas introductorias de la canción que tocaba Ernie en el piano.

La forma del micrófono le resultó tan conocida como si sólo el día anterior hubiera estado cantando en un club. Su primera canción elegida fue *Body and Soul*, una típica de Billie Holiday, llorando el amor perdido. ¿Qué mujer u hombre no se había sentido mal alguna vez por un amor perdido? Con una voz plañidera de anhelo, cantó las aflicciones de su vida, las pérdidas de su madre, de su amante, de su marido, pero también cantó como una indómita superviviente. Las negras personificaban los blues, porque habían sufrido, resistido y encontrado nuevas alegrías.

Mientras Kendra cantaba se apagaron las conversaciones en la sala y los comensales se pusieron a escuchar. Luke y Angel, su guapa y redondeada mujer, aparecieron al pie de la escalera y allí siguieron, meciéndose los dos al ritmo, rodeándose mutuamente las cinturas con los brazos.

Cuando terminó la canción, Kendra inclinó la cabeza durante el aplauso, sintiendo la embriagadora emoción que produce el haber cautivado al público. Después de mirar a Ernie comenzó una animada versión de *Ain't Nobody's Business If I Do*. La sala comenzó a llenarse con los comensales de arriba, algunos llevando copas con bebida o tazas de café.

Esta vez los aplausos amenazaron con soltar los ladrillos de las paredes. Ella sonrió y esperó a que terminara la música para indicar a Ernie que comenzara su última canción. Había elegido terminar con una estridente y muy enérgica interpretación de *I Will Survive*, canción de poder femenino compuesta mucho después de los tristes lamentos de Billie Holiday.

Al final se inclinó desde la cintura, riendo con embriagado placer. Después volvió a la mesa con sus acompañantes, negándose a cantar más como le pedían.

—Es hora de irnos.

Val se levantó.

—No tenía idea de que cantabas tan bien.

—Actualmente sólo canto espirituales negros en la iglesia. Es igual de divertido y alaba al Señor. Ahora vámonos.

Con Rob abriendo camino, pasaron por en medio de la multitud. Cuando pasaron junto a Luke, él le cogió la mano.

—Ven cuando quieras, Kendra. En cualquier momento.

—Gracias. Tal vez venga más a menudo. —Le dio un largo y cariñoso abrazo a Angel—. Os he echado de menos, a ti y a los niños, hermana amiga.

—Entonces vuelve a nosotros, chica —le dijo Angel en voz baja—. Sé por qué te has mantenido alejada, pero es hora de que vuelvas a casa.

Conteniendo las lágrimas, subió por la escalera y salió. La noche le pareció más fresca, después del íntimo calor del restaurante. Cuando los tres estaban fuera, Val le dijo:

—Kendra, ¿por qué no cantas como profesional?

—Canto bien, pero no tanto. —Se encogió de hombros, aunque la sonrisa se mantuvo—. Cantaba un poco en clubes hace mucho tiempo, pero eso no es vida cuando tienes un hijo. Por eso sólo canto en el coro o para mí.

—¡Yo tengo una iglesia, así que espero que cantes!

Riendo, los tres echaron a caminar en dirección al coche.

—Gracias por traernos aquí —dijo Rob—. No sólo obtuvimos buenas pistas; éste es un lugar maravilloso.

—Ahora que he hecho las paces con Luke puedo volver. He echado de menos la cocina de Angel.

—Yo quiero hacer ese pastel de melocotón —dijo Val—. ¿Crees que Angel me daría la receta?

—¡Ni lo sueñes!

—Creí notar una insinuación de cardamomo.

Con el ceño fruncido, Val se detuvo a quitarse una piedrecita de la sandalia mientras los otros dos continuaban caminando. El verdadero truco estaba en tener buenos melocotones frescos y usar maicena para hacer el bizcocho...

A la tenue luz de la calle no vio salir la figura del callejón hasta que le arrancaron el bolso del hombro. Cuando se tambaleaba, perdido el equilibrio, un fuerte empujón entre los omóplatos la lanzó sobre la calzada. Con el rabillo del ojo vio el brillo de un cuchillo.

Ni siquiera tuvo aliento para gritar.

Capítulo 17

—Luke me parece un buen tío —comentó Rob—. Y útil también. Gracias por presentárnoslo.

Kendra suspiró, mientras daba largos pasos para mantenerse a la altura de Rob.

—Saber de todos esos jóvenes negros que han muerto, me rompe el corazón. Eran buenos chicos, pero los criaron mal, tomaron malas decisiones y murieron antes de tener tiempo para crecer.

—Es trágico. —Rob pensó en su hermano, en cómo se descarrilló, y en Sha'wan, que podría haberse descarrilado pero no lo hizo—. Pero tu hijo ha resultado ser un muchacho fabuloso, gracias a los buenos cuidados que ha recibido. Hay muchos otros padres dedicados que lo hacen igualmente bien. A los niños hay que salvarlos uno a uno.

Kendra estaba a punto de contestar cuando Val lanzó un grito ahogado detrás de ellos. Rob se giró al instante y la vio tendida sobre el asfalto y a una figura larguirucha huyendo con su bolso.

Por instinto corrió tras el ladrón. Con unas cuantas zancadas largas logró coger la larga correa del bolso. No dispuesto a soltarlo, el ladrón se detuvo en seco, se giró y se abalanzó sobre su asaltante con un cuchillo relampagueante. Rob esquivó el golpe y le cogió la muñeca, torciéndosela con aniquiladora fuerza.

Estaba obligando al muchacho a caer de rodillas cuando un gemido de Val lo distrajo un instante. El ladrón aprovechó la oportunidad para soltar el bolso y escapar. Rob pensó en seguirlo, pero Val era más importante. Corrió hacia ella, maldiciéndose por haber bajado la guardia en un barrio como ése.

Kendra estaba ayudando a Val a sentarse.

—Eres un excelente guardaespaldas, machote —dijo a Rob.

—Si lo fuera, esto no habría ocurrido —repuso él. Se arrodilló junto a las dos mujeres con el corazón retumbante—. ¿Estás bien, Val?

Ella soltó una risa temblorosa, mientras él le pasaba el brazo por la espalda.

—Creo que sí. Me magullé un poco la mano al caer al suelo; ese chico me asustó tanto que me sentí como una cría de un año, pero no intentó usar su cuchillo contra mí.

Rob sacó su pañuelo y le limpió la sangre de la mano izquierda, la que recibió lo peor del golpe. Gracias a Dios, no estaba herida grave. Pensó en el cuchillo del ladrón y se sintió enfermo.

—¿Lograste verlo?

—Todo ocurrió muy rápido. —La expresión de Val cambió—. ¿Sabes?, la iluminación aquí es similar a la de la calle donde mataron a Malloy. No podría describir al ladrón, sólo sé que era un joven negro alto y delgado. No puedo decir nada de su cara, ni de su edad ni de sus ropas, aparte de que eran holgadas y más o menos oscuras. No me extraña que Brenda Harris tuviera dificultades para hacer la identificación cuando vio las fotos en la policía. Todo ocurrió muy rápido y estaba muy asustada. Yo no podría identificar a ese ladrón tampoco.

Rob se echó a reír, no pudo evitarlo.

—Tu cerebro no descansa nunca, ¿eh?

—Creo que no.

Ayudada por Rob, se puso de pie. Él continuó rodeándola con el brazo. A pesar de sus tranquilas palabras, estaba temblando violentamente.

—Después de esto, estoy absolutamente convencida de que esos testigos oculares que apuntaron a Daniel mintieron —continuó ella. Cogió el bolso que le pasaba Kendra—. Rob, quiero estar en la entrevista con Joe Cady, suponiendo que siga vivo. Es posible que no tengamos otra oportunidad.

Kendra sacó su móvil.

—Llamaré al novecientos once.

—No te molestes. No es necesario —dijo Val—. No vi lo suficiente para describir al ladrón, recuperé mi bolso y nadie está herido. Sólo fue un tirón de bolso fallido. Dudo que la policía pueda o quiera hacer algo.

—Hay que hacer la denuncia —dijo Rob—. Los ladrones no golpean una sola vez.

Suspirando, Val aceptó y Kendra llamó a la policía. A los pocos minutos llegó un coche patrulla. Los policías dijeron que había habido otros robos de bolso en la zona y que si cogían a un sospechoso querían que Val fuera comisaría para identificarlo. Ella prometió hacerlo, pero en esos momentos sólo quería irse a casa. Se mantuvo dentro del círculo del brazo de Rob todo el tiempo.

El coche de Kendra estaba a sólo media manzana. Cuando llegaron a él, Rob subió al asiento del pasajero y sentó a Val en su regazo. Ella se acurrucó contra él agradecida.

Kendra activó el seguro de las puertas y sacó el coche del lugar de aparcamiento.

—Aparentemente no ha ocurrido nada esta noche, aparte del susto y los estremecimientos de Val. Ni siquiera le robaron el billetero. Pero la confianza y la sensación de seguridad de los tres han recibido un duro golpe.

—No debería haber permitido que ocurriera esto —musitó Rob acariciando el rizado pelo de Val.

—Corta el rollo —dijo ella alzando la voz—. No eres el guardián de este mundo. Yo falté a todas las reglas de seguridad al quedarme atrás, no vigilar mi entorno y exponerme como un blanco fácil. No me extraña que ese chico me asaltara por detrás.

—Es una pena que vivamos en un mundo en que seguridad significa estar siempre alerta, pero así son las cosas —añadió Kendra.

Rob sonrió irónico.

—Sois dos chicas fuertes. ¿No puedo revolcarme en mi incapacidad por no haberos defendido como debería haberlo hecho un tío machote?

—¡No! —exclamaron las dos a coro.

—El miedo y la capacidad de mantenerse alerta son las dos formas de mantenerse a salvo más antiguas —observó Val—. Los hombres primitivos que no sabían esconderse de los tigres colmillos largos se convertían en su almuerzo. O eran rápidos o morían.

Todo muy bien expresado, pero Rob sentía el pequeño cuerpo de Val casi helado en sus brazos.

—Me agrada pensar que estamos evolucionando más allá de eso.

—La evolución es un proceso lento —dijo ella cansinamente. Demasiado lento, la verdad.

La casa semejaba unos brazos seguros, protectores. Val exhaló un suspiro de alivio cuando entró. Se inclinó para acariciar a *Lilith*, que estaba frotándose en sus tobillos. Entonces Rob dijo:

—Espero que no desees que me vaya, porque no quiero dejarte sola esta noche.

—Yo tampoco quiero quedarme sola —repuso ella volviéndose a abrazarlo—. Un miserable tirón del bolso fracasado, y sin embargo sigo temblando. Qué enclenque.

—La violencia es como una piedra arrojada en un estanque, que forma ondas expansivas en todas direcciones. —Su mano consoladora le acarició la espalda—. Agrieta el mundo.

Ella pensó que él había aprendido eso a edad muy temprana, de su padrastro. Se había enfrentado a la violencia de niño, en los marines, con su hermano y en el trabajo que hacía en las calles más pobres de Baltimore. Comparada con la de él, la vida de ella había sido mucho más segura. Levantó la cabeza.

—¿Te apetece una copa de vino? Estoy tentada de encender el fuego en el hogar del estudio, aunque sea pleno verano. Las fogatas son consoladoras.

—Y mantienen a raya a los tigres colmillos largos. ¿Necesitas ayuda para curarte esas magulladuras de la mano? —Al ver que ella negaba con la cabeza, continuó—: Entonces encenderé el fuego mientras tú te encargas del vino y de las vendas.

Con los nervios más relajados ella fue a la cocina. Ninguna de las heridas era profunda, por lo que extendió un poco de ungüento por encima y las cubrió con una gasa. Después sirvió dos copas de vino.

En el estudio las llamas ya empezaban a lamer los troncos en el hogar. Rob estaba agachado, con una rodilla en el suelo, observando, la parpadeante luz jugueteando sobre los planos de su cara.

Ella cayó en la cuenta de que ya no le parecía un camaleón esquivo. Ya fuera un osito barbudo o un ejecutivo bien afeitado, estaba llegando a comprenderlo bastante bien. Un hombre de conciencia e integridad, con un gran sentido del humor y de la culpa. Un hombre complicado y muy humano. Contenta de que estuviera allí, bajó las luces y se instaló en el sofá, recogiendo una pierna debajo del cuerpo.

—Esto está muy agradable. Gracias.

—¿Quieres que vivamos juntos? —dijo Rob sin dejar de mirar el fuego.

Ella se atragantó con el vino.

—¿De dónde ha salido eso?

Él levantó la vista con expresión sombría.

—Me parece el siguiente paso lógico. Mi apartamento es muy pequeño, así que podría comprarme una casa aquí en Homeland, para demostrar que no te voy detrás por tu propiedad. Una fabulosa casa en Springlake tiene un letrero que anuncia que está en venta. También es una casa Tudor, con una hermosa vista a las lagunas. Podrías volver aquí si decidieras que no soportas vivir conmigo.

Ella lo miró fijamente.

—Decididamente estás yendo demasiado rápido para mí.

—Me encantaría tener un pretexto para comprarme casa. En California tenía un apartamento de alquiler porque no quería responsabilizarme de nada que no fuera mi empresa. —Cambió de lugar un tronco con las tenazas y se incorporó—. Me miras como si estuviera loco. ¿Tanto detestas la idea de vivir conmigo?

Ella guardó silencio un momento, sopesando la idea y tratando de comprender por qué esa sugerencia la hacía desear echar a correr.

—Nunca he vivido con nadie, aunque un par de veces, en medio de un apasionado romance, hubo una especie de cohabitación de hecho.

—Qué legalista.

Lamentando la elección de sus palabras, ella le preguntó:

—¿No es un poco repentino?

Él comenzó a pasearse, con pasos cortos, envarados.

—Tal vez. Nunca me he sentido así con ninguna otra mujer, Val, y todo este tiempo he deseado hacerlo bien. Ni demasiado rápido ni demasiado lento, simplemente bien, como Ricitos de Oro.

Entonces viene ese ladrón y te asalta, y ahora siento este deseo tremendamente primitivo de estar cerca de ti y defenderte, más o menos como un pretencioso doberman.

—A los gatos no les gustaría eso. —Aunque había bebido el feminismo con la leche de su madre, el deseo de él de cuidar de ella le resultaba atractivo, por no decir sexy, seductor—. Pero me gusta la idea de tener un protector. Siempre he sido la responsable de mi defensa.

A él se le relajó la expresión.

—Entonces probaré con atacar al tigre. No es sólo el deseo de protegerte, lógicamente. Me encanta estar contigo. Me encanta la idea de pasar contigo todo mi tiempo libre. Además... quiero dar todas las oportunidades a esta relación.

Val comenzaba a sentirse incómoda con su seriedad.

—Es un hecho científico —dijo— que las personas que viven juntas antes de casarse tienen más probabilidades de divorciarse que aquellas que no lo hacen, así que si deseas algo que dure, es posible que atarnos no sea la manera.

Él pareció sorprendido.

—Tal vez en ese caso deberíamos...

—Es demasiado pronto, Rob —lo interrumpió ella temiendo lo que él podría decir—, y tenemos muchas cosas de qué ocuparnos. Mudarnos para vivir juntos nos exigiría tiempo y energía, andamos escasos de ambas cosas en estos momentos. ¿Qué te parece si volvemos a tratar el tema después de... después del 9 de septiembre?

—Ésa era la fecha fijada para la ejecución de Daniel Monroe.

Rob lo pensó y luego asintió.

—De acuerdo. Esto es demasiado importante para tratarlo a la ligera.

—Pero mientras tanto, salir juntos es estupendo. Ser una pareja es estupendo. —Deseando trasladar la conversación a un tema más cómodo, dejó a un lado la copa de vino, se levantó del sofá y fue a arrinconarlo junto a la librería—. Creo que mi subconsciente tenía un plan oculto cuando decidí que sería agradable encender el fuego. —Le rodeó el cuello con los brazos—. La alfombra que está delante del hogar es muy cómoda.

Él le levantó suavemente la mano y le rozó con los labios la gasa que le cubría la piel magullada, en una caricia ligerísima que no le produjo ningún dolor.

—¿Estás segura de que estás bien para esto? Has tenido una mala experiencia esta noche.

—Nada me haría sentir mejor ni más segura que hacer el amor contigo, Rob.

Antes de que él pudiera sufrir otro ataque de nobleza, se puso de puntillas y lo besó.

Las tensiones de la noche se consumieron en una llama de pasión, y a los pocos instantes se estaban quitando mutuamente la ropa. Ya se había esfumado el malestar del intento de robo cuando lo tumbó sobre la alfombra.

Se le entrecortó la respiración cuando la boca de él encontró su pecho. Podía tener sus dudas respecto a la convivencia o al matrimonio, pero de su tierna y fiera pasión, de eso sí estaba segura.

Rob se incorporó apoyado en un codo para contemplar a su compañera de cama desnuda. La figura acurrucada de Val estaba plateada por la luz de la luna, y sus cabellos eran un alboroto de rizos sobre la almohada. La relación sexual había sido fenomenal, como siempre, tal vez incluso mejor que otras veces debido al susto por el intento de robo que había sufrido ella.

Pero él deseaba algo más que sexo. Sí que había más que sexo entre ellos, muchísimo más, pero sugerirle eso la ponía nerviosa. Puesto que a ella no le gustó la idea de vivir juntos, él había estado a punto de proponerle matrimonio cuando ella le saltó encima. Una manera muy eficaz de cambiar el tema.

Era posible que ella no estuviera enamorada de él y que no llegara a estarlo nunca, o tal vez simplemente se trataba de que necesitaba tiempo para enamorarse y acostumbrarse a la idea del matrimonio. Pero él era un as de la informática, con muchísima experiencia en resolver problemas, y Val era ciertamente un problema, aunque un problema hermoso y seductor que lo hacía sentirse más vivo de lo que se había sentido nunca en su vida.

Sonrió al recordar por qué había pasado tantos años enterrado en los adelantos informáticos. Ése era un mundo más sencillo, en el que algo funciona o no funciona. Si no funciona, se arregla. Los problemas tienen soluciones si se trabaja en ellos.

Tal vez era igual en el amor, pero no estaba del todo seguro.

—Te quiero, Valentine —susurró.

Quizá fue pura imaginación, pero tuvo la impresión de que, incluso dormida, ella se apartaba un poco.

Val despertó repentinamente. Todavía estaba oscuro, y una mirada al reloj de la mesilla de noche le dijo que eran recién pasadas las tres de la mañana. Rob estaba durmiendo a su lado con un brazo sobre la cintura de ella.

Lilith avanzó desde los pies de la cama y fue a instalarse en su pecho, emitiendo un maullido casi inaudible. Para un gato el movimiento humano significaba que ya era la hora del desayuno, dijera lo que dijera el reloj.

Reconociendo que estaba demasiado nerviosa y desasosegada para volverse a dormir, reptó para salir de debajo del brazo de Rob, buscó la bata a tientas, se la puso y bajó a la cocina, con los gatos dando vueltas alrededor de sus pies, amenazando con hacerle caer. Después de dividir una lata de atún para gatos entre ellos, se cruzó de brazos y se apoyó en la mesa, contemplando a los mininos tristemente.

El motivo de su desasosiego era evidente; su comportamiento con Rob había salido directo de la zona gris, subconsciente. ¿Por qué se asustó cuando él le sugirió que vivieran juntos? ¿Y luego lo interrumpió cuando él estaba a punto de proponerle matrimonio? Debería haber dado volteretas de felicidad. Pero no, se aterró, y utilizó el sexo para cambiar de tema. Feo, Valentine, muy feo.

¿Estaba enamorada de él? El corazón se le oprimió dolorosamente. A los dieciséis años le resultaba fácil contestar preguntas como ésa. A su edad, todo era más complicado. Había muchos tipos de amor, y no estaba preparada todavía para definir sus sentimientos hacia Rob.

Pero en caso de duda, haz listas. Se sentó ante el escritorio de la cocina, sacó uno de sus omnipresentes blocs de hojas amarillas y escribió el título: «Rob: pros y contras».

Su rotulador corrió veloz haciendo la lista de pros: inteligente, simpático, divertido, sexy, responsable, compasivo, le gustan los gatos, fiable, desea una relación seria... Podría haber llenado páginas con la lista de sus virtudes, pero se detuvo cuando llevaba unas veinte, calculando que ya había dado con las principales.

Le resultó más difícil encontrar los defectos. Tenía un importante bagaje emocional, pero había sobrevivido a lo peor y estaba haciendo frente a sus problemas sinceramente. En lo profesional iba algo a la deriva, pero su dedicación a ayudar a los menos afortunados le conmovía de una manera que no conseguía hacerlo su anterior éxito comercial. Era verdaderamente un hombre bueno, y eso lo encontraba increíble, seductor, atractivo.

Repasó la lista, muchas virtudes y pocos defectos, y llegó a una conclusión inevitable: el problema no estaba en Rob sino en ella. De acuerdo, la relación era bastante reciente, pero tomando en cuenta que estaba loca por él, no debería ser tan asustadiza. ¿Qué le pasaba?

Acudió a su mente una vieja anécdota, acerca de un hombre que había pasado años buscando a la mujer perfecta. Finalmente la encontró, pero no le sirvió de nada, porque ella andaba buscando al hombre perfecto, y él no lo era.

Había estado buscando al señor Ideal, y ahora que lo había encontrado comprendía que ella no era la señorita Ideal. Durante años se había dicho que no encontraba al hombre ideal cuando la verdad era que había elegido hombres inconvenientes para no tener que enfrentarse a sus dificultades para comprometerse. Rob se había colado por debajo de sus defensas casi por casualidad, y ahora que estaba ahí ella no sabía qué hacer con él.

Repentinamente se estremeció, de cansancio y de frío. No quería perder a Rob, pero... ¿matrimonio? La perspectiva le hacía desear huir muy lejos de allí.

Sonriendo se levantó y se dirigió al dormitorio. Cuando su vida se calmara un poco, llamaría a Rachel para descubrir qué estaba mal. Ella siempre era capaz de explicar las peculiaridades de las psiques de sus amigas; mejor aún, jamás lo hacía sin que se lo pidieran.

Mientras tanto, volvió a su cama y se acostó junto a Rob, acurrucándose contra su cuerpo.

Capítulo *18*

La oficina de Cal Murphy era un tumulto de papeles desordenados. Val no se sorprendió, era archisabido que los defensores de oficio tenían exceso de trabajo. Golpeó la puerta abierta para que el ocupante de la oficina se enterara de su presencia.

—¿Cal? Soy Val Covington.

El hombre sentado ante el ordenador levantó la vista y la miró pestañeando detrás de sus gruesas gafas.

—Dijiste que podía venir a hablar contigo acerca de Daniel Monroe —explicó Val.

—Ah, sí, sí. —Él se levantó y le ofreció la mano. Alto y anguloso, tenía una incipiente calvicie y una encantadora sonrisa—. Pediría disculpas por el desorden, pero esto es crónico así que no serviría de nada.

—Ningún problema. Como abogado de oficio debes llevar cuarenta casos o más a la vez, ¿verdad?

Él hizo una mueca.

—Eso cuando las cosas van bien. En estos momentos tengo casi cien. Esperamos que el municipio consiga más fondos, antes de que el Departamento de Defensa Pública se hunda por tercera vez.

Val había hablado con la secretaria de Murphy antes, así que abrió una bolsa de papel y sacó dos vasos de plástico de humeante café.

—Te he traído un poco de combustible. —Le pasó el más largo—. Te gusta el café largo, con nata batida y chocolate blanco, ¿verdad?

—Dios santo —dijo él cogiendo el vaso—. ¿Estás casada? ¿Deseas casarte?

Por un fugaz instante ella pensó en la proposición que Rob estuvo a punto de hacerle y en su extraña reacción. Él no había vuelto a tocar el tema, y ella se sentía vergonzosamente agradecida por eso.

—Lo siento. Estoy a punto de abrir mi propio despacho. No tengo tiempo para un marido.

—Menos mal. —Él tomó un sorbo del café y se lamió delicadamente la nata batida que le quedó en los labios—. No sólo porque Val y Cal sonaría ridículo, sino porque tal vez mi mujer tendría algo que decir en el asunto.

—Muchísimo, sobre todo si también es abogada. Nunca estamos escasas de palabras.

—Ginny es médica de urgencias. La conocí cuando a uno de mis clientes le disparó en el vientre un narcotraficante enojado.

Val hizo un gesto de horror.

—¿Sobrevivió?

—Claro. ¿Por qué crees que me casé con su médica? —Sonrió un momento y luego se puso serio—. Muy bien, Val, ¿qué deseas saber?

—Cualquier cosa que puedas decirme sobre la defensa de Daniel Monroe que no quedara registrada en los informes oficiales.

Él suspiró y bebió otro trago de café.

—Ése fue mi primer caso de pena capital. ¿Vas a intentar obtener un aplazamiento de la ejecución de Daniel basándote en mis fallos?

—El tribunal de apelaciones ya ha revisado este caso y no ha encontrado ningún defecto en el juicio de Daniel. —Bebió un poco de su *capuccino*—. No soy abogada criminalista, pero a mí me parece que tuvo una buena defensa.

—Gracias —dijo él—. Es fácil echarle la culpa a cualquier fallo del abogado de oficio, puesto que todo el mundo sabe que somos unos imbéciles borrachos, incapaces de tener un verdadero trabajo.

—Y los litigantes de empresa como yo somos unas bestias codiciosas con colmillos largos y nada de conciencia. —Los dos compartieron una sonrisa conmiserativa por los abogados, y luego ella continuó—: Si tuvieras que volver a intentarlo en el caso de Daniel, ¿harías algo diferente?

Él volvió a sentarse en su sillón y lo pensó.

—En realidad no. No había ninguna prueba física, ni a favor ni en contra de Daniel, así que todo recayó en los testigos oculares. Uno solo se podría haber explicado como un error de identificación, incluso dos, pero ¿tres? —Frunció el ceño—. Sabiendo lo que sé ahora podría haber hecho un trabajo mejor para descartar a los dos testigos hombres. En el juicio, el fiscal del Estado los presentó como dos santos, pero los dos fueron finalmente a la cárcel. Pero eso no me servía de nada en el momento del juicio de Daniel.

—No eran buenos ciudadanos —convino Val—. Darrell Long se las arregló para que le metieran un balazo, y tengo entendido que Joe Cady se está muriendo de sida.

—No me extraña —dijo Murphy moviendo la cabeza—. Lo único que tenía contra los testigos era la novia de Daniel, que juró que él estaba con ella. Fue una buena testigo, pero se da por supuesto que las novias y las madres mienten para proteger incluso al criminal más podrido, así que todo lo que dijo se descartó. Me gustaría saber qué le ocurriría a ella y a su bebé. No recuerdo el nombre, pero era una chica inteligente, muy sensata.

—Se llama Kendra Brooks. Es mi mano derecha y la mejor auxiliar jurídica de Baltimore. Ella es el motivo de que me haya involucrado en este caso. El bebé, Jason Brooks, comenzará su segundo año en la Academia de las Fuerzas Aéreas.

—Vaya. Mi sobrina predilecta es compañera de clase del chico. Seguramente se conocen. Me alegra que a Kendra y a su hijo les haya ido bien. —Suspiró—. Veo tantas vidas rotas... Es bueno que te recuerden que algunas personas no sólo sobreviven sino que además prosperan.

Ella no había esperado obtener una pista de Murphy, pero estaba disfrutando de la conversación.

—¿Alguna sugererencia para intentar salvarle la vida a Daniel?

—Puesto que se han agotado las apelaciones, necesitas alguna nueva prueba que arroje fuertes dudas sobre su culpabilidad. Si logras encontrar a Joe Cady, ejerce presión sobre él. Si mintió en la identificación, es posible que conozca al verdadero asesino, y ahora podría estar dispuesto a hablar. Si es convincente, podría arrojar dudas suficientes sobre la condena de Daniel para que se conmute la sentencia por cadena perpetua. Aparte de eso —añadió—, reza pidiendo un milagro.

Ella ladeó la cabeza.

—Has sido abogado de oficio más de veinte años. ¿Cómo sigues haciendo algo que tiene que ser para romper el corazón?

Él se quitó las gafas y empezó a limpiar las lentes.

—¿Quieres decir puesto que la mayoría son culpables y algunos han hecho cosas verdaderamente horribles? Va bien creer apasionadamente que todo el mundo tiene derecho a la mejor defensa posible. Además, a veces clientes que parecen culpables como el pecado no lo son.

—Todos se merecen una buena defensa, y me preocupan las condenas erróneas, y ése es uno de los motivos por los que quiero hacer algo por Daniel —dijo Val—. Consideré la idea de convertirme en abogada de oficio, pero decidí que soy demasiado enclenque para vérmelas con tantos casos que entrañan violencia.

—Esa parte no es fácil, no, pero alguien tiene que hacerla. —Ceñudo, se puso las gafas—. Los clientes explican historias francamente increíbles, pero uno tiene que creerlas, ya que muchas veces la verdad es más increíble que la ficción. Muchos son marginados que comenzaron sus vidas con el mundo contra ellos, y las calles y el narcotráfico fueron el único camino que encontraron. La esperanza se acaba y proteger tu honor vale tu vida, porque tu vida no vale mucho en todo caso, y si caes la gente respeta tu forma de caer. —Se inclinó y continuó más rápido—: Los policías hacen un trabajo difícil y Dios sabe que los necesitamos, pero algunos son unos brutos sin escrúpulos que piensan que aunque un sospechoso no haya cometido un determinado delito, como seguramente hizo otra cosa igualmente delictiva, se merece el castigo, así que manipular las pruebas es justo, es verdadera justicia. Así pues, es posible que uno de estos policías diga que vio claramente algo aunque no viera nada, o que «encuentre» en la ropa del sospechoso la droga incautada a otro, porque se merece cualquier castigo que le supongan.

Se levantó echando el sillón hacia atrás y comenzó a pasearse por la oficina.

—Por lo tanto, por Dios que el Estado necesita demostrar todos los elementos de un delito más allá de una duda razonable, no sólo el setenta y cinco por ciento. Inocente hasta que se demuestre que es culpable, ése es el criterio aquí, porque aun en el caso de que el sistema funcione perfectamente, lo que no ocurre nunca, es un proceso imperfecto y tíos inocentes van a la cárcel y a veces incluso se les ejecuta, y una sola ejecución injusta es demasiado.

»La sociedad necesita recordar que la justicia debería ser liberar al inocente y dar el justo castigo al culpable. No debe ser venganza, porque la mayoría de los delincuentes salen de la cárcel algún día y vale más esperar que se hayan reformado, lo cual es improbable si están amargados porque el juez falló una sentencia injusta o el abogado los abandonó o la policía los jodió. Si ha de haber alguna esperanza, tiene que haber justicia, caramba, justicia. Y eso significa que personas como yo luchemos por personas que no siempre se lo merecen, pero la justicia vale esa lucha, siempre.

Val se lo quedó mirando y lo único que se le ocurrió decir fue:

—Vaya.

Él se detuvo azorado.

—No te fastidia, estoy predicando. Lo siento, pero tú preguntaste.

—Y me alegra haber preguntado. Acabo de recordar uno de mis motivos para ir a la Facultad de Derecho. Es fácil olvidarlo en la rutina diaria del trabajo.

—¿Estás en esto por la justicia? —preguntó él con sonrisa sesgada—. La mayoría de mis compañeras de clase aseguraban que querían ser abogadas por el dinero.

—Ése fue otro factor para mí, pero no el más importante. —Se levantó y le tendió la mano—. Gracias, Cal. Haré lo que pueda por Daniel, y la oración está en primer lugar de la lista, porque si tú no lograste salvarlo, se necesitará un milagro para que podamos hacerlo nosotros ahora.

—Espero que consigas un milagro, porque ese caso me ha atormentado siempre. Tal vez en el ochenta por ciento de los casos los tribunales lo hacen bien, pero no creo que éste fuera uno de ellos, y la muerte es diferente de otros castigos. Es tan... definitiva.

Le estrechó la mano, se sentó en su sillón y volvió a concentrarse en la pantalla de su ordenador. Cuando Val llegó a la puerta de la oficina, él ya había olvidado su existencia.

Salió del edificio, pensativa, y echó a andar por la bulliciosa y ajetreada plaza Saint Paul. Estaba a sólo unas manzanas de Crouse, Resnick, pero en esos dos lugares se ejercían diferentes modalidades de abogacía, las dos muy necesarias, pero ninguna de las dos era la apropiada para ella. En cuestión de días abriría oficialmente su propio despacho, y de ella dependía dar a su trabajo la modalidad que le viniera mejor. La perspectiva seguía asustándola un poco, pero era estimulante. Sería capaz de hacerlo. Sólo deseaba poder comenzar liberando a Daniel.

En Crouse, Resnick estaba todo tranquilo; Kendra ya se había marchado oficialmente y estaba ocupada en el nuevo despacho. A ella aún le quedaban muchos cabos sueltos por atar, pero a todos los efectos su carrera en el bufete del centro ya estaba acabada. El principal acontecimiento que le quedaba era su almuerzo de despedida.

Después de contestar un par de llamadas concernientes a Crouse, Resnick, cogió su móvil para ver si le habían dejado algún mensaje personal. Uno era el número de Rob. Contenta por tener un pretexto para hablar con él, marcó el número.

—Hola, guapo, ¿qué tal estás?

La voz profunda de él tenía la extraordinaria capacidad de calmarla y excitarla al mismo tiempo.

—He localizado a Joe Cady. Sigue vivo. Está en un hospital para pobres de la zona sur de Baltimore. Puesto que querías acompañarme, ¿te va bien mañana por la tarde?

Val sintió una oleada de entusiasmo.

—Tendrá que ser a primera hora de la mañana; mañana tengo mi almuerzo de despedida. —Tachó una anotación en la agenda—. Espero que obtengamos algo útil de Cady. Esta mañana hablé con el abogado de oficio que llevó el caso de Daniel. Es un tipo estupendo. Me sorprendió con un apasionado discurso sobre la justicia. También opina que Cady podría ser nuestra mejor oportunidad para encontrar nuevas pruebas.

—Esperemos que el pobre yonqui esté lo bastante bien para hablar.

—¿Qué tienes en tu agenda para esta tarde?

—Voy a visitar a Brenda Harris, la víctima del asalto. Si logro persuadirla de que reconozca que no estaba absolutamente segura de que el atacante fue Daniel, tendríamos algo a nuestro favor.

Valía la pena intentarlo.

—¿Has tenido suerte investigando los antecedentes de los otros dos testigos?

—Pues sí, bastante. Aunque ni Long ni Cady tenían antecedentes de arresto como adultos en el momento del juicio, sí tenían antecedentes juveniles, y mintieron acerca de sus circunstancias en el juicio. Long dijo que era estudiante en el Instituto Estatal Coppin, pero en ese centro no habían oído hablar de él jamás. Cady aseguró que trabajaba en el Johns Hopkins, y resulta que lo habían despedido hacía unos meses después de sólo dos semanas de trabajo. ¿Esto minará su credibilidad?

—Podría servir para apoyar cualquier prueba más importante que encontremos —repuso Val. Suspiró—. Cal Murphy sugirió que rezáramos pidiendo un milagro.

—Si eso es lo que hace falta, lo intentaré.

Ella pensó si él no estaría bromeando. Aún no habían hablado sobre sus respectivas creencias religiosas, lo cual era raro, considerando cómo la espiritualidad, o la falta de ella, es una parte esencial del carácter de una persona.

—¿Estás libre para cenar esta noche? ¿O para un tentempié tardío? —Ante el silencio de él, añadió—: Duermo mejor cuando estás conmigo, y ya han pasado tres días desde la última vez.

Él se echó a reír.

—Ésa es una proposición muy romántica. Me encantaría ir, pero aún no sé a qué hora acabaré. Te llamaré.

Ella sonrió. Por lo menos el día no sería del todo malo si veía a Rob después.

Menuda y rubia, Brenda Harris era una mujer atractiva que rondaba los cincuenta. Hizo pasar a Rob a su casa suburbana con cierto recelo.

—No sé de qué quiere hablar, señor Smith. Todo lo que tengo

que decir sobre Daniel Monroe y el juicio por asesinato consta en los expedientes públicos.

—Un investigador tiene que ser concienzudo —repuso Rob.

No le había resultado fácil persuadir a Brenda de que lo recibiera, y no le sorprendió ver a un hombre corpulento en la sala de estar.

—Marty —dijo ella—, él es Rob Smith, el investigador de que te hablé.

Mientras le estrechaba la mano a Marty, Rob captó el claro mensaje de que si causaba alguna molestia a su esposa estaría metiéndose en graves problemas.

—Mi intención no es perturbarla, señora Harris. Sólo deseo oír con sus propias palabras lo que ocurrió cuando la asaltaron y mataron al agente Malloy. Es posible que haya algún pequeño detalle que no le pareciera importante o que sólo recordó después del juicio. Cualquier cosa que pueda serme útil para mi investigación.

—¿Y cómo no va a ser perturbador esto? —bufó Marty—. No pudo soportar seguir viviendo en Kesington, y por eso vendimos esa casa y nos mudamos aquí a Essex.

—Mi madre trabajaba por la noche y una vez la asaltaron, cuando yo era niño —dijo Rob muy serio—. Luchó para defenderse y acabó en el hospital. —Después de eso ella comenzó a llevar una pistola, recordaba—. Es un crimen que las mujeres no puedan caminar seguras por las calles.

—Es un crimen que ese cabrón asesino de Monroe siga vivo cuando el agente Malloy está muerto —dijo Marty con vehemencia—. Malloy no pudo ver crecer a sus hijos. No pudo jugar a la pelota con su hijo, ni pudo entregar a su hija el día de su boda. Es una maldita vergüenza que en este estado lleve tanto tiempo ejecutar a un asesino.

—No cabe duda de que el asesino de Malloy merece ser castigado, pero estoy realizando esta investigación porque hay pruebas que indican que Daniel Monroe no fue el asesino. Podría morir un hombre inocente, y nadie desea eso. —Captó la mirada de Brenda—. Señora Harris, la iluminación era mala esa noche, y usted testificó que el ataque fue repentino, el hombre pareció salir de ninguna parte. ¿Nunca ha dudado de que fue Monroe quien la atacó?

—Jamás. Fue él.

—Sin embargo, cuando vio su foto entre las que le enseñaron en la policía no logró identificarlo —dijo Rob teniendo cuidado de que su tono de voz no pareciera acusador.

—¡Estaba muy asustada y nerviosa en ese momento! No podría haber identificado ni a mi madre. Después, cuando lo vi en la rueda de sospechosos, supe que era él. Volví a sentir sus sucias manos sobre mí. Y tenía un tatuaje en la muñeca, una asquerosa serpiente... —se le cortó la voz—. Todavía sueño con ese pobre hombre gritando cuando Monroe le disparó. Y la sangre... Había muchísima sangre. Fue lo más horrible que he visto en toda mi vida.

Aun después de todos esos años, el sufrimiento se veía claramente en sus ojos. De todos modos, eso no significaba que su identificación hubiera sido correcta. Los policías no deberían haber puesto la foto de Daniel en la muestra y luego a él con un grupo de desconocidos en la rueda de sospechosos. Ver su cara por segunda vez hizo que, para Brenda Harris, Daniel pasara de ser un hombre al que no reconocía a convertirse en una persona ya vista. Pero ella no estaba dispuesta a reconocer tal cosa.

—Según los archivos del caso, usted cayó al suelo por el golpe en la acera del callejón transversal, junto a la esquina de la casa del lado sur. ¿Es correcto eso? —Cuando ella asintió, Rob continuó—: Tendría que haber visto el contorno de la figura del asesino a contraluz de la única farola cercana. ¿Logró ver con claridad el semblante del hombre?

Por un instante creyó ver incertidumbre en la expresión de ella. Pero entonces Brenda negó con la cabeza.

—Era Daniel Monroe. Nunca lo he dudado ni por un momento. Reconocí su cara y su tatuaje.

—Era común en ese tiempo que los presos jóvenes se hicieran tatuajes en las muñecas —dijo Rob—. He estado mirando en los archivos policiales las fichas de posibles sospechosos y ya he encontrado a tres hombres que llevaban tatuajes como el de Daniel Monroe.

—¡Yo reconocí ése! Monroe fue el hombre que me atacó y mató a Malloy.

Rob comprendió que no obtendría nada más de ella. Reprimiendo un suspiro se levantó.

—Muchísimas gracias por atenderme, señora Harris. Si se le ocurriera alguna otra cosa, aquí tiene mi tarjeta.

Pero sabía que no volvería a saber de ella. Podía estar equivocada, pero aun en el caso de que el recuerdo se le hubiera formado después del hecho, en todos esos años había echado raíces firmes, y era tan convincente para ella como si fuera un verdadero recuerdo.

Una lástima que la mente humana fuera tan sugestionable, y tan tozuda.

Aunque tentado por la invitación a cenar de Val, Rob terminó su trabajo y sólo después la llamó para decirle que iba de camino. Eran pasadas las once cuando tocó el timbre de su casa. Si fueran pareja, como parecían ser, tener una llave sería cómodo, pero no le había pedido una porque no quería volver a asustarla.

A los pocos segundos se abrió la puerta y de un tirón Val lo hizo entrar y cerró la puerta para que no se escaparan los gatos. Entonces se echó en sus brazos abrazándolo fuertemente.

—Qué agradable es verte —musitó con la boca en su hombro.

—Lo mismo digo. —La estrechó más, sintiendo evaporarse la tensión—. Si tienes miedo de estar sola porque aún estás asustada por el robo, puedo venir todas las noches hasta que vuelvas a sentirte bien.

Ella retrocedió, le pasó un brazo por la cintura y lo guió hacia la cocina.

—No, no tenía miedo de estar sola. Sólo... sólo tenía ganas de verte. Tengo unas ricas lonchas de carne enlatada y queso, de la mejor tienda de *delicatessen* de Pikesville.

Él se rió.

—¿Cuando eras pequeña tu madre te enseñó que la mejor manera de llegar al corazón de un hombre es por su estómago?

—No, eso lo aprendí yo solita. —Llegaron a la cocina y ella se dirigió al refrigerador—. También he comprado un paquete de seis de esas cervezas pequeñas que dijiste que te gustan, y una ensalada alemana de tomates. ¿Interesado?

Él le besó la nuca.

—Muy interesado. Muchas gracias.

Cuando se sentó a la mesa, se dijo que debía dejar de intentar analizar los sentimientos de Val por él. Era verdad que se ponía nerviosa cuando él hablaba de consolidar su relación, pero decididamente su consideración y mimos eran prueba de cariño. Con el tiempo arreglarían el resto.

Necesitaba creer que sería así.

Capítulo 19

Joe Cady estaba vivo, pero su estado era muy grave. Yacía en la cama del hospital como un cadáver, con los ojos cerrados y tubos conectados a los brazos. Fuera de la pequeña habitación se oían las voces y ruidos de platos del hospital, pero allí predominaba el silencio de la muerte. Sólo la dificultosa respiración de Cady demostraba que seguía vivo.

Mientras Val se quedaba un poco atrás, Rob apagó el televisor colgado de la pared y dijo en voz baja:

—¿Señor Cady?

Se abrieron los ojos hundidos. Su piel morena tenía un tinte amarillento y profundas arrugas le surcaban la cara. Aparentaba cien años. Si vivía hasta octubre cumpliría cuarenta.

—¿Quién es? —preguntó con voz débil.

—Me llamo Rob Smith, y estoy investigando algo que ocurrió hace mucho tiempo. —Hizo un gesto hacia Val—. Ella es Val Covington, mi compañera de trabajo.

Una chispa de vida apareció en los ojos de Cady cuando miró a Val, que no podía evitar verse sexy, incluso con su ropa de abogada. El enfermo no estaba muerto aún.

—¿Por qué han venido aquí? Nadie viene a verme jamás. —Torció la boca—. Ni siquiera mis parientes vienen, porque tienen miedo de que les contagie el sida.

—Hemos venido porque usted es la clave para entender lo

que ocurrió la noche que mataron al agente de policía James Malloy.

Cady desvió la mirada.

—No sé nada de eso.

Rob acercó una silla a la cama y se sentó, para no parecer inmenso inclinado sobre Cady.

—¿Está seguro? Han transcurrido diecisiete años, pero entonces fue un asunto importante. Dispararon y mataron a un agente de policía, y usted y su amigo Darrell Long fueron los principales testigos en el juicio.

Cady apretó nervioso la colcha con las manos.

—Darrell no era mi amigo. Me robó dinero y disparó a mi primo.

Rob había investigado y ya sabía que una noche Darrell decidió robar al primo de Cady, que poseía una pequeña licorería en la zona este de Baltimore. Un grave error. Se armó un tiroteo en el que Long resultó muerto y el primo de Cady quedó vivo, y al parecer eso acabó con la lealtad que podría haber tenido Cady hacia su amigo.

—Darrell identificó a Daniel Monroe como al hombre que mató al agente Malloy, y usted corroboró su declaración. Pero me pregunto si usted contó entonces a la policía todo lo que ocurrió esa noche.

—¡No quiero hablar de eso!

Cady seguía sin mirar a Rob a los ojos. Val hizo un gesto a Rob para que se levantara y ocupó ella su lugar en la silla.

—Señor Cady, esto es muy importante, de verdad —le dijo con su voz dulce y persuasiva—. Dentro de unas semanas van a ejecutar a Daniel Monroe por ese asesinato. Él asegura que él no lo hizo, y su novia de ese tiempo jura que Monroe estaba con ella en el momento de los disparos. ¿Es posible que usted y el señor Long cometieran un error esa noche?

Cady experimentó un estremecimiento y Rob vio que salían lágrimas por debajo de sus párpados. Val le cogió la mano.

—Señor Cady, si se cometió un error entonces, no es demasiado tarde para corregirlo.

A eso siguió un largo silencio, en que sólo se oía la laboriosa respiración de Cady, su delgado pecho subiendo y bajando.

—Yo no vi nada, sólo oí los disparos. Entonces Omar Benson llegó corriendo por la calle, por detrás de nosotros. Nos vio a mí y a Darrell, llamó a Darrell y se lo llevó más allá para hablar con él. Yo estaba lejos así que no oí lo que dijeron, pero cuando Omar se marchó, Darrell volvió y me dijo que dijera que vimos el tiroteo y que parecía que fue ese tío, Daniel Monroe, el que lo hizo.

—Así que Darrell le pidió que mintiera por Omar.

Cady apretó convulsivamente la mano de Val.

—Yo no quería, pero Darrell dijo que si lo hacíamos Omar Benson nos daría todo el *crack* que quisiéramos, así que... acepté. No tenía dinero y necesitaba la droga. Había visto a Monroe un par de veces en la calle, así que pude elegirlo en la rueda de sospechosos, pero pensé que era probable que resultara libre, si no por el testimonio de su novia, después, por las apelaciones. —Tosió y todo su cuerpo se estremeció—. ¿Van a ejecutar a ese tipo? Yo no... No era mi intención que lo frieran.

—Pero lo van a ejecutar, debido a su testimonio y al de Darrell Long —dijo Val con la voz amable pero inflexible.

Cady soltó el aire cansinamente.

—Yo no quería hacerle daño, sólo quería ayudar a Omar para que él me ayudara a mí.

—Omar ya murió, y también Darrell. Daniel Monroe también morirá si usted no habla. —Val dejó pasar unos segundos—. Señor Cady, ¿estaría dispuesto a que lo filmáramos en vídeo mientras explica lo que de verdad ocurrió esa noche?

Los ojos de Cady se movieron hacia Rob.

—Yo no...

Val se inclinó sin soltarle los delgados dedos.

—Si no logramos encontrar nuevas pruebas, morirá un hombre inocente. Usted es la única persona que puede hacer que eso no ocurra. Si ha cometido errores en su vida, bueno, ¿quién no los ha cometido?, ésta es la oportunidad de enmendarlos.

Cady volvió a cerrar los ojos.

—De acuerdo, usen esa jodida cámara. Ya no hay nadie que pueda hacerme algo.

Rob abrió su maletín y sacó la videocámara compacta de Val procurando disimular su entusiasmo. O sea que era cierto que a Daniel lo condenaron por testimonios perjuros. En algún recoveco de su mente había quedado un asomo de duda. Con esto desaparecía, por fin. Y si eran necesarias más pruebas, en el archivo policial sobre Omar Benson aparecía un tatuaje de una serpiente en la muñeca como uno de sus rasgos identificadores.

Montó la cámara sobre un trípode liviano y comenzó a grabar. Atrayendo la atención de Cady nuevamente hacia ella, Val dijo la fecha, el lugar y la hora de la grabación y luego preguntó:

—Señor Cady, ¿puede contarnos, por favor, lo que ocurrió la noche en que dispararon y mataron al agente de policía James Malloy?

Haciendo frecuentes pausas para respirar, Cady explicó que al salir de la casa en que vendían *crack* él y Darrell oyeron disparos, y luego testificaron ante la policía que creían haber reconocido al asesino. Aunque él sentía una renuencia cada vez más grande, se atuvo a su historia porque tenía miedo de lo que le ocurriría si la cambiaba. Era bueno para mentir, dijo con cierto orgullo. Sabía atenerse a una historia sencilla, sin enredarla.

Al final, miró hacia la cámara y repitió:

—No vi a Daniel Monroe disparar al agente Malloy. Darrell Long reconoció a Omar Benson como el asesino por la ropa que llevaba. Después Omar reconoció ante mí que él lo había hecho y me prometió darme muchísimo *crack* para que guardara silencio. Pongo a Dios por testigo que ésta es la verdad.

Cuando Rob apagó la cámara, Val dijo:

—Gracias, señor Cady. Es posible que hoy le haya salvado la vida a un hombre inocente.

Él suspiró, y pareció encogerse una vez que había hecho la declaración.

—Me siento mejor por haber dicho la verdad por fin. Me alegro de que no sea demasiado tarde.

Val paseó la mirada por la habitación, que estaba limpia, pero era triste, con ese ligero olor a cuerpos enfermos que siempre se encuentra en los hospitales.

—¿Hay algo que podamos hacer para que se sienta más cómodo? Los hospitales no son sitios muy agradables.

—No estaré mucho tiempo más aquí —dijo Cady francamente—. Dentro de una semana ya me habré muerto, y no lo lamento. Esto no es vida. —Titubeó—. Pero hay una cosa.

—¿Sí?

—Tengo un perro, *Malcolm*. No es gran cosa, sólo un chucho, pero... bueno, es un chucho simpático. Mi hermana Lucy lo ha tenido con ella, pero no le gustan los perros y me da miedo de que cuando yo me muera ella se libre de él. ¿Podrían encontrarle un buen hogar a *Malcolm*?

Val y Rob se miraron. Él vio que el primer impulso de ella fue ofrecerse a quedarse el perro, pero el segundo fue pensar cómo reaccionarían sus gatos.

—A mí me hará feliz tenerlo —dijo—. Me gustan los perros y no he tenido uno desde hace mucho tiempo. Le prometo que *Malcolm* se sentirá querido y cuidado mientras viva.

—Y yo lo malcriaré con comidas ricas —añadió Val—. ¿Cómo podemos encontrar a su hermana?

Con la voz temblorosa por el cansancio, Cady recitó el número de teléfono de su hermana. Val se inclinó para darle un beso.

—Que Dios le bendiga, señor Cady.

Él cerró los ojos; había una leve sonrisa en sus labios cuando ellos salieron de la habitación.

Rob esperó hasta que estuvieron fuera del hospital para expresar su euforia.

—¡Lo hemos conseguido! —Levantó a Val en los brazos y le dio una vuelta en volandas exuberante—. Por Dios que lo hemos hecho. Hemos encontrado una prueba importante para liberar a Daniel. —La besó mientras ella reía y luego la volvió a dejar en el suelo—. ¿Qué viene ahora?

—Aún no hemos acabado. No es fácil conseguir un indulto estando tan avanzado el partido —repuso Val en tono de advertencia, pero estaba sonriendo—. El siguiente paso es escribir el mejor informe de mi vida reforzando todos los factores que señalan la inocencia de Daniel y demostrando que los argumentos que tenía el fiscal del Estado eran débiles; eso para empezar. Después lo llevamos al tribunal. El código de justicia de Maryland dice que el tribunal podría revisar una sentencia en cualquier momento en casos de fraude o error.

Él emitió un suave silbido.

—Eso es liberal comparado con Texas.

—Algunos estados no aceptan nuevas pruebas pasadas más de tres semanas de la sentencia. ¡Tres míseras semanas! Es ridículo. —Se quitó el pelo de la cara y echó a andar hacia su coche—. ¿Sabías que el número de ejecuciones es mayor en los estados donde eran comunes los linchamientos? Lo único que hay que hacer es cruzar el Potomac desde Maryland a Virginia y el número de ejecuciones se dispara.

—Ahora que sabemos quién fue el verdadero asesino puedo comenzar a buscar personas que conocieron a Omar Benson —dijo él poniéndose a su lado y caminando a su paso—. Hay una muy buena posibilidad de que él alardeara del asesinato ante otros, y ahora que sabemos dónde buscar es probable que obtengamos más declaraciones en ese sentido. Aunque sean cosas de oídas, seguro que servirán para apoyar nuestros argumentos.

—Buena idea. También llamaré a Cal Murphy, a ver qué consejo tiene sobre cómo proceder a partir de ahora. —Abrió el maletero de su Lexus para que Rob guardara su maletín y la videocámara—. Lo primero que has de hacer es sacar varias copias de la declaración de Cady.

—En cuanto me dejes, llevaré la cinta a un lugar que conozco en Bel Air Road. Encargaré doce copias para poder repartirlas por ahí.

Val esperó a que los dos estuvieran sentados en el coche con los cinturones de seguridad puestos para decir:

—Rob, esto no es algo seguro. Daniel no estará a salvo mientras no consigamos que un tribunal o el gobernador acepten que hay una duda razonable respecto a su condena.

Él sonrió de oreja a oreja, negándose a preocuparse.

—Lo conseguiremos. Y mientras tanto, después de dejar la cinta para que hagan las copias, tengo que ir a ver a una mujer que tiene un perro.

Casi incapaz de contener su nerviosismo, Kendra se paseó por la sala de visitas hasta que entró Daniel escoltado por los dos guardias de cara pétrea de siempre. Su sonrisa iluminó la sala.

—Nena, éste es un placer inesperado —le dijo por el teléfono—. ¿Y esas hileras de espigas? Estás preciosa, pero no has llevado así el pelo desde que me encarcelaron.

Ella se rió y sacudió la cabeza para que la brillante mata de finísimas trenzas adornadas con abalorios le bailara sobre los hombros.

—Ahora que ya no estoy en Crouse, Resnick, puedo soltarme más, así que desde ahora en adelante voy a verme como una moderna profesional negra. A Val no le importa. De hecho, está pensando si tiene el pelo lo bastante rizado para hacerse lo mismo.

—Me encantaría ver eso —dijo él sonriendo—. Me cae bien tu jefa.

No interesada en una charla intrascendente, ella se acercó a la mampara de plástico que los separaba deseando que pudieran tocarse.

—Es muy lista. Daniel, entre ella y Rob han encontrado la nueva prueba que necesitamos para sacarte del corredor de la muerte. Esta mañana entrevistaron a Joe Cady y lo filmaron en vídeo retractándose de su testimonio en tu contra. Se está muriendo de sida, y estaba preocupado por la forma como mintieron él y Darrell Long para proteger a Omar Benson, que era su conexión con la droga. Val dice que lo explicó todo con muy convincentes detalles. Cariño, ya está.

El brillo que había aparecido en los ojos de él cuando ella comenzó a hablar desapareció con la misma rapidez.

—No resultará, Kendra. Un preso moribundo podría decir cualquier cosa, y muchos lo han hecho. El tribunal dirá que es una lástima, que eso es muy poco y que es demasiado tarde.

—¿No harán caso de la confesión de un hombre en su lecho de muerte? —preguntó ella sorprendida.

—Seguro que no. Los presidiarios no tienen mucha credibilidad. Cuando me pregunten si tengo unas últimas palabras para decir, yo podría decir que me cargué a Jimmy Hoffa* si me diera la gana, pero ¿por qué habría de creerme un tribunal? —Cerró los ojos un momento, luego los abrió y continuó con una escalofriante indiferencia—. Joe Cady no tiene un buen historial con la verdad. Val tendrá que encontrar algo mucho mejor para liberarme.

Kendra se sintió como cuando uno de sus primos mayores le dijo que no existía Santa Claus.

---

* Jimmy Hoffa: James Riddle Hoffa (n. 1913), líder sindical de Estados Unidos. Cuando era presidente del Sindicato de Camioneros lo encarcelaron por intento de soborno a un juez federal, fraude y estafa (1967). Nixon le conmutó la sentencia y en 1971 le concedieron la libertad condicional con la exigencia de que renunciara a su cargo de presidente. En 1975 desapareció misteriosamente sin dejar rastros. Se cree que lo asesinaron. (*N. de la T.*)

—¿Cómo puedes ser tan... tan frío? Estamos hablando de tu vida, y ya has tirado la toalla.

—He aceptado la realidad. Golpear los barrotes duele mucho y no sirve para nada. Hay muchos argumentos en contra de la pena capital —continuó con la voz más suave—, pero uno que falta por decir es lo duro que es para los amigos y familiares del hombre ejecutado. Te van a hacer sufrir como sufrió la familia de Malloy, y no mereces sufrir, como tampoco lo merecían ellos. —Puso su enorme mano abierta sobre la mampara de plástico, tratando de consolarla—. Trata de aceptarlo, Kendra. Lo peor de lo que me va a ocurrir es saber lo mucho que os hará sufrir a ti, a Luke y al resto de la familia.

Ella levantó la mano y la puso contra la de él, y sintió un poquitín del calor que pasaba a través de la mampara. Por un instante casi se sintió como si se estuvieran tocando de verdad, piel con piel, y no pudo soportarlo.

—No puedo aceptarlo, Daniel, siendo esto tan injusto. Hasta ahora sólo tú y yo estábamos seguros de la verdad. —Y, Dios la amparara, había habido ocasiones en que examinaba febrilmente su mente, pensando si al estar tan ocupada con el bebé Daniel no habría salido del apartamento sin que ella lo notara—. Ahora tenemos a alguien que testifica que fueron mentiras las que te metieron aquí. Eso debería cambiar algo.

—Debería, pero no lo cambiará. —Quitó la mano de la mampara, se besó la palma y volvió a ponerla. Con sus cálidos ojos tremendamente serios le dijo en voz baja—: Ya has sufrido mucho por mí, cariño. Quisiera que pudieras salir de aquí hoy y no volvieras a pensar nunca más en mí. No más lágrimas, ni pesares, ni rabia.

—No puedo —susurró ella—. Has sido parte de mí desde que nos conocimos. Eres el padre de Jason. ¿Cómo podría no pensar en ti?

El sonrió tristemente pensando que tenía razón.

—¿Me cantarás? Por la noche cuando estoy echado en mi camastro oigo tu voz en mi mente.

Ella asintió, pensando qué le iría bien a él para esa noche. Ah, sí, perfecto.

Cerró los ojos y bajando la voz a un ronco susurro comenzó el espiritual *Go Down, Moses*. Era un grito de libertad de los esclavos.

A medida que avanzaba la canción, fue elevando la voz hasta que resonó con fuerza en la pequeña sala.

When Israel was in Egyp' Lan', let my people go.
Oppressed so hard they could not stand, let my people go.
Go down, Moses, way down in Egyp' Lan',
Tell ol... Phar-raoh, to let my people go.
Tell ol' Phar-raoh, to let my lover go. *

* Cuando Israel estaba en Egipto, deja marchar a mi pueblo. / Tan oprimidos estaban que no podían soportarlo, deja marchar a mi pueblo. / Ven, Moisés, baja por el camino de Egipto, / ordénale al faraón que deje marchar a mi pueblo. / Ordénale al faraón que deje marchar a mi amor. *(N. de la T.)*

Capítulo 20

—¿Señora Morrison? —preguntó Rob mirando a la delgada mujer a través del cristal de la contrapuerta interior de la casa. Aunque tenía cierto parecido con su hermano Joe Cady, su expresión era seria y parecía una mujer muy competente. Esa agradable casa en Hamilton, no lejos de la iglesia remodelada, sugería una vida cómoda y próspera—. Soy Rob Smith, el que la llamó por el perro de su hermano.

—Ah, sí. —Ella abrió la puerta y con un gesto lo invitó a pasar—. ¿Podría repetirme lo que dijo? Cuando llamó, dos de mis nietos andaban corriendo por aquí y no lo escuché todo. ¿Le apetece un té granizado?

—Me encantaría.

La siguió hasta la cocina, donde un desgarbado perro estaba echado delante del refrigerador. El cuerpo gordo y las orejas caídas sugerían que entre sus antepasados predominaba la raza basset, pero otra había aportado el pelaje más largo y la nariz más afilada. El perro lo miró tristemente.

—¿Éste es *Malcolm*?

Lucy Morrison empujó suavemente al perro con el pie para animarlo a apartarse lo suficiente para abrir el refrigerador.

—Sí, y sería difícil imaginarse un animal menos parecido a Malcolm X.

Sonriendo, Rob se arrodilló para acariciarle y moverle las largas y flexibles orejas.

—No se avienen el nombre y el perro, pero supongo que él ya está acostumbrado. ¿Te vendrás a casa conmigo, chico? Joe teme que usted abandone al perro o lo lleve a un refugio.

—No haría eso, pero reconozco que no echaré de menos tenerlo por aquí. —Le pasó un largo vaso de té granizado—. Mi marido y yo llevamos una imprenta, mi hija pequeña sigue en casa, y mis nietos vienen tres veces a la semana. No me hace ninguna falta cuidar de un perro también. Si le gusta, es suyo. Ahora siéntese y cuénteme para qué fue a visitar a Joe. —Sacó la tapa de una caja baja de galletas de chocolate y la puso en la mesa—. Sírvase.

El té y las galletas fueron un almuerzo decente mientras él le explicaba la investigación y cómo Joe confesó haber mentido cuando testificó.

Mientras él hablaba, Lucy miraba tristemente por la ventana de la cocina.

—Así que mi hermanito mintió y envió a la cárcel a un hombre inocente. Ojalá pudiera decir que eso me sorprende, pero no. Muchas mujeres hablan de cómo sus novios, hijos y hermanos cayeron en malas compañías. A veces se engañan a sí mismas, pero no es así en este caso. Joe era el niño de temperamento más dulce que se puede encontrar. Cantaba en el coro de la iglesia. Quería ser bombero para servir a la gente. ¿Sabía que si uno vive en la ciudad interior y necesita ayuda llama al departamento de bomberos porque siempre, siempre, acuden? Y traen su buen equipo también. —Movió la cabeza; tenía los ojos oscurecidos por la pena—. Entonces Joe comenzó a vagar por las calles. A mí me alegraba que por lo menos no había matado a nadie. Y ahora me entero de que le robó la vida a un hombre inocente, igual que si le hubiera disparado con una pistola.

Conociendo la aflicción y el sentimiento de culpa que se podía sentir por un hermano, Rob le dijo:

—Joe no fue el que tuvo la idea del perjurio. Al parecer la idea fue de su amigo Darrell Long.

—Como he dicho, malas compañías —dijo Lucy sarcástica—. Estuvieron unidos como ladrones durante años. De hecho, eran ladrones. La mitad de mi ático está lleno de cajas y cosas que pertenecían a Joe y Darrell desde la época en que eran amigos. Vivían juntos en un apartamento y tuvieron que mudarse, así que tontamente yo acepté guardarles algunas cajas. Cosas inútiles, sin ningún valor, si no no las habrían dejado. Uno de estos días tengo que mirarlas a ver qué sirve y qué se puede tirar, pero es más fácil irlo dejando para después.

A Rob le costaba conciliar las palabras de Joe con esa mujer acogedora y cariñosa.

—Su hermano dijo que sus familiares no lo visitan nunca por miedo a contagiarse del sida. ¿Es cierto eso o simplemente quería inspirar lástima?

Lucy lo miró sorprendida.

—¿Joe dijo eso? Es posible que quisiera manipularles. Es bueno para eso. O tal vez realmente cree que tenemos miedo. Algunas personas de la familia le visitan de vez en cuando, pero es duro para nosotros ver en qué se ha convertido.

—Cuando lo vimos parecía como si un viento fuerte se lo pudiera llevar. Es posible que no le quede mucho tiempo.

—¿Tan mal está? Entonces llamaré a mi hermana para ir a visitarle esta noche. —Sonrió tristemente—. Sigue siendo mi hermano pequeño, aunque se haya descarrilado.

—Mi hermano también se descarriló —dijo Rob movido por un impulso—. Lo ejecutaron en Texas.

Ella le miró atentamente la cara.

—Así que lo comprende. Lamento lo de su hermano.

—Y yo lamento lo del suyo, pero por lo menos Joe ha hecho algo para redimirse, lo que mi hermano no hizo nunca. —Comprendiendo que era el momento para marcharse, se levantó—. ¿Te vienes conmigo voluntariamente, *Malcolm*, o tendré que llevarte en brazos?

—Esto será más fácil de lo que cree. ¡El paseo, *Malcolm*!

El perro se puso de pie al instante moviendo esperanzado la plumosa cola. Incluso su expresión era menos triste.

—Hay esperanzas para ti, *Malcolm*, muchacho —dijo Rob. Miró a Lucy—. ¿Hay algo que deba saber de él?

—Tiene unos seis o siete años, no muerde y tiene un impresionante ladrido de barítono que pondrá los pelos de punta a cualquiera que se le ocurra entrar en su casa.

Al decir eso se agachó para rascarle la cabeza. *Malcolm* respondió con una amistosa lamida de la mano.

—¿Está segura de que quiere que se marche? —le preguntó Rob al verle la expresión—. Parece que los dos se quieren bastante.

—Es difícil no querer a un animal que le gusta tanto que le den comida, pero de verdad no necesito este trabajo extra. —Se enderezó—. Iré a buscar su correa, su comida y sus juguetes.

Rob sacó una tarjeta.

—Si usted u otra persona de la familia desea visitar a *Malcolm*, llámenme por teléfono.

—No crea que no lo haremos —le aconsejó ella, pero iba sonriendo cuando se alejó a buscar las cosas del perro.

Rob se arrodilló a rascarle la cabeza a Malcolm otra vez. Como si percibiera que ese nuevo conocido necesitaba que le dieran coba, el perro se apoyó afectuosamente en su pierna.

Rob pensó que sólo unas semanas atrás llevaba una vida solitaria, evitando intencionadamente las relaciones y las posesiones. Y en esos momentos tenía una chica preciosa, un perro y estaba comprometido con una causa.

Igual simplemente no estaba destinado a viajar con carga ligera.

Val aceptó otro abrazo más cuando se preparaba para marcharse del almuerzo de despedida que le había ofrecido Crouse, Resnick en el magnífico Club de Ingenieros, estilo victoriano tardío. Suponía que gran parte del motivo de esa pródiga fiesta era demostrar a la comunidad jurídica de Baltimore que ella se marchaba sin que hubiera mal sentimiento en ninguno de los dos lados, y para sugerir que habría una relación continuada entre ella y Crouse, Resnick. De cualquier forma, la fiesta fue maravillosa.

Cuando ya estaba casi en la puerta apareció Donald Crouse para darle otro abrazo.

—Menos mal que ésta es una ciudad muy pequeña, Val. Probablemente te veré casi tanto ahora como cuando trabajabas al otro lado del pasillo donde tengo mi despacho.

Ella se rió y le devolvió el abrazo.

—Muy probablemente. Gracias por todo, Donald. He aprendido muchísimo de ti.

—Invité a tu padre —dijo Donald—, pero estaba demasiado ocupado.

—Ésa es la historia de su vida. —Como había sido la de ella también durante tantos años—. Prometió asistir a la fiesta de inauguración que voy a ofrecer para celebrar mi nueva empresa y mis nuevas oficinas. Las invitaciones acaban de salir. ¿Vendrás?

—No me la perdería por nada del mundo.

Con una última sonrisa, Donald se despidió con un gesto de la mano cuando ella salió por la puerta.

Ilusionada, salió del club y se dirigió hacia su coche. Había sido una buena fiesta de despedida, agradable y con muchos comentarios sensibleros, pero sobre todo estaba encantada por haber dejado finalmente su antiguo trabajo. Crouse, Resnick era un bufete para empresas tan bueno como cualquier otro de su categoría, pero su trabajo como autónoma ya estaba empezando a ser más gratificante.

A esa hora no había nadie en el nuevo local, ya que Kendra había ido a visitar a Daniel, por lo que tuvo que hacer un rápido trayecto en coche hasta la iglesia para abrirle la puerta a su madre. Ese día Callie iba a instalar el tapiz que había creado, y ella estaba impaciente por verla. Su madre ni siquiera le había permitido ver los dibujos, por lo que iba a ser una sorpresa total.

Callie y su compañero Loren Goldman estaban bajando de su furgoneta cuando Val llegó. Enseguida corrió a abrazar a su madre y a Loren.

—¡Soy oficialmente una mujer libre!

—Disfrútalo mientras dure —le aconsejó Loren—. La libertad es más que nada una ilusión.

Oboe en la Orquesta Sinfónica de Baltimore, Loren tenía una expresión lúgubre, que contradecía la chispa irónica de sus ojos grises. Cuando ella era niña, su madre tuvo muchísimos romances, algunos bastante caóticos, pero sentó cabeza cuando conoció a Loren. Aunque nunca había sido una figura paterna, Loren era un buen tío adoptivo. Delgado y larguirucho, llevaba una barba muy bien recortada y una coleta de pelo algo cano que iba bien con el artístico estilo de Callie.

Aunque los dos formaban pareja desde hacía muchos años, preferían vivir separados, porque eso les daba más espacio. Val nunca había logrado decidir si eran gloriosamente liberados o simplemente tenían fobia al compromiso, pero tenía que reconocer que en cierto sentido tenían el arreglo perfecto. Debía ser agradable tener una relación tan cálida y gratificante, y tan poco exigente a la vez.

Siguiendo a su madre hasta la parte de atrás de la furgoneta, le dijo:

—Estoy impaciente por ver lo que has hecho, Callie.

—Igual no lo ves. Tal vez colguemos el tapiz con una sábana encima para que se pueda descubrir cuando celebres tu inauguración.

—¡Mamá!

Callie sonrió.

—No te preocupes, cariño, era una broma. Sé perfectamente que por mucho que lo cubriéramos tú lo mirarías tan pronto como yo volviera la espalda. Nunca logré tener escondidos los regalos de Navidad sin que tú los descubrieras.

—Pero no es mala la idea lo de descubrirlo en la fiesta de inauguración —dijo Val, pensativa—. Lo volveré a cubrir antes de la fiesta, para que podamos tener un momento dramático que impresione tanto a todos que te ofrezcan muchísimos encargos, para compensar el hecho de que no quieres que te lo pague.

—¿Cómo podría permitir que mi única hija pague un regalo que honrará su nuevo trabajo? Sobre todo ahora que vas a hacer trabajo del bueno y dejarás de aplastar a las masas al servicio de beneficios empresariales. —Mientras Val ponía los ojos en blanco, Callie abrió la puerta de atrás para entre ella y Loren sacar con sumo cuidado el largo y gordo rollo de tela—. Además, tengo una cámara espía oculta en el tapiz para poder vigilarte maternalmente.

—Espero que eso sea broma.

Siempre era difícil saber cúando bromeaba Callie, pero se imaginó que era otra broma porque su madre jamás la había sobreprotegido. Normalmente tenía una fe sublime en que ella era capaz de arreglárselas sola. Dudosa bendición.

Una vez dentro del edificio, Callie le dijo:

—Ve a mirar tu e-mail o a hacer cualquier cosa. Te llamaré cuando hayamos terminado de instalarlo.

De mala gana, Val se fue a su oficina. Ya era una niña grande, podía soportar el suspense de esperar para ver qué había hecho su madre.

Resultó que había tantos mensajes que se sorprendió cuando Callie asomó la cabeza por la puerta.

—Ya está —dijo. Se veía entusiasmada y algo nerviosa.

Val la siguió hasta la parte principal, el antiguo templo, y allí se detuvo en seco, impresionada, reverente. El tapiz tenía casi dos pisos de alto, y colgaba en una pared sin adornos pintada del color dorado suave que especificó Callie. Sedas, terciopelos y brocados se combinaban con plumas, cuero y otros materiales para formar un todo difícil de describir pero absolutamente hermoso. Trató de descifrar las imágenes, que sugerían pájaros volando, la balanza de la justicia y un sol naciente. Atravesó la parte del templo y alargó la mano para tocar una forma blanda que sobresalía como bajorrelieve.

—¡Dios mío, Callie, esto es lo mejor que has hecho en tu vida!

—¿De veras?

Sabiendo lo que se esperaba de ella, explicó con detalle todo lo que le encantaba del tapiz, acabando con:

—Si esto no te proporciona más trabajo, me lavaré las manos de la comunidad empresarial de Baltimore.

—Sí que salió bastante bien —dijo Callie contemplando su obra con orgullo—. Éste es el comienzo de un nuevo rumbo para mí, me parece.

Esa mujer alta, exuberante y de cabellos rojos veteados de blanco era una artista de los pies a la cabeza. Esa identidad era más importante para ella que lo que fuera nunca la maternidad, sospechaba Val.

En ese momento se abrió la puerta y una conocida voz dijo:

—Dios mío, ¡qué maravilla!

Val se giró a mirar a Rob, que venía seguido por un perro largo y bajo, de sólida constitución y un aura de calma zen. *Malcolm*, sin duda. Puesto que el perro fue derecho a echarse debajo del escritorio de Kendra, ella atravesó la sala hasta Rob. ¿Le gustaría a Callie? Seguro que se fijaría en que era guapo. Aunque le había desaparecido el aspecto de montañero, su pelo veteado mechones dorados y un poco largo reforzaba su aire de inconformista. Ése era un hombre que podía ser director o asesor, pero jamás un subalterno.

Decidiendo que podía dejar clara su relación con él a Callie, se puso de puntillas y lo besó. Él le devolvió el beso con entusiasmo, y ella casi se olvidó de apartarse. El resto para después.

—Mi madre acaba de instalar el tapiz. ¿No es una artista increíble?

—Sin duda. ¿Va a hacer fotografiar el tapiz para imprimir copias, señora Covington? Conozco a personas a las que les podría interesar su trabajo si ven una muestra de lo que sabe hacer.

Dado su pasado empresarial, era muy posible que sí conociera a esas personas, pensó Val. Mientras ella hacía las presentaciones, Callie miró a Rob con cierto escepticismo. Probablemente lo aceptaría sin reservas si él todavía llevara la barba, pero con la americana azul marino y los pantalones caqui se veía demasiado respetable para su gusto.

—Gracias por la idea —dijo Callie, pensando que el negocio es negocio—. Loren me va a abrir una página web. Dentro de un par de semanas estará en la red, con las fotos de este tapiz y de otras de obras mías. Val te lo dirá cuando ya esté.

Él asintió y estrechó la mano a Loren. Pasado un breve momento de charla insustancial, Callie y Loren se marcharon a reunirse con unos amigos para cenar. Entonces Val quedó libre para conocer a *Malcolm*.

—Qué modales más excelentes. No creo que haya otro igual entre un millón. —Se arrodilló a rascarle el cuello. *Malcom* emitió un suave gemido—. De hecho, apuesto a que no hay un perro como éste en ninguna parte.

—No aceptaré esa apuesta —sonrió Rob—, pero es un chico bueno. Le tomaré unas cuantas fotos y le llevaré alguna a Joe Cady. Su hermana Lucy es una señora muy simpática. Me dijo que no habría abandonado a *Malcolm*, pero que estaba feliz de que yo lo adoptara. Esta noche va a juntarse con una hermana para ir a ver a Joe.

—Me alegra que vaya a tener compañía. Qué día más maravilloso ha sido éste. —Extendió los brazos y se dio una vuelta completa, deseando volar—. Todo está saliendo tan bien que casi me asusta, Rob. Mi nuevo despacho está a punto para un fabuloso comienzo, estamos haciendo progresos el caso de Daniel, mañana tendré mi primer encuentro con Lyssie —sin aliento se echó en sus brazos—, y estás tú. ¿Qué más puedo pedir?

En los ojos de él vio la misma euforia que sentía ella. Rob la miró con una sonrisa exageradamente maliciosa.

—¿De veras que no se te ocurre nada ahora mismo?

Un apasionado beso llevó a otro y las emociones del día flamearon convirtiéndose en ardiente deseo. Ella ahuecó las manos en su cara y volvió a besarlo, susurrando:

—Mi madre dice que tiene instalada una cámara espía en el tapiz. ¿Veamos si podemos escandalizarla?

—Dudo que tu madre se escandalice fácilmente —dijo Rob, y riendo se dejó caer en la alfombra con Val en sus brazos—. Pero podemos intentarlo.

Ella pasó las manos por debajo de su camiseta para acariciarle el pecho, mientras él frotaba la cara en su cuello como haciéndole penetrar su esencia. Una remota parte de ella le dijo que tal vez esa buena suerte no podía durar. Pero eso era pura superstición. Había deseado cambiar su vida y la había cambiado. Nada sino dicha le aguardaba.

Capítulo 21

Arrellanada en el sofá con su chándal más cómodo, Kendra levantó la vista sorprendida cuando oyó girar una llave en la cerradura de la puerta. Cuatro personas tenían la llave de su casa y no esperaba a ninguna de ellas.

Se abrió la puerta y entró su hijo.

—¡Jason! —Dejó caer la revista y voló por la sala de estar a envolverlo en un fuerte abrazo—. No creí que llegaras a casa hasta el fin de semana. Hace tanto tiempo que te marchaste. —Se apartó dejando las manos en sus hombros—. Estás tan magnífico que me cuesta creer que estemos emparentados.

Y eso no era sólo amor materno. Con su más de metro ochenta, como su padre, hombros anchos y figura de atleta, y vestido con su uniforme de cadete de las Fuerzas Aéreas, estaba guapísimo. Le tocó amorosamente la insignia del uniforme.

—Estaba esperando ver esto. La estrella académica más importante, con la corona de laurel para premiar tu liderazgo militar y con el rayo por ser un atleta sobresaliente. Éste es mi chico. Será mejor que te pongas ropa de civil antes de que las chicas comiencen a echarnos abajo la puerta.

Él dejó su bolsa de lona en el suelo muy serio.

—Pedí permiso para comenzar mis vacaciones dos días antes por motivos familiares, y tuve la suerte de que me llevaran en coche hasta la base Andrew de las Fuerzas Aéreas.

Kendra comenzó a ponerse nerviosa. No era propio de su risueño hijo estar tan serio.

—¿Motivos familiares? ¿Ha pasado algo? ¿Alguna de tus ex novias ha asegurado que la golpeaste?

Él le cogió el brazo y la llevó del recibidor a la sala de estar. Era un adulto amilanador, pensó ella. Por su mente pasaron las palabras «oficial y caballero».

—Me estás poniendo nerviosa, Jay.

—Tal vez te convenga sentarte.

Diciéndose que él se veía sano y entero y que por lo tanto no le había ocurrido nada malo, Kendra siguió su consejo y volvió a sentarse en el sofá, pero mucho menos relajada. Él se quedó de pie con las manos cogidas a la espalda, con el pulso latiendo en su garganta, prueba de que no estaba tan tranquilo como aparentaba.

—De acuerdo, Jay, sé franco conmigo. ¿Qué pasa?

Él le sostuvo la mirada, sus ojos ardiendo de pena y rabia.

—¿Por qué tuve que enterarme de quién es mi verdadero padre por una compañera de clase?

—¿Qué dices? —exclamó ella sintiendo que la sangre le abandonaba la cara.

—El mundo es pequeño. Una de mis compañeras de clase, Cass Murphy, es de Baltimore, así que, lógicamente, nos conocemos. Anoche pasó por mi habitación y me dijo que su tío Cal había defendido a mi padre, Daniel Monroe, cuando lo juzgaron por asesinato. Como es una buena chica, me ofreció sus condolencias por el hecho de que lo van a ejecutar dentro de unas semanas.

O sea que después que Val habló con el abogado de oficio, éste debió enviarle un e-mail a su sobrina para contarle la coincidencia, y ése era el resultado. Mientras ella trataba de decidir qué decirle, Jason le dijo secamente:

—¡Ni se te ocurra mentirme! Hice un seguimiento del caso por la web, así que conozco todos los detalles. Sé cómo es Monroe. En el momento que lo condenaron por asesinato tenía mi edad. —La piel se le tensó sobre los pómulos—. ¿Cómo pudiste dejarme crecer sin saber que... que mi verdadero padre es un asesino?

Kendra bajó la cabeza y la escondió entre las manos, con las sienes palpitantes. En caso de duda, di la verdad. Levantando la vista, le dijo:

—No te lo dije porque Daniel no quería que lo supieras. Pensaba que aunque fuera inocente, sería terrible para ti crecer sabiendo que su padre estaba en la cárcel acusado de asesinato. Hemos discutido muchas veces acerca de esto. Yo comprendía su argumento cuando eras más pequeño, pero cuanto más crecías más me preocupaba que no supieras la verdad.

—¿Philip Brooks sabía que no era mi verdadero padre, o también le mentiste a él?

—¡Claro que lo sabía! Tú tenías casi cuatro años cuando Phil y yo nos casamos. Y no te atrevas a decir que Phil no era tu verdadero padre. Te adoptó, te crió y te amó. Eras su orgullo y alegría, y lo sabes.

—Entonces si Phil era mi verdadero padre, ¿quién es Daniel Monroe? ¿Un donante de semen? ¡Fabuloso el conjunto de genes que he heredado! —Torció el gesto—. Naturalmente es inocente. ¿No lo son todos los hombres que están en el corredor de la muerte?

Kendra se tragó la oleada de rabia. El chico podía parecer un adulto, pero sólo tenía diecinueve años.

—Tienes todo el derecho a sentirte dolido, pero no te pases. Tienes dos padres, los dos hombres buenos. Daniel fue un poco alocado cuando era joven, pero se había enderezado. Estábamos planeando nuestra boda cuando lo arrestaron. Tú has preguntado, así que ahora siéntate y escucha la respuesta.

Él vaciló, repentinamente pareció muy cansado. Comprendiendo que había soportado un largo y torturante día desde que Cass Murphy, inconscientemente, le dio la noticia, Kendra se levantó y le pasó el brazo por los hombros.

—Tienes que tener hambre. ¿Qué te parece una limonada fresca, unas lonchas de jamón y una ensalada de patatas?

—Me vendría estupendamente. No dormí mucho anoche. —Su voz sonaba casi infantil—. Mamá, ¿cómo es posible que haya estado tanto tiempo ignorando algo tan elemental acerca de mí? Mi padre podría haber muerto y yo no lo habría sabido jamás.

Ella lo guió hacia la cocina, deseando haber obedecido a sus instintos y desatendido los deseos de Daniel.

—Aunque Daniel es pesimista, yo creo que estamos a punto de lograr que le conmuten la sentencia. Si no... —tragó saliva—.

Durante años me he preguntado cómo podría justificarlo ante ti si lo ejecutaban antes que lo supieras.

—No podrías haberlo justificado de ninguna manera —dijo él con vehemencia.

—Eso me temía. —Movió la cabeza—. Ocultar la verdad es difícil. Sólo hace un par de días vi al hermanastro de Daniel, a Luke. Está dolido porque te he mantenido alejado de ese lado de tu familia.

La expresión sorprendida de Jason indicó que no había pensado en eso.

—¿Tengo más parientes de los que no sé nada?

—Unos cuantos aquí en Baltimore, y en su mayoría son bastante simpáticos. Por el lado de la familia de Phil a todo lo largo del Mississippi nunca has tenido suficientes primos. Tienes unos diez días de permiso, ¿verdad? Puedo organizar una comida con la familia Monroe si quieres. Uno de tus primos Monroe está en la Academia Naval. Tenéis mucho en común.

Él se pasó la mano por el pelo corto de militar.

—No sé... Tal vez. Lo pensaré después, cuando sepa quién diablos soy.

Llegaron a la cocina y Jason se sentó en su silla de siempre mientras ella servía limonada para los dos. Después cortó lonchas de jamón y le preparó un plato de ensalada de patatas con encurtidos. Esperó a que él comiera un poco para preguntarle:

—¿Preparado para oír toda la historia?

—Creo que sí. —La miró francamente—. ¿De verdad es inocente?

Ella le sostuvo la mirada.

—Como que Dios es mi testigo, a Daniel lo condenaron erróneamente. Lo sé porque yo estaba con él cuando ocurrió el asesinato; pero ni el fiscal ni el jurado me creyeron. Acabamos de enterarnos de que dos de los testigos oculares mintieron para proteger al culpable, que era quien les vendía droga.

—¿Y el tercero?

—Se equivocó. Eso sucede a menudo, sobre todo cuando la luz es mala y está ocurriendo algo horroroso.

Jason espiró el aire y se le evaporó parte de la tensión.

—O sea que a mi padre lo condenaron porque necesitaban

condenar a alguien y él era negro, coincidía con la descripción del asesino y estaba a mano.

—Sí, más o menos eso lo resume todo; ese suceso hizo que nos cambiara la vida a todos.

Le explicó la conocida historia con voz enérgica, contestando todas las preguntas que fue intercalando Jason.

Cuando terminó, él dijo:

—Quiero conocerlo.

—Ya es hora. —Puso la mano sobre la de él—. La cárcel no es fácil, Jay. Daniel ha tenido que ser duro para sobrevivir, pero es un hombre bueno que ha aprendido mucho de la manera más difícil. Dale una oportunidad, y recuerda que ocultó la verdad por tu bien. ¿No crees que saberlo habría hecho más difícil tu vida cuando estabas creciendo?

Jason desvió la mirada.

—Seguramente. Pero lo fácil no siempre es lo mejor.

—Tienes razón —concedió ella—, pero cuando tienes hijos tu instinto te impulsa a protegerlos, aun cuando eso no siempre sea lo mejor. Al principio yo estaba tan dolida por el juicio y la injusticia que sólo deseaba enterrar todo ese horrible tema. Pensar en ello me dolía.

Él la miró atentamente, sus ojos más suaves.

—Debías de tener la edad que tengo yo ahora. Debió ser muy duro para ti.

—Hacemos lo que tenemos que hacer.

Recordó el avasallador terror que experimentó en ese tiempo. La familia de Daniel la ayudó todo lo que pudo, y ella lo agradeció alejando a Jason de ellos. Entonces le había parecido lo correcto.

—Te tenía que cuidar —continuó—, y no quería continuar viviendo de la asistencia social más tiempo del necesario, porque mi madre me crió para ser independiente.

—¿Recibimos ayuda del Estado? —exclamó él escandalizado.

A ella le divirtió su reacción.

—No hay mucho en esa parte de mi vida que desee recordar, pero tienes derecho a saber lo que pasó. El programa en que estaba me daba manutención, guardería y atención médica para ti mientras yo recibía formación para encontrar un empleo. Quizá eso te suena mejor que asistencia social.

—No mucho mejor —dijo él arrugando la nariz—. ¿Tratasteis de tener hijos tú y papá?

—Lo intentamos. Y fracasamos. —Le tocó a ella desviar la vista. Cuánto había deseado tener un bebé con Phil. Hubiera querido tener una niña con la dulce sonrisa de su padre—. ¿Quieres conocer a Daniel mañana? Está en la SuperMax del centro.

—Mañana es demasiado pronto —contestó Jason—. Tal vez a comienzo de la próxima semana. Por ahora, sólo deseo estar en casa. —Suspiró y cogió el último encurtido—. Hubo veces este año en que lo único que deseaba era estar de vuelta en Baltimore, en mi cama. Tener una vida normal, como cuando estaba en el colegio, antes de que papá..., Phil, muriera. Pero la vida no volverá a ser nunca así.

Ella le apretó la mano.

—Creo que no. Cuando somos pequeños nuestros mundos nos parecen inmutables. Luego nos hacemos adultos y la vida nos ofrece un cambio detrás de otro. Pero normalmente hay compensaciones una vez que nos acostumbramos a la nueva situación. Pero te gusta estar en las Fuerzas Aéreas ¿verdad? —Cuando él asintió, continuó—. Y aunque no volverás a ver a Phil en esta vida, pronto vas a conocer a tu otro padre. No será igual que con Phil, pero puedes tener una relación importante con él. —Echó atrás la silla y se levantó—. ¿Qué tal una torta de fresas ahora?

A él se le relajó la cara y sonrió:

—Estupendo. A veces soñaba con comer torta de fresas en Colorado.

Ella estaba sacando el bol con fresas del refrigerador cuando él le preguntó en voz baja:

—Mamá, ¿amabas a mi padre? ¿A Phil?

Ella dejó el tazón en la mesa de la cocina y se volvió a mirarlo.

—Daniel fue el amor de mi juventud y nunca dejaré de quererlo. Si no hubiera sido la víctima de una horrible injusticia, nos habríamos casado y supongo que hubiéramos sido felices. Pero también amaba a Phil. No hubo un solo día de nuestro matrimonio en que no agradeciera que él fuera mi marido. Sabes cómo fue después que murió, los dos anduvimos atontados durante meses. Tus notas bajaron a aprobado ese semestre, y yo andaba como sonámbula en el trabajo. Tuve suerte de que no me despidieran. Phil fue una de las mejores cosas que me han ocurrido en mi vida.

Jason se levantó y la rodeó con los brazos. Su enorme altura la hacía sentirse bajita.

—Amar es tu don, mamá. Tengo suerte de ser tu hijo.

Ella le devolvió el abrazo con lágrimas en los ojos. Gracias a Dios, la sobrina de Cal Murphy precipitó esa conversación aclaratoria. Incluso Daniel estaría contento al final. Eso esperaba.

Con la agenda sobrecargada como siempre, Val calculó demasiado justo su tiempo y llegó con diez minutos de retraso su cita con Lyssie Armstrong. La niña la hizo pasar con la expresión reservada, pero con su pelo pulcramente recogido con una primorosa goma forrada en tela, y su camiseta y tejanos inmaculados.

—Siento llegar tarde —se disculpó—. Estaba redactando una petición y perdí la noción del tiempo, y luego me encontré con problemas de tráfico.

Lyssie se acomodó las gafas empujándolas por el puente con el índice.

—Empezaba a pensar que no vendrías.

Val abrió la boca para contestar que no se habría tomado tanto trabajo para ser una hermana mayor si no estuviera comprometida, pero se contuvo al comprender que era la inseguridad la que había hecho decir tal cosa a Lyssie, no la razón. Su esmero para vestirse indicaba lo importante que era esa tarde para ella, lo cual quería decir que tal vez estaba nerviosa.

—Siempre vendré, Lyssie, aunque no puedo prometer que siempre seré todo lo puntual que debiera. Te daré una de mis tarjetas de trabajo con el número de mi móvil, para que puedas llamarme en cualquier momento, en especial cuando me retrase.

La niña ladeó la cabeza.

—¿En cualquier momento?

—Sí. —Sacó su billetero del bolso y le pasó una tarjeta—. Si estoy en una reunión o no puedo hablar por alguna razón, tendrás que dejar un mensaje, pero te prometo que te llamaré tan pronto como pueda.

Lyssie hizo girar la tarjeta entre los dedos.

—¿De verdad no te importará?

—No, de verdad. —Arrugó la nariz—. Pero es mejor que te

confiese que muchas veces tengo demasiado trabajo y tengo que correr. Siempre me las arreglo para hacer todo lo que prometo, lo que pasa es que a veces me lleva un tiempo, y también hay veces en que no tengo más remedio que poner el trabajo en primer lugar.

—Paseó la mirada por la pequeña y pulcra sala de estar—. ¿Está tu abuela en casa? Querría saludarla antes de que nos marchemos.

—Está en el patio de atrás.

Lyssie echó a andar delante de Val; pasaron por la cocina y bajaron unos cuantos peldaños hasta un patio con suelo de hormigón, sombreado por un toldo y rodeado de jardineras hechas de neumáticos, todas a rebosar de coloridos geranios, petunias y otras plantas anuales. En el centro, bajo el toldo, había una mesa y sillas. Louise estaba sentada ante la mesa con una bebida con hielo y una revista en la mano; en la silla de en frente había un gato durmiendo.

—Hola —saludó Val. Se inclinó a acariciar al gato y obtuvo un suave ronroneo por respuesta—. Me llevo a Lyssie. La traeré de vuelta alrededor de las seis.

—Que lo paséis muy bien. Me hace ilusión una tarde sin hacer nada.

Val pensó que la anciana se veía relajada pero que no se encontraba bien. Pero era prematuro preguntarle por su salud, la relación era muy reciente.

—Toda la semana he estado esperando este momento. Nunca tengo mucho tiempo para divertirme, así que aprovecharé el tiempo que pase con Lyssie como pretexto para hacerlo.

Por la cara de Lyssie pasó una fugaz sonrisa. Después le dio un beso en la mejilla a su abuela.

Salieron, y cuando ya estaban instaladas en el coche, preguntó:

—¿Dónde está la tienda para comprar material de manualidades?

—En Towson. Es una tienda enorme, con cosas increíbles. Nos costará decidir por dónde empezar.

Sacó el coche del aparcamiento junto a la acera y puso rumbo a la autopista Jones Falls. Por fin se decidió a preguntar a Lyssie algo en lo que había estado pensando desde hacía días.

—Siempre me ha fascinado la diversidad de procedencia de la gente de nuestro país, pero me resulta difícil adivinar cuál es el lugar de origen de tu familia. ¿Sabes de dónde proceden tus antepasados?

Lyssie se animó.

—Llegaron de todas partes, de Escocia, de África, de España y de Alemania. Pero la más interesante es mi abuela, es medio inglesa y medio india lumbee. Hay bastantes lumbee en Baltimore, ¿sabes?

—He leído acerca del centro comunitario lumbee de la ciudad, pero no sé mucho de la tribu, aparte de que no están reconocidos federalmente. No son originarios de Maryland, ¿verdad?

—La tierra natal de la tribu está en Carolina del Norte, principalmente a lo largo del río Lumbee. Es la tribu más grande del este del Mississippi. Hay discusiones acerca de las raíces tribales, pero nuestros jefes están intentando obtener el reconocimiento federal. Se dice que en la tribu lumbee, que en ese tiempo se llamaba cherow, acogieron a los colonos ingleses perdidos de Roanoke, y que también dieron refugio a esclavos fugados. Por eso los lumbee no se parecen a otras tribus indias.

Notando el uso del adjetivo «nuestro» al referirse a los jefes, Val dijo:

—Parece que es un pueblo generoso. ¿Puedes ser miembro de la tribu con un octavo de su sangre?

Lyssie asintió vigorosamente.

—Sí, para pertenecer a la tribu hay que buscar de quién desciendes en los Documentos Fuente y mantenerte en contacto con la tribu. Lo de mantenerse en contacto está en la constitución de la tribu. Yo lo hago a través del centro comunitario de aquí. —Pasado un momento añadió—: Mi madre no quería saber nada de su sangre india, pero a mi abuela le gusta, y yo me enorgullezco de la mía. Ella me cuenta historias de su madre, y dice que tal vez algún día podamos ir a Carolina del Norte a visitar a nuestros primos.

Val escuchó impresionada cuando la niña pasó a contar la historia de la tribu. Estaba claro que su hermanita había hecho un serio estudio del tema. Cuando acabó, le dijo:

—Apuesto a que se pueden contar historias maravillosas sobre la tribu lumbee.

—Ya he escrito historias acerca de ellos —dijo Lyssie tímidamente.

—¿Sí? ¿Me cuentas una?

Lyssie no se hizo de rogar. Con la voz preñada de entusiasmo, se lanzó a narrar una animada historia de una niña inglesa de la colonia Roanoke y un guapo joven cheraw que la salvó de morir de hambre y la devolvió a su casa. Cuando la historia llegó al final feliz después de muchas aventuras, Val le dijo:

—Es fabulosa, Lyssie. Si quieres ser escritora, creo que tienes talento para ello.

Lyssie pareció desear aceptar el cumplido, pero no se atrevió.

—¿Los abogados también sabéis contar historias?

—¡Vaya si sabemos! —Val sonrió de oreja a oreja—. He trabajado también con una actriz, cuando estaba escribiendo el guión para una película que quería dirigir. Ayudándola aprendí muchísimo sobre la mecánica de lo que hace interesante las historias.

—¿Y se hizo la película?

—Pues sí que se hizo. —Val decidió dejar para otro día la historia de la película de Rainey, porque en ese momento estaban entrando en el aparcamiento de la tienda—. ¿Estás preparada para impresionarte?

Lyssie bajó de un salto del coche y entraron en la inmensa tienda. La niña sólo había dado unos pasos cuando se paró en seco, con los ojos abiertos como platos ante la explosión de colores, aromas y objetos.

—¡Impresionante!

—Seguro. ¿Por dónde te gustaría comenzar? —Val miró alrededor—. Hace un par de años que no he venido aquí, así que es probable que hayan añadido nuevas secciones. Sé que hay pasillos y pasillos de materiales para hacer trabajos manuales, marcos, láminas, material para álbumes de recortes y para hacer joyas y arreglos florales, todas las cosas brillantes que puedas usar en toda una vida.

—Empecemos por ahí —dijo Lyssie apuntando hacia el centro de la tienda, justo en frente de ellas.

En ese momento estaban rebajadas las flores de seda de y había montones de cubos repletos de ellas.

—Son fantásticas estas hortensias de seda, ¿verdad? —comentó Val comparando dos tallos con hortensias de color crema—. Las flores pequeñas me gustan más que las de pétalos grandes, y éstas se verían fabulosas si se arreglan bien.

Mientras Lyssie asentía muy seria y elegía varios tallos de hortensias de colores malva y borgoña, Val se hizo con un carrito de compra.

—Normalmente los arreglos se hacen en floreros, cestas, y a veces sobre coronas de tallos de enredadera —explicó—. Comencemos por elegir las flores que queremos y luego buscaremos contenedores que les hagan justicia.

Avanzaron felices alrededor de la isla de flores, y cuando acabaron el circuito, ya tenían medio lleno el carrito.

—Ahora a las plantas secas. Muchas sólo son malezas interesantes pero quedan bien mezcladas con las flores de seda y le dan un aspecto más natural al arreglo. —Val continuó adentrándose en la tienda y de pronto giró con el carro por un pasillo a la derecha—. Me encanta esta sección. Huele a un campo de heno en verano.

Lyssie cogió un envoltorio de celofán que contenía media docena de espigas de trigo secas con largas y delicadas espiguillas.

—Había visto fotos de espigas, pero nunca las había visto al natural.

—Pon un par de esos ramos en el carro y algunas de esas azucenas secas también. Creo que irradian como estrellas.

Lyssie se mordió el labio.

—Esto va a salir tremendamente caro.

—No será barato —convino Val—, pero puedo permitírmelo, haremos algo hermoso y lo pasaremos en grande. Durante años he trabajado tanto que no he tenido tiempo para hacer estas cosas y, maldita sea, quiero pasarlo bien contigo.

—Por mí estupendo... —Sonriendo, Lyssie eligió una brazada de distintos tipos de plantas secas. Pasó la mano por ramos de eucalipto rojo de largos tallos—. Me encanta la fragancia de los eucaliptos. Huelen como los pinos, pero no exactamente.

Val cogió un ramo e hizo una profunda inspiración.

—El olor de California. Dos de mis viejas amigas de la escuela se trasladaron allí, y siempre que voy a visitarlas procuro pasar algún tiempo conduciendo por los bosques de eucaliptos. Los árboles son originarios de Australia, y se adaptaron muy bien en California, como todos los inmigrantes. Alguien me dijo que el eucalipto vive de la bruma costera, pero no sé si eso es cierto.

—Me encantaría visitar California algún día —dijo Lyssie pensativa—. Tal vez incluso Australia.

—Entonces algún día lo harás, después de ver Carolina del Norte. —Al ver la expresión escéptica de la niña, continuó—: Es posible, Lyssie. No podemos tener todo lo que deseamos en la vida, pero normalmente conseguimos lo que más deseamos. Si deseas viajar, seguramente podrás hacerlo algún día. Viajar no es lo más difícil de conseguir en la vida.

—¿Qué es lo más difícil?

Val siempre había oído decir que los niños hacen preguntas difíciles. Cruzó los brazos sobre la barra del carro de compras pensativa.

—Bueno, es francamente difícil tener una buena relación con alguien que no desea tenerla. Hacen falta dos personas para formar una amistad o tener una relación de pareja, pero sólo es necesaria una para ponerle fin.

La carita de Lyssie se veló.

—Sobre todo si esa persona tiene una pistola.

Val hizo un gesto de pena.

—Eso me temo. Pero por lo general no es tan dramático. La mayoría de las relaciones que no ocurren nunca son como cuando te cae bien una chica para ser amiga, pero ella ya tiene muchas amigas, o un chico con el que te gustaría salir, pero él sólo invita a chicas altas y rubias. Puedes ganar el dinero para ir a Australia, pero probablemente no puedes hacer cambiar los gustos del chico que le gustan las rubias altas para que le gusten las bajas y pelirrojas.

—Pero en alguna parte hay una rubia alta a la que le gusta un chico al que sólo le gustan las pelirrojas bajas.

Val se echó a reír.

—Exactamente. El rayo de esperanza es que muchas veces la chica que creías muy guay y deseabas por amiga resulta ser mucho menos interesante que la niña callada del asiento de al lado. —Sacó más ramos de eucaliptos verdes, azulados y rojos—. ¿Vamos a ver los cestos?

Lyssie asintió y se adentraron más en la tienda. Hasta el momento, muy bien, decidió Val. Un emparejamiento hermana mayor/hermana pequeña tenía que ser divertido, y ése lo era.

Capítulo 22

La noche del viernes con Val, y ahora la del sábado también. Mientras tocaba el timbre, Rob decidió que podría aficionarse a hacer eso periódicamente.

—¡Hola! —Ella abrió la puerta ataviada con un informal vestido largo de verano. Miró al suelo y añadió—. ¿Y *Malcolm*?

—No quise molestar a los gatos. Ni a *Malcolm*, ya que sería él solo contra dos.

Entró y cerró la puerta antes de que se escaparan los gatos. Después la envolvió en un abrazo.

—¡Qué ganas tenía de verte, Valentine! ¿Qué mejor manera de acabar un día largo y caluroso que en los brazos de una estupenda mujer bajita?

Ella se frotó contra él como uno de sus gatos.

—Espero que eso sea un cumplido.

—Lo es. —Apoyó la mejilla en sus rizos sintiendo desaparecer la tensión—. No se me ocurre nada que sea más agradable que llegar a casa y estar contigo, aunque ésta no sea mi casa.

Ella se rió.

—No soy June Cleaver.

—Seguro, tú eres mucho más sexy. June necesitaba hacerse una vida. Siempre sospeché que cuando los niños crecieron, ella dejó a Ward, fue a la Facultad de Derecho y se convirtió en una defensora del medio ambiente.

—¡Qué idea más deliciosa! —Soltándose del abrazo, le pasó un brazo por el de él y lo condujo a la cocina—. La cena no está lista todavía, pero lo estará pronto.

Él se detuvo a mirar dos arreglos de flores de seda que estaban en el suelo, uno en un cesto grande y el otro en un jarrón estilo mediterráneo antiguo.

—Son muy bonitos. ¿Pasaste la tarde con Lyssie comprando?

—Primero fuimos a comprar y luego hicimos los arreglos —repuso ella contemplando con cariño sus obras—. Puesto que tengo toda una enorme iglesia para decorar, pensé que podría poner algunos cestos grandes para alegrar los rincones aburridos. Lyssie hizo el arreglo del jarrón griego. Bonito, ¿verdad? Me lo dio para la oficina y luego hizo uno en una preciosa corona de laurel para su abuela. La próxima semana probaremos con centros de mesa.

Él trató de recordar si alguna vez había prestado atención a arreglos florales.

—Sí que alegrarán tu oficina, pero me sorprende un poco que disfrutes haciendo esto. Siendo una artista tu madre, yo habría pensado que preferirías trabajar en algo más... más complejo.

Val hizo una mueca.

—Lo haría si pudiera, pero no tengo talento artístico. Eso lo comprendí muy pronto, pues Callie es absolutamente increíble. No sólo es un artista con telas, sino también en dibujo, pintura, cerámica. Di lo que se te ocurra y ella sabe hacerlo. Mi amiga Laurel es una artista nata, como Callie, y siempre se han llevado a las mil maravillas. Fue una enorme desilusión para mi madre y para mí que yo no tuviera ningún talento creativo, pero incluso una chica sin talento es capaz de hacer un arreglo decente de flores de seda. Es agradable y satisface la necesidad de hacer algo bonito.

Él detectó la tristeza bajo el tono alegre.

—Puede que no tengas el talento artístico de Callie, pocas personas lo tienen, pero creas entornos maravillosos, armoniosos, y tienes un gusto excelente para vestirte.

Val sonrió satisfecha.

—Qué cosas más maravillosas dices. Creo que te conservaré.

A él le habría encantado pensar que eso lo decía en serio, pero sabía reconocer cuándo alguien estaba bromeando.

—Todos tenemos nuestros talentos. A mí se me da bien las cosas mecánicas y la informática. Tú eres una chica que tiene el don de la palabra. Aunque no tengas el talento artístico de tu madre, heredaste el cerebro legalista de tu padre, y normalmente la abogacía paga muchísimo más que el arte.

—Cierto, pero mi madre artista lo pasa muchísimo mejor que mi padre abogado. —Continuó llevándolo hacia la cocina—. ¿Quieres relajarte con una copa de chardonnay mientras yo preparo la ensalada y la pasta para los camarones en salsa al brandy?

—Por favor.

Le encantaban las dotes domésticas de Val, tanto como adoraba su delicioso cuerpo y su inteligencia aguda. Janice y él siempre estaban tan ocupados que se limitaban a encontrarse para una cena tardía y para luego ir a la casa de él o a la de ella para pasar la noche. Era excepcional incluso compartir el café y las tostadas a la mañana siguiente. Sonrió al pensar que con un marido, un bebé y un perro, Janice estaría probablemente harta de vida hogareña. Pero al parecer estaba feliz con eso. La última vez que hablaron, hacía un año más o menos, fue cuando él la llamó para felicitarla por la publicación de su primer juego de ordenador para preescolares. En ese tiempo crear una familia a él le parecía un sueño fuera de su alcance, pero tal vez si cortejaba a Val con suficiente paciencia le sería posible tener el verdadero hogar acogedor que siempre había deseado.

Val sirvió el vino blanco y le pasó la copa.

—Tuve un buen comienzo al redactar la petición de Daniel esta mañana —dijo.

—¿Qué ocurrirá cuando esté lista?

—Enviaré copias a la fiscalía del Estado y al juez de sala que juzgó a Daniel, dado que sigue en el puesto. No hace falta decir que lo enviaré como urgente. —Se estremeció—. Ya faltan sólo tres semanas. Encuentro tan... tan raro observar esta intencionada cuenta atrás para la muerte. Es cosa de bárbaros.

—Sí. —Tomó un sorbo del vino frío—. ¿Qué hará el juez?

—Celebrar una vista en la sala pública o en su despacho. Si no me equivoco, creo probable que el juez Giordano opte por su despacho. Yo estaré allí para alegar los méritos de la nueva prueba, y de la fiscalía del Estado enviará a alguien para explicar que la sentencia fue correcta y que Daniel merece arder en el infierno. —Frunció el ceño y continuó—: Cal Murphy dice que Giordano es justo pero del tipo duro. No es santo de mi devoción. Pero su sala es el lugar lógico para que comencemos.

—¿Puedo asistir a la vista?

—Es posible. Depende de lo que quiera el juez. Pediré permiso para llevaros a ti y a Kendra. Que en la vista hay personas que no son letradas sería insólito pero no inaudito.

—¿Crees que Kendra debe asistir a la vista? Será doloroso.

Val lo miró seria.

—No seas sobreprotector. Kendra es una mujer fuerte, muy fuerte, que lleva años luchando por Daniel. A ella le corresponde decidir si desea o no asistir a una vista, o a la ejecución, si llega el caso.

—Tal vez tengas razón. Sólo estaba pensando en todas las sesiones del tribunal a las que asistí durante el paso de Jeff por el sistema judicial. —Apretó la mano en la copa—. Horrible.

—No me cabe duda —dijo ella tranquilamente—. Pero tenías la opción de asistir o no, y elegiste asistir. Lo fácil no siempre es lo mejor.

—Supongo que no —suspiró él—. Toda esta pesada maquinaria de la pena capital es un largo ejercicio de tortura para todos los involucrados.

—Estoy empezando a estar de acuerdo contigo —repuso ella. Abrió el refrigerador y sacó un bol con ensalada de diversos tipos de hortalizas—. ¿Has tenido un día productivo?

—No estuvo mal. Por la tarde tuve que dar una clase sobre instalación y acabado de Sheetrock a unos chicos del centro comunitario, pero por la mañana logré dar con un compañero de celda de Omar Benson.

Por un momento Val dejó de mezclar la ensalada con el aliño.

—¿Y?

—Dice que Benson se jactó varias veces de haber matado a un policía y haber salido impune.

—¡Fantástico! ¿Y está dispuesto a decir eso ante un tribunal?

—Puesto que Benson ya no está, sí. Era un tipo cruel. Todo el mundo le tenía miedo cuando estaba vivo. Ese compañero de celda está en libertad condicional, trabaja como mecánico, y no le gusta la idea de que muera otro por el crimen de Omar.

—Excelente. Es un testimonio que puede ser convincente, y el juez puede tomarlo en cuenta si quiere. —Acabó de aliñar la ensalada y la espolvoreó con un puñado de anacardos triturados—. No sólo tenemos el testimonio de que Daniel estaba en otra parte cuando mataron a Malloy, también hemos localizado al probable asesino. ¿Crees que podrías encontrar a otras personas que pudieron haber oído jactarse a Omar de lo que hizo? Presentaré mi petición al final de esta semana, espero, y cuanto más material de apoyo tengamos, mejor.

—Tengo pistas sobre otros conocidos de Omar Benson, aunque muchos de los que lo conocieron bien ya han muerto. —Volvió a sacudir la cabeza—. Qué desperdicio de potencial humano.

Sonó el teléfono móvil que llevaba en el cinturón en el momento en que Val dejaba caer una buena porción de *fetuccini* en la olla con agua hirviendo.

—Lo siento, creí que lo tenía apagado. ¿Te importa si contesto?

—Ningún problema. Aún faltan unos minutos para la cena —repuso ella entrando en el comedor para poner la mesa.

Él pulsó el botón para contestar la llamada.

—¿Diga? Aquí Rob.

—¿Señor Smith? Soy Lucy Morrison.

Él reconoció la voz dulce de la hermana de Joe Cady.

—Hola. ¿Quiere saber cómo está *Malcolm*? Está muy bien. Hoy le tomé unas cuantas fotos. Cuando estén reveladas, el lunes, llevaré unas copias al hospital para que las vea Joe. Le advierto que si quiere recuperar a ese perro tendrá que actuar rápido. Al final de la próxima semana no soportaré perderlo. Es un perro fabuloso.

—No llamaba por el perro —dijo Lucy lanzando un suspiro—. Joe... Joe murió esta tarde. Pensé que le interesaría saberlo.

A Rob se le evaporó la alegría.

—Cuánto lo siento. Sabía que estaba muy mal, pero no creí... no pensé que fuera tan pronto. —Recordó los ojos atormentados de Joe, y su disposición a enderezar las cosas—. Espero que el fin haya sido apacible.

—Sí, lo fue. Estábamos todos con él; mi hermano, mi hermana y yo, todos los que recordábamos lo que fue en otro tiempo. —Se le cortó la voz—. Hacía unas semanas que no lo visitaba, así que ese día que vino usted por el perro y me dijo que estaba muy mal, fui a verle por la noche con mi hermana. Estaba feliz de vernos. Le llevé pan de maíz calentito. Se puso muy contento, aunque no pudo tragar más de un bocado. Antes de marcharnos hablamos con la enfermera jefe de esa planta. Esta mañana llamó ella para decirnos que el fin estaba cerca. A mí me parece que... tal vez Joe había estado esperando despedirse de su familia para disponerse a morir.

Rob cerró los ojos.

—Mi hermano no murió de un modo tan apacible. Me alegro de que Joe sí.

—Yo también, y tengo que agradecerle a usted que fuera así. Yo tenía la cabeza metida en la arena, no quería enfrentarme al dolor. De esta manera se ha hecho mucha curación al final.

—Si hay algo que yo pueda hacer...

Lucy pareció pensarlo; al cabo de un momento dijo:

—Tal vez podría enviarme algunas de esas fotos de *Malcolm*; las pondré en el ataúd. Joe quería muchísimo a ese perro.

Rob le prometió llevárselas el lunes, cuando estuvieran reveladas. Después de ofrecerle el pésame otra vez, colgó.

Val estaba mirando desde la puerta del comedor.

—¿Ha muerto Joe Cady?

Él asintió.

—Por lo menos su familia estaba con él.

—Que descanse en paz. Pobre hombre.

Sonó un temporizador y ella fue a quitar la olla con la pasta del fuego.

—Me alegro de que grabáramos ese vídeo cuando lo hicimos —dijo, vaciando los *fetuccini* en el colador—, y lamento que él no vaya a estar disponible en el caso de que en la fiscalía del Estado deseen entrevistarlo.

—¿Crees que eso habría influido a favor de la petición?

—No lo sé. Probablemente no. —Dejando de lado la preparación de la cena, se acercó a Rob para darle un fuerte abrazo—. Qué día éste. Necesitas más vino y una buena cena. Y la próxima vez que vengas trae a *Malcolm*. Es hora de que conozca a *Damocles* y a *Lilith*.

Eso sonaba claramente a relación seria. La estrechó en sus brazos para consolarse con la dulzura de su cuerpo.

Pero no pudo eludir los dolorosos pensamientos sobre su hermano y su triste muerte.

Después de pensarlo mucho, indecisa, Kendra llegó a la conclusión de que sería mejor no decirle a Daniel que llevaría a Jason a la SuperMax, porque podría negarse a verlos. Si ocurría eso, cabía la posibilidad de que no hubiera otra oportunidad. Llevaba tantos años viviendo con la perspectiva de la muerte de Daniel que la inminente ejecución no le parecía muy real. Sin embargo, de vez en cuando la realidad de que podrían matarlo a sangre fría le golpeaba las entrañas como un martillo.

Cuando los dos pasaron por los controles de seguridad de la prisión, ella observó el método como si lo viera por primera vez. A Jason lo impresionó el ambiente de la cárcel, pero estaba decidido a controlar sus emociones.

—¿Estás seguro de que quieres hacer esto? —le preguntó mientras él se sometía al cacheo.

—Sí —contestó él sin más.

A ella le alegró que así fuera. Por difícil que resultara esa visita, sería mejor que si Jason se enteraba de que su padre había muerto sin haberlo conocido.

Cuando llegaron a la sala de visitas, ella se sentó en la silla junto al teléfono y Jason se quedó discretamente de pie junto a la puerta. Pasados unos cinco minutos, se abrió la puerta de los presidiarios y entró Daniel escoltado por los dos guardias. Se sentó sonriendo a Kendra y cogió el teléfono de su lado de la mampara.

—No te esperaba, preciosa.

—Te tengo una sorpresa —le dijo Kendra volviéndose a medias y haciendo un gesto a Jason.

Daniel miró al frente. Dado que Jason vestía su uniforme de las Fuerzas Aéreas, tal vez había registrado vagamente su presencia como un guardia, pero lo reconoció al instante al verle la cara.

—¡No! No debería estar aquí.

Se puso de pie de un salto volcando la silla. Al instante los guardias se pusieron en alerta.

—¡No te vayas! —Habiendo esperado esa reacción, Kendra lo miró fijamente a los ojos mientras le decía dulcemente—: Jason lo sabe, Daniel, y desea conocerte. No le niegues el derecho a conocer a su padre.

Las palabras «el tiempo que te queda» quedaron suspendidas en el aire, sin decir.

Daniel titubeó; parecía atormentado, pero sus ojos miraban ávidos a su hijo.

—Has roto tu promesa.

—Te juro que no. Por pura y extraña coincidencia, el abogado de oficio que llevó tu caso tiene una sobrina que va a la misma clase de Jason en la academia. Murphy le habló de ti y del caso en un e-mail, ella habló con Jason, y aquí está él. No desperdicies esta oportunidad, Daniel —añadió en voz más baja—. Yo creo que esto tenía que ocurrir.

Miró a su hijo. Él avanzó, con la cara muy seria, cogió el auricular y se sentó en la silla cuando ella se levantó. Mientras los dos se miraban a través de la mampara de plástico, Kendra se sorprendió de cuánto se parecían. Tenían expresiones idénticas también, de angustia. «Elige con cuidado tus palabras, Jay, no sea que él se marche, por no querer mirarte a los ojos, por vergüenza.»

—Hola —dijo Jason. Se le movió la nuez al tragar saliva—. Es... es raro descubrir que tengo un segundo padre.

—Me lo imagino —repuso Daniel. Los nudillos de la mano con que sostenía el teléfono estaban blancos—. Nunca he querido que me veas así.

—Mamá dice que eres inocente, por lo tanto sentir vergüenza corresponde al Estado de Maryland —dijo Jason con voz más fuerte—. También dice que es posible que conmuten la sentencia.

Kendra vio bufar a uno de los guardias. Afortunadamente Jason no lo vio.

—Es posible. Yo no cuento con ello —dijo Daniel casi en un susurro. Alargó la mano hacia su hijo y la dejó caer cuando tocó el plástico—. De verdad no quería esto, ya he causado suficiente dolor a mi familia. Pero ahora que estás aquí, me alegro de verte. Eras muy pequeño la última vez que te vi salpicándole agua a tu madre mientras te bañaba. Yo te llamaba Chiquitín.

A Jason se le movió un músculo de la mandíbula.

—Sólo he sabido de ti desde hace unos días, y sin embargo me pareces muy próximo —dijo titubeante—. Tal vez una parte de mí te recuerda, de cuando era un bebé.

—Eso espero. Lo pasábamos muy bien juntos. Te encantaba montar en mis hombros, y cuando te hacía girar en el aire. Ahora dicen que no hay que balancear así a los bebés, porque eso podría dañarles sus pequeños cerebros, pero ni tú ni yo sabíamos eso, y nos divertíamos muchísimo. —Soltó una ronca risa—. No parece que te haya dañado el cerebro tampoco. Tal vez entonces fue cuando le tomaste el gusto a volar. Pero no perdamos el tiempo hablando de mí. Quiero saber de ti. Cuéntame lo de la academia. Quiero saber cómo te va en el baloncesto, en tus clases, tu formación militar, con tus amigos. Quiero oírlo todo.

Al principio con lentitud, pero luego con más soltura, Jason le habló de sus clases, de las cosas que estaba aprendiendo dentro y fuera del aula, de la belleza de las Rocosas. Aunque Kendra le había explicado muchas de esas cosas, por los e-mails que recibía de Jason, Daniel lo escuchaba ávido, absorbiendo cada sílaba.

Kendra los observó conversar aliviada. No bromeaba cuando le dijo a Daniel que creía que ese encuentro tenía que ocurrir; a veces, cuando las personas se ponen tontas, interviene Dios. Jason y Daniel estaban trascendiendo la rabia para enfrentar la situación tal como era. Había una similitud en sus formas de pensar que les hacía fácil conversar. Tal vez la mampara de plástico que los separaba era una ayuda en ese momento, en el que prácticamente eran dos desconocidos, aun cuando compartieran la sangre y el ADN.

Cerró los ojos, rogando que llegara el día en que padre e hijo pudieran realmente tocarse, abrazarse. Y si no llegaba ese día, bueno, por lo menos tendrían ese momento.

Capítulo 23

Val dejó que su buzón de voz grabara la llamada pensando cómo se le pudo haber ocurrido que establecerse por su cuenta iba a significar que estaría menos ocupada. Llevaba dos días trabajando en la antigua iglesia y ya estaba corriendo en círculos como un gatito tratando de cogerse la cola.

La mañana anterior aún no se había servido el café en la taza cuando la llamaron de Crouse, Resnick para decirle que uno de sus casos se había puesto repentinamente difícil. Mientras Kendra sacaba las carpetas del caso, la llamó Bill Costain, su principal cliente en Crouse, Resnick. Resultó que él no sólo iba a traspasarle gran parte de sus asuntos a ella, sino que además tenía un proyecto importantísimo y necesitaba hablar con ella de inmediato.

Aceptó, y condujo hasta Annapolis para reunirse con él en un almuerzo en el puerto. Además de ser un buen amigo y cliente, la mayor parte de su trabajo era de una magnitud que ella podía llevar o bien sola o subcontratando a otro abogado. Lo necesitaba como cliente para asegurar unos ingresos en su flamante empresa. Pero casi no tenía tiempo para hacer una respiración profunda, y de ninguna manera podía descuidar el caso de Daniel.

De todos modos, era fabuloso tener su propio despacho; además, en Crouse, Resnick no habrían aprobado que tuviera un perro roncando en su oficina. Miró hacia el trozo de suelo soleado elegido por *Malcolm*. Rob iba a estar fuera la mayor parte del día, por lo que había bajado a *Malcolm* para dejarlo con ella. El perro era una compañía agradable, nada exigente, y tenerlo allí significaba que no tendría que escuchar el ruido de sus cortas patas cuando iba de un lado a otro por el apartamento de Rob.

Estaba alargando la mano para coger otro documento cuando sonó el timbre. Kendra se había tomado la mañana libre para unos asuntos personales, así que salió de su oficina para abrir la puerta. Tomó nota mental de hablar con Rob sobre poner una videocámara y un pestillo accionado por solenoide para poder ver a sus visitantes y abrirles la puerta desde el escritorio.

En el umbral estaba Mia Kolski, la profesora de música cuyo marido vivía metiéndole pleitos.

—Hola, Val, andaba cerca y decidí pasar personalmente a dejarte los documentos que me pediste.

—Pasa. —Sintiéndose culpable por no haber dedicado más tiempo al caso de Mia, se hizo a un lado para dejarla entrar y la guió hacia la pequeña sala de reuniones—. ¿Encontraste algo interesante?

—Por eso necesito hablar contigo. —Mia se sentó, abrió su enorme bolso y sacó una voluminosa carpeta—. Cuando contacté con el departamento de pensiones del ejército para saber por qué no tenía derecho a parte de la pensión de Steve, me enviaron una copia de esta renuncia. —Le pasó una fotocopia.

Val examinó el documento. Estaba firmado y autentificado por un notario.

—¿Es posible que Steve haya metido esto entre otros papeles y tú firmaras esta renuncia sin darte cuenta?

—Podría haber ocurrido esta renuncia, pero no fue eso lo que pasó. En primer lugar, ésa no es mi firma. Fue firmado y autentificado por un notario en Georgia en el tiempo en que él vivía en Atlanta. —Puso un dedo sobre el sello del notario—. Nunca he estado en Atlanta, aparte de pasar por el aeropuerto, y estoy absolutamente segura de que no estuve allí para que este notario diera fe de mi identidad.

—¡Demonios! ¿Steve falsificó esta firma? ¿Y convenció a un notario para que la autentificara? —Con creciente excitación, Val examinó más detenidamente la firma y el sello—. Supongo que podría haber ido al notario con una amiga que aseguró que eras tú.

Pero esta firma se parece a la tuya, y los grafólogos no siempre se ponen de acuerdo sobre la autenticidad. ¿Puedes probar que estabas en Maryland cuando se firmó esto?

—Vaya si puedo —contestó Mia sonriendo triunfante—. Eso ocurrió el día del recital de música de primavera en el colegio. Por la mañana di mis clases, el ensayo lo hice por la tarde y por la noche dirigí la actuación.

—¿Tienes testigos que puedan jurar eso?

Mia asintió.

—Esa mañana se rompieron las tuberías del agua en los aseos de las niñas y se armó un tremendo revuelo; nos las vimos y deseamos para presentar el recital. Ese día está grabado en la memoria de todos los profesores, entre ellos tu madre, seguro.

Val dio gritos de alegría.

—¡Lo tenemos, Mia! Esto es un fraude y podemos demostrarlo. ¿Comenzamos por una amenaza a su abogado diciéndole que lo llevaremos al tribunal si no te devuelve los derechos a su pensión, o vamos directamente a la policía?

Mia vaciló.

—Steve es un pelmazo, pero no quiero enviar a la cárcel al padre de mis hijos. Estaría dispuesta a renunciar a esa mitad de la pensión con tal de quitármelo de encima, a él y sus asquerosos pleitos. ¿Existe una manera de utilizar esto como medida disuasoria, para que deje de llevarme a los tribunales cada pocos meses?

Val se apoyó en el respaldo de su sillón reflexionando.

—Tendré que consultarlo con uno de mis amigos colegas. Mucho depende de si él prefiere el dinero a la alegría de volverte loca.

—Le gusta hostigarme, pero también le gusta mucho su dinero. Ahora está ganando más de lo que ganaba en el ejército, y al parecer eso lo ha hecho desear más aún.

—Entonces tal vez yo podría redactar un acuerdo que firmaríais los dos, en el cual él reconozca que la renuncia es fraudulenta y tú prometas no denunciarlo ni exigir dinero de la pensión siempre que él no vuelva a meterte más pleitos. Eso le daría un importante incentivo para buscarse otras maneras de divertirse.

—Si logras que acepte eso, me harás la mujer más feliz del mundo —Mia exhaló un suspiro de dicha—. Poder hacer mi vida en paz. Qué felicidad.

Val apuntó algo en su bloc.

—También me gustaría añadir una cláusula que diga que de ahora en adelante para pagarte la manutención de los niños haga una transferencia bancaria de su cuenta a la tuya. Si no tiene que hacer ese talón cada mes, tal vez no le fastidie tanto.

Mia se levantó para abrazarla.

—¡Eres un genio!

—Un abogado es bueno sólo en la medida de las municiones que tenga para trabajar —dijo Val. Sonrió—: ¡Y tú acabas de darme un lanzagranadas!

Cuando Mia se marchó, llamó y dejó un mensaje a un amigo especializado en pleitos familiares para averiguar si su plan era factible y luego volvió a sumergirse en el caso que le habían pasado de Crouse, Resnick. Perdió la noción del tiempo, por lo que se sorprendió al comprobar que era bien pasado el mediodía cuando Kendra apareció en la puerta de su oficina.

—Jason ha venido conmigo —le dijo Kendra—. ¿Quieres saludarlo?

—Me encantaría.

Cuando empezaba a dar la vuelta a su escritorio, apareció Jason detrás de Kendra. Era la primera vez que lo veía desde que el chico entró en la academia, hacía casi un año. En ese tiempo había desarrollado su musculoso cuerpo y había madurado. Con su uniforme estaba guapísimo; debía de hacer desmayarse a las jovencitas y provocar largos suspiros a las más mayores.

—¡Mírate, Jason! Se ve que las Fuerzas Aéreas te sientan bien.

—Sí. Me alegra verla, señorita Val —dijo él estrechando brevemente la mano que ella le tendió—. Venimos de la cárcel Super-Max.

Val dirigió una rápida mirada a Kendra.

—Es un lugar sofocante, ¿verdad?

—No hacen falta tácticas evasivas, Val. Jason se enteró de lo de Daniel por la sobrina de Cal Murphy, así que decidimos que ya era hora de que conociera a su otro padre. —Kendra sonrió cansinamente—. Fue bastante bien el encuentro, ¿verdad, Jay?

Jason asintió.

—Sentaos y contádmelo todo. Si tienes alguna pregunta sobre los aspectos judiciales, hazla.

Mientras Kendra y Jason tomaban asiento, ella dio la vuelta al escritorio y se sentó en el borde, para no verse tan formal.

—¿Qué probabilidades hay de sacarlo del corredor de la muerte? —preguntó Jason francamente.

Val deseó poder darle una sincera respuesta tranquilizadora, pero no podía.

—Tenemos un argumento importante. Como mínimo tendríamos que poder conseguir un aplazamiento mientras evalúan la prueba que hemos conseguido. Si el tribunal la encuentra convincente, es posible que conmuten la sentencia a cadena perpetua.

Jason digirió eso.

—¿Qué posibilidad hay de que lo liberen de la cárcel?

—Tendríamos que hallar una prueba contundente, por ejemplo el arma asesina, que no se ha encontrado nunca, o lograr persuadir al gobernador de que lo indulte. —Movió la cabeza con gesto pesaroso—. Puesto que la pena capital es un asunto muy politizado, eso no es muy probable.

—Es injusto —dijo Jason con la voz vibrante de emoción—. Yo me crié sin ser consciente de que en nuestra sociedad existe el racismo. Claro que sabía que existía, y que los mayores habían luchado duras batallas, pero nunca me di cuenta de que me afectaba a mí. Y me afecta, ¿verdad? ¿Estaría mi... mi otro padre en el corredor de la muerte si fuera blanco?

Ésa era una pregunta que Val ya se había hecho.

—Dados los hechos de este caso, es difícil decirlo. Podría ser. A Malloy lo mató un negro, eso nunca ha sido tema de discusión, y Daniel encajaba con la descripción del asesino. Un buen número de policías y acusadores involucrados eran negros, y de ninguna manera se precipitaron a condenarlo sin más, puesto que tres testigos oculares juraron que él era el asesino. Kendra, ¿te pareció que Cal Murphy era un abogado inteligente, capaz, que hizo todo lo que pudo?

Kendra asintió.

—Sí. Creo incluso que Murphy es un buen abogado. No estaba borracho, no se dormía durante los testimonios, ni hizo ninguna de las cosas que dicen que suelen hacer los abogados de oficio. Lo valoro más aún ahora que he trabajado tantos años en despachos de abogados.

Val se volvió hacia Jason.

—Pero ¿habrían descartado tan rápidamente como lo hicieron el testimonio de tu madre de que Daniel y ella estaban juntos si ella hubiera sido una médica blanca en lugar de una secretaria negra? Tal vez no. ¿La policía habría hecho una investigación más concienzuda si no hubieran tenido un sospechoso negro conveniente con antecedentes delictivos? Tal vez sí. Hay racismo en el sistema, pero es difícil demostrarlo.

Jason apretó los labios.

—Si él fuera blanco tal vez no lo habrían sentenciado a muerte.

—También eso es difícil de afirmar —contestó ella—. El mejor pronosticador de la sentencia de muerte no es la raza del asesino sino la raza de la víctima. Las sentencias de muerte son mucho más comunes si la víctima es blanca.

—Eso lo encuentro particularmente ofensivo —terció Kendra—. Como si una vida blanca valiera más que una negra.

—Sí que es ofensivo. —Val miró al suelo tratando de formular ideas que nunca había expresado en palabras—. La raza es la carga kármica de Estados Unidos. Todos los otros grupos inmigrantes vinieron aquí voluntariamente, de buena gana. Los valientes y los ambiciosos hicieron sacrificios increíbles y corrieron enormes riesgos para llegar aquí y poder tener una vida mejor. Los afroamericanos son la única excepción. Sus antepasados fueron traídos por la fuerza, contra su voluntad. Los hicieron esclavos, los trataron con brutalidad, les negaron el acceso a la cultura y a la educación y las oportunidades que los demás daban por descontadas. Ahora, por nuestros pecados como nación, la raza nos obsesiona. —Levantó la vista y miró a Kendra—. Casi me da miedo decir estas cosas en voz alta porque la raza es un tema explosivo, doloroso, pero ¿cómo podemos sanar si no podemos hablar?

—Muchas veces he pensado cosas similares —dijo Kendra apaciblemente—. Aun después de todos los años transcurridos desde la guerra civil, el racismo está presente en nuestra sociedad. Crecí sintiéndome como si estuviera rodeada por muros invisibles, muros que una chica negra no podía saltar. No quería que Jason se sintiera igual.

—Y lo conseguiste —dijo él.

El chico estaba mirando la cara de su madre con un nuevo respeto. Val supuso que había tomado como algo muy natural su niñez protegida y el apoyo de sus padres, como hacen normalmente los niños. A sus diecinueve años, por primera vez empezaba a entender lo mucho que en su crianza y educación tuvo que ver el cuidado de sus padres. Tal vez tendría que tener hijos propios para comprender verdaderamente la suerte que había tenido.

—¿Hay algo que pueda hacer yo? —preguntó Jason dirigiéndose a ella—. Me... me gusta mi nuevo padre. No quiero perderlo antes de tener la oportunidad de conocerlo.

—Si se me ocurre algo te lo diré enseguida —contestó Val. Miró su reloj—. ¿Pedimos una pizza para el almuerzo? La conversación seria siempre me produce deseos de comer grasas saturadas.

El ambiente se relajó y empezaron a negociar sus preferencias sobre pizzas. Mientras insistía en cebollas con salsa italiana, Val agradeció en silencio la casualidad que permitió que Jason se enterara de la sentencia de Daniel. Si ocurría lo peor... Bueno, Kendra no tendría que llorarlo sola.

Tan pronto como bajaron del techo donde habían estado trabajando, Sha'wan sacó una botella de agua de la nevera portátil que llevaba en la furgoneta y se la vertió en la cabeza; después se secó con una toalla.

—Gracias por ayudarme con este trabajo, Rob. Si hubiera tenido que pasar el doble de tiempo borrando esa pintada, habría acabado arrugado como una pasa.

Rob cogió otra toalla para secarse la cara y el cuello.

—Nada como estar en un techo negro un día caluroso para darse cuenta de lo útil que es el aire acondicionado.

—Con este calor, los chicos no han estado tan activos pintando como de costumbre. —Sha'wan se quitó la camiseta empapada y se puso una seca—. Mi abuela quiere saber cómo te ha ido en la investigación sobre Monroe. Todavía lamenta no haber podido decirte nada útil cuando hablaste con ella.

—He encontrado muchas pistas que no llevan a ninguna parte. Por lo menos hablando con tu abuela me hice una idea de cómo era el barrio cuando ocurrió el asesinato. —Sonrió—. También comí un trozo de pastel de arándanos frescos realmente sensacional, así que fue un tiempo bien aprovechado.

—Sí que sabe cocinar mi abuela, pero supongo que no conocía a bastantes delincuentes que te sirvieran para tus fines. Es una tía muy legal mi abuela.

—Puedes decirle que hemos hecho ciertos progresos. Parece que un traficante de drogas de una casa cercana en que vendían *crack*, un tipo llamado Omar Benson, fue el asesino. Lo mataron en la cárcel hace unos años. Aunque fue un sospechoso en algunos tiroteos entre bandas callejeras, nunca lo cogieron por asesinato. —Rob sacó una botella de agua de la nevera portátil y bebió un trago—. Si tú fueras un traficante de drogas que intentó violar a una mujer y que mató al policía que trató de detenerlo ¿qué harías con el arma asesina?

Sha'wan abrió una lata de cerveza, pensándolo.

—Seguro que llegaron al barrio varios coches de policías armados hasta los dientes, porque habían matado a uno de los suyos. Como traficante, yo estaría en los primeros lugares de su lista, así que me libraría del arma inmediatamente. No podría tirarla en un cubo de basura ni debajo de un arbusto, porque las armas aparecen muy rápido. No podría llevarla a mi negocio, porque podrían registrarlo, siendo yo un ciudadano sospechoso. Probablemente se la entregaría a un amigo para que me la guardara. Un tío en el que yo confiara, de verdad, tal vez uno que me debiera un favor. Uno que no fuera un sospechoso, para que no lo registraran.

—Tiene lógica —dijo Rob reprimiendo un suspiro. No había tenido mucha suerte en localizar a los socios de Benson en la casa donde vendían el *crack*; Omar había llevado una vida sucia—. ¿Y qué haría después Benson?, ¿recuperar el arma y tirarla a la bahía, o pedírsela a su amigo para seguir llevándola?

—Eso podría depender del arma. ¿Era guay?

—Es muy probable. Era una pistola siete sesenta y cinco milímetros, que es más o menos igual a una cero treinta y dos de aquí, sólo que la que buscamos era europea y seguramente cara.

—¿Has investigado qué armas llevaba Benson después?

—Nunca lo arrestaron llevando un arma de ese tamaño. Al parecer prefería armas más grandes. Armas vistosas, llamativas.

Sha'wan pensó otro poco.

—Supongamos que Omar le dispara al poli con una fina pistola europea. Sabe que no puede volver a llevarla muy pronto, pero quiere conservarla, así que igual su amigo se la guarda en alguna parte. Omar va a la cárcel y muere antes de poder recuperarla.

—O sea que el arma podría estar por ahí en alguna parte, guardada por uno de sus amigos. No sé si lograré encontrar a alguno de ellos vivo. Pero es posible que sucediera así. Gracias por las ideas.

—Estoy a tu disposición. —Sha'wan sonrió satisfecho—. Con este tiempo prefiero hablar a pintar.

Rob terminó de beber el agua y dejó caer la botella en el cubo de basura para reciclaje que llevaba Sha'wan en la furgoneta.

—Hasta luego entonces. A lo mejor hoy consigo hablar con uno de los viejos amiguetes de Benson, así que procuraré que me cuenten cosas de armas.

Subió a su camioneta y agradeció el aire acondicionado. Estaba a punto de ponerla en marcha cuando sonó su móvil. Lo desprendió del cinturón y pulsó el botón para contestar.

—¿Diga? Aquí Rob.

—Hola —dijo una voz femenina suave, culta—. Soy Julia Hamilton, la madre de Kate Corsi. Nos conocimos en el restaurante Milton Inn. Mi marido es el juez.

Julia era la rubia alta y elegante, tan parecida a su hija.

—Sí, claro. ¿En qué puedo servirla?

Al cabo de un momento de silencio, ella dijo:

—Esto es un poco violento, pero... eres Robert Smith Gabriel, ¿verdad?

Él se tensó. Pues sí que lo habían reconocido.

—Sí, aunque últimamente no he usado el apellido Gabriel.

—Comprensible. Tienes que haberte sentido como atrapado en un huracán durante unos años —dijo ella comprensiva—. Tienes todo el derecho a no asomar la cabeza, y te comprendo si prefieres continuar escondido. Pero, por si estuvieras dispuesto, quería preguntarte si considerarías la idea de hablar a un grupo de familiares de presidiarios.

Rob pestañeó atónito.

—¿Cómo ha dicho? ¿Por qué me ha elegido a mí?

—Porque tú has sufrido igual que ellos, y podrías tener algo útil que decirles. —Se rió suavemente—. Soy una de esas inútiles mujeres de la sociedad que intentan justificar su existencia con trabajo voluntario, y ésta es una buena causa.

—Hay muchísimas buenas causas. Ésa no es una opción tan clara —observó él preguntándose si ella tendría algún familiar que estuviera en la cárcel—. ¿Entró en esto porque su marido es juez?

Otro silencio.

—No. Una persona querida fue asesinada, aunque eso no se hizo evidente de inmediato, parecía un accidente. Cuando supe la verdad, estaba dispuesta a cometer asesinato yo. Y podría haberlo hecho si el asesino no hubiera muerto ya. Enfrentarme a todo ese horrible asunto me hizo comprender cuánto daño se hace en todas partes por la violencia. Es como arrojar una piedra en un lago de sangre; las ondas expansivas continúan eternamente en todas direcciones.

—La metáfora perfecta —suspiró él.

—El dolor es fácil. El perdón y la curación son difíciles, pero esenciales si no queremos que la rabia y la pena arruinen nuestra vida. Entré en el Círculo de Convictos, el grupo del que te hablaba, porque conocía a un miembro de allí y comprendí que éstas son personas muy desatendidas por el sistema. Las víctimas, las familias de las víctimas y los presos tienen sus abogados y defensores, pero ellos no son los únicos dañados.

Él sospechó que Julia Hamilton rara vez revelaba lo que acababa de decirle.

—Estoy de acuerdo, pero no sé si tengo algo particularmente útil para decir. Sigo batallando con los efectos, y no puedo decir que los lleve muy bien.

—Puede que así te sientas tú, pero has hecho cosas positivas con tu aflicción. La campaña de borrar grafitis, el centro comunitario, la donación del dinero de recompensa a las víctimas y sus familias. En medio del desastre descubriste la compasión. Eso es admirable, y es posible que contando tu historia puedas ayudar a otros que siguen paralizados por la pena y el sentimiento de culpa.

¿Había dejado él de sentirse paralizado? No del todo.

—Tendré que pensarlo, señora Hamilton. La verdad es que no sé si tengo algo que decir.

—Tómate tu tiempo. Si te decides, me lo dices y yo programaré una reunión para que hables al grupo. Creo que con tu experiencia serías un portavoz elocuente, y no sólo en el Círculo de Convictos. ¿Has pensado en hablar contra la pena capital?

—Tengo la impresión de que ha estado averiguando cosas sobre mí en Internet —dijo él sonriendo—. Ahí hay registrado muchísimo de mi pasado para sentirme cómodo.

—Mi hijo es un as de la informática, y de él he aprendido algunas técnicas de búsqueda. —Se rió—. Cuando aprendes más de tus hijos de lo que ellos aprenden de ti, es que sin duda te estás haciendo viejo. Gracias por escucharme, Rob, y no aceptes hablar mientras no estés verdaderamente seguro de que lo deseas. Las mujeres de comités solemos ser despiadadas, pero estoy intentando reformarme.

Si eso era cierto, Julia Hamilton era una despiadada con mucho encanto, pensó él.

—Lo tendré presente. Gracias por pensar en mí, aun cuando esté metido en mi escondite.

Después de las despedidas, Rob pulsó el botón de desconexión. Se sentía desconcertado. Aunque tenía muchísimas opiniones, la idea de verse como portavoz de un grupo o defensor de una causa le resultaba rara. Pero a lo mejor podría llegar a gustarle.

Capítulo *24*

Silenciosamente Rob se sentó en una silla en la parte de atrás del despacho del juez. Tal como predijera Val, el juez Frank Giordano había preferido celebrar una vista informal para examinar la nueva prueba en el caso de Daniel Monroe, e incluso había accedido a la petición de Val de que les permitiera asistir a él y a Kendra. De la fiscalía del Estado habían enviado a un fiscal mayor, Morris Hancock, que trabajó en el juicio de Daniel, más una joven colega.

Con el juez, su secretario y un estenógrafo del tribunal, el despacho del juez estaba atiborrado. Rob procuró pasar lo más inadvertido posible, no fuera que Giordano lo echara. No sólo estaba intensamente interesado en ese caso, sino que también deseaba ver a Val en acción.

Con el pelo pulcramente recogido en un moño y ataviada con uno de sus sobrios trajes sastre de abogada, Val se veía sensacional: capaz, profesional y discretamente sexy. Había hablado poco durante el trayecto a los tribunales. Él supuso que estaba concentrada en el caso y no quería distraerse, más o menos como una actriz sumergida en un personaje.

Con su altura y prestancia, Kendra se veía igualmente impresionante, pero bajo su aparente serenidad estaba sin duda con los nervios de punta, puesto que era la que estaba más interesada en que los resultados de esa vista fueran positivos. Recordó que él se sentía destrozado después de cada vista y de cada juicio en el caso de Jeff, a pesar de la indudable culpabilidad de su hermano. ¿Cómo debía de sentirse Kendra, entonces, sabiendo que Daniel era inocente? Había conocido a su hijo, una versión joven y confiada de su padre. Jason ya había vuelto a Colorado, pero seguro que estaría mirando el reloj de la academia, pensando a qué hora podría tener noticias.

Pasó la mirada a Giordano. Sesentón, rechoncho y algo calvo, llevaba la toga negra y su cara estaba surcada por las profundas arrugas de una persona que lo ha visto todo. Pero era justo; decía Val que era lo que ellos necesitaban.

El juez miró hacia el estenógrafo.

—He tenido que meter esta vista en una agenda muy apretada, así que comencemos. Señorita Covington, exponga sus argumentos. No quiero oír muchos adornos retóricos. Limítese a presentar esta nueva prueba que según usted justifica un cambio en la sentencia de Daniel Monroe.

—Muy bien, señoría —dijo Val con voz tranquila pero autoritaria. Rob casi veía girar las ruedas en su cabeza. Posiblemente había preparado algunos adornos retóricos y estaba reformulando su discurso para no irritar al juez—. Haré un breve repaso de los hechos, y luego demostraré que el Estado ha tenido trágicamente encarcelado a un inocente durante diecisiete años.

—Que sea muy breve —dijo el juez—. El señor Hancock y yo estábamos juzgando este caso cuando usted estaba en la escuela primaria.

Sin perder la calma por las prisas del juez, Val hizo un sucinto y vívido relato del asesinato y pasó a explicar cómo a Daniel, un joven trabajador, que tenía un trabajo decente y planes para casarse, lo sacaron de su casa y lo acusaron falsamente del asesinato.

—Estoy esperando algo nuevo, señorita Covington —dijo Giordano, impaciente.

—No sólo tenemos pruebas de la inocencia de Daniel Monroe —dijo Val tranquilamente—, sino que también sabemos quién fue el verdadero asesino. Permítame pasar el vídeo.

Había hablado antes con el secretario de Giordano para que hubiera en la sala un televisor con vídeo. Después de ver la declaración de Cady, Val presentó la declaración jurada corroboradora del ex compañero de celda de Omar Benson y luego demostró que Long y Cady mintieron acerca de sus respectivas vidas cuando hicieron de testigos, y que la policía no hizo nada para investigarlos. Acabó moviendo en la mano todo el material que había descubierto Rob, convertido en una convincente acusación contra Benson.

Rob la observaba impresionado. No se había equivocado cuando pensó que ella debía ser un demonio sobre tacones en un alegato judicial. Enérgica, elocuente y apasionada, ponía de manifiesto por qué era una de las más cotizadas abogadas de la ciudad.

El juez escuchó atentamente con expresión inescrutable. Cuando Val terminó, Giordano se volvió hacia el fiscal.

—¿La posición del Estado, señor Hancock?

—Al Estado le sorprende que testimonios basados en lo que han dicho delincuentes convictos se consideren pruebas importantes. —No ajeno al histrionismo usual en las salas del tribunal, el fiscal dedicó a Val una sonrisa condescendiente—. Claro que la señorita Covington es nueva en el ejercicio del derecho criminal, por lo tanto no se da cuenta de lo flojo que es su material. Daniel Monroe es un asesino, condenado por pruebas irrecusables, y la única tragedia es que la familia del agente James Malloy haya tenido que esperar tanto tiempo para que se haga justicia.

Se lanzó a hacer un repaso del historial médico de Joe Cady, sugiriendo que al final de su vida éste estaba loco.

Hancock era un buen fiscal, pensó Rob. Val mantenía su serenidad, pero él vio la creciente frustración de Kendra; estaba a punto de estallar.

Cuando Hancock acabó, Giordano preguntó a Val:

—¿Tiene algo que refutar?

Val refutó la fiabilidad de Joe Cady y Darrell Long cuando hicieron de testigos, e hizo notar que Brenda Harris no identificó a Daniel en la muestra de fotos, y sólo lo eligió cuando lo vio en la rueda de sospechosos en la comisaría, donde su cara era la única que le resultaba conocida por haber visto su foto antes. Después de señalar que eso fue un error de procedimiento policial, acabó declarando que los argumentos del fiscal eran inexistentes una vez que el testimonio de los testigos estaba desacreditado.

A Rob lo convenció, pero Giordano no parecía impresionado.

Val acabó diciendo:

—Puesto que he demostrado claramente la inocencia de Daniel Monroe, pido al tribunal que ordene su liberación. Si el tribunal prefiere esperar a que se investigue más, hasta que se haya establecido la culpabilidad de Omar Benson sin la menor sombra de duda, solicito que se aplace la fecha programada para la ejecución de Daniel Monroe. Dada la gravedad de los cargos contra el señor Monroe y la naturaleza irreversible de la pena capital, creo que el Estado de Maryland no puede hacer menos.

Giordano frunció los labios y estiró los dedos como si estuviera considerando la petición de Val. Seguro que un aplazamiento no era mucho pedir.

—Petición denegada, señorita Covington —dijo el juez malhumorado—. He seguido este caso a lo largo de dieciséis años de aplazamientos. El señor Monroe se ha beneficiado de la pericia de algunos de los mejores abogados defensores de oficio de Maryland. Ha recibido todos los beneficios de la duda posibles, entre ellos esta vista. Sin embargo, después de todo este tiempo, la mejor prueba que puede presentar es la declaración de un drogadicto alucinado en su lecho de muerte y algo dicho por un delincuente convicto a su compañero de celda igualmente delincuente. Concluyamos de una vez. En algún momento hay que ponerle fin a esto. Es hora de que se haga justicia.

¡No! Eso no podía estar ocurriendo. Rob miró fijamente a Giordano, mudo por la conmoción de que un juez pudiera permitir que continuara en pie la sentencia de muerte cuando había fuertes motivos para creer que Daniel era inocente.

—¡Esto no es justicia! —Kendra estaba de pie, furiosa como una amazona—. Soy la mujer que estaba con Daniel Monroe cuando mataron al agente Malloy. Sé que es inocente. Haré cualquier juramento, aceptaré cualquier examen para demostrar que digo la verdad. El Estado tendrá sangre en sus manos si ejecutan a Daniel.

—¡Basta! ¡Siéntese! —tronó el juez furioso, apuntándola con un dedo.

Kendra se sentó.

Mirándola indignado, como si ella lo hubiera amenazado con un arma, Giordano le dijo:

—La recuerdo. La novia. Sin duda ahora ya se cree lo que asegura y podría pasar fácilmente un interrogatorio con detector de mentiras. Su lealtad es encomiable, pero nada menos que tres testigos oculares refutaron su testimonio, y una novia leal no es la más creíble de las testigos.

Kendra abrió la boca para hablar, pero Giordano ladró:

—Ni una sola palabra más o la echaré de este despacho. La petición está denegada.

Val colocó una mano firme sobre la muñeca de Kendra. Con la piel tensa sobre los pómulos, le dijo al juez:

—Llevaré esto a un tribunal superior.

—Hágalo —le dijo Giordano—. Dudo que consiga un resultado distinto. —Miró su reloj—. Me esperan en la sala. Buenos días, señoras y señores.

Hizo salir a todos los visitantes de su despacho y echó a andar a toda prisa por el corredor, su toga negra meciéndose como alas de cuervo.

—No ha estado mal —le dijo el fiscal a Val en tono amistoso—, pero estando tan cerca de la ejecución, necesitaría una pistola humeante para cambiar algo. La próxima vez elija un caso en que pueda ganar.

Dicho esto se alejó, seguido por la joven abogada.

—¿Cómo puede hablar con tanta despreocupación, como si esto fuera un juego? —preguntó Rob entre dientes.

—Para él lo es. Jugó sus cartas y está feliz por tener la mano ganadora. —Sonrió sin humor—. Cosa de abogados.

—¿Ahora qué? —le preguntó Rob—. ¿El Tribunal de Apelaciones?

—Tengo una idea mejor —terció Kendra secamente—. El tribunal de la opinión pública. Ésta es una historia de enorme interés humano, y puesto que Jason ya sabe la verdad, puedo esparcirla por todo Baltimore. Ya veo los titulares: «Estrella del baloncesto local y padre de un cadete militar a punto de ser ejecutado por un crimen que no cometió», «El tribunal hace caso omiso de las pruebas que demuestran su inocencia».

—¿A Jason le molestará que lo utilicen? —le preguntó Val—. Y, por otra parte, no podemos estar seguros de si el frenesí mediático va a favorecer u obstaculizar una apelación.

—No te voy a pedir permiso —replicó Kendra—. No te preocupes, no te pondré en peligro de que te prohíban ejercer metiéndote en medio. Ésta es mi cruzada y conozco a un periodista del

Sun que estará encantado de tener una historia como ésta en pleno agosto.

Val miró a Rob. Su cara pálida contrastaba con su pelo rojo.

—¿Qué te parece a ti?

Él se obligó a pensar. Estaba aturdido.

—Vale la pena intentarlo. Los jueces y los gobernadores leen los diarios y es posible que la publicidad saque a flote más información sobre Benson.

—También sacará a flote más información sobre ti —repuso Val preocupada—. Posiblemente acabarán tus días de anonimato.

Él no había pensado en eso. Más pronto o más tarde, probablente más pronto, su identidad pasaría a formar parte de esa historia, junto con los detalles de los delitos y muerte de Jeff. Todo saldría a relucir, su vida anterior y su manera de huir de ella. Pero no tenía opción.

—Mi vida privada es menos importante que la vida de Daniel. Haz todo lo que puedas, Kendra.

—Lo haré —dijo con una sonrisa, y añadió—: Val, estaré fuera de la oficina la mayor parte de la tarde. Tengo que visitar a Daniel para... para decirle los resultados de la vista.

Val negó con la cabeza.

—Soy su abogada. Darle la mala noticia es tarea mía.

Kendra abrió la boca para protestar, pero luego aceptó el argumento de Val.

—Muy bien. Llamaré a mi contacto en el *Sun*. Y hay... otra persona con la que quiero hablar.

—De acuerdo. Nos vemos, entonces, cuando sea.

Cuando Kendra se alejaba, con pasos largos y rápidos, Val se volvió hacia Rob. Desaparecida la máscara de serenidad, su cara revelaba su angustia.

—Sinceramente yo creía que obtendríamos por lo menos el aplazamiento, y tal vez incluso la conmutación de la sentencia.

—Lo hiciste maravillosamente —le dijo Rob—. Sabíamos que Giordano es un tipo de ley y orden. Ahora queda muy claro que su criterio para conceder una petición era excesivamente elevado. Kendra tiene razón. Tal vez esto podría hacerse a través de los tribunales, pero tal vez no. Tenemos que usar cualquier arma que logremos encontrar.

Val hizo una inspiración profunda.

—Una cosa es segura, ninguno de nosotros va a renunciar.

—Exactamente.

Le pasó el brazo por los hombros. Ella se apoyó cansinamente en él, su pequeño cuerpo blando y vulnerable. Si no hubieran estado en medio de los tribunales no se habría limitado a abrazarla. A los dos podría venirles bien cierto consuelo.

Aunque Val le había advertido que no se podía dar por descontado el éxito, él había creído que la declaración de Cady bastaría para detener la ejecución, al menos temporalmente. La realidad del fracaso lo tenía aturdido. ¿Cómo podía una sociedad moderna, civilizada, destruir a sangre fría a un hombre inocente?

Daniel Monroe era su posibilidad de redención. Si le fallaba, fracasaba él.

A Val le habría resultado más fácil si Daniel se hubiera puesto a despotricar o la hubiera maldecido. Pero él simplemente bajó la cabeza, la cicatriz del cráneo apareció destacada por la dura luz fluorescente.

—De veras yo no esperaba nada, Val. Como te dije la primera vez que viniste aquí, es más fácil no esperar mucho.

—Es difícil prever cómo va a actuar un determinado juez o un jurado, pero yo estaba sinceramente esperanzada. —Todavía sentía la derrota como una patada en el estómago—. No obstante, aún no ha acabado. Giordano sólo es un juez de sala. Apelaré más alto. Todavía hay tiempo.

Él se encogió de hombros.

—No te mates intentándolo. El sistema judicial es como una hilera de carrocerías de coches encadenados, difíciles de parar cuando están en marcha.

—¡Esto se puede parar, demonios! —exclamó ella enérgicamente—. Y se parará, aunque yo tenga que tirarme a las ruedas.

—Si esto se trata de ganar tú, adelante —dijo él con humor—. Pero no tienes por qué hacerlo por mí. He hecho las paces conmigo mismo, he conocido a mi hijo y me he despedido de las pocas personas que todavía están dispuestas a quererme. Eso es más de lo que esperaba hace unas semanas. —Se levantó—. Adiós, Val. Gracias por intentarlo.

La saludó inclinando la cabeza con grave cortesía, luego se giró y salió con los guardias. Val no había visto a alguien con tanta dignidad en toda su vida.

Cuando salía de la cárcel, ciega por las lágrimas, pensó si la dignidad sería lo mejor que se puede esperar en un mundo que rara vez simula ser justo.

Kendra condujo hasta la antigua iglesia para recoger el videocasete y una foto. Después de dejarle un mensaje a Al Coleman, el periodista del *Sun*, le envió un e-mail a Jason: «No hubo suerte en la vista, pero seguimos luchando. Prepárate, estoy a punto de hacerlo público. Besos. Mamá.

Sintió el escozor de lágrimas cuando envió el mensaje, pero cerró los ojos y las contuvo. No era momento para llorar.

Para saber si su presa estaba en casa, marcó el número, pidió disculpas por haberse equivocado y colgó. Después condujo hacia Harford County, hacia la casa de Anne Malloy Peterson, la viuda del agente James Malloy.

Le llevó buena parte de una hora llegar a la elegante zona residencial situada entre verdes colinas boscosas. La residencia de los Peterson era una bonita casa estilo colonial de ladrillo con jardines muy bien cuidados. No había nadie a la vista cuando bajó del coche, pero la mujer de la casa contestó a la llamada del timbre con bastante rapidez. Un traje formal lograba muy bien hacer respetable a una persona negra, incluso en una casa de pan blanco como ésa.

—¿Sí? —Anne Peterson la miró con el ceño fruncido—. Nos conocemos, ¿verdad?

Menuda y guapa, era sólo unos años mayor que Kendra. Su pelo castaño claro tenía vetas de plata y se veía la típica señora bien mantenida y bien adaptada a las afueras de la ciudad. Pero tenía los ojos de una mujer que ha pagado más que su cuota de deudas a la vida. Antes de volverse a casar y trasladarse al campo, pasó diez años luchando sola para sacar a sus hijos adelante.

—No nos presentaron pero estuvimos conectadas por una tragedia —dijo Kendra sosteniéndole la mirada—. Mi nombre era Kendra Jackson. ¿Me recuerda ahora?

Anne Peterson pareció desconcertada un momento, y de pronto ahogó una exclamación al reconocerla.

—¡Buen Dios, usted es la novia de Daniel Monroe! Nos sentamos en lados opuestos de la sala del tribunal todos los días del juicio.

Sus dedos se apretaron en el borde de la puerta. Adivinando que estaba a punto de cerrársela en las narices, Kendra levantó una mano.

—Por favor, señora Peterson. No quiero hurgar en viejas heridas, pero esto es importantísimo. Está en juego la vida de un hombre. ¿Sería tan amable de escucharme? ¡Por favor!

De mala gana la mujer se hizo a un lado para dejarla pasar.

—Muy bien, pero no logro imaginarme de qué tenemos que hablar usted y yo, señorita Jackson.

—Ahora soy la señora Brooks. Un par de años después que condenaron a Daniel Monroe por el asesinato de su marido me casé con otro.

La señora Peterson continuó donde estaba, con los brazos fuertemente apretados sobre el pecho.

—Monroe va a morir dentro de diez días. Tengo una botella de champán que lleva mucho tiempo esperando este momento.

—Señora Peterson, su marido fue un héroe que murió en el cumplimiento de su deber —le dijo Kendra dulcemente—. Su asesinato fue un crimen terrible que merece un castigo terrible. Pero Daniel no fue el asesino, y no se merece morir. ¿Quiere ver un vídeo que demuestra la inocencia de Daniel?

La mujer apretó los labios en una delgada línea.

—¿Qué piensa su marido de que usted vaya por ahí tratando de liberar a un antiguo amante?

—Como usted, enviudé, aunque por lo menos mi marido tuvo la suerte de morir de causas naturales. Créame, señora Peterson, sé qué es la pérdida y lo que es ser madre y estar sola. —Sacó el videocasete del bolso—. Tiene todo el derecho de desear justicia, pero ¿de veras quiere que muera Daniel Monroe si es inocente?

—Nadie desea que ejecuten a un hombre inocente —contestó la mujer. Miró el videocasete ceñuda—. Pase a la salita de estar de la familia y le echaremos una mirada a eso, pero tiene que ser muy, muy convincente para hacerme cambiar de opinión.

En silencio, Kendra la siguió hasta una cómoda salita contigua a la rústica cocina. Igualmente callada, la mujer cogió un mando a distancia y encendió el reproductor de vídeo y la pantalla del televisor y entregó el mando a distancia a Kendra.

Ésta puso el videocasete, lo hizo retroceder hasta el comienzo y detuvo la imagen en el primer fotograma. En la enorme pantalla, Joe Cady se veía a tamaño natural, cada hueso visible bajo su piel amarillenta.

—Puede que no lo reconozca, pero éste es Joe Cady, uno de los principales testigos contra Daniel. Esta cinta la grabaron hace menos de dos semanas. Cady murió el sábado pasado.

Pulsó *play* y Joe Cady comenzó a hablar.

Anne Peterson se puso rígida cuando comprendió lo que estaba diciendo. Durante toda la corta grabación, Cady miraba directamente a la cámara, explicando su perjurio con frases cortas, interrumpidas por largas pausas en que se afanaba por respirar.

Cuando acabó la cinta, Kendra le preguntó:

—¿Desea volver a verla?

—No. —Anne se dejó caer en el sofá con expresión de angustia—. Usted dijo todo el tiempo que él estaba con usted, y yo creí que mentía. Pero no era mentira, ¿verdad?

—Dije la verdad —contestó Kendra dulcemente—. Daniel estuvo en casa toda esa noche.

—Que Dios me perdone. Durante todos estos años mi... mi rabia y mi odio han estado dirigidos a un hombre que no era el asesino.

Lástima que el juez Giordano hubiera estado tan hastiado que no creyó la clara verdad cuando la vio, pensó Kendra. Anne Peterson era más clarividente.

—No fue usted la única que se equivocó. Al menos ahora es capaz de ver la verdad. No todo el mundo lo es.

—Diecisiete años. Ha estado en la cárcel diecisiete años —musitó Anne moviendo lentamente la cabeza—. ¿Y qué ha sido de Omar Benson?

—Le alegrará saber que murió hace mucho tiempo. Murió apuñalado en la cárcel unos cinco años después de matar a su marido. Tuvo una muerte sangrienta y dolorosa. —Sacó la copia de la foto de Benson que había conseguido Rob—. Ésta es la foto de archivo que le tomaron la última vez que lo arrestaron. Su marido fue vengado hace mucho tiempo.

—Parece un asesino consumado. —Anne torció la boca en un delgado rictus—. Que su alma se pudra en el infierno. Ahora siéntese y dígame a qué ha venido aquí. No sólo para esclarecerme, estoy segura.

Kendra se sentó.

—Ahora soy auxiliar de asesoría jurídica. Mi jefa, Val Covington, está tratando de salvar a Daniel. Ya ve los resultados, pero esta cinta no es suficiente para el sistema judicial. Esta mañana Val le pidió a Frank Giordano, el juez que actuó en el juicio, que conmutara la sentencia a Daniel o por lo menos que aplazara la ejecución hasta que lográramos terminar de investigar a Benson. Su petición fue denegada.

—¿Vio este vídeo Giordano? —preguntó Anne ceñuda.

—Sí, pero desde su punto de vista Daniel ha tenido muchas oportunidades y es hora de que lo ejecuten.

—¡Pero si es inocente!

—Eso no siempre vale —dijo Kendra tratando de que no se notara su amargura—. Pienso ir al *Sun* y armar la gorda. Sería útil si la viuda del hombre asesinado dijera que cree que condenaron al hombre que no era. ¿Estaría dispuesta a decir eso a un periodista si la llamara?

Anne se mordió el labio, la angustia se veía reflejada en sus ojos.

—La verdad es que no deseo sacar a relucir todo eso. Duele demasiado.

—Está en juego la vida de un hombre.

Anne bajó la cabeza y se pasó la mano por sus rizos cortos alborotados.

—Tiene razón. Como buena católica no debería ser partidaria de la pena capital, para empezar, aunque el cura de mi parroquia me dio una dispensa no oficial en eso después del asesinato de Jim. De acuerdo, si llama un periodista le diré que he visto su prueba y que la encuentro convincente.

Kendra soltó el aliento aliviada. Cuando fue a ver Anne Peterson, no estaba segura de que lograra convencerla.

—Muchísimas gracias, señora Peterson. Sé que esto no será fácil.

—Jim era muy partidario de decir la verdad —dijo Anne conteniendo las lágrimas—. Buena suerte; espero que cosiga salvarle la vida a Monroe, señora Brooks.

—Gracias. Vamos a necesitar toda la ayuda que podamos conseguir. —Kendra se levantó—. La cinta es una copia. ¿Quiere quedársela? También puede quedarse la foto de Benson, tal vez desee enseñárselas a su marido.

—Por favor. Bob era un amigo de Jim del colegio. Querrá que se haga justicia también. —Anne dejó la foto en la mesita de al lado y se levantó—. Igual beberemos ese champán esta noche. Es curioso pensar que el asesino de Jim lleva tanto tiempo muerto. Si lo hubiera sabido cuando murió lo habría celebrado, pero ahora...

—Omar Benson tuvo el final que se merecía. —Kendra le tendió la mano—. Gracias nuevamente. Es usted una mujer valiente, señora Peterson.

—No lo soy. Pero ¿acaso la mayoría de la mujeres no hacemos lo que debe hacerse?

Sonrió con los labios temblorosos mientras se estrechaban las manos.

Kendra condujo de vuelta a Baltimore sintiéndose un poco esperanzada. Pero sólo un poco.

Capítulo 25

Val y Rob volvieron juntos a la oficina.

—Cuando me cambie iré a ver si encuentro a otros de los socios de Omar Benson —dijo Rob—. ¿Te parece bien si dejo aquí a *Malcolm* después de darle un paseo?

—Por supuesto. Me gusta su compañía.

Rob le dio un ligero beso y subió a su apartamento. Val tenía un par de mudas de ropa informal en su oficina, así que se cambió el traje sastre por una falda larga hasta los tobillos y una camiseta holgada de punto. Le resultaba más fácil soportar las largas horas de trabajo si estaba cómoda.

Lo primero que tenía en la agenda era llamar a Cal Murphy y, sorprendentemente, el abogado estaba disponible. Cuando le contó lo sucedido en la vista, él soltó una palabrota en voz baja.

—Aunque Giordano es un juez duro, pensé que tenías una buena posibilidad de conseguir por lo menos un aplazamiento corto.

Ella contuvo sus deseos de echarse a llorar.

—¿Tienes tiempo para hablar conmigo? Me gustaría que me ayudaras a encontrar estrategias para el próximo asalto. Monroe no puede permitirse esperar a que yo adquiera la experiencia necesaria para saber cuáles deben ser ahora los siguientes pasos.

—Naturalmente que tengo tiempo.

Val comenzó a tomar notas a toda prisa mientras Murphy

diparaba sugerencias. Tenía mucha suerte de que él estuviera dispuesto a ayudarla.

Estaban en medio de la conversación cuando se detuvo Rob junto a la oficina con *Malcolm*, los dos jadeantes. Rob se había puesto el tipo de ropa vieja que significaba que iría a visitar lugares que podrían ser bastante desagradables, sobre todo para un blanco. Ella le sopló un beso y le deseó buena suerte.

Habiéndose marchado su amo, *Malcolm* anadeó por la oficina y fue a echarse debajo del escritorio. Val dejó de tomar notas un momento para rascarle el cuello. Era un buen perro. Tal vez debería comprarse un gato de oficina para que le hiciera compañía.

Cal acabó su disertación sobre formas y medios diciendo:

—Espero que eso te sirva. Llámame si puedo hacer algo más.

—Eso te lo aseguro. Mi ayudante, Kendra, pretende persuadir a los del *Sun* de que publiquen todo lo que está sucediendo en relación a este caso. ¿Crees que eso nos ayudará?

—Los jueces son muy quisquillosos respecto a la coacción, pero si se puede generar bastante calor en el público, podría servir. A nadie le gusta pensar en personas inocentes ejecutadas. Es muy peligroso.

—Si te llama un periodista, ¿hablarás con él?

—Obtendríais mejor metraje del tío que actuó de fiscal en el caso. Ahora está jubilado y puede decir lo que le dé la gana. Si está de acuerdo en que hay graves dudas después de ver el vídeo, eso sería una gran ventaja para ti. —Calló un momento—. Pero dudo de que haya cambiado de opinión. El fiscal principal de este caso era un verdadero pit bull.

Val anotó el nombre del fiscal jubilado, volvió a darle las gracias y se puso a trabajar. Técnicamente hablando, no haría una apelación, que era una revisión de la forma de realizar el juicio. Eso ya se había hecho en ese caso, y el juicio fue aceptado como justo y correcto. Trabajaría en los desafíos colaterales, los que se hacían una vez que estaban agotadas todas las apelaciones. Tenían una nueva prueba; seguro que los jueces del Tribunal Superior del Estado no serían todos tan testarudos.

Entró en la red, en una base de datos jurídica para investigar; escribió y tomó notas, consciente de que los minutos pasaban, marcando lo que le quedaba de vida a Daniel. Cuando *Malcolm* levantó la cabeza y le frotó la pantorrilla con su larga nariz de perro, ya era la hora de cenar.

Suspirando, se levantó, se desperezó y le puso la correa al perro para sacarlo a caminar. El atardecer estaba callado; el aire de verano, denso y bochornoso. Después de lo ocurrido ese día, las calles estaban misteriosamente silenciosas. Normal.

De vuelta en la iglesia, cambió el agua de *Malcolm* y le puso comida en el plato. Después bajó a la cocina del sótano en busca de cena. Cogió una lata pequeña de ensalada de pollo y se preparó un bocadillo con galletas saladas crujientes y se sirvió un vaso de leche. Ésa sería su cena.

Mientras esperaba que estuviera listo el café, subió la escalera y empezó a vagar por el local. Se detuvo en la entrada del templo a contemplar el rosetón que adornaba la parte superior de la puerta principal. Aunque los vitrales no formaban parte de la tradición cuáquera en la que se educó, la energía espiritual de esa antigua iglesia le recordaba las reuniones.

Callie siempre fue agnóstica, pero creía que una niña debía educarse en una religión. Dado que admiraba profundamente los valores y la integridad cuáqueros, decidió llevar a su hija al centro Stony Run Meeting. El local donde se celebraban las reuniones estaba en el mismo campus de la Escuela de los Amigos, donde se educó ella.

Aunque hacía casi dos decenios que no asistía a una reunión, la pasión cuáquera por la justicia se le había metido en los huesos. Esa pasión era uno de los motivos de que eligiera el derecho como profesión, y cada vez veía con más claridad cuánto había influido también en su decisión de instalarse por su cuenta.

El imperio de la ley estaba en el corazón de los valores civilizados, y la injusticia la indignaba. Era una interesante combinación de rasgos heredados de Callie y de Brad. Le dio la espalda al rosetón al borde de las lágrimas, porque saber que le había fallado a Daniel le estaba rompiendo el corazón.

Se sentó en un sillón, cerró los ojos y por primera vez en muchos años comenzó a orar: «Te ruego que se haga justicia por el bien de Daniel, por aquellos que lo aman y por nuestra sociedad, que se degrada trágicamente con el asesinato de inocentes. Y, si es tu voluntad, dame la fuerza y la sabiduría para ayudar con mi trabajo a la gente y no contentarme con la prosperidad y la aprobación superficial».

Aunque trató de aquietar la mente en el silencio cuáquero, le fue imposible; se sentía inquieta y no hacía más que pensar en posibles estrategias. Suspirando, se levantó y volvió a su oficina. Cuando entró, su mirada recayó en un hermoso ramo de flores de seda que adornaba la mesa lateral de su escritorio. Había pasado una segunda tarde con Lyssie haciendo arreglos florales. El siguiente sábado serían coronas, y luego tal vez pensarían en otros tipos de trabajos manuales.

Pasó la mano por el jarrón de bronce desgastado que contenía el ramo. Ese arreglo era obra de Lyssie. La niña no sólo era una fabuladora nata, sino que también tenía sensibilidad para el diseño, el color y la textura. Sólo habían pasado juntas dos tardes de sábado, pero la niña ya comenzaba a estar más cómoda con ella. De vez en cuando se reía, y estaba empezando a cobrar confianza en su creatividad. Dentro de un par de años, pensó sonriendo, su hermanita iría vestida toda de negro y suspiraría por trasladarse a Greenwich Village. Al menos esa relación se estaba desarrollando satisfactoriamente, aun cuando la situación de Daniel fuera crítica.

Después de servirse una taza de café, volvió a sentarse ante el ordenador. Debía trabajar por lo menos unas tres o cuatro horas más, hasta que le flaqueara la concentración.

Continuó trabajando hasta la vuelta de Rob, algo pasada la medianoche. *Malcolm* fue el primero que notó su regreso. Al oír los pasos de su nuevo amo se levantó y atravesó la oficina corriendo a encontrarse con él en la puerta.

—Hola, viejo, ¿cómo te va? —lo saludó Rob acuclillándose a rascarle las dos orejas.

Después se incorporó para ir a saludar a Val.

Ella corrió a echarse en sus brazos, sintiéndose repentinamente cansada. Qué cuerpo más maravilloso, cálido y consolador tenía él, y qué espíritu más cálido. Se le cerraron los ojos.

—¿Encontraste algo útil?

—Localicé a otro hombre que recordaba a Omar Benson jactándose de haber matado a un policía, pero sería muy mal testigo. Tiene una mirada furtiva y parecía estar bastante ido. Comparado con él, Joe Cady parecía un pilar de la comunidad.

—De todos modos, es otro peso en nuestro lado de la balanza, aunque sea poco limpio.

—Supongo. No tenía ni idea sobre el arma asesina perdida. —Con su enorme mano le masajeó los músculos anudados de los hombros—. ¿Cómo te ha ido?

Ella se encogió de hombros sin cambiar su cómoda posición en sus brazos.

—Estoy redactando una nueva petición al Tribunal de Apelaciones de Maryland. Cuando acabe, redactaré otra para la Corte Suprema para que ordene un *certiorari*, lo que significa una petición de que oigan nuestros argumentos en el caso de que Maryland se niegue, pero eso es realmente muy difícil. Esta Corte Suprema es conservadora, y sencillamente no hay ningún planteamiento constitucional convincente del que nos podamos valer.

Él le levantó la cara para besarla. Aun cuando ella estaba mental y físicamente agotada, él logró excitarla. Comenzó a revivir, devolviéndole el beso con creciente entusiasmo.

Él puso fin al beso y apoyó la frente en la de ella.

—Habiendo tantas cosas que van mal, siento un potente deseo de construir sobre lo que es bueno y verdadero. Casémonos, Val.

A ella se le hizo un nudo en el estómago. No se esperaba algo así.

—¿Casarnos? ¡Es demasiado pronto para pensar en eso!

Cogiéndole la mano, él se sentó en el sofá y la hizo sentarse a su lado.

—Me conoces mejor que nadie, y yo me siento como si te conociera bastante bien. Cierto que llevamos menos de tres meses de relación, pero han sido intensos puesto que trabajamos juntos también. ¿Cuánto tiempo más necesitamos para conocernos? Ya que no deseas que vivamos juntos, creo que es hora de poner la idea de matrimonio en la mesa de negociaciones.

Ella le miró los ojos translúcidos como cuarzo y comprendió que hablaba en serio. Con el corazón retumbante, se levantó y comenzó a pasearse.

—Creo que la respuesta tradicional es: «Pero, señor, ¡esto es muy repentino!»

—¿Lo es? —Él la miraba como uno de sus gatos mirando una ardilla listada—. Te he tomado en serio desde el comienzo, pero he tratado de controlar mis sentimientos para no asustarte.

Sí que la conocía bien, porque decididamente se sentía amilanada por esa declaración. Tal vez si hubiera sido más receptiva a la idea de vivir juntos, él no estaría blandiendo la idea del matrimonio como un látigo.

—Siento haber sido tan asustadiza. Nunca antes me habían propuesto matrimonio.

Él arqueó las cejas.

—¿Nunca? Con lo guapa y encantadora que eres y tu activo historial de romances, ¿nadie te ha propuesto casarse contigo?

—No en serio.

—¿No en serio, o tú no permitías que fuera en serio? —Se inclinó, apoyó los codos en las rodillas y se cogió las manos entre ellas—. ¿Qué te parece mal, Val? ¿Yo o el matrimonio en general?

—No hay nada malo en ti. —Se obligó a detener el paseo para mirarlo. A su pelo acariciado por el sol le hacía falta un corte, y sus ojos estaban ensombrecidos por el cansancio, pero estaba irresistiblemente atractivo—. Incluso cuando creía que eras un simple carpintero sabía que no había nada de vulgar en ti. Tu inteligencia, tu consideración, tu sinceridad. —Sonrió, deseando distender un poco el ambiente—. Por no decir que me excitas como una loca. Es sólo que... ¿matrimonio? ¿Tan pronto?

—¿Cuánto tiempo debe pasar para que no sea tan pronto para hablarlo? ¿Seis meses? ¿Un año? ¿Diez años? ¿O prefieres una relación similar a la que tienen tu madre y Loren?

Ella vaciló. Aunque antes la relación de Callie y Loren la hacían poner los ojos en blanco, la encontraba bastante buena en esos momentos.

—Ese arreglo tiene algunas ventajas importantes. Están juntos cuando lo desean, pero nunca se andan tropezando entre ellos por la casa.

—Eso está bien para ellos, pero no es lo que yo deseo. —Entrelazó las manos más fuerte—. Deseo tener amor, matrimonio e hijos. Deseo vivir bajo el mismo techo contigo, experimentar y solucionar juntos los altibajos y aprender de cuantas nuevas maneras puedo amarte a medida que envejecemos juntos. Deseo... deseo el tipo de raíces seguras que nunca he tenido. Lo que no deseo es ser un novio permanente o un juguete sexual como es Loren para tu madre.

Ella sofocó una inspiración.

—¡Eso no es justo! Puede que tú fueras en serio desde el comienzo, pero yo también. De todos modos, no llevamos mucho tiempo.

—¿Cuándo será el tiempo suficiente para ti?

Ella estaba demasiado cansada para esa conversación. Por no decir sofocada por su insistencia.

—¿No podemos dejar en suspenso nuestra relación hasta que se decida el destino de Daniel? —Se acercó a él con un beso, tratando de transmitir la pasión y el cariño que no sabía expresar con palabras—. No quiero perderte, Rob. Simplemente..., no me metas prisas.

Instalándose en su rodilla, lo empujó con su peso hasta quedar los dos tendidos sobre el sofá, y le bajó la mano por el cuerpo. Ansiaba pasión, la profunda conexión de cuerpo con cuerpo que siempre le iba mejor que las palabras tiernas.

Él reaccionó al instante, endureciéndose al contacto de su mano y y besándola con avidez. Ella estaba a punto de bajarle la cremallera cuando él se apartó y la sentó en el sofá a su lado.

—No —dijo jadeante—. El sexo es fabuloso, pero no es la respuesta esta vez.

Sacada así de su aturdimiento sensual, ella dijo estremecida:

—¿Tiene que haber una respuesta? ¿No son suficientes el consuelo, el placer y la risa?

Él empezó a acercársele para abrazarla, de pronto se quedó inmóvil, con los ojos angustiados, y al final se levantó y caminó por la sala. Cuando estaba a una distancia segura, se volvió a mirarla, con los ojos tristes:

—Puede que lo sean para ti, pero para mí no. Deseo compromiso, Valentine. Te quiero y se me hace cada vez más difícil soportarlo cuando te escabulles de cualquier cosa que pueda ser demasiado exigente. Si dejamos las cosas en suspenso hasta que se resuelva el caso de Daniel, bueno, ¿cuánto tardarás en meterte en otra cruzada? No es que tenga nada en contra de las cruzadas, pero no quiero que sean más importantes que nuestra relación.

Val sintió deseos de llorar, pero no se lo permitió.

—Dices que te conozco mejor que nadie, pero no sabía que pensabas así. Creía que teníamos una buena relación y que estaba mejorando con el tiempo. Y no me imaginaba que pensaras que yo me escabullo de todo lo que es exigente.

—Sí que tenemos una buena relación, pero me da miedo que sigamos siempre así. Es demasiado grande el riesgo de que que yo llegue a aceptar menos de lo que deseo porque se me hará imposible alejarme de ti. —Cerró los ojos un momento; parecía agotado—. Así que supongo que la solución es... que me aleje ahora.

Ella se quedó inmóvil, sintiendo que un escalofrío recorría todo su cuerpo.

—¿Eso es un ultimátum, coge el anillo o nada?

El sonrió tristemente.

—No tengo un anillo. ¿Aceptarías un Rolls Royce de compromiso? Las llaves están arriba. Me haría feliz ponerme de rodillas y ofrecértelas.

—Esto se está convirtiendo en un chiste malo. —Rodeándose con los brazos, dijo con voz suplicante—: Los dos estamos demasiado cansados para tener esta conversación. Vámonos a la cama y hablemos de esto por la mañana.

—Muy bien. Tú te vas a tu cama y yo me voy a la mía.

—Preferiría dormir contigo. —No sólo ansiaba su calor, sino que además estar con él le daría una oportunidad de ofrecer argumentos no verbales.

—Yo también lo preferiría —dijo él—, pero eso no va a ocurrir hasta que estés dispuesta a consolidar nuestra relación.

Val sacudió la cabeza, incrédula.

—Ésta es la conversación más extraña que he tenido con un hombre. No me dejes, Rob. No soporto la idea de perderte.

Creyó que había ganado cuando él se volvió y se inclinó para darle un beso, pero el beso fue fugaz.

—No es necesario que hagamos lo de los anillos ni que fijemos una fecha. Sólo deseo que aceptes seriamente la posibilidad de un compromiso duradero. Pero ni siquiera ahora estás considerando eso, ¿verdad?

La rabia se apoderó de ella.

—No reacciono bien a la táctica de la presión.

—¿Quién reacciona bien? —Suspiró—. He trazado una raya en esto por el bien de mi salud emocional. No soy optimista en que tú desees verdaderamente casarte. Si lo desearas, eso ya habría ocurrido.

—¡Tú no estás en posición para hablar!

—Antes de conocerte no estaba interesado en el matrimonio. Iba huyendo, creaba una empresa, me enterraba en mi trabajo y volvía a huir otra vez. Exactamente lo que sigues haciendo tú. —La miró compasivo—. En estos cuatro últimos años mi cerebro se ha ido reprogramando lentamente y ahora sé que deseo más que lo que he tenido. Deseo compromiso e intimidad emocional.

Ella hizo una inspiración temblorosa.

—Pides mucho.

—Lo sé. Tal vez demasiado. —Con visible esfuerzo, desvió la vista—. Buenas noches, Val. Creo que es hora de que comience a buscar otro lugar para vivir.

Hizo chasquear los dedos y *Malcolm* se levantó sobre sus patas curvas de basset y caminó obedientemente hasta la puerta.

Val se levantó de un salto, sin poder creer que la mejor relación que había tenido en su vida se le estuviera desintegrando en las manos.

—¿Vas a dejar el caso de Daniel?

—No, claro que no, de ninguna manera —repuso él deteniéndose en la puerta—. Tratar de salvarlo es una manera de intentar salvar mi alma, un alma que me arriesgo a perder si me permito continuar contigo en la zona gris. Seguiré trabajando en el caso y alquilándote la iglesia, pero cuando acabe esta investigación, no volverás a verme por aquí.

Esta vez ella no pudo contener las punzantes lágrimas.

—No me dejes.

Él la miró por un momento infinito.

—Sabes lo que deseo y tienes el número de mi móvil. Piénsalo bien, y si decides que estás dispuesta a dar el siguiente paso, yo estaré contigo. Pero para ser franco, creo que tenemos más posibilidades de salvar a Daniel que de salvar esta relación.

Dicho esto se marchó con *Malcolm*, dejando tras de sí el eco del sonido de las patas del perro contra el suelo de la iglesia.

A ciegas Rob salió al caliente y húmedo aire nocturno sin creer del todo lo que acababa de hacer. De ninguna manera había sido su intención tener un enfrentamiento con Val cuando entró en su oficina. No había pensado más allá de perderse en sus brazos y tal vez persuadirla de subir a pasar la noche con él.

En lugar de eso, se había puesto exigente y había roto la relación. Val tenía razón de estar sorprendida, tres meses de relación no era mucho. Había tiempo de sobra para pensar en el matrimonio.

Y, sin embargo, él tenía razón también. Aunque lo único que tenía que hacer ella era aceptar pensar seriamente en el matrimonio, no quería. Era como el humo, deslizándose como una voluta por sus manos siempre que él trataba de retenerla.

Por lo menos era sincera. Tal vez habría sido mejor si le hubiera mentido.

Cerró los ojos, recordando su cara angustiada. Era una locura alejarse de ella. Pero se estaba enamorando cada vez más. Si continuaba, ¿cuánto tiempo pasaría hasta que dejarla le costaría más fuerza de voluntad de la que tenía?

Incluso las mejores relaciones contienen elementos de lucha de poder. Sabía que si cedía todo su poder a Val ella nunca sería la esposa que él deseaba. Podrían ser amigos, amantes y compañeros de juego, pero no marido y mujer. Si bien la relación de Callie y Loren les iba bien a ellos, no era suficiente para él.

Después de todos los años en que ni siquiera había pensado en el matrimonio, ¿cómo era que ahora no se contentaría con menos?

Capítulo 26

Val condujo a casa con piloto automático, agradeciendo que las calles estuvieran desiertas, porque iba tan atontada que no habría sido capaz de hacer frente a una emergencia.

Cuando entró en su casa, los gatos fueron a saludarla, *Lilith* saltando y *Damocles* caminando con la cabeza levantada, bostezando. Sin pensarlo, se dejó caer en el suelo del vestíbulo, cogió a los dos gatos y se echó a llorar desconsolada. Con felina intuición, los animales se acurrucaron contra ella en lugar de escapar ante ese extraño comportamiento.

¿Podría tener razón Rob al decir que ella evitaba cualquier cosa que indicara que la relación amenazaba un compromiso más exigente? Sí que se había dado prisa en meter debajo de la alfombra el anterior conflicto sobre vivir juntos. Aunque su reacción automática, tanto entonces como esa noche, fue decir que era demasiado pronto para hablar de un compromiso duradero, ya no podía negar que tenía problemas emocionales profundos, tal vez incurables, en sus relaciones con los hombres. Por fin encontraba un hombre sano, atractivo, muy conveniente, al que quería profundamente, y su proposición de matrimonio la dejaba destrozada.

«Si desearas casarte, eso ya habría ocurrido.» El tema del matrimonio había surgido una o dos veces en relaciones anteriores, pero ella no las había considerado proposiciones serias porque los hombres bebían, no eran fiables o eran adictos crónicos al trabajo.

Pensándolo bien, las veces que se habló de matrimonio ella reaccionó con el mismo tipo de terror que sentía en ese momento, pero supuso que se debía a que los hombres no eran convenientes, lo cual le daba una buena disculpa.

Rob era distinto, el tipo de hombre que debería agarrar con las dos manos y no soltar jamás. Bueno, compasivo, divertido, inteligente, y vivía según sus principios, aun cuando esto le había costado un elevado precio. Además, le gustaba muchísimo y adoraba su compañía, ya estuvieran trabajando, comiendo o simplemente holgazaneando juntos. Y él la amaba.

Si alguna vez había amado a un hombre, era a Rob, pero le había resultado más fácil no analizar sus sentimientos, porque estaba ocupada, porque sólo llevaban un tiempo saliendo, porque no había querido mirar verdaderamente la situación.

Cansinamente dejó los gatos en el suelo y se puso de pie. Les daría la comida y se iría a la cama. Tal vez el cerebro le funcionaría mejor por la mañana.

Cuando abrió la lata de comida para gatos, su mirada se desvió hacia el teléfono de la cocina. Si quería a Rob de vuelta, lo único que tenía que hacer era levantar el auricular, marcar su número y decirle que estaba dispuesta a considerar la posibibilidad de una relación seria, comprometida, duradera. Él llegaría antes de veinte minutos y estarían juntos hasta que la muerte los separara.

Ni siquiera mentalmente pudo emplear la palabra matrimonio.

Hizo una inspiración temblorosa. Hacer una llamada telefónica era algo muy sencillo, sin embargo no podía hacerla ni aunque en ello le fuera la vida.

El teléfono sonó cuando Kendra estaba saliendo de la ducha. Contenta por tener un teléfono en el baño, se envolvió con la toalla, sacudió la cabeza para echarse atrás la mata de trencitas y cogió el auricular.

—¿Diga?

—Hola, Kendra, soy Al Coleman. ¿Cuál es ese fabuloso reportaje que me has prometido?

Ella sonrió. Por el interés que detectaba en la voz de Al, estaba dispuesto a picar el anzuelo. Kendra conocía a su mujer, Mary, que solía trabajar de secretaria en Crouse, Resnick. Al era un hombre inteligente, tenaz y ambicioso. Perfecto para sus fines.

—Hola, Al. ¿Crees que puedes tener un reportaje de primera página con la noticia de que el Estado de Maryland va a ejecutar a un hombre inocente dentro de algo más de una semana a pesar de haberse encontrado nuevas pruebas exculpatorias?

Él soltó un suave silbido.

—¿La ejecución de Monroe? Es un tema candente, pero no hay mucho tiempo para actuar. ¿Tienes pruebas?

—Pues claro. Tengo una carpeta gorda, entre otras cosas con un vídeo de un testigo ocular moribundo confesando que cometió perjurio, exculpando a Monroe y dando el nombre del verdadero asesino. ¿Nos encontramos para desayunar, para poder entregártelo todo?

—¿Puedes estar en el Bel-Loc Diner dentro de media hora? —preguntó él, sin molestarse en ocultar su entusiasmo.

—Nos vemos allí.

Kendra colgó y se enjugó las trencitas con una toalla. Al tenía razón, no había mucho tiempo, y el *Sun* no publicaría un reportaje que no hubiera sido verificado, pero seguro que el diario tenía un montón de estudiantes trabajando durante el verano que se estarían muriendo por hacer algo útil. Eran pocas las noticias en esa época del año, por lo que Al debería poder montar rápido el reportaje.

Después de vestirse y maquillarse a toda prisa, pasó a ver su e-mail. Tal como esperaba, había respuesta de Jason. ¿Qué harían los padres e hijos para comunicarse antes del e-mail?

Abrió el mensaje. Sólo decía: «¡Adelante, mamá!»

Sonrió con los labios algo temblorosos. Si él hubiera puesto objeciones a que ella hiciera pública la noticia, habría tenido que pensar largo y tendido sobre cómo seguir con eso. Jason sería parte de la historia, sería arrastrado por las brasas de la publicidad a causa de un padre al que apenas conocía. Ningún chico deseaba ser diferente de esa manera, pero Jason no había vacilado. Entre ella y Phil habían hecho un buen trabajo con su niño.

¿Serviría la publicidad para salvar a Daniel? Tal vez no, pero por lo menos ella haría algo. Con la mandíbula apretada, salió de la casa y subió a su coche recordando una frase en latín dicha por Julio César que aprendió en el instituto: *Alea jacta est.*

La suerte está echada.

—¿Quiere saber cosas sobre las armas de Omar?

Virginia Benson-Hall, la madre de pelo blanco de Omar Benson, que estaba regando las flores de las macetas de su porche, se enderezó para mirar a Rob con expresión desconfiada. Aunque había aceptado hablar, seguía recelosa.

—Su hijo estuvo implicado en un asesinato por el que condenaron a otro hombre —le explicó Rob—. El arma no se ha encontrado nunca. Me han dicho que a Omar le gustaban las armas, pero por lo que sé nunca le vieron una pistola europea del calibre del arma asesina. Pensé que cabía la posibilidad de que usted supiera algo de esa arma, puesto que fue su heredera.

—Dejó un montón de armas, sí. Yo las vendí por un dinero que me sirvió para pagar tres años de matrícula para mis dos hijas en la escuela parroquial. Pero ¿un arma europea? No vendí ninguna de ésas. —Cortó con los dedos un geranio muerto—. Tenía muchas armas finas y elegantes, pero lo mataron con un cuchillo, uno de esos cuchillos que se hacen los presos en las cárceles. Eso es lo que se llama ironía.

—Y grande —convino Rob—. ¿Omar le dijo alguna vez que asesinó a un policía y salió impune?

Eso captó la atención de la anciana.

—Dios santo, no. Y aunque lo hubiera hecho, no se lo habría dicho a su desaprobadora mamá. ¿Lo... lo hizo?

La pena que vio en sus ojos hizo suavizar la voz a Rob todo lo que pudo:

—Es posible. Si lo hizo, fue de forma impulsiva, cuando estaba sorprendido y asustado. No fue premeditado, y es muy posible que estuviera drogado.

—Como si eso lo hiciera menos asesinato —dijo ella. Exhaló un suspiro—. En los últimos diez años no lo vi más de tal vez tres veces al año. En Navidad y en los cumpleaños de sus hermanastras. Les traía regalos bonitos, y les pagó la escuela hasta que fue a la cárcel. Nunca me atreví a preguntarle de dónde sacaba el dinero.

—Movió la cabeza tristemente—. Era un niño bueno antes de echarse a las calles. Quería entrar en el ejército, llevar un arma y ver el mundo. Lo estropearon las malas compañías.

Lucy Morrison había dicho lo mismo de su hermano Joe, y él se inclinaba más a creerlo en ese caso. Por todo lo que había sabido, Omar era la mala compañía original. Pero su madre lo quería y él había querido a sus hermanas. ¿Qué podría haber sido si no hubiera sucumbido al atractivo de las drogas y el peligro?

—¿Tiene idea de quiénes eran sus amigos? Tal vez alguno de ellos podría saber si Omar poseía un arma del calibre que busco.

—En eso no lo puedo ayudar —bufó ella—. Sus amigos no eran bienvenidos en mi casa.

Otro punto muerto. No le sorprendió.

—Gracias por su tiempo. —Le dio su tarjeta—. Si se le ocurre algo que pudiera serme útil, no dude en llamarme.

Ella dejó la tarjeta sobre la baranda del porche.

—¿Ha dicho que condenaron a otro por el asesinato que pudo haber cometido Omar? —Cuando Rob asintió, añadió—: Entonces voy a rezar para que la verdad deje libre a ese pobre hombre.

—Gracias, señora.

Hizo una amable inclinación de la cabeza y se marchó, pensando que le estaban empezando a volver los modales sureños después de tantos años en California.

Cuando se alejaba de la zona oeste de Baltimore, pensó qué podría hacer. Se había mantenido lo más ocupado posible para no pensar en Val, pero no tenía más entrevistas que hacer hasta esa noche. Tal vez debería ir a ver si Sha'wan necesitaba ayuda.

A no ser que...

Detuvo la camioneta junto a la acera y sopesó una idea que le pasaba a cada rato por la cabeza. Cuando habló con Val, él mencionó de pasada una casa cercana a la de ella que daba la impresión de que podría servir para los dos. Aunque le encantaba la casa de Val, era demasiado de ella. Si planeaban casarse, sería mejor encontrar una casa que les perteneciera a los dos.

Pero no tenía muchas esperanzas de que algún día vivieran juntos, quizá lo mejor era buscarse una casa para él solo. Tal vez no era juicioso mirar propiedades tan cercanas a la casa de Val, pero la que había captado su atención estaba más lejos de la casa de ella de lo que estaba su apartamento del nuevo despacho.

Y además, caramba, deseaba una casa propia. Cuando era niño simpre vivieron en apartamentos alquilados. El apartamento que se compró en California era cómodo y tenía una fabulosa vista de la bahía de San Francisco, pero era simplemente un apartamento elegante que poseyó por casualidad. Deseaba una verdadera casa, con césped para cortar, hojas para podar y un espacio entre él y sus vecinos.

Lo más importante de todo, deseaba tener un hogar. Comprar una casa no le daría automáticamente calor de hogar ni conexión, pero era un comienzo. Y ahora que tenía a *Malcolm*, bueno, tenía el inicio de una familia.

Se inclinó hacia el lado y sacó un bloc de la guantera de la camioneta. La primera vez que pasó por la casa de Springlake Way y vio el letrero de que estaba en venta, detuvo la camioneta junto a la acera para admirar la hermosa fachada de la casa estilo Tudor y luego anotó el número de teléfono de la agencia por si a Val le interesaba verla. No había ningún mal en llamar a la agencia en ese momento.

Cinco minutos después iba de camino a la agencia inmobiliaria a ver a la agente. Presumiblemente ella deseaba verlo para asegurarse de que no era peligroso. Aprobaba esa cautela. En cuanto a la casa, igual no le gustaba mucho una vez que la viera por dentro. Pero al menos verla le impediría pensar.

Toda la mañana había tenido llamadas telefónicas, lo cual Val agradecía. Tener que hablar le servía para quitarse a Rob de la cabeza, lo cual era una suerte, porque pensar en él afectara negativamente a sus emociones y su serenidad.

Kendra había llegado tarde al trabajo por su encuentro con el periodista del *Sun*. Las ruedas estaban en marcha. Dado que el material estaba muy bien ordenado, a Al Coleman no le llevaría mucho tiempo verificar los hechos y escribir un reportaje sobre la condena errónea de Daniel y la inminente ejecución. Con seguimiento.

Aunque la publicidad podría servir, Val estaba concentrada en pulir su petición al Tribunal de Apelaciones. Estaba inmersa en el documento cuando Kendra le pasó una llamada de Rainey Marlowe. Pensando en lo mucho que había cambiado desde que su amiga la llamó para anunciarle los beneficios que le había producido su película, cogió la llamada.

—Hola, Rainey, ¿cómo estáis tú, el bebé y el hombre más sexy del mundo?

Rainey se echó a reír.

—Muy bien. Una de las cosas buenas del negocio del espectáculo son los largos intervalos entre trabajo y trabajo. Por eso he tenido tiempo para pensar que deberíamos celebrar que Kate está embarazada con una fiesta. ¿Podríais organizarla tú y Rachel? Yo ayudaré en lo que pueda, aunque no será mucho estando tan lejos.

—Eso debería habérseme ocurrido a mí, pero he estado tremendamente ocupada. Con todo el trabajo de instalar mis propias oficinas y tomarme tiempo para oler las flores. —Se reclinó en su sillón, pensando qué maravillosamente natural sería una fiesta por un bebé—. Podemos hacer la fiesta en mi casa, dado que es la que está más céntrica. Será una locura encontrar una fecha para poder reunirnos todas, pero si comenzamos ahora tendríamos que arreglárnoslas para programar algo antes de que nazca el bebé. Dile a Emmy que me envíe tu agenda por fax. Yo hablaré con Rachel. ¿Tienes tiempo para llamar a Laurel y Kate?

—Me encantaría. De hecho, ¿por qué no me encargo yo de averiguar qué fecha les iría bien a las de la vieja pandilla y a la mamá de Kate? Concretar una fecha es lo más difícil, y yo puedo hacer las llamadas desde Nuevo México igual que si estuviera en Maryland.

—Llama, entonces, y gracias por ofrecerte.

Pasados otros cuantos minutos de conversación, se despidieron y colgaron. Val quedó muy animada; cuando te estás ahogando en un pantano de detalles y crisis va bien recordar que las amigas tienen bebés y la vida continúa.

Si deseaba tener hijos propios, y Lyssie ya la estaba haciendo pensar que la maternidad era algo que podría manejar, ¿por qué no le proponía matrimonio a Rob, que estaría feliz de participar en ese proyecto?

Antes de que empezara nuevamente sus cavilaciones, Kendra le dijo por el intercomunicador:

—Al Coleman está en la línea dos. Quiere hablar contigo acerca de Daniel. ¿Te va bien?

—No pierde el tiempo, ¿eh? Cogeré la llamada.

Pulsó el botón de la línea dos. Como Scarlet O'Hara, mañana pensaría en Rob y en el matrimonio.

—Ahora que he hecho el recorrido oficial —dijo Rob—, ¿puedo vagar un poco más por aquí solo?

La agente sonrió alegremente.

—Naturalmente. Puesto que los propietarios se mudaron ya hace seis meses, no hay nada que yo deba vigilar. Tómese su tiempo, yo me pondré al día con mis llamadas.

Rob atravesó el vestíbulo, inundado de luz por las ventanas de cristal sellado con plomo, y subió por la majestuosa escalera. Aunque le caía bien la agente, seguro que ella lo encontraría terriblemente raro si lo veía acariciando la magnífica madera tallada a mano.

Al llegar arriba se sentó en el alféizar de la ventana saledíza, con la mirada perdida en el descuidado jardín de atrás. Le había gustado la casa cuando la vio desde la acera, pero no se había imaginado que se enamoraría de ella al verla por dentro. De casi un siglo de antigüedad, la casa tenía esos exquisitos detalles que las viviendas nuevas no pueden igualar. Los espacios combinaban bien, creando una sensación de relajación desde el momento de entrar.

Si bien no era mucho más grande que la de Val, esa casa se alzaba en un terreno enorme, con un espacio sorprendentemente amplio en la parte de atrás. Un garaje para tres coches bastante nuevo daba al callejón, y una bonita casa para huéspedes con un dormitorio estaba anidada en medio de tantos árboles y arbustos que daba la impresión de estar en el campo.

A los baños y a la cocina les hacía falta una reforma, y los sistemas de calefacción y aire acondicionado estaban en sus últimas, y tal vez ese era el motivo de que la propiedad llevara tanto tiempo en venta. No le importaba. El trabajo de remodelar lo tendría ocupado, y sí que le haría falta mantenerse ocupado durante mucho tiempo.

Se levantó y caminó hasta el dormitorio principal para verlo de nuevo. Situado en la esquina izquierda de la parte de atrás, era una habitación de considerable tamaño, pero la beneficiaría echar abajo la pared que la separaba del cuarto contiguo para convertir ese espacio en vestidores con armarios y un cuarto de baño realmente lujoso. Por su mente pasó una breve imagen de Val riendo en medio de una masa de burbujas.

Giró sobre sus talones y salió de la habitación.

Era condenadamente fácil imaginársela en esa casa. Antes de que su relación se estrellara y se quemara, había fantaseado saliendo con ella para comprar los muebles juntos. Nunca había hecho eso y se imaginaba que sería agradable. Val se encargaría de los diseños y él de la ejecución. Elegir pinturas y telas, probar unos cuantos colchones...

Nuevamente se obligó a dejar de pensar en eso. La primera lección que había aprendido en su familia era que las personas no cambian simplemente porque aquellos que las quieren lo desean. Val tenía graves problemas con el matrimonio, o con él, o con ambas cosas. A pesar de lo que decía ella, Rob sospechaba que el problema era él. Dios sabía que no era ningún premio.

Pero incluso sin Val podría ser feliz en esa casa, pensó. O por lo menos sentirse a gusto. Había huido a Baltimore en busca de refugio, y poco a poco le había ido tomando cariño al lugar. Descubría que le gustaba conocer a una amplia variedad de personas y encontraba satisfacción en el trabajo que hacía. Era hora de que dejara de vivir como un gitano.

Cuando se encaminaba hacia la escalera para bajar a decirle a la agente que deseaba hacer una oferta, se le ocurrió si los actuales propietarios aceptarían una cláusula en el contrato que le permitiera vivir en la casa para huéspedes hasta que todo estuviera firmado. Era una casita agradable, con cocina y baño, y viviendo allí no se arriesgaría a encontrarse con Val cada vez que entrara o saliera.

Mientras bajaba por la ancha escalera con una mano en la baranda de sedoso nogal, sonó su móvil. No era el número de Val. Suspiró al ver esa prueba de pensamiento fantasioso.

—¿Diga? Aquí Rob.

—Hola, me llamo Al Coleman, del *Sun*. Querría hablar con usted acerca del caso de Daniel Monroe.

Emitiendo un silbido silencioso, se sentó en medio de la escalera. Así que el plan de Kendra estaba en un buen comienzo, y su vida privada estaba a punto de hacerse añicos. Quisiera Dios que abrir sus viejas heridas sirviera para salvarle la vida a Daniel. Desde el lugar donde estaba vio que la agente seguía ocupada hablando por su móvil. Lo de la oferta podía esperar.

—Ningún problema, señor Coleman. ¿Qué desea saber?

Capítulo 27

Kendra dejó preparándose el café para el desayuno y bostezando salió a la puerta para recoger el diario. Cuando volvió a la cocina casi derramó el café por toda la mesa al ver el llamativo titular: «DUDAS SOBRE LA CULPABILIDAD DE UN ACUSADO CUANDO SE APROXIMA SU EJECUCIÓN».

Buen Dios, ¿después de sólo tres días? Con el corazón martilleándole en el pecho, se sentó y comenzó a leer el reportaje, o, mejor dicho, los reportajes. Al y los estudiantes en práctica habían hecho un trabajo fabuloso contando la historia del caso y la nueva prueba. Se citaba a todos los implicados importantes que continuaban vivos. El reportaje se beneficiaba de que no competía con ninguna noticia nacional importante. Gracias al cielo por la calma de fines del verano.

El artículo ocupaba dos páginas enfrentadas del interior, las dos llenas de historias relacionadas. El interrogante sobre culpabilidad o inocencia aportaba toneladas de interés humano, y Al Coleman exprimía hasta el último bocado.

Estaban citados Cal Murphy y Val, como también el abogado jubilado que actuó de fiscal en el juicio. Por desgracia, este último seguía pensando que Daniel era culpable y que deberían haberlo ejecutado hacía mucho tiempo. El fiscal del Estado estaba de acuerdo, y apoyaba a su predecesor a pesar de la nueva prueba. Kendra hizo un gesto de pena. Las habilidades de ataque de un pit bull son una ventaja para un fiscal, y el fiscal del Estado actual era un ejemplo clásico.

La viuda del agente Malloy también aparecía en el artículo. Decía que después de ver el videocasete de Joe Cady creía que Daniel Monroe podría ser inocente y que no deseaba verlo ejecutado si había dudas razonables. «Bendita seas, Anne Malloy Peterson.»

Jason y ella tenían cada uno su propia columna. Le había dejado dos fotografías a Al Coleman. En una estaba Daniel jugando con Jason cuando era un bebé, era la imagen de un padre joven amoroso. La otra era de Jason con su uniforme, guapo y con expresión grave, un joven consagrado al servicio de su país. Coleman había llamado a Jason a Colorado y obtenido algunas declaraciones de él, entre otras: «Esto ha cambiado mi forma de pensar acerca de la pena capital. Antes pensaba que los asesinos se merecen lo que reciben, pero ¿y si no son los verdaderos asesinos?»

Había un artículo sobre Rob también. Ahogó una exclamación cuando leyó su verdadero nombre y su historia. Debió contarle su pasado a Coleman, porque aparecía en el diario, en esa primera andanada de noticias. Coleman resumía la historia del Ángel Vengador para explicar por qué el Chico Grafitis de Baltimore se había sentido impulsado a investigar un viejo asesinato. Aparecía una foto de archivo de Rob con barba borrando un grafiti, y la cita de una declaración de él: «No había duda de la culpabilidad de mi hermano. De la culpabilidad de Daniel Monroe sí la hay, y enorme».

Kendra envió una bendición a Rob por haber estado dispuesto a permitir que se revelara su pasado. ¿Y estuvo presente en la ejecución de su hermano? ¿Cómo pudo soportarlo?

Estaba tratando de no imaginarse cómo sería ver morir a Daniel cuando sonó el timbre. Agradeciendo la interrupción, fue a abrir la puerta.

Ante la puerta estaba una vivaz y sonriente joven que sin duda había llegado en el furgón de transmisión de un canal de televisión local que estaba aparcado en la calle.

—¿Señora Brooks? Soy Sandy Hairston, y querríamos entrevistarla acerca del caso de Daniel Monroe.

Kendra trató de recordar si alguna vez había sido tan joven y alegre. Posiblemente no, pero bajo esa alegría y frescura de la chica había una periodista competente.

—Sé quién es, señorita Hairston, y me encantaría hablar con usted. ¿Me da cinco minutos para ponerme respetable?

—¿Pueden ser tres? —dijo la chica sin perder su sonrisa—. Charm City News desea ser la primera en ponerla en antena.

—Entendido. Una pincelada de pintalabios y salgo enseguida.

Fue corriendo al baño a comprobar su apariencia. No estaba mal. Las trencitas eran un tanto extremadas, pero por lo demás se veía seria e inteligente, no el tipo de tonta especializada en enamorarse de presidiarios. Se aplicó el pintalabios y volvió a la puerta.

Era la hora de descubrir cuánto poder tienen realmente los medios de comunicación.

Cuando Val abrió el diario en su cocina, gritó tan fuerte que los gatos echaron a correr, abandonando temporalmente sus platos de comida. El *Sun* había hecho un reportaje soberbio. La culpabilidad o inocencia de Daniel sería la comidilla del día en la comunidad del sistema judicial de Maryland. Esa mañana ella enviaría su petición al Tribunal de Apelaciones. Esperaba que los jueces que debían decidir acerca de la petición no se sintieran coaccionados por el hecho de que el caso hubiera salido a la luz pública.

Sintiéndose más optimista de lo que se había sentido desde la noche en que Rob rompió con ella, al salir de casa decidió pasar por Springlake Way. No era su ruta normal, pero tenía curiosidad por ver la casa que le interesaba a él.

A lo largo de varias manzanas la calle tenía una mediana con hierba y árboles y una cadena de bonitos estanques pequeños, pero sólo una de las residencias de esa parte estaba en venta. Detuvo el coche delante de la casa para mirarla atentamente, y no le sorprendió descubrir que Rob tenía buen gusto. Ella había admirado esa casa en el pasado.

Durante un breve y doloroso momento se imaginó viviendo ahí con Rob. Tenía un buen tamaño para criar hijos.

Antes que pudiera ponerse triste vio que encima del letrero «EN VENTA» habían pegado otro que decía: «VENDIDA». Bueno, fin de las fantasías de ella y Rob en esa determinada casa. Una propiedad era el menor de los problemas entre los dos en ese momento.

Tanteó la idea del matrimonio como quien se palpa una muela dolorida con la lengua. ¿La sentía tal vez un poco menos alarmante que la otra noche?

Un poco. Tal vez. Por mucho que echara de menos a Rob, la idea del matrimonio seguía haciéndola sentirse sofocada. Suspirando apartó el coche de la acera y encendió la radio, justo a tiempo para escuchar un nuevo reportaje sobre la posible inocencia de Daniel.

Por lo menos algo iba bien.

Cuando Val volvió de dejar sus peticiones, le comentó a Kendra:

—Una ventaja de trabajar en el centro era lo cerca que están los tribunales.

Kendra levantó la vista de su ordenador.

—¿Quieres que te haga una lista de las desventajas?

—No hace falta, las recuerdo muy bien. —Hizo un gesto hacia el diario que Kendra tenía sobre su escritorio—. Estupendo reportaje. Al Coleman tiene que haber trabajado sin parar.

—No hay tiempo que perder en esto. —Kendra apartó del escritorio la silla rodante, reprimiendo un bostezo—. Sí que ha encendido una hoguera. Me han entrevistado dos canales de televisión y ha habido llamadas toda la mañana. No todas de periodistas de aquí, eso sí. Algunas llamadas eran para mí y otras para ti. Tienes un montón de mensajes en tu escritorio. Dos son de abogados del centro que quieren colaborar contigo en los casos que llevas gratuitamente. Vas a acabar con un imperio, chica.

Contenta por haber terminado con lo de las peticiones y así tener tiempo para hablar con periodistas ese día, Val volvió a su oficina. Tal como diera a entender Kendra, la mayoría de los mensajes eran de periodistas, pero un par eran de asuntos normales.

Para empezar, devolvió la llamada del abogado del ex marido de Mia Kolski.

—Hola, Barney, soy Val Covington. ¿Está tu cliente dispuesto a llegar a un acuerdo?

—Steve está dispuesto —repuso el abogado en tono sarcástico—. Decidió reevaluar sus estrategias al verse enfrentado a posibles acusaciones de fraude. Reconozco que eso es bueno, pero, caramba, Val, acabas de cerrarme la mina de fondos para la universidad de mi hijo pequeño. Hacía una tonelada de dinero con el trabajo para Steve.

Ella se echó a reír.

—Si tiene naturaleza litigiosa, sin duda volverás a verlo. No me importa lo que haga, mientras deje de hostigar a Mia. ¿Cuáles son los detalles entonces?

Después de una enérgica ronda de negociaciones, se despidió del abogado y llamó a Mia, cuyo grito de alegría podría haberse oído en Delaware.

—Val eres una santa, un regalo de Dios. ¿Qué puedo hacer para pagarte el haberme sacado del cuello a ese albatros?

Val lo pensó.

—¿Qué tal si me proporcionas música en vivo para, digamos, tres fiestas mías en el futuro? Pareceré una mujer con mucha clase sin gastar un céntimo.

—Hecho. ¿No vas a dar una fiesta para inaugurar tu nuevo despacho este viernes? Puedo reunir a un trío o un cuarteto para entonces, no hay problema.

—¿Tan rápido? Trato hecho.

Cuando terminaron de pulir los detalles, contestó el siguiente mensaje de la lista, el de su viejo cliente, Bill Costain.

—Hola, Bill, soy Val. ¿En qué puedo ayudarte?

—No podré asistir a tu inauguración este viernes.

—Qué lástima. Esperaba enseñarte mi nuevo despacho. ¿Por qué no vienes otro día, te lo enseño y después te invito a almorzar? Después de todo eres mi principal cliente.

—Val...

—¿Pasa algo? —preguntó ella al detectar tensión en su voz.

—Val..., mi mujer es Malloy —dijo Costain, y exhaló un largo suspiro—. Jim Malloy era su primo favorito. Normalmente es bastante comprensiva, pero cuando leyó el diario esta mañana y vio que estás intentando sacar a Daniel Monroe del corredor de la muerte, se puso furiosa. Me... me exigió que te despidiera.

Val ahogó una exclamación, cogida totalmente con la guardia baja. Se le ocurrieron varias réplicas, comenzando con el dogma jurídico básico de que todo el mundo tiene derecho a una buena defensa y terminando con el hecho de que incluso la viuda de Jim

Malloy estaba dispuesta a decir que Daniel podría ser inocente. Pero la reacción de Sally Costain no tenía nada que ver con la lógica, y a Bill no le hacía ninguna falta que ella le empeorara las cosas. Después de hacer una inspiración profunda, le dijo:

—Baltimore es una ciudad muy pequeña, no tenía idea de que Sally era Malloy. Éste debe ser un tema doloroso para ella. Echaré de menos trabajar contigo, de verdad, pero la mediación comienza en casa.

Él suspiró aliviado.

—Gracias por ser tan comprensiva, Val. Igual después, cuando se haya calmado todo esto, te volveré a llamar.

O igual no. Después de colgar, Val cerró los ojos y se friccionó las sienes. La euforia que acababa de sentir por resolver el caso de Mia no le había durado mucho. Desde el momento en que decidió lanzarse a trabajar por su cuenta había contado con los beneficios que le proporcionaría su trabajo para la empresa de Bill. Esos ingresos no los reemplazaría fácilmente. Aunque distaba mucho de ser una indigente, no tenía mucho dinero en efectivo, puesto que todo lo que tenía estaba invertido en su casa y en cuentas de ahorro para la jubilación.

Sacó la calculadora para hacer estimaciones aproximativas. La primera cantidad de dinero de la película de Rainey había ido al montaje de las oficinas, compra de muebles y equipo, suscripción a bases de datos jurídicas y los otros costes de establecer una empresa, entre otros la reserva de dinero para seis meses de gastos de mantenimiento. Tenía que pagarle el salario a Kendra, los impuestos, el seguro médico de las dos, seguro, servicios, alquiler y el mantenimiento general.

Probablemente habría otra buena cantidad de beneficios de la película dentro de un año más o menos. También ganaría dinero con los casos de Crouse, Resnick que continuaba llevando. De todos modos, sin el trabajo continuado que le proporcionaba Bill Costain pronto tendría que buscarse empresas clientes.

Una lástima. Había sido una bonita fantasía pensar que no sería necesario buscar ese tipo de clientes. Para ser una abogada dura, podía ser tremendamente ingenua. Influencia de Callie, sin duda.

Bueno, haría lo que fuera necesario; ya en ese corto período de tiempo le había tomado el gusto al trabajo autónomo. Pero de momento...

Miró su agenda. No había nada importantísimo esa tarde. Tenía que devolver otro par de llamadas, y luego haría novillos unas cuantas horas. Necesitaba un descanso después de trabajar sin parar tanto tiempo.

Esperando que Lyssie estuviera en casa, la llamó. Cuando su hermanita contestó, le dijo:

—Hola, cariño, soy yo. Sé que no tenemos planeado nada hasta el fin de semana, pero puesto que vas a volver al colegio la próxima semana y yo estoy desesperada por alejarme un rato del trabajo, ¿te gustaría hacer una expedición conmigo? Si tu abuela está de acuerdo, claro.

—¿Qué tipo de expedición? —preguntó Lyssie cautelosa.

Val pensó rápido.

—¿Qué te parece si vamos en mi coche a Harpers Ferry? A ti te gusta la historia, y allí hay muchísima. Podemos almorzar, visitar los lugares históricos y curiosear un poco en las tiendas.

—¡Sí, me gustaría muchísimo!

—¿Crees que a tu abuela le gustaría venir con nosotras? Creo que disfrutaría en Harpers Ferry. Mi invitación es para las dos.

—Se lo preguntaré, pero no se encuentra muy bien. Un segundo. —Lyssie dejó el teléfono y echó a correr. Pasados un par de minutos volvió—. Dice que puedo ir y que le traiga una sorpresa.

—Eso lo podemos arreglar, seguro. —Miró el reloj—. Tengo que devolver un par de llamadas y luego ir a casa a cambiarme. ¿Te parece que te pase a recoger dentro de una hora más o menos?

—Estaré lista.

Y estaría lista, pensó Val; la niña era admirablemente puntual. Volvió la atención al montón de mensajes y buscó los más importantes. Ese asunto de la hermana mayor tenía todo tipo de dividendos que al principio no había esperado. Era agradable tener una compañera de juego.

Rob había sido un compañero de juego fabuloso. Pero prefirió no entrar en ese tema. La vida ya era bastante complicada.

Era posible comprar una casa con extraordinaria rapidez, se enteró Rob. Aunque los vendedores se habían trasladado a la costa Oeste, las maravillas del fax y la transferencia electrónica de fondos hicieron que los támites se resolvieran rápidamente. Aún faltaban por satisfacer los detalles de inspección y financiación, pero eso sería pura rutina. Además, los vendedores aceptaron que él usara la casita para huéspedes hasta que la transacción estuviera acabada.

Así que era propietario de una casa. Bueno, casi. Cuando pasó por la agencia a recoger la llave de la casa de invitados, le dijo a la chica:

—Creo que ya debería empezar a sentir el remordimiento del comprador, pero hasta el momento ni indicios.

La agente se echó a reír.

—No tiene por qué. Es una buena casa en un hermoso barrio, y la ha obtenido por un buen precio. Será feliz en ella, estoy segura.

También lo estaba él, aunque no sería tan feliz como lo habría sido con Val. Durante varios días se las había arreglado para no verla, y eso sería más fácil cuando se hubiera mudado a la casita para huéspedes. ¿Lograría sacar sus cosas del apartamento sin que ella lo notara? Probablemente no.

Malcolm estaba esperando en la camioneta con aire acondicionado, con expresión menos lúgubre que la de costumbre. Era un buen perro para camioneta.

—*Malcolm*, muchacho, ¿te gustaría ir a Homeland a ver tu nueva casa? ¿Sí? Estupendo. Hacia allá pensaba ir.

Acababa de poner en marcha el motor cuando sonó su móvil. El número indicaba que la llamada era de la zona de Manhattan.

—¿Diga?

—Hola, Rob, soy Phyllis Green, del *Newsweek*. ¿Te acuerdas de mí?

Él reprimió un suspiro. Phyllis había hecho un reportaje sobre él durante el juicio de Jeff. Había sido justa y concienzuda, pero nada de ese período le traía recuerdos agradables.

—¿Cómo podría olvidarte? Una sonrisa de santa y la tenacidad de un terrier.

Ella se rió.

—Parece que has hecho todo lo posible por olvidarlo todo, hasta que se presentó este caso de pena capital en que te has metido. Quiero hacer un reportaje de seguimiento sobre ti. Me gusta la barba, por cierto.

Esta vez él no reprimió el suspiro.

—De verdad preferiría que no hicieras ese reportaje. No hay nada en esto que tenga implicaciones nacionales. Es un problema de Maryland.

—Pero el material es fabuloso. Acosado por la culpa, empresario hermano de terrorista medioambiental se reinventa y se convierte en activista de la comunidad y activo luchador contra la pena de muerte. Incluso podría favorecer tu causa.

—Nada que escribas se publicaría a tiempo para influir en si a Daniel Monroe lo ejecutan o no la próxima semana.

—Puede que no, pero podría servir a la causa más amplia de la oposición a la pena capital, causa con la que estoy de acuerdo, hablando entre nosotros.

Él acarició el corto pelaje del cuello de *Malcolm*, encontrando consolador el contacto. El perro gimió suavemente y apoyó el hocico en su rodilla.

—No soy un héroe. Sólo me involucré en este caso por casualidad.

—Creo que te has convertido en un héroe aunque a ti no te lo parezca —dijo ella seria—. ¿Te importa contestar a algunas preguntas? Si lo haces, mi trabajo me resultará más fácil, ya que no tendré que entrevistar a personas de tu entorno.

Él no se consideraba un activista, pero al parecer la etiqueta le iba detrás. Primero Julia Hamilton, ahora esto. Puesto que Phyllis estaba resuelta a escribir el reportaje con o sin su colaboración, capituló:

—De acuerdo, ¿qué quieres saber?

Si le ofrecían una tribuna, tal vez su obligación era hablar.

Capítulo 28

—No sabía que Maryland era tan bonita —comentó Lyssie.

Iban por la serpenteante autopista que discurre junto al Potomac por debajo de Harpers Ferry. Durante todo el trayecto la niña había ido con la nariz pegada al cristal de la ventanilla.

—¿Nunca habías venido aquí?

—Nunca había salido de Maryland hasta hoy. ¡Virginia y Virginia occidental en unos minutos! —Se subió el puente de las gafas, suspirando—. Ni siquiera he estado fuera de Baltimore.

—No me extraña que desees viajar —dijo Val en tono alegre, para no delatar la pena que le producía saber lo limitada que había sido la vida de la niña. Era increíble que tuviera una mente tan activa y curiosa. O a lo mejor su curiosidad era justamente la consecuencia de haber vivido dentro de límites tan estrechos—. He estado pensando. Tal vez la próxima primavera me tome un fin de semana largo para ir a Carolina del Norte contigo y tu abuela. Vosotras podríais visitar a vuestros parientes lumbee y yo iría a ver a una amiga que vive en Charlotte.

Lyssie giró la cabeza para mirarla, sus ojos enormes tras las gafas.

—¿De verdad? Por favor, por favor, no digas eso a no ser que no sea verdad.

La niña tenía la capacidad de romperle el corazón con una sola frase. Con un ojo puesto en el serpenteante camino, puso la mano sobre la mano de Lyssie.

—Nunca diré nada así a no ser que lo diga en serio. Y si me olvido de algo importante, llámame la atención, estás en tu derecho.

Lyssie no dijo nada pero le apretó la mano. En cada salida hacían un progreso, pensó Val. Le agradaba que fueran profundizando en la relación. Por el motivo que fuera, le resultaba más fácil afianzar sus relaciones con mujeres.

Giró a la derecha para entrar en una de las carreteras que suben hasta Harpers Ferry.

—Hay un enorme hotel antiguo en la cima de esta colina, donde ofrecen un bufé para almorzar —dijo—. La comida no es demasiado buena, pero la vista desde el hotel es de primera. Pensaba que podríamos comer primero y luego bajar a curiosear por la ciudad.

Lyssie asintió entusiasmada. Al parecer podía comer seis veces al día sin añadir ni una capa de relleno entre piel y huesos.

El enorme y laberíntico hotel Hilltop House estaba exactamente donde recordaba Val. Dejó el coche en el aparcamiento, debajo de un árbol.

—Vamos a ver si la vista es tan fabulosa como recuerdo.

Lo era. Lyssie lanzó una exclamación de admiración cuando llegaron a la terraza adoquinada en el extremo de la cima, a unos cuantos metros de la ancha terraza cubierta del hotel. No había nadie allí en ese momento, y desde ese punto se veía la confluencia de los dos grandes ríos.

—Ése es el Potomac —explicó Val señalando al río—, y el de este lado es el Shenandoah. Pasa una línea de ferrocarril por allí, ¿ves el puente de ferrocarril que cruza el Potomac? Creo que ese puente roto de ahí fue destruido durante la guerra civil.

—Impresionante —exclamó Lyssie. Apuntó hacia abajo—. ¿Son águilas?

—Podrían serlo. Son algún tipo de aves rapaces, seguro. Verlas planear en el cielo me hace desear volar.

Val pensó que en realidad eran buitres de cuello rojo, pero volaban igual que las águilas.

—Volar —musitó Lyssie soñadora.

Dejando la parte adoquinada, la niña pasó a la zona de césped. A la izquierda, una reja de hierro forjado protegía la orilla, pero en ese sitio la pendiente bajaba casi como un acantilado, sólo a unos palmos de donde estaba Lyssie. La hierba estaba húmeda por la lluvia de la noche anterior, y la niña se resbaló un poco al dar el paso. Una horrorosa visión de Lyssie cayendo por el borde hacia la muerte hizo que Val reaccionara de inmediato.

—¡No! —gritó cogiéndola por el hombro para hacerla subir a la parte segura de un tirón.

Lyssie se dejó caer sobre la hierba hecha un ovillo, con los brazos levantados para protegerse la cabeza.

—Dios mío —susurró Val. Arrodillándose la rodeó con un brazo y atrajo hacia ella el pequeño cuerpo que se resistía—. No te voy a golpear, sólo me dio miedo que te cayeras. Perdóname, pero me siento responsable de ti, y esto de ser hermana mayor es nuevo para mí.

Lyssie no respondió. Continuó con la cabeza gacha y el cuerpo acurrucado, con la respiración entrecortada, aterrada.

—¿Quién te ha golpeado, Lyssie? —le preguntó Val dulcemente—. ¿Uno de tus padres? ¿Tu abuela?

Eso la hizo levantar la cabeza.

—No, mi abuela no. Mis padres. Mamá sólo me pegaba cuando me lo merecía, pero papá... cuando... —se le cortó la voz—, cuando estaba drogado.

—Ay, cariño.

Val no pudo refrenarse de cogerla en un fuerte abrazo. Esta vez no hubo resistencia. El callado llanto de la niña le resultaba muy doloroso.

—¿Quieres hablar de tus padres, Lyssie? Puedes decirme lo que sea; a veces las cosas malas se hacen algo más fáciles cuando se hablan con una amiga. O con una hermana.

Lyssie se frotó los ojos, por lo que Val sacó pañuelos de papel y se los pasó. La niña limpió las gafas, se sonó la nariz y luego dijo:

—A papá no lo veía mucho, pero me encantaba que fuera a visitarme. No siempre era malo, a veces era el mejor de los padres, el más divertido del mundo. Cuando sabía que iba a venir, me pasaba todo el día pegada a la ventana para verlo llegar. A veces me llevaba a ver jugar a los Orioles, o a la Bahía Interior o al centro comercial Mondawmin. Incluso fuimos al acuario una vez.

—¿Y otras veces estaba enfadado y te daba miedo?

Lyssie asintió. Val miró hacia el banco que estaba a unos pocos pasos, deseando ir a sentarse allí, pero puesto que tenían ese magnífico lugar con vistas para ellas solas, y Lyssie parecía sentirse cómoda sentada sobre la hierba, prefirió no arriesgarse a que la niña dejara de hablar.

—A mí me pasaba lo mismo con mi padre —dijo—. Como no lo veía casi nunca, me alegraba muchísimo cuando iba a verme. Hacía lo que fuera para que él se sintiera feliz conmigo. —O simplemente reconociera mi existencia, pensó.

—¿Te sentías mal por desear tanto ver a tu padre cuando tu madre hacía todo el trabajo?

—Por supuesto —contestó Val, sorprendida por esa sagaz pregunta—. Los quería a los dos, pero mi madre era la que estaba siempre conmigo. Ella era la que se ocupaba de que yo comiera, me vistiera y fuera al colegio. Verla no era algo especial. Mi padre, bueno, era como un rey que iba a visitarme a veces, y cuando venía yo me sentía como una princesa.

Lyssie asintió nuevamente.

—Me encantaba verlo, pero cuando venía de visita, discutía con mi madre todo el tiempo. Si... si él no hubiera ido a verme, los dos seguirían vivos.

Horrorizada, Val comprendió que tal vez era inevitable que Lyssie se sintiera culpable de la muerte de sus padres.

—Cariño, cuando un hombre se vuelve furioso y violento por las drogas, como tu padre, es como una pistola a la espera de dispararse. Sólo era cuestión de tiempo que se accionara el gatillo. Lo que ocurrió no fue culpa tuya. Los hombres matan a sus mujeres y se matan ellos con demasiada frecuencia, y eso tiene un nombre: asesinato y suicidio.

—Mi padre no se suicidó —dijo Lyssie con voz monótona—. Un policía le disparó. Después que él mató a mi madre, alguien llamó a la policía, y ellos entraron en el apartamento porque les habían dicho que había una niña en peligro. Cuando echaron abajo la puerta, papá me agarró y me puso el cañón de la pistola en la cabeza. Gritó y dijo que me mataría si la policía no lo dejaba marcharse. Uno de los policías comenzó a hablarle, y cuando él bajó un poco la pistola, le... le disparó. —Ahogó un sollozo—. Su sangre... me cubrió toda entera.

No era de extrañar que Lyssie no le hubiera contado la historia entera la primera vez. Con el corazón oprimido, Val la meció en sus brazos.

—Nadie debería pasar por algo así a ninguna edad, Lyssie, y mucho menos a los seis años. Qué chica más increíble eres.

Lyssie echó atrás la cabeza y la miró pestañeando a través de las gafas nuevamente empañadas.

—¿Tú crees?

Val asintió.

—Sobreviviste, y te estás convirtiendo en una persona muy inteligente y considerada. Un filósofo europeo dijo una vez que lo que no nos mata nos hace más fuertes. Tú eres una prueba de ello.

—Nietzsche —dijo Lyssie, ceñuda, tratando de imaginarse como una heroína, y no como una víctima—. ¿Crees que haber sobrevivido a... a esos asesinatos me hará una escritora mejor?

—Eso seguro, garantizado. Ya eres la niña más admirable que he conocido —repuso Val con absoluta sinceridad—. Hablar contigo ahora me ha hecho pensar diferente acerca de mi padre y sobre cómo nos llevábamos. Cambiar la forma de pensar de la gente es parte de lo que hacen los escritores.

Lyssie suspiró y apoyó la cabeza en su hombro.

—Preferiría que mis padres estuvieran vivos, aunque no se llevaran bien.

Val le acarició el pelo oscuro rizado, de textura tan parecida al de ella.

—No tenemos elección.

Continuaron sentadas en silencio, disfrutando de la brisa que soplaba desde los valles fluviales. Val no bromeaba cuando dijo que las palabras de Lyssie habían cambiado su manera de pensar. Había crecido aceptando que su familia no era como las demás, pero no había pensado mucho sobre cómo las raras visitas de su padre y las visitas, más excepcionales aún, de ella a la casa de él habían configurado su infancia. Lo esperaba como un gato a la espera de que abran el refrigerador para que le den nata. Aunque Callie había sido una madre concienzuda y práctica, siempre tenía sus intereses creativos y románticos; nunca la hizo sentirse como si ella estuviera en primer lugar.

Eso tenía mucho que ver con su relación con Rob, pero eso lo meditaría después. En ese momento Lyssie era lo más importante.

—¿Vamos a almorzar al hotel? Puedes comer todos los postres que te quepan después que hayas comido algo sano.

—Tengo hambre —declaró Lyssie poniéndose de pie. Aunque tenía los ojos y la nariz enrojecidos, se le habían secado las lágrimas.

—Yo también. —Val se levantó con menos agilidad que su hermanita—. Después bajaremos al pueblo. Hay muchísimas tiendas bonitas donde podemos buscar algo para tu abuela, y el Servicio del Parque Nacional tiene una librería fabulosa, con casi todos los libros de historia.

—¿Podemos comenzar por ahí?

Val se echó a reír.

—Comenzar y terminar si quieres.

Pasó el brazo por el de Lyssie y echaron a andar hacia el hotel.

—Me alegra haberte contado lo que ocurrió —dijo Lyssie con voz tranquila—. No puedo hablar de eso con mi abuela porque se angustia mucho.

—Puedes decirme lo que sea, Lyssie. Sé que cuando estoy preocupada o angustiada siempre me va bien hablar con una amiga.

—Va bien tal vez —dijo Lyssie sonriendo tristemente—, pero nunca se olvida, ¿verdad?

—No, cariño. Podemos sobreponernos a las cosas malas, pero nunca las olvidamos realmente. Pero mientras tanto —añadió sonriendo— existen los helados de crema.

Al día siguiente vendrían Sha'wan y un par de chicos del centro Fresh Air a ayudarlo a mudarse, pero esa noche Rob pensaba comenzar la mudanza llevando las cosas más frágiles a la casa de huéspedes. No es que tuviera muchas cosas que se pudieran romper, pero sospechaba que su equipo de trabajo tendría más energía y entusiasmo que delicadeza.

No le llevó mucho tiempo poner las cosas en cajas. Aunque se decía que es bueno ir por la vida con carga ligera, ya estaba harto de eso. Le hacía ilusión acumular más posesiones. Un equipo de música nuevo, por ejemplo. Echaba en falta escuchar música. ¿Tal vez una cama para *Malcolm*? No, el perro prefería la cama de él. Quizá le gustaría un enorme hueso de cuero para mascar.

Bajó la escalera exterior con la caja que contenía sus coloridos botes de cerámica, mirando receloso hacia la puerta de Val. El coche de ella estaba en el aparcamiento, pero esas noches se quedaba a trabajar hasta tan tarde que no era probable que saliera mientras él llevaba sus cosas a la camioneta.

Iba en dirección a la escalera para acarrear otra caja cuando Val salió por la puerta de atrás. Era la primera vez que se veían desde la noche en que ella rechazó su proposición de matrimonio.

Los dos pararon en seco. El silencio era total, aparte del ruido del tráfico que llegaba de Hartford Road y los ladridos de un perro en la distancia. Val estaba a menos de cuatro metros de él y a la tenue luz del aparcamiento se veía como una agotada huerfanita. Incluso sus rizos le caían cansados. Deseó rodearla con los brazos y decirle que todo iría bien. Deseó llevarla a la cama y acariciarla.

Ella rompió el silencio antes que él hiciera el tonto.

—¿Tan pronto te mudas?

—Sí. ¿Te acuerdas de esa casa en Springlake Way de que te hablé? Decidí echarle una mirada y me gustó. Estoy en los trámites del papeleo para el contrato. Dado que los dueños ya no viven en ella porque se trasladaron, me han dado permiso para instalarme en la casa para huéspedes hasta la firma.

Estaba divagando para alargar la conversación.

—Actúas rápido —dijo ella—. Sí que parece una casa realmente agradable. —Comprobó que había cerrado la puerta y bajó la escalinata—. Si necesitas ayuda en la decoración, yo podría darte unos nombres útiles. Un buen diseñador puede reducir las opciones a un volumen manejable y arreglarlo todo.

—Gracias, lo tendré presente, pero primero tengo que hacer algunas reformas. La cocina y los baños son de los años cincuenta. Demasiado viejos para ser aceptables y no lo bastante antiguos para ser interesantes.

—Mi casa estaba así cuando la compré. Gasté una fortuna en remodelarla. —Se pasó el maletín a la otra mano—. ¿Ha habido suerte en la investigación? Supongo que me habrías llamado si hubieras encontrado algo importante.

—Ni pistola humeante ni confesiones en el lecho de muerte. —Hizo una mueca—. He estado perdiendo el tiempo hablando con periodistas. Ser quien soy eleva el valor de la noticia, pero yo hubiera preferido dejar que los muertos entierren a los muertos.

—Cuánto lo siento. —Dio un paso involuntario hacia él, como si fuera a tocarlo, con ese espontáneo afecto que a él le encantaba. Pero se detuvo y añadió—: Esto pasará pronto, aunque no tan pronto como quisieras.

—Me han estado animando a convertirme en activista contra la pena de muerte. A ir por ahí dando charlas, enarbolando letreros de protesta. Lo que sea. —Se pasó la mano por el pelo, inquieto—. ¿Crees que podría hacer algún bien?

—Sé que podrías. La pena capital sigue siendo muy popular en este país, y harán falta muchos esfuerzos para que eso deje de ser así. —Frunció el ceño—. La pregunta no es si eres capaz de hacerlo, sino si podrás soportar ese tipo de trabajo.

—¿Cuál crees que sería la peor parte? —preguntó él, sorprendido de lo mucho que deseaba su opinión.

—Cada vez que hables expondrás tu historia personal y ello supone permitir que la gente opine sobre ella. Algunos respetarán lo que hiciste y te llamarán héroe, que es lo que eres. Otros dirán que Jeffrey se merecía morir y que bien librados estamos de esa mala basura. Y otros te despreciarán por traicionar a tu hermano. No es muy divertido.

—Se me va haciendo algo más fácil con la práctica —dijo él. La primera vez que le contó la historia a Val casi no podía hablar. Ahora era capaz de hablar de su hermano con tranquilidad, aunque eso no significaba que el dolor no siguiera ahí—. En las entrevistas insisto en el ángulo de la condena errónea y en el riesgo de ejecutar a inocentes. Si los Boeing tuvieran el mismo índice de fallos que el sistema judicial, nadie pondría jamás un pie en un avión.

—Es difícil discutir eso, y todo el tiempo están surgiendo casos de condenas erróneas —repuso ella. Su expresión se tornó pensativa—. Sería interesante hacer un estudio sobre el tema. Tal vez podría conseguir que algunos estudiantes de dercho lo hicieran. Desde que apareció el reportaje en el *Sun*, he recibido muchas llamadas de estudiantes que quieren trabajar conmigo en los casos que llevo gratuitamente. El caso de Daniel ha tocado algunas cuerdas.

Si no otra cosa, pensó él, tal vez esos voluntarios salvarían a un futuro Daniel.

—Mañana llamaré a Julia Hamilton, la esposa del juez —dijo decidido—. Me preguntó si estaría dispuesto a hablar a un grupo de familiares de reclusos. La idea me asustó cuando me llamó, pero supongo que ahora estoy preparado. Si eso va bien, ya veremos.

—Cuando des esa charla es posible que ya tengas alguna buena noticia para añadir.

Sensible al matiz de su voz, Rob dijo:

—No pareces muy optimista.

Ella suspiró.

—El Tribunal de Apelaciones ha prometido dar a conocer su veredicto el 8 de septiembre, el día anterior al fijado para la ejecución. Eso no nos da mucho tiempo si se niegan a conceder un aplazamiento, y las posibilidades de que acepten la petición no son fabulosas. Según Cal Murphy, nuestras posibilidades de éxito son cincuenta por ciento.

Él soltó una maldición en voz baja.

—¿Cómo pueden desatender la prueba? ¿Dónde está la justicia?

—Son capaces de pensar que este caso ya se decidió hace mucho tiempo y que sólo estamos intentando retrasar lo inevitable... —se le cortó la voz y se cubrió los ojos con una mano—. No sé cómo voy a poder mirar a Jason y a Kendra a la cara si fracasamos. Esta cuenta atrás tratándose de la vida de un hombre es algo... obsceno.

—Val...

Apenado, avanzó hacia ella y de pronto estaban abrazados, unidos en la aflicción. En lo más profundo, él creía que si le fallaba a Daniel estaría condenado eternamente. Si no podía salvarle la vida a un hombre inocente, ¿para qué molestarse en respirar? ¿Qué había hecho en su vida que fuera digno?

Val levantó la cara, un óvalo blanco a la tenue luz. La besó con una ciega necesidad de perderse en ella. Ella le correspondió con igual ansia, enterrándole las uñas en la espalda. Estuvo tentado de tumbarla sobre la hierba, pero consiguió decir:

—Vamos arriba.

Sin decir palabra, ella echó a andar a su lado y subieron la escalera, rodeándose mutuamente las cinturas. Una vez dentro del apartamento, él encendió la luz del pequeño vestíbulo para que no se tropezaran con las cajas en el camino al dormitorio. *Malcolm* los saludó moviendo la cola, pero se quedó a un lado prudentemente sin estorbarles el paso.

Los días de separación habían elevado la pasión a grados insoportables, y cuando llegaron a la cama cayeron el uno sobre el otro como tigres, como si fueran ellos los que estaban a punto de ser ejecutados. Por unos momentos al menos, él encontró el olvido que buscaba en el conocido y amado cuerpo de ella.

Demasiado pronto volvieron a la tierra, jadeantes, abrazados. Cuando él pudo volver a respirar, le acarició la frente húmeda, echándole hacia atrás los rizos.

—Lo siento. No era mi intención que ocurriera esto.

—Yo no lo siento. Pero no ha cambiado nada, ¿verdad? —dijo ella curvando tristemente los labios.

—En realidad no, aparte de que he recordado lo adictiva que eres. —Ahuecó la mano en su hermoso pecho, disfrutando de la intimidad del momento—. Cada vez que estoy contigo se me hace más difícil imaginarme la vida sin ti.

Ella le cogió la mano y la puso sobre su corazón, para que él sintiera los fuertes latidos.

—¿Tu propuesta sigue siendo matrimonio o nada?

Él vaciló. Lo único que tenía que hacer era decir la palabra y volverían a estar juntos. Dios santo, poder hacer el amor con ella, hablar con ella, intercambiar ideas con ella. La tentación era casi avasalladora.

Casi.

—Creo que sí. Necesito construir algo duradero, Valentine. Construí una empresa una vez y descubrí que no era suficiente. Como dicen, nadie desea en su lecho de muerte haber pasado más tiempo en la oficina. Deseo amar y ser amado, si eso es posible. Tener una familia normal, sana, que no esté formada por alcohólicos, violadores, agresores ni psicópatas. Tener hijos a los que pueda criar mejor de lo que me criaron a mí. —Le besó tiernamente la piel tensa sobre el corazón—. Si sigo contigo acabaré renunciando a ese sueño por una realidad que será maravillosa, pero... pero no suficiente. Y puesto que no será suficiente, algún día acabará y entonces no tendré nada. Ya he tenido demasiado nada en mi vida.

Ella suspiró.

—¿Crees que el matrimonio es una garantía de que durará? Nadie es tan ingenuo.

—Claro que no hay ninguna garantía. —Guardó silencio un momento, tratando de definir esa posición tan firme—. Pero creo que si dos personas están dispuestas a comprometerse a continuar unidas hasta que la muerte las separe, eso es un gran paso en la dirección correcta. Puede que intercambiar promesas dé más motivación para buscar soluciones en los tiempos difíciles. —Sonrió—. A lo mejor me engaño; no es que tenga mucha experiencia personal positiva en qué basarme. Me imagino que adoptar un método tradicionalista ofrece mejores posibilidades.

—Puede que tengas razón. Yo me tomo los compromisos tan en serio como tú, y por eso la idea del matrimonio me pone tan nerviosa. —Le cubrió la mano con la suya—. No te precipites a enamorarte de otra, ¿eh, Rob? Estoy reflexionando sobre todo esto.

—Puesto que nunca me he enamorado de ninguna otra, no hay probabilidades de que eso ocurra muy pronto. —Tal vez nunca, pensó. Le era imposible imaginarse otra mujer que encajara tan bien con su cuerpo y con su alma como Val—. ¿Significa eso que podrías cambiar de opinión?

—Aún es muy pronto para saber si puedo darte lo que deseas y te mereces. —Guardó silencio un instante y luego continuó—: Necesito descubrir por qué la idea del matrimonio me hace subir por las paredes. Lo lógico hubiera sido que tan pronto como me propusiste matrimonio yo hubiera gritado «¡Sí!», aferrándome a ti antes que pudieras echarte atrás.

—El amor y el matrimonio no siempre tienen que ver con la lógica.

—¡No lo sabré yo! —Se estiró, sus exuberantes curvas plateadas por la suave luz del vestíbulo—. Me he pasado la mitad de mi vida desarrollando una mente aguda, lógica, jurídica. Ahora tengo aprender a conectar más con mis emociones. Seguro que hay algo por ahí, en alguna parte.

—Que estés analizando tus reacciones en relación con el matrimonio es la mejor noticia que he oído en mucho, mucho tiempo. —Volvió a besarla, abriendo la boca sobre la de ella y pasando una mano por entre sus muslos—. Quédate a pasar la noche.

Error. Ella puso fin al beso y bajó las piernas por el lado de la cama.

—Es mejor que no. Necesito trabajar mis emociones, no mi lujuria, que es genial pero consigue distraerme con mucha facilidad.

Él bajó suavemente la mano por la sedosa piel de su espalda, sintiendo la delicada fuerza de su columna en la palma.

—Tienes razón, por desgracia.

—Ésa es una de mis cualidades más irritantes. —Encendió la lámpara de la mesilla de noche y comenzó a recoger su ropa desperdigada por el suelo. Al notar que él empezaba a levantarse, le dijo—: Quédate donde estás. Puedo ir hasta mi coche sola; no va a pasar nada. En el improbable caso de que ocurriera algo, la llave de mi coche tiene un botón que activa la alarma.

Él estaba lo bastante cansado para dejarse persuadir. Ella acabó de vestirse, le dio las buenas noches con un beso y se giró para salir. Cuando llegó a la puerta, se volvió hacia él:

—Rob...

—¿Sí? —preguntó él, poniéndose de costado para admirar su figura a contraluz. Eran las mujeres como ella las que hacían populares las curvas.

Malcom caminó hasta la puerta y le lamió la pantorrilla. Ella se agachó a rascarle el cuello.

—No te preocupes. Que duermas bien.

Y se marchó. Él trató de adivinar qué habría estado a punto de decir y luego sonrió levemente. Como abogada, probablemente sólo deseaba tener la última palabra.

Dejando las cajas que tenía en la camioneta a la tierna merced de la noche, se dio media vuelta y hundió la cara en la almohada, que aún tenía trazas del aroma de Val. La cama se estremeció cuando *Malcolm* saltó encima, patas cortas pero mucho volumen, así que pasó el brazo por encima del lomo de barril del perro. Esa noche dormiría bien.

Capítulo 29

Subida sobre un escritorio junto al tapiz cubierto de Callie, Val levantó la mano y pidió atención. Las litigantes desarrollan voces potentes.

—¡Buenas noches! Gracias a todos por venir a celebrar conmigo la inauguración de mis nuevas oficinas. Disfrutad tranquilos de los rollitos de cangrejo y salmón ahumado, son deducibles de impuestos.

Mientras todos se reían, paseó la mirada por las personas congregadas en el antiguo templo. Aunque los acontecimientos la habían hecho desear haber programado la inauguración más adelante, ya comenzada la fiesta lo estaba pasando muy bien.

Había elegido un viernes desde las cinco a las ocho de la tarde para captar a los que terminaban el viernes la semana laboral y estaban con ganas de juerga. La asistencia era impresionante, estimulada sin duda por la publicidad del caso de Daniel. Para favorecer la conducción segura, no se serviría nada más fuerte que vino y cerveza, pero las tapas y canapés eran de primera clase. Trató de no pensar en cuánto le estaba costando eso.

Después de hacer unos cuantos comentarios, entre ellos dar las gracias a sus ex colegas de Crouse, Resnick, continuó:

—Ha llegado el gran momento. Detrás de esta cortina hay una espléndida obra de arte creada por mi madre, Callie Covington, una de las mejores artistas en telas de Estados Unidos. Callie, ¿dónde estás? —Divisó a su madre junto a Loren, los dos instalados a cómoda distancia de la mesa en que se ofrecía el jamón ahumado y las diminutas empanadillas griegas de espinaca y queso llamadas *spanakopita*. Alzando la copa de chardonnay, continuó—: Quiero hacer un brindis por mi madre, que no sólo me dio el pelo rojo y me ha regalado esta obra de arte, sino que también me dio la vena agitadora que espero satisfacer en mi nuevo despacho. Gracias por todo, Callie.

Le gustó ver que su madre se había ruborizado. Mientras los demás levantaban sus copas tiró de la cuerda que soltaba la tela que cubría el tapiz. Se oyeron exclamaciones mientras la gente miraba los espectaculares colores e imágenes usados por Callie en su meditación visual sobre la justicia. Si su madre no conseguía más trabajo con eso, Val estaba dispuesta a comerse entero el tapiz, y sin ketchup.

Había pensado ofrecer un brindis de agradecimiento a su padre también, pero él no había llegado aún, por lo que terminó diciendo:

—¡Brindemos por la justicia y por que facturemos mucho!

En medio de otro estallido de risas, bajó del escritorio ayudada por la mano de Donald Crouse.

—Magnífica fiesta, Val —le dijo él amablemente—. Te has lanzado a un grandioso comienzo. Coger ese caso de pena de muerte te ha dado también mucha buena publicidad.

—No es por eso que lo hago.

—Lo sé, pero eso no significa que no favorezca tu nuevo trabajo.

Al ver a un amigo al otro lado de la sala, Donald se alejó, dando a Val la oportunidad para recuperar el aliento. Hacer de anfitriona era tarea difícil. En la lista de invitados estaban muchos ex colegas y personas con las que había trabajado, además de un buen número de amigas. Kate Corsi, la que la enviara a Rob, estaba con su marido admirando la remodelación de la iglesia, mientras la amiga de ambas, Laurel, que había venido de Nueva York, estaba tomando fotos de la fiesta.

De los aspectos prácticos de la inauguración se había encargado Kendra, que había elegido a los proveedores y el menú y en ese momento estaba dirigiendo discretamente el servicio. Estaba espectacular con un traje color fucsia que la hacía parecer la estrella de un programa de televisión de abogados. Incluso los abalorios que llevaba en el pelo armonizaban con el traje. Val tomó nota mental de pedirle a Laurel que le enviara por e-mail las mejores fotos de Kendra para que Daniel pudiera verlas.

Sólo faltaban cuatro días para la fecha de la ejecución.

Kendra apareció a su lado.

—Acabo de contestar una llamada de tu padre. Envía sus disculpas. Le surgió algo urgente y no puede venir esta noche.

—¿Por qué será que eso no me sorprende? —dijo Val logrando sacar una frágil risita—. Gracias, Kendra.

Mientras se alejaba se dijo que era ridículo sentir tanta decepción cuando todo el tiempo había sabido que eso podría ocurrir. Cierto, Brad era un hombre muy ocupado, pero lo mismo se podía decir de la mayoría de los presentes. Laurel había viajado desde Nueva York aun cuando era directora de una galería de arte y estaba en medio de una importante campaña de publicidad.

La cruda verdad era que una hija ilegítima sencillamente no ocupaba un lugar tan alto en la lista de prioridades de Brad Westerfield. Si ella necesitara hacerse un trasplante de médula ósea y su padre resultara ser un donante compatible, no le cabía duda de que él encontraría el tiempo para donar la médula, pero el lanzamiento de una nueva empresa no era tan importante para él, aun cuando ella fuera su única hija abogada.

Aunque la fiesta era estupenda, a ratos se sorprendía pensando en las personas ausentes: su padre, Bill Costain, Rob. Éste declinó la invitación argumentando que sería estresante para los dos. Además, sospechaba, él no quería encontrarse en medio de una multitud de abogados que sabían quién era Robert Smith Gabriel. Tenía razón en no asistir, pero ella habría dado todos los rollitos de cangrejo y de salmón por verlo allí. El encuentro no planeado de la noche anterior sólo la había hecho desearlo más. Suspiró y se centró de nuevo en su papel de anfitriona.

Rachel llegó cuando empezaban a marcharse los invitados.

—Lamento llegar tarde, Val. Surgió una pequeña crisis justo en el momento en que me preparaba para dejar el hospital.

—No pasa nada. Quédate por aquí hasta que se hayan marchado todos los demás y podemos planear la fiesta para Kate mientras comemos los restos.

Con un gesto la despidió para que fuera a reunirse con Kate Corsi y su marido Donovan, que estaban charlando con Laurel. La única que faltaba del círculo de amigas era Rainey, que habría volado desde Nuevo México si ella y su marido no fueran a actuar en una obra de teatro en Santa Fe ese fin de semana. Su padre, en cambio...

Mentalmente se dio una palmada. Callie siempre sostenía firmemente que la autocompasión es una de las emociones más feas. Brad podía no ser el más amoroso de los padres, pero se había mantenido en contacto con ella y había pagado sin falta su manutención cuando era niña, lo cual era más que lo que habrían hecho muchos hombres, y no la había dejado huérfana cometiendo un estúpido asesinato y suicidándose.

Pensar eso hizo que viera las cosas desde otra perspectiva. Fue a situarse en la puerta para poder despedirse de los invitados a medida que se marchaban. Laurel se le acercó a darle un abrazo.

—Gracias por invitarme, Val. Ahora podré imaginarte tu despacho cuando chateamos. —Paseó sus ojos de artista por la iglesia—. Éste es un lugar fabuloso. El tapiz de Callie es precioso.

—¿Alguna posibilidad de vernos antes de que vuelvas a Nueva York?

—No, lo siento, voy a coger el tren de vuelta esta noche.

Val le correspondió el abrazo pensando en lo bien que le sentaba Nueva York a su vieja amiga. De niña era flaca, morena, bastante angulosa, y llevaba su ingenio y talento ocultos bajo la timidez. Ahora ya había aprendido a transformar su delgada figura y rasgos aguileños en una atractiva elegancia que hacía volver las cabezas en cualquier parte.

—Ha sido fantástico verte aquí, Laurel. No es mucho lo que nos vemos. Los e-mail y las llamadas telefónica no son lo mismo.

Laurel sonrió.

—Sabes dónde está la estación de ferrocarril.

—De acuerdo, cuando las dos hayamos terminado los trabajos que nos tienen ocupadas ahora iré allí a pasar un fin de semana. Ve pensando qué espectáculo iremos a ver.

Después de pedirle las fotos de Kendra, fue a ocuparse de otras despedidas. A las ocho y media ya se había marchado el último invitado, a excepción de Rachel.

Cuando Val se dejó caer agotada en un sillón, Kendra le dijo:

—¿Por qué no llevas a Rachel a tu casa? Yo puedo supervisar la limpieza aquí y cerrar la puerta.

Tentada, Val miró el desorden y a los camareros que estaban ordenando y limpiando.

—¿No te importa? Debes de estar tan cansada como yo.

—No tanto. Yo no he tenido que hacer de anfitriona toda la tarde como tú. Parecer exitosa sin esfuerzo es trabajo difícil.

Sonriendo alegremente, Kendra las puso a las dos en camino con una enorme bolsa con restos de comida.

En el instante en que llegó a casa, Val se sacó los zapatos de tacones altos y subió al dormitorio a cambiarse. Cuando Rachel tocó el timbre dos minutos después, ella ya se había puesto una falda larga de punto y una túnica de algodón.

—Me alegra que esto haya acabado. ¿Quieres comer algo de esto?

—Por favor. Hoy no tuve tiempo de almorzar. —Rachel cogió un plato y empezó a elegir algunos canapés—. Cuando terminemos de hacer planes para la fiesta de Kate, ¿tendrás tiempo para analizar una cosa conmigo? Estoy considerando si aceptar o no un trabajo que me han ofrecido aquí en Baltimore.

Val puso el plato de Rachel en el microondas y luego sirvió dos copas de chardonnay.

—Siempre hay tiempo para discutir los pros y los contras de un cambio de trabajo. En cuanto a la fiesta de Kate, ¿hacemos jugar a nuestros invitados esos juegos de salón rancios que hacen poner en blanco los ojos a todos, pero con los que todo el mundo se lo pasa tan bien?

Rachel se rió y empezaron a planear en serio la fiesta. Estaban a punto de empezar a hablar de la oferta de trabajo de Rachel cuando sonó el móvil de Val, que estaba en la mesa de la cocina.

—¿Tengo que contestar esa llamada? —gimió.

—No —repuso Rachel, eligiendo un delicado pastelillo en miniatura de su postre—. ¿Cuántas personas tienen el número de tu móvil?

—No muchas.

A lo mejor era Rob, que deseaba estar con ella esa noche, o al menos preguntarle cómo había ido la inauguración. Eso valía el trabajo de atravesar la sala. Se quitó a *Damocles* de la falda y fue a contestar la llamada.

—¿Diga?

—¿Val? —sollozó una vocecita—. Soy yo.

El cansancio se evaporó.

—¿Lyssie? ¿Qué pasa?

—Mi abuela. Se... se...

—Tranquila, cariño. Respira lento y dime qué ha ocurrido.

Lyssie tragó saliva.

—Mi abuela se cayó en la cocina y no logro despertarla. Su respiración es horrible y fuerte.

—Tu abuela cayó desplomada y respira raro —repitió Val en voz alta para que la oyera Rachel—. Tenemos que llamar al novecientos once. —Miró a Rachel, que asintió—. ¿Llamas tú o llamo yo?

—Ya llamé —dijo Lyssie con la voz más firme.

—Entonces llegará una ambulancia en cualquier momento. La llevarán al Sinai, ya que es el hospital que está más cerca de vuestra casa. No sé si te permitirán ir en la ambulancia. Si les preocupa dejarte sola en la casa, diles que tu hermana mayor está en camino. Saldré de aquí tan pronto como colguemos e iré contigo al hospital.

—Muy bien. —Pasado un breve silencio, Lyssie dijo—: La ambulancia está aparcando fuera.

—Iré directamente a la sala de urgencias del Sinai —dijo Rachel—, para saber lo que esté pasando cuando lleguéis tú y Lyssie.

Val asintió agradecida.

—Dios bendiga al novecientos once —dijo a Lyssie—. Estaré allí dentro de quince minutos. Si te llevan en la ambulancia, llámame para saberlo yo, y entonces nos encontramos en el hospital. Llevaré el móvil en el coche.

—Muy bien —dijo Lyssie nuevamente.

—Hasta luego, cariño. Sé valiente, pronto estaré contigo. —Colgó—. ¿Te va bien ir al hospital, Rachel?

—No había planeado nada para mañana, aparte de levantarme tarde. —Dejó a un lado el plato y se levantó—. Además, para mí los hospitales son como el agua para un pez.

—Gracias. El otro día tuve la impresión de que Louise no se encontraba bien y que quizá tiene diabetes.

Rachel frunció el ceño.

—Si tiene diabetes sin diagnosticar, el corazón tiene algún tipo de lesión. Por lo que dijo Lyssie, podría haber sufrido un ataque cardíaco. Menos mal que Lyssie estaba allí y pensó con claridad. Nos vemos en el Sinaí.

Cuando Rachel salió, Val cogió un bolso de lona y puso en él dos libros de bolsillo que podrían irles bien a ella y Lyssie, una botella de agua y unas cuantas barras de alimento energético sano por si alguien necesitaba un refuerzo más avanzada la noche. Después salió a toda velocidad en el coche, coqueteando con una multa por exceso de velocidad por Northern Parkway y rezando para que Louise se pusiera bien.

Tan pronto como detuvo el coche, Lyssie salió corriendo de la casa. Se encontraron en la acera, y cuando la niña se echó llorando en sus brazos, la abrazó fuertemente.

—No te preocupes, cariño, ya estoy aquí y todo irá bien.

Las palabras de consuelo le salieron instintivamente.

—Fue horroroso, Val. No sabía qué hacer. Parecía... parecía que se estaba muriendo.

—Supiste exactamente qué hacer, cariño. Llamaste al novecientos once, y por eso ahora está recibiendo el tratamiento que necesita. Es posible que le hayas salvado la vida. Ahora entremos para que cojas un jersey. Los hospitales suelen ser fríos.

Lyssie se quitó las gafas y las limpió con el borde de la camiseta mientras caminaban hacia la casa.

—Gracias..., gracias por venir, Val.

—Te prometí que estaría contigo si me necesitabas, Lyssie. —Cuando entraron en la casa le preguntó—: ¿Hay algo calentándose en la cocina? ¿Algo que haya que guardar en el refrigerador? ¿Hay que ponerle comida al gato? Ah, ¿y sabes algo sobre el seguro médico de tu abuela?

—Mi abuela ya ha estado en el Sinaí, así que tienen que tenerla en el ordenador. Iré a ver que todo esté bien y no haya ningún peligro.

Mientras Lyssie comprobaba que todo estaba bien, Val cayó en la cuenta de que eso era lo que hacían las madres, vigilar los detalles, anticipar lo que podría ocurrir y tratar de estar prepararadas. Cuidar de todos y de todo. Ella podría hacer eso. En realidad, al parecer se le daba bien de forma natural.

Cuando Lyssie acabó de revisarlo todo, Val metió el jersey en su bolso e hicieron en coche el corto trayecto al hospital. Cuando entraron en la sala de urgencias, Rachel las recibió casi en la puerta. Después que Val las presentó, Lyssie le tendió la mano a Rachel preguntándole:

—¿Se va a morir mi abuela?

Rachel le estrechó la mano sin siquiera pestañear ante su brusca franqueza.

—No lo sé porque no soy su médico, pero gracias a la llamada al novecientos once la trajeron al hospital rápidamente, lo cual es una gran ventaja. Llegó con fallo respiratorio, lo que significa dificultad para respirar. El diagnóstico preliminar es embolia pulmonar con posibles complicaciones.

—Quiero verla.

—Por aquí.

Rachel las hizo pasar por unas puertas batientes hasta una zona de trabajo. Todo estaba muy tranquilo, aunque Val supuso que más tarde comenzaría la agitada actividad de los viernes por la noche.

Louise estaba en una cama dentro de un espacio acortinado, conectada a tubos y monitores. Una médica menuda de pelo moreno que estaba junto a la cama levantó la vista. Su tarjeta de identificación estaba girada, por lo que no se podía leer el nombre, pero sobre el bolsillo llevaba bordado el apellido Kumar.

—¿Son sus familiares, doctora Hamilton? —preguntó con un leve deje asiático.

Después que Rachel hizo las presentaciones, Lyssie volvió a preguntar:

—¿Se va a morir mi abuela, doctora Kumar?

A pesar de su tamaño y los alborotados rizos metidos en una infantil goma forrada en tela, su carita expresaba una seriedad propia de un adulto.

—Estoy esperando los resultados de unos análisis —contestó la doctora Kumar—. Entonces sabremos más.

—A los enfermeros de la ambulancia les dije lo de su diabetes. ¿Por eso cayó desplomada?

—Eso podría ser un motivo, los análisis de sangre nos dirán más. Revisé el historial de la señora Armstrong —añadió ceñuda—.

Al parecer lleva un tiempo sin tomar su medicación. Dado que tiene hipertensión además de diabetes, eso es peligroso. ¿Sabes algo de eso?

Lyssie pareció a punto de sisear.

—Medicaid sólo paga los medicamentos una parte del tiempo. Mi abuela recibe pensión por discapacidad, así que somos demasiado ricas para que le paguen todo. —Su ironía podría haber cortado leche.

Val trató de imaginarse cómo sería para una mujer enferma criar a una nieta con una pensión de discapacitada.

—¿Medicaid de Maryland deja sin medicamento la mitad del tiempo a personas necesitadas? —preguntó consternada.

Lyssie asintió.

—Tiene que esperar hasta que sus facturas médicas suban bastante para que ellos comiencen a ayudar. Cada seis meses tiene que pasar por lo mismo, así que la mitad del tiempo no puede comprarse los medicamentos.

Val deseó haberlo sabido. Tal vez si ella hubiera pagado esas recetas Louise no estaría luchando por su vida en el hospital.

—Has sido muy útil, Lyssie —dijo la doctora Kumar mirando a Val de soslayo—. Una sala de espera de hospital no es muy entretenida. ¿Tal vez tu hermana puede llevarte a casa?

En ese momento entró una enfermera en el espacio acortinado, que quedó bastante atiborrado.

—Creo que tendríamos que salir para no estorbar —dijo Val.

No dispuesta a que la echaran, Lyssie se acercó a la cama por el otro lado.

—¿Abuela? —Con los ojos brillantes de lágrimas cogió la arrugada mano entre las suyas—. Abuela, soy yo, Lyssie.

Louise hizo un agitado movimiento. Aunque hubiera querido hablar no hubiera podido porque tenía un tubo de oxígeno metido en la garganta. Val también se acercó.

—Soy Val, Louise. También estoy aquí. Yo cuidaré de Lyssie, así que no tienes por qué preocuparte.

—Me... me apretó la mano —dijo Lyssie con la voz entrecortada—. Te quiero, abuela.

Antes de que Rachel, Lyssie y Val salieran, la doctora Kumar dijo:

—Iré a hablar con ustedes cuando traigan los resultados del análisis.

Cuando iban caminando hacia la sala de espera, Val observó preocupada a Lyssie. Ahora que había visto a su abuela y hecho sus preguntas, parecía a punto de caerse al suelo. La enfermedad de un familiar es dura para cualquiera, ¿cuánto más para Lyssie, que había visto morir violentamente a sus padres? Con la esperanza de que la niña no insistiera en quedarse, le dijo:

—¿Te parece que llame a mi madre, Lyssie? Puede venir a recogerte aquí y llevarte a su casa a pasar la noche. —Al ver su expresión dudosa añadió—: Puesto que somos hermanas, ella es tu madre también, aunque querrá que la llames Callie. Detesta que la llamen mamá. Yo me quedaré aquí hasta que se estabilice tu abuela y estén seguros de lo que le pasa.

Lyssie exhaló un suspiro, el agotamiento patente en todo su pequeño cuerpo.

—Si me voy, ¿me llamarás si... si se muere mi abuela?

—Si ocurriera eso, por supuesto —contestó Val, sabiendo que palabras falsas para tranquilizar no darían resultado con Lyssie—. Pero lo más probable es que digan que está reaccionando bien, y entonces yo me iré a casa para dormir un poco también.

—Si crees que a tu madre no le importará...

—No le importará.

Callie podía ser una artista librepensadora, pero sabía tratar a los niños después de todos los años de enseñar en un colegio. Y, a diferencia de su padre, Callie siempre acudía en caso de apuro.

Y esta vez también. A la media hora de la llamada, Callie entró animadamente en la sala de espera como una valquiria en caftán y se llevó a la agotada Lyssie con la promesa de darle un exquisito helado de crema con frutas antes de acostarse.

Val pensó que ya había superado sinceramente sus ansias de helados.

—Me alegra que hayas venido, Rachel —dijo cuando ya se habían marchado Callie y Lyssie—, pero no tienes por qué quedarte. Ya has hecho más de lo que debías.

—Me quedaré un rato más —contestó Rachel sonriendo traviesa—. Es el momento perfecto para hablar contigo sobre mis objetivos profesionales. No habrá interrupciones.

—Busquémonos un par de sillas cómodas entonces —dijo Val—. Será agradable hablar de algo que entiendo.

Capítulo 30

La conversación sobre el trabajo de Rachel duró dos tazas de desabrido chocolate caliente de la máquina expendedora y cubrió los objetivos y las frustraciones de la amiga de Val. Era cerca de la medianoche cuando Rachel dijo:

—Tienes razón, Val. Me gusta la idea de trabajar en Baltimore, pero ése no es el trabajo. Gracias por ayudarme a imaginar cómo sería el trabajo adecuado.

Val se cubrió la boca para ocultar un bostezo.

—Encantada de ayudar. Clarificar las cosas es una de mis especialidades.

—Descifrar lo que las personas no dicen es una de las mías. ¿Qué te pasa, Val? Tu caso de la pena de muerte y la enfermedad de Louise son buenos motivos para estar estresada, pero tengo la impresión de que es otra cosa la que te angustia. ¿Se han estropeado las cosas con ese joven con el que estabas saliendo? Rob, creo que se llama.

Val sonrió tristemente.

—Adivinaste a la primera. Deben de enseñar a leer la mente en la Facultad de Medicina. ¿De veras quieres oír la historia?

Rachel sonrió, sus ojos castaños cálidos de interés.

—Desde luego.

Mirando a la distancia, Val comenzó a describirle a Rob y a explicarle su relación con él. Cómo se conocieron, lo bien que parecían entenderse, lo extraordinario que era. Rachel arqueó las cejas al enterarse de que era el hermano de Jeffrey Gabriel, el Ángel Vengador, pero no la interrumpió.

Val paró en seco cuando llegó el momento de hablar de su ruptura con Rob.

—Iba realmente bien, hasta que todo se acabó.

—Da la impresión de ser un tipo de fiar, Val. ¿O las cosas se estropearon porque es uno de esos tíos que no desean establecerse?

—Todo lo contrario. La semana pasada me pidió que me casara con él. Y en lugar de aceptar, yo me asusté. Fue lo más cercano a un ataque de pánico que he tenido en mi vida, y no sé por qué.

—¿Es Rob o la idea del matrimonio? —preguntó Rachel sagazmente.

Val pestañeó sorprendida.

—Ni siquiera voy a preguntarte cómo has deducido eso. El problema es el matrimonio, creo. Antes, cuando salía con alguien el tiempo suficiente para que el matrimonio se convirtiera en una posibilidad teórica, comenzaba a pensar que todo iba mal y me alejaba porque el tipo no me parecía adecuado. Esta vez el hombre es el adecuado y de todos modos veo el matrimonio como un error, así que tardíamente se me ha ocurrido que soy alérgica al matrimonio, lo cual es raro puesto que siempre me sentía vergonzosamente impaciente por ir al altar.

—¿Quieres el dogmático tratamiento doctora Rachel completo, con psicología popular y todo?

Val sonrió, recordando que cuando eran niñas Rachel siempre era la que ayudaba a la pandilla a solucionar sus problemas del corazón.

—Sí, lo necesito.

—Creo que una buena parte de tu problema es tu padre, o mejor dicho la ausencia de un padre. De acuerdo que él no desapareció totalmente de tu vida. Podría haber sido mejor si hubiera desaparecido. En lugar de eso, te criaste pudiendo verlo solamente de manera muy limitada.

Val recordó su conversación con Lyssie.

—Para empeorar las cosas, estaba loca por él. Quiero a Callie, pero lo único que tenemos en común es nuestro carácter rebelde. Me sentía mucho más próxima a Brad, inteligente, analítico, y poco imaginativo; son características que comparto con él. Me dolía eso de verlo tan poco. Cuando estaba en la escuela de básica, le escribía dos o tres veces a la semana.

—¿Y él te contestaba?

—Dictaba una carta más o menos una vez al mes. Principalmente me decía que estudiara mucho y sacara buenas notas, y después me hablaba de mis hermanastras. Podría haberlas odiado, pero eran niñas bastante simpáticas.

Ni siquiera a una amiga tan íntima como Rachel le había hablado jamás de esas cartas; le resultaban demasiado dolorosas.

—Tu padre nunca estaba, y Callie no era ninguna ayuda; cuando eras pequeña, cambiaba de novio constantemente. En alguna parte profunda de tu interior interpretabas que todo eso significaba que no te merecías a un hombre a jornada completa. O tal vez tener un hombre que no está siempre contigo es lo que te hace sentir cómoda porque a eso es a lo que estás acostumbrada.

Val sonrió.

—Eso me recuerda al piloto con el que salí un tiempo. Era fabuloso, estaba con él unos dos días cada dos semanas y luego se marchaba. Estaba encantada con él. Debo de haberme liado con un hombre serio por error.

—Bueno, creías que era un carpintero. Tal vez tu inconsciente se imaginó que eso significaba una clase social lo bastante diferente a la tuya como para no tomárte en serio.

—Uf. Podría haber cierta verdad en eso. Afortunadamente, Rob desafía toda clasificación. —Arrugó la nariz—. ¿Por qué mujeres inteligentes hacemos cosas tan tontas?

—Podría ser peor. Algunas mujeres que sólo se sienten cómodas en relaciones limitadas se especializan en hombres casados. Tienen breves períodos de romance, con buen sexo y sin ninguno de los detalles vulgares de la vida cotidiana. Se pasan las vacaciones llorando solas y a veces cuando el hombre deja a su esposa, la mujer pone fin al romance porque no soporta una relación normal. Por lo menos tú has evitado eso.

—No me atrae el adulterio —dijo Val. Jamás le había contado a Rachel esa estúpida aventura con un hombre casado, y no iba a mencionarla en ese momento—. Creo que tienes razón. Callie era un modelo en mantener sus relaciones con hombres en una hermosa cajita. Pero yo no quiero vivir así. ¿Puedes recetarme alguna píldora que me cure de mi miedo al matrimonio?

La sonrisa de Rachel fue fugaz.

—Ojalá. Pero ponerle nombre a la bestia siempre va bien. Creo que necesitas creer que eres digna de una relación amorosa, día a día, eterna; pero, claro, entre el dicho y el hecho hay mucho trecho.

—¿Debería buscar un terapeuta?

—Quizá te podría ser de ayuda. Si decides intentarlo, puedo darte algunos nombres. O tal vez deberías comenzar a llevar un diario, en el que explores todas tus manías emocionales en privado. O podrías hacer las dos cosas. Pero yo comenzaría por hablar con Rob. Demuéstrale que tienes el sincero deseo de cambiar. Por lo que dices, es un tipo de hombre que escucha, y si de verdad te quiere tendrá paciencia, y es posible que tenga algunas percepciones útiles.

Todas eran buenas ideas. Val apoyó la cabeza en la pared, pensando por qué las sillas de las salas de espera serían tan condenadamente incómodas. ¿Creerían que la gente iba a ir a instalarse en una sala de espera para divertirse? Al ver acercarse a la doctora Kumar se puso de pie.

—Gracias, Rachel —dijo en voz baja—. Como has dicho, ponerle nombre a la bestia va bien. Ahora tal vez pueda domarla. ¿Cómo está la señora Armstrong? —preguntó a la doctora en voz más alta.

—Está descansando cómodamente —contestó la doctora Kumar—. La embolia le dañó los pulmones y tendrá que estar hospitalizada varios días, tal vez más, pero le estamos dando medicamentos para disolverle el trombo. Tenía la tensión arterial muy alta y muy elevado el nivel de azúcar en la sangre; le estamos tratando también estas dos cosas. Después tendrá que hacerse exámenes cardíacos para ver cuánto daño ha hecho la diabetes, pero hasta el momento, todo bien. —Miró su tablilla—. ¿Usted es hermana de Lyssie pero no nieta de la señora Armstrong?

—Lyssie y yo estamos en el programa Hermana Mayor/Hermana Pequeña, así que no hay parentesco sanguíneo —explicó Val—. No creo que tenga otro familiar cercano en la ciudad.

La doctora asintió.

—La señora Armstrong sencillamente debe tomarse sus medicamentos siempre. La próxima vez podría no tener tanta suerte.

—Yo me encargaré de eso en el futuro —le prometió Val—. Soy abogada, así que sé cómo funciona el sistema.

Y si tenía que pagar ella los medicamentos, los pagaría, pensó.

Entonces Rachel hizo una pregunta médica y las dos mujeres se pusieron a hablar de asuntos técnicos, como la trombosis venosa profunda, los filtros Greenfield y las ventajas relativas de la barata aspirina sobre el caro Coumadin para fluidificar la sangre. Cuando Rachel quedó satisfecha, la doctora Kumar volvió a dirigirse a Val:

—La señora Armstrong desea hablar con usted. Es muy importante para ella.

—¿Y el tubo de oxígeno?

—Tiene un bloc y un rotulador, y mucha resolución. No creo que pueda descansar mientras usted no haya ido a verla.

—Iré con mucho gusto. Rachel, ¿prefieres venir o irte a casa?

—Me voy a casa. Mañana hablaremos.

Después de tocarle el brazo a Val, Rachel se marchó. Val siguió a la doctora hasta donde estaba Louise.

—Le están preparando una cama en la UCI y la trasladarán allí muy pronto —explicó la doctora antes de irse a atender otra urgencia.

Val apartó la cortina. Louise se veía pálida y agotada, lo que era lógico dado que había estado coqueteando con las puertas del Paraíso, pero sus ojos cansados estaban mucho más vivos que antes.

—Lyssie está bien, Louise. Vino mi madre para llevársela a su casa. Entre nosotras cuidaremos de ella hasta que salgas del hospital. ¿Es eso lo que querías saber?

Louise cerró los ojos y se le relajó la cara. En la silenciosa sala los suaves sonidos del aparato que respiraba por ella parecían retumbar, increíblemente fuertes. Gracias a Dios, Lyssie estaba en casa cuando se desplomó su abuela.

Abriendo los ojos, Louise buscó a tientas el bloc de hojas rayadas que estaba a un lado. Val lo cogió y se lo afirmó en una posición en que le resultara más fácil escribir con su rotulador.

«¿Adoptas a Lyssie cuando yo me muera?», escribió con letras grandes y espaciadas que casi llenaron la página.

El mensaje sobresaltó a Val como una descarga eléctrica.

—No te vas a morir. La doctora Kumar cree que podrás irte a casa dentro de unas semanas.

Los oscuros ojos mostraron impaciencia.

«La diabetes daña el corazón. No llegaré a vieja. —Volvió la página—. Podría caer muerta en cualquier momento. Quiero a Lyssie segura. ¿La adoptas?»

Val hizo una inspiración temblorosa. A juzgar por la expresión de su cara, Louise había esperado y rogado que se formara una relación profunda entre ella y su nieta, pero no se había imaginado que la situación se haría crítica tan pronto.

Lo que le pedían era un compromiso más fuerte que el matrimonio. No podría haber divorcio si adoptaba a Lyssie. Pero al pensar en la inteligencia, vulnerabilidad y valor de la niña, comprendió que no tenía elección. Salvar el mundo escapaba a su capacidad, pero si era necesario sí podía salvar a esa preciosa niña.

Invadida por una profunda sensación de que hacía lo correcto, ligeramente teñida de terror, dijo:

—Claro que adoptaré a Lyssie. Siempre he deseado tener una hija, y ella me llegó al corazón en el momento mismo en que la conocí. Tendrás que nombrarme su tutora. Yo redactaré los documentos, pero primero tenemos que preguntarle a Lyssie qué desea ella. Podría tener otras opiniones.

Louise volvió a coger el bloc.

«No. Te quiere».

Val sintió los ojos llenos de lágrimas. Eso debía ser similar a lo que sienten los padres al contemplar a su bebé recién nacido: una mezcla de respeto, miedo y resolución de hacer lo correcto con su hijo.

—Supongo que esto es más fácil que nueve meses de embarazo y las estrías —dijo—. El lado negativo es que los terribles años de la adolescencia no están muy lejos.

La morena piel de Louise se arrugó con su risa silenciosa. Val le cogió la arrugada mano:

—Creo que vas a vivir para ver crecer a Lyssie. No eres tan mayor, y yo le prometí a la doctora Kumar que de ahora en adelante tendrás todos tus medicamentos. Además, entre Lyssie y yo te regañaremos para que te cuides.

Esta vez fueron los ojos de Louise los que se llenaron de lágrimas. Val se inclinó para besarle la mejilla.

—Gracias, Louise. Nunca me habían hecho un elogio más bonito que éste. Aun en el caso de que no surgiera nunca la necesidad de adoptar a Lyssie, te prometo que estaré por ella siempre mientras yo viva. Considérame una madrina.

Louise le apretó débilmente la mano y al instante cayó en un profundo sueño, agotada. Debió de mantener la conciencia por pura fuerza de voluntad. Ahora, por fin, podía descansar.

Val salió del hospital sintiéndose eufórica y desconcertada al mismo tiempo. Aun en el caso de que nunca se convirtiera en madre adoptiva de Lyssie, se había producido un cambio sísmico en su vida y en su manera de considerarse a sí misma. Si podía adoptar a una niña, ¿tal vez podía hacer lo mismo con un marido?

Condujo de vuelta a casa por Northern Parkway con el piloto automático puesto, agradeciendo que hubiera tan poco tráfico. Aunque su coche tenía mucha gasolina, ella se estaba quedando vacía. Esos dos últimos meses habían sido agotadoramente ajetreados.

¿Estaba mejor que antes? Sí, estaba contenta por tener su propia empresa y haber encontrado a Lyssie y a Rob, aun cuando tanto afecto fuera doloroso.

Cuando pasaba por Charles Street y se preparaba para girar hacia Homeland, miró hacia el local de reuniones Stony Run Meeting, al otro lado de la calle. Había pasado por allí miles de veces desde que dejó de asistir a la Reunión cuando era adolescente. Y cada vez que pasaba pensaba en volver a entrar.

Esa noche ya era muy tarde, pero tal vez algún día reuniría el valor para hacerlo.

Val abrió la puerta de la casa de Callie con su llave.

—Hola, soy yo —gritó—. He venido para llevar a cierta jovencita a ver a su abuela.

Apareció Lyssie con cara descansada. Val la había llamado a primera hora de esa mañana para confirmarle que Louise estaba bien, y esa noticia había quitado un enorme peso de esos delgados hombros.

—Hemos desayunado gofres —anunció— con rodajas de melocotón frescos y nata de verdad batida. ¿Puedo llevarle un poco a mi abuela?

—Me parece que no, lo más probable es que siga con respirador unos cuantos días más.

Le pasó un brazo por los hombros a la niña y se encaminaron hacia la soleada cocina que estaba en la parte de atrás de la casa. Allí estaba Callie, sentada perezosamente ante una taza de café de marca.

—Hola, Callie. —Después de servirse café, Val se sentó con un tenedor en la mano y comenzó a picar melocotones con nata—. Muchísimas gracias por alojar a mi hermanita. Ahora que he abusado de tu hospitalidad una vez, ¿puedo pedirte que la tengas aquí los próximos días hasta... hasta que se decida el caso Monroe?

—Ningún problema —repuso Callie agitando la mano como para restarle importancia—. Es fácil tener a Lyssie aquí. Tiene una imaginación extraordinaria.

Val comprendió que su madre estaba dispuesta a convertir a Lyssie en otra hija adoptiva que tenía el talento del que carecía su verdadera hija. Bueno, Laurel se había beneficiado con ese arreglo, y sin duda Lyssie también se beneficiaría.

—Es una novelista nata, además de tener dotes artísticas. Es posible que acabe siendo escritora e ilustradora de libros.

—He estado pensando —dijo Callie con los ojos entrecerrados—. El año escolar acaba de comenzar, y creo que convendría trasladar a Lyssie al Colegio Hannover. Ahí es donde doy clases yo, Lyssie —dijo volviéndose hacia la niña—. Es un buen colegio para niños que tienen talentos y que tal vez no recibirían suficiente aliento en los colegios públicos. ¿Qué te parece, Val?

Val captó esa intencionada mirada. Su madre no sólo le pedía su opinión, sino que también le preguntaba si estaba dispuesta a correr con los gastos. El Colegio Hannover no era barato. Si bien Callie podía hacer que le dieran una media beca, sería necesario más, y ni Callie ni Louise estaban en condiciones de pagar esos gastos. Bueno, ella podría arreglárselas apretándose un poco el cinturón, y parecía que ése era el tipo de cosas que debía hacer una madrina.

—Me parece una excelente idea. Yo fui al Colegio de los Amigos porque era el más adecuado para mis capacidades, y el Hannover es el mejor para las personas creativas como tú.

Lyssie se sentó en el borde de una silla con expresión indecisa.

—Puede que yo sea muy rara para un colegio privado.

—No para éste —dijo Callie confiadamente—. Creo que no tendrás ninguna dificultad para hacer amistades en él. Será como encontrar tu tribu.

Val le había contado a Callie lo de la sangre lumbee de Lyssie, por lo que esa referencia a la tribu fue la manera perfecta de convencer a la niña.

—Entonces me gustaría ir allí, si mi abuela está de acuerdo.

—Seguro que lo estará. Desea lo mejor para ti. —Pensando que ése era el momento justo, miró a Lyssie a los ojos—: Tu abuela está mejor, y creo que se recuperará pronto, pero anoche me preguntó si yo te adoptaría en el caso de que... le ocurriera algo a ella. Le dije que sí, siempre que a ti te pareciera bien.

Lyssie agrandó los ojos, que se vieron inmensos detrás de sus gruesas gafas.

—¿Mi abuela te convenció de eso aunque tú no querías?

Val se apresuró a negar con la cabeza.

—Acepté inmediatamente, porque encontré maravillosa la idea.

Miró a Callie, enviándole su propio mensaje silencioso. Hacer entrar a Lyssie en la familia Covington significaba que si a ella la atropellaba un camión, su madre heredaría la responsabilidad de Lyssie. Después de una breve vacilación, mientras asimilaba eso, Callie hizo un leve gesto de asentimiento, aceptando la posibilidad.

—¿Y lo harías? —le preguntó Lyssie en un susurro.

—Por supuesto, y con mucho gusto, aunque preferiría que tu abuela viviera el tiempo suficiente para ver a sus biznietos. —Se levantó a abrazar a Lyssie—. No tenía idea de lo eficaz que sería el programa Hermana Mayor/Hermana Pequeña, cariño. Ahora somos una familia.

Lyssie la rodeó con los brazos, su abrazo tan sin reservas como sus lágrimas. Val le dio unas palmaditas en la espalda, sintiendo un gran amor por esa niña. Cualquier duda que hubiera tenido respecto a convertirse en madre había desaparecido para siempre. Ser madre tendría sus dificultades, pero era maravilloso.

Capítulo 31

Kendra apareció en la puerta de la oficina de Val con los ojos agrandados y negros.

—Petición denegada —dijo simplemente agitando unos cuantos papeles recibidos por fax.

Aunque Val había esperado eso, lo definitivo de la negativa era paralizante.

—Así que se acabó. Hemos fracasado.

Kendra asintió. El bello color caramelo de su piel estaba teñido de gris.

Val se levantó, cogió los papeles y pasó la vista por ellos. Decían exactamente lo que ella había imaginado que dirían.

—A pesar de todo, nunca creí que pudiera ocurrir realmente una injusticia de esta magnitud. —Concentrándose logró seguir firme de pie—. Iré al centro a comunicárselo a Daniel. ¿Quieres acompañarme?

Kendra negó con la cabeza.

—Me he prometido no llorar delante de él y... no sería capaz de evitarlo ahora.

Val cogió su bolso y echó a andar hacia la puerta. Allí se detuvo y le puso a Kendra una mano en el brazo.

—Lo siento muchísimo. Aparte del propio Daniel, tú eres la más afectada por nuestro fracaso.

—Puede que sí. Luke podría estar en desacuerdo. —Enfocó la

mirada—. Para ti no es tanto una pérdida personal, pero podría ser algo peor aún. Vas a perder la fe en la justicia y en ti.

Val retuvo el aliento, sorprendida.

—Es posible que tengas razón. En este momento esa idea es demasiado penosa para soportarla. ¿Tú llamas a Luke y a Jason para informarlos?

Kendra asintió y Val salió de la iglesia. Cuando subió al coche, puso especial cuidado en abrocharse bien el cinturón de seguridad. Sentía esa especie de atontamiento que hace necesarios los detalles vulgares para mantenerse anclada en el mundo real.

Dentro de dieciocho horas ejecutarían a Daniel. Las sustancias que le inyectarían correrían por sus venas hasta pararle el corazón y los pulmones. Se marcharía toda esa vida y esa fuerza, dejando solamente el cascarón de lo que había sido un hombre especial. Pero ¿acaso no son especiales todos los hombres y mujeres?

Un alud de emociones cayó sobre ella, magullándola y aporreándola. Por puro instinto sacó el coche del aparcamiento y lo puso rumbo al norte en lugar de al sur. Necesitaba ver a Rob, que tendría que estar en su casa de huéspedes. En vez de telefonearlo quería darle la noticia personalmente. Más aún, deseaba que él la abrazara. ¿Qué mal había en ahorrarle la amarga verdad a Daniel un rato más?

Mientras conducía, las palabras de Kendra le zumbaban en la cabeza. Aunque le gustaba ganar tanto como a cualquier abogado, su fracaso en salvar a Daniel minaba su fe en la justicia. Aunque desde el principio había sabido que sería difícil salvar a su cliente, no se había preparado para el aniquilamiento emocional que suponía saber que ella formaba parte de un sistema que estaba a punto de cometer asesinato.

¿Sería capaz de continuar siendo abogada después de esto? Exhaló un suspiro resollante; aún era muy pronto para decidir cualquier asunto importante. Se sentía como una víctima de accidente cuya extremidad quebrada sigue sangrando; la conmoción era tan grande que era incapaz de comprender la magnitud de su lesión.

Cuando viró en dirección sur en Charles Street, su mirada se dirigió automáticamente hacia el centro Stony Run Meeting, el sencillo y viejo edificio apenas visible al otro lado de la catedral Mary Our

Queen. Cuántas veces había sentido la tentación de entrar. ¿Y si...?

Repentinamente el torbellino de su espíritu pudo más que sus dudas y entró en el aparcamiento de los cuáqueros. Normalmente habría sido necesario tocar el timbre para solicitar entrar en el local a horas en que no había reuniones, pero cuando se acercaba vio que estaba saliendo una anciana de rostro sereno. Al verla, la anciana le sostuvo amablemente la puerta abierta. Val se lo agradeció con una inclinación de la cabeza, pero no le habló, no fuera a perturbarle la paz a la mujer.

El local de reuniones estaba tal como lo recordaba. Lentamente se dio una vuelta en redondo, absorbiendo la atmósfera. En el lugar no había ningún tipo de decoración, ni vitrales, ni estatuas, ni madera tallada, sólo la luz de Dios; la sala era un pozo de silencio y paz. Se instaló en el banco más cercano y cerró los ojos, recordando el tradicional consejo cuáquero: «Vuelve tu mente hacia la Luz y espera en Dios».

De niña eso lo hacía instintivamente, acallando la mente para dejar espacio para la luz interior. Perdió esa habilidad en la adolescencia y su incapacidad para recuperarla la decidió a dejar de asistir a las reuniones. Desde entonces no había conocido la verdadera paz. Con las descargas de hormonas, el descubrimiento de los chicos y el deseo del éxito y la seguridad del dinero, comprendió que el centro de reuniones no era su lugar. Ese día necesitaba encontrar por lo menos un eco de esa fe para que la sostuviera durante una noche oscura del alma.

Puesto que acallar la mente le sería imposible, formó una imagen mental de Daniel y trató de rodearla de luz. Al ver que no podía hacerlo, se concentró en encender una sola chispa de luz interior en su corazón. Estaba a punto de tirar la toalla cuando encontró un débil brillo de luz dentro de ella.

Expandiendo esa luz, logró rodear a Daniel con ella. Cuando sintió su presencia a su lado, comprendió que él estaría a salvo en la luz a pesar de la horrible injusticia de su inminente muerte.

Cuando se serenó más, intentó llegar a Louise y Lyssie. Para las dos había sido difícil la vida. Louise ya vivía en la luz y le resultó fácil traerla a su lado. Con Lyssie, toda bordes duros y recelos, le costó más, pero finalmente también sintió la presencia de su hermana pequeña.

Su espíritu, tanto tiempo descuidado, fue reviviendo lentamente, produciéndole una paz que sobrepasaba al entendimiento. Uno por uno, envió luz a Rob, a Jason, Kendra y Luke, a sus amigos y familiares, a los amigos que conoció años atrás en ese centro de reuniones.

No sabía cuánto tiempo llevaba rezando, pero cuando abrió los ojos le corrían las lágrimas por las mejillas, lágrimas sanadoras que disolvían su recelo.

Con la mente hecha un caleidoscopio, se levantó para marcharse. ¿Por qué había estado tanto tiempo alejada de ese centro? La claridad era un concepto importante entre los cuáqueros, y estaba experimentando un momento de verdadera claridad. Había estado viviendo con un vacío espiritual en el centro de su alma. Ninguna cantidad de éxito, de posesiones materiales ni actividad podían llenar ese vacío elemental. No era de extrañar que sus relaciones hubieran sido un desastre. Le faltaba la fe en sí misma y en el poder del amor.

Seguía siendo una cuáquera imperfecta, muy indigna. Pero ya no sería una ausente.

En un recoveco de la mente de Rob, un reloj iba marcando las horas que le quedaban de vida a Daniel. Había sentido ese mismo horror cuando se aproximaba la ejecución de su hermano. Aun cuando no estaba de acuerdo con esa justicia dura del ojo por ojo, diente por diente, por lo menos la entendía, y Jeff había cometido delitos terribles. La muerte de un hombre inocente era infinitamente más torturante.

Consciente de que necesitaba tomarse un descanso de los apuntes sobre el caso que estaba examinando, salió a sentarse en el primer peldaño de la escalinata que bajaba del porche. *Malcolm* se echó a su lado, así que le pasó el brazo por el lomo, recibiendo a cambio un gemido aprobador.

Esos largos días pasados los había dedicado a ahondar más y más en la vida de Omar Benson, con la esperanza de encontrar una prueba definitiva que exculpara a Daniel. Nada, nada, nada. Su mirada vagó por el descuidado jardín que pronto sería suyo. Mañana esas flores continuarían vivas mientras que ya estaría muerto un hombre que había llegado a ser un amigo.

Con el rabillo del ojo vio un movimiento y giró la cabeza para mirar. Val estaba dando la vuelta a la esquina de la casa. Iba vestida con un pulcro traje sastre y su expresión era serena, pero una mirada a sus ojos le bastó para saber lo que había ocurrido.

Aunque su cara mostraba señales de lágrimas, su voz fue firme cuando le dijo:

—Quería darte personalmente la mala noticia.

—La petición fue denegada —dijo él levantándose y avanzando hacia ella con *Malcolm* pegado a los talones.

—La Corte Suprema ha rehusado conceder un certiorari. Qué otra cosa se podía esperar, si el juez presidente dijo una vez que el hecho de ser inocente no es un argumento constitucional. El Tribunal de Apelaciones del Estado ya acordó que es esencial que se les ponga fin a los casos. Después de diecisiete años de apelaciones y aplazamientos, la prueba de que los testigos no eran fidedignos no basta para cambiar las cosas. Sabía que era mucho esperar, pero incluso así... —se le quebró la voz.

Él envolvió en sus brazos su estremecido cuerpo, sus emociones tan negras como las de ella.

—Hemos hecho todo lo que hemos podido, Val. Más de lo que podía hacer cualquiera.

—¡Intentarlo no basta! En un caso de pena capital sólo cuenta ganar. —Las lágrimas que había estado controlando empezaron a brotarle. Se las limpió furiosa—. Maldición, creí que ya se me habían acabado las lágrimas.

Él le pasó su pañuelo, que estaba arrugado pero limpio.

—Esta situación merece lágrimas. Merece vestirse de saco, cubrirse de ceniza la cabeza y clamar a los cielos.

—No dejo de pensar si a los jueces del Tribunal de Apelaciones los afectó negativamente toda la publicidad que le hemos dado al caso. Tal vez no quisieron dar la impresión de que se dejaban influir por las opiniones de los medios de comunicación.

—Eso no hay manera de saberlo, así que no tiene ningún sentido elucubrar sobre ello.

La estrechó fuertemente, contento de poder hacer eso por lo menos. Aun en el caso de que Val no se casara con él, siempre los uniría la experiencia de haber luchado juntos para salvarle la vida a un hombre. Ay, si lo hubieran logrado.

La llevó hasta la escalinata de la casa de huéspedes y se sentó, acurrucándola bajo el brazo. Cuando ella consiguió dominar el llanto, le dijo:

—He estado pensando en mis problemas para comprometerme en mis relaciones y he encontrado cierta claridad, pero tal vez hoy no sea el momento oportuno para hablar de eso.

—Inténtalo —sugirió él—. A los dos nos iría bien una distracción.

—Supongo que tienes razón, pero si digo alguna tontería, pulsa tu tecla mental de borrar. —Enderezó la espalda e hizo un inútil intento de echarse hacia atrás el pelo—. Mi omnisciente amiga Rachel sugiere que mi alergia al matrimonio podría provenir de que mi padre ha sido una parte muy pequeña de mi vida. Me acostumbré a que la presencia de hombres en mi vida fuera limitada. Más o menos como criarte con un alcohólico y pensar cuando conoces a un borracho atractivo: «¡Qué bien, éste me conviene! ¡Debe de ser mi destino!»

—Tiene bastante lógica —dijo él pensando en su madre, que casi nunca estaba disponible; mentalmente, y muchas veces físicamente, estaba en otra parte. Eso tenía que haber influido en sus propios problemas para mantener una relación estable con una mujer. Hablando tanto para sí mismo como para Val, continuó—: Cuesta reconocer esas pautas recurrentes, pero más difícil aún es cambiarlas.

—Lo raro es que yo puedo tener relaciones duraderas con mujeres. Mis mejores amigas lo son desde que éramos muy pequeñas. Mi madre y yo somos muy distintas, pero nos gustamos, nos comprendemos y nos fiamos la una de la otra. El viernes, cuando la abuela de Lyssie cayó desplomada en la cocina y la llevaron al hospital, acepté adoptar a Lyssie si Louise moría antes de que la niña fuera mayor de edad.

—Eso es importante y bueno. —La atrajo más hacia él pensando que ese sorprendente anuncio era un buen presagio para sus perspectivas—. Si una niña se merece que cuiden de ella, ésa es Lyssie. ¿Cómo está su abuela?

—Parece que esta vez se va a recuperar, pero aún es muy pronto para juzgar sus perspectivas a largo plazo. Ocurra lo que ocurra, Lyssie ya forma parte de mi familia. Sentí una o dos punzadas de claustrofobia cuando Louise me lo pidió, pero no tuve ninguna duda de que estaba haciendo lo correcto. Sólo con hombres me falla el juicio y me aterro.

—No podías contar con que tu padre estuviera por ti y eso fijó la pauta de tus relaciones con los hombres. Por no decir que enamorarnos nos vuelve tremendamente vulnerables. —Como le ocurría a él con ella—. Es más seguro no enamorarse nunca.

—Quizá eso explique por qué una de las mejores relaciones que he tenido en mi vida con un hombre es con el hermano de Kate Corsi, que es gay —dijo ella pensativa—. Era el hermano mayor de todas nosotras, y confiábamos en él en todo.

—Porque no era una amenaza, y aun siendo niña percibías eso. —Frunció el ceño buscando palabras para expresar una idea complicada—: Si el sexo y el amor mezclados son peligrosos, tal vez nuestra sensualidad natural, o sea nuestra sexualidad, sólo podría expresarse libremente si controláramos la parte amor de la ecuación evitándolo.

Ella entrecerró los ojos, tratando de analizar lo que Rob acababa de decir.

—Ésa es una interesante manera de mirarlo. Me hace parecer casi racional. ¿Quiere decir eso que si me enamoro tengo que renunciar al sexo?

—¡Espero que no, por supuesto!

Ella sonrió ante su vehemencia.

—Lo que me asusta de ti, Rob es que me ofreces amor incondicional y yo no sé desenvolverme con algo que no tiene bordes ni límites. Mi sobreeducada mente puede decir fríamente que tengo problemas de autoestima, pero en lo más profundo de mí hay una niña pelirroja de aspecto raro gritando «¡Error!» y «¡No te mereces un tío tan fabuloso como éste!»

—Ten cuidado, si me halagas demasiado voy a ser yo quien empiece a sufrir problemas de autestima —le advirtió Rob, pero la esperanza chisporroteaba dentro de él—. Los dos tenemos cosas que debemos solucionar, Val. El primer paso, y el más importante, es reconocerlo, para poder trabajar en ello.

Ella levantó mirándolo, sus ojos transparentemente sinceros.

—Cuando venía hacia aquí pasé por el centro Stony Run Meeting al otro lado de Charles Street, y entré. Creo que he adquirido unas nuevas percepciones. No sé si voy a poder cambiar de la manera que necesito, pero quiero intentarlo de verdad. Pero tú... ¿puedes tener la paciencia?

—Puedo tener muchísima paciencia cuando las recompensas son tan grandes. —Le echó atrás el pelo y la miró atentamente a los ojos—. Tú también vas a necesitar bastante paciencia conmigo. Sé que estoy enamorado de ti, pero eso no quiere decir que sepa cómo construir un matrimonio feliz y duradero. Nunca he visto uno de cerca.

—Pensar en tu infancia pone en perspectiva mis problemas —dijo ella tristemente—. Cuando trazaste tu raya en la arena, dijiste que no la cruzarías mientras yo no estuviera dispuesta a considerar seriamente una relación duradera. Ahora lo estoy. ¿Significa eso que podemos volver a ser pareja?

—Por supuesto. —La besó, sintiendo nuevos grados de apertura. Eso era lo que deseaba y no lograba encontrar cuando iniciaron la relación—. Te quiero, Val. Puede que necesites mucho tiempo hasta que te sientas cómoda con la idea del matrimonio, pero al menos estamos por fin en el mismo camino.

Ella se acomodó en sus brazos confiadamente.

—Mi amiga Rachel me dijo que debía hablar contigo porque le parecía que eres del tipo de hombre que escucha. Rachel siempre tiene razón.

Él se rió.

—Me alegra que la tenga siempre, porque yo no.

—Yo tampoco. Por eso me aferro a mis amigas inteligentes.

Él le acarició el brazo.

—Estoy sintiendo una extraña mezcla de emociones. Por un lado, querría llevarte dentro y hacerte el amor apasionadamente para celebrar nuestra reconciliación. Y sin embargo, me siento como si estuviera mal ser tan feliz y complaciente cuando Daniel está enfrentándose a la muerte.

—Yo me siento igual. Podemos esperar. Nosotros tenemos tiempo, Daniel no. —Suspiró—. Es hora de que vaya a la SuperMax a darle la mala noticia. No me echará la culpa, pero eso no me hará sentir mejor.

—Deja que se lo diga yo. Ya había decidido ir a visitarlo si éste resultaba ser su... su último día. No tiene ningún sentido que te tortures cuando yo hablaré con él de todas maneras.

—Me tientas —dijo ella indecisa—, pero me parece que eso sería faltar a mi deber.

—¿Irás mañana para... hacer de testigo, verdad? —Cuando ella asintió, con los ojos brillantes por las lágrimas otra vez, continuó—: Puedes despedirte entonces. Yo también estaré. ¿Irá Kendra? Una vez Daniel me pidió que le impidiera asistir.

Val cerró los ojos, angustiada.

—Irá.

—Nadie podría haber luchado más que Kendra por salvarle la vida a Daniel.

Los labios llenos de Val se estiraron en una delgada línea.

—Las dos estamos de acuerdo en que Yoda tenía razón; no hay intentarlo, sólo hacer o no hacer. Y no pudimos hacerlo.

—Yoda es un bonito adorno para el césped, y nunca dominó el uso de los sujetos en las frases; además en esto se equivocó. Intentarlo importa. Luchar importa. Si no, ¿qué sentido tiene vivir?

—Cal Murphy dijo más o menos lo mismo.

—Tal vez es cosa de tíos. —La besó—. Vete a casa o vuelve a tu despacho, mientras yo voy a visitar a Daniel. Supongo que mañana nos veremos en la penitenciaría a las... ¿qué? ¿las siete?

—Esa hora me parece bien. Lo consultaré con el personal de la cárcel y te llamaré en caso de que debamos ir a otra hora. —Le dio unas palmaditas a *Malcolm* y se puso cansinamente de pie—. Tal vez podríamos ir juntos en un coche; el resto de lo que queda del día y toda la noche estaré en mi despacho repasando mis archivos en busca de un milagro.

—Lo mismo digo. —Por desgracia, él no creía en los milagros—. Tal vez deberíamos trabajar juntos en tu despacho esta noche.

Ella lo miró un momento, pensativa, y asintió.

—Dudo que le sirva de algo a Daniel, pero seguro que me sentiré mejor contigo cerca.

Y él también. Tal vez un compañero de viaje haría más fácil de soportar una noche sin fin.

Daniel pudo interpretar la expresión de Rob con la misma facilidad con que él había interpretado la de Val. Se sentó pesadamente en la silla de su lado de la mampara y cogió el auricular.

—El tribunal representó a Poncio Pilatos y se lavó las manos de mí, ¿verdad?

—Eso me temo.

Le transmitió el breve resumen de Val del razonamiento de la Corte. Cuando terminó, Daniel suspiró.

—Desde el comienzo dije que no esperaba que esto resultara. Pero ya sabes, es imposible no tener por lo menos un poquitín de esperanza. Estoy preparado para la muerte. Llevo mucho tiempo esperándola. Pero preferiría vivir.

Esas tranquilas palabras se clavaron como una daga en el corazón a Rob.

—Lamento terriblemente que te hayamos hecho esto más difícil. Tal vez es cierto eso de que el camino al infierno está pavimentado con buenas intenciones.

—No me lo habéis hecho más difícil, Rob. Para mí ha significado muchísimo que dos personas inteligentes como tú y Val hayáis trabajado tanto por un negro al que ni siquiera conocíais. Y gracias a vuestra investigación y a la publicidad de Kendra, muchas personas han descubierto que no soy un asesino.

—Ninguna de ellas del Tribunal de Apelaciones —dijo Rob amargamente.

—Sí, pero incluso mi familia tenía dudas a veces, creo. Ya no. Lo mejor de todo es que debido a vuestro trabajo tuve la oportunidad de ver a mi bebé hecho un hombre. —Hizo una de sus raras sonrisas—. Es un chico estupendo, ¿no crees? ¿Viste que me llama su padre en el diario? No se avergüenza de mí, y eso es más de lo que he soñado jamás. Así que, gracias, Rob, y dale las gracias también a esa guapa pelirroja tuya.

—Podrás dárselas tú mismo —dijo Rob, ya a punto de desmoronarse—. Estará aquí mañana por la mañana, conmigo.

—¿Y Kendra?

—Val dijo que vendría. Tal vez puedas pedirle al alcaide que no le permita entrar, pero, como me dijo Val una vez, nuestras mujeres son adultas y capaces de tomar sus propias decisiones.

—Dios no ha hecho nunca una mujer mejor que Kendra; ha estado conmigo en todos los pasos del camino. Supongo que no tengo derecho a impedirle que esté en el último.

Contento por la decisión de Daniel, Rob le dijo:

—La inyección letal es una muerte tranquila, indolora. No es como la cámara de gas o la silla eléctrica.

—Una muerte más apacible que la que tienen la mayoría —dijo Daniel. Se encogió de hombros—. Es curioso, yo era partidario de la pena de muerte. Me imaginaba que sólo se ejecutaba a los criminales más horribles.

Ojalá eso fuera cierto.

—¿Te han tratado bien?

—Uy, sí. No hay muchas ejecuciones aquí, y todos se desviven por ser simpáticos. Rarísimo. Pedí que mi última comida la trajeran del restaurante de mi hermano. Luke la traerá personalmente. —Sonrió con tristeza—. Siempre quise saborear la cocina de Angel. Y no sólo conseguí eso, Luke me la va a servir en mi celda. Por primera vez en diecisiete años, podré tocar a un ser querido. Una última cena bastante buena.

—Llevas esto mejor que yo —dijo Rob, que casi no podía hablar por el nudo que tenía en la garganta.

—Todos morimos, y pocos tienen tanto tiempo para prepararse para la muerte como lo he tenido yo. —Por un instante apareció una grieta en la serenidad de Daniel—. No me merezco esto, pero la vida no es justa. Voy a morir siendo un hombre mejor que el que era cuando me arrestaron, y eso es misericordia de Dios.

Rob comprendió que había estado equivocado. Los milagros sí ocurrían, y Daniel era uno de ellos.

Capítulo **32**

Cuando Rob entró en la sala de reuniones de la iglesia para acompañar a Val y pasar la noche repasando las carpetas y apuntes sobre el caso, pensó pesaroso que esa vigilia era puramente simbólica; pero era esencial hacer algo más que mirar el reloj. Cada hora más o menos se levantaría, se desperezaría y le daría un abrazo a Val. El contacto físico serviría para mantener a raya a los demonios.

Ya eran casi las once cuando sonó su teléfono. Con el ceño fruncido hurgó en su bolso, buscándolo.

—¿Quién podría llamar a esta hora?

—O es el gobernador para decir que se aplaza la ejecución, o es alguien que se ha equivocado de número y quiere pedir una pizza —dijo Val con humor ácido.

—¿Diga?

—¿Señor Smith? Soy Virginia Benson-Hall, la madre de Omar Benson. Usted me dejó una tarjeta y me dijo que le llamara si se me ocurría algo útil.

A su pesar, él sintió un chisporroteo de esperanza.

—Me alegro de que conservara la tarjeta. ¿Qué se le ha ocurrido?

—No mucho, y seguro que ya es demasiado tarde —dijo ella indecisa—. Pero he estado leyendo acerca de ese pobre Daniel Monroe y estrujándome los sesos tratando de recordar a los amigos de Omar, porque usted me preguntó por ellos. Acabo de recordar algo que me dijo mi hijo no mucho antes de que lo arrestaran y lo mandaran a la cárcel.

O sea no mucho después del asesinato de Malloy.

—¿Qué recordó?

—Omar dijo que Darrell Long le había hecho un favor grandísimo, y que debía hacer algo por él a cambio. Me acuerdo del nombre porque la familia de Darrell está en mi iglesia. Su madre lo echó de casa cuando él comenzó a robarle dinero para drogas.

Rob reprimió un suspiro. Darrell Long, el testigo perjuro. No había nada nuevo en eso.

—Mintió para proteger a su hijo de que lo arrestaran por dispararle a James Malloy. Ése era un favor muy grande que Omar le debía.

—Desde luego. Según el diario, ese Darrell fue el que convenció al otro hombre para que mintiera. Eso es hacer mucho, incluso por un buen amigo. Y el pobre señor Monroe va a pagar eso. ¿Es cierto que lo van a ejecutar por la mañana?

—Pues sí. El tribunal se ha negado a intervenir.

—Ojalá se se me hubiera ocurrido algo más útil. Rezaré por su alma.

—Eso es lo único que podemos hacer, señora Benson-Hall. Le agradezco el tiempo que se ha tomado para recordar lo que debieron ser tiempos difíciles.

—Era lo menos que podía hacer, ya que mi Omar es el responsable de la ejecución de Monroe. Buenas noches, señor Smith.

Él le dio las buenas noches y colgó, pero algo le quedó dando vueltas en un recoveco de la mente. Vio que Val abría la boca para decir algo y levantó una mano para pedirle silencio. ¿Algo de lo que le dijo la madre de Omar Benson? ¿Algo que había oído antes enredado con los detalles de cien entrevistas?

«Darrell Long le había hecho un favor grandísimo.» Tal vez hizo algo más que mentir para proteger a Omar. ¿Qué fue lo que le sugirió Sha'wan acerca del arma? Que si él hubiera sido el asesino, se la habría entregado a un amigo para que se la guardara. A alguien de confianza.

«La mitad de mi ático está lleno de cajas y cosas que pertenecían a Joe y a Darrell desde la época en que eran amigos... Cosas inútiles, sin ningún valor, sino no las habrían dejado. Uno de estos días tengo que mirarlas a ver qué sirve y qué se puede tirar, pero es más fácil irlo dejando para después.»

Se giró bruscamente para mirar a Val.

—La madre de Omar Benson acaba de decirme que su hijo pensaba que le debía un favor muy grande a Darrell Long. La hermana de Joe Cady tiene un ático lleno de cosas de Joe y Darrell, cajas que no se han abierto nunca. ¿Crees que podría haber algo allí? ¿Algo que Omar le dio a Darrell, como por ejemplo el arma asesina?

—Es posible. —Val miró su reloj—. Es horrorosamente tarde.

Tarde para llamar a Lucy Morrison y muy, muy tarde para salvar a Daniel, pensó él.

—Vale la pena intentarlo —dijo.

Buscó en sus carpetas el número de teléfono de la hermana de Joe Cady. Cuando ella contestó, su voz sonó soñolienta, como si la hubiera despertado el sonido del teléfono.

Pensando en lo alarmante que pueden ser las llamadas a esas horas, Rob se apresuró a decir:

—Siento muchísimo molestarla a esta hora, señora Morrison. Soy Rob Smith Gabriel. —Desde que se fue de California, ésa era la primera vez que se presentaba con su nombre completo—. Y necesito pedirle un favor inmenso.

Val emitió un suave silbido cuando terminó de subir la empinada escalera que llevaba al sofocante ático de los Morrison.

—Mira todo esto. No me extraña que la señora Morrison no deseara clasificar estas cosas.

Rob le cogió la mano para ayudarla a poner el pie en suelo sólido.

—Me alegro de que seamos dos para hacer esto. Llevará horas.

—Desde luego. —Val pensó que aquello era como buscar una aguja en un pajar, pero no era más inútil que pasar las hojas de sus carpetas por milésima vez, y les daba la oportunidad de caer luchando—. Veamos, dijo que las cajas de Joe y Darrell están en la parte que queda encima del garaje.

Alumbrándose con una linterna que le pasó Rob, se abrió camino hasta el otro extremo, procurando no pisar los cuerpos de bicharracos muertos hacía mucho tiempo. Pensó en cómo estaría su ático, y decidió no enterarse nunca.

Una puerta baja conducía a la parte de encima del garaje.

—Aquí sólo podemos entrar a gatas, y la luz es muy débil. Menos mal que viniste preparado.

Rob había traído dos bombillas para obras de construcción con cables largos. Después de enchufarlos, buscó clavos en el techo para colgar las bombillas en la parte más alta, para que las cajas quedaran bien iluminadas.

—Pero hay espacio suficiente para empezar a buscar aquí y dejar a ese lado las cajas ya revisadas.

Val cogió una de las cajas de arriba, la bajó al suelo y se sentó al lado con las piernas cruzadas. Sus pantalones no volverían a ser los mismos. La caja contenía discos y casetes, y una camiseta de chándal que se guardó sin lavar. Hurgó entre las cosas con el mayor cuidado, esperando no encontrar una aguja hipodérmica suelta.

—Debieron romperse la espalda subiendo todo esto aquí.

—Pero es un buen lugar para esconder algo que no quieres que se encuentre —dijo Rob comenzando a revisar otra caja.

A cambio del permiso de los Morrison para registrar, Rob se había ofrecido para llevarse en su camioneta cualquier cosa que quisieran tirar. Val suponía que la pareja de ancianos habría estado dispuesta a colaborar de todos modos, pero el ofrecimiento de Rob fue un gesto simpático.

Buscando un milagro, cogió otra caja.

Al cabo de dos horas de búsqueda, ya habían revisado casi todo el montón de cajas y las bolsas de basura que contenían artículos de casa, como sábanas y mantas sucias. No era de extrañar que Darrell y Joe no se hubieran molestado en ir a recuperar esas cosas.

A Rob le ardían tanto los ojos por el polvo y el cansancio que cuando abrió la penúltima caja su primera reacción fue creer que estaba alucinando. Se limpió los ojos con la muñeca y volvió a mirar; el corazón comenzó a acelerársele.

En medio de un montón de ropa de deporte apolillada había una bolsa de papel marrón, y la forma envuelta dentro semejaba mucho a la de una pistola. Había traído guantes de plástico por si acaso, así que se los puso antes de coger la bolsa y mirar dentro.

—Eureka —exclamó—. Val, ven a ver.

Ella estuvo a su lado en un instante, y agrandó los ojos al ver una elegante y letal pistola semiautomática.

—¿Es de este tipo el arma que mató a Malloy?

Rob desenvolvió con sumo cuidado la bolsa para tener una visión más clara, sin tocar el arma y reduciendo al mínimo el contacto con el papel.

—Sí. Walther PPK siete sesenta y cinco. Es del mismo calibre que la pistola que mató a Malloy. Es el tipo de pistola que llevaba James Bond en la mayoría de las películas. Todo cuadra. Omar no quiso deshacerse de una pistola tan cara, así que se la dio a su amiguete Darrell para que se la guardara un tiempo. Luego a Omar lo enviaron a la cárcel y no la recuperó nunca.

—Una pistola James Bond —musitó Val contemplándola—. Es patético.

—Puede que las fantasías de Omar hayan sido patéticas, pero apostaría mis muelas a que estamos mirando el arma asesina perdida.

Val se acercó tanto a la pistola que él estuvo a punto de decirle que no la tocara, pero entonces ella levantó la vista con los ojos brillantes.

—Hay unas manchitas que parecen orín. Manchitas de color marrón rojizo.

—Buen Dios, ¿crees que son de sangre?

—Sí. —Se sentó sobre los talones, con el entrecejo fruncido, pensando—. Darrell Long no era ningún tonto. Cierto, estuvo dispuesto a guardarle el arma a su amigo, pero conservarla en las condiciones en que quedó en el escenario del crimen pudo haberle parecido una precaución juiciosa. Supongamos que lo cogían por algún otro delito y quería darles información a los fiscales a cambio de su libertad. Un arma que mató a un policía podía ofrecerle muchas ventajas.

Él arqueó las cejas al ver las posibilidades.

—Tienes una mente retorcida.

—Gracias, eso forma parte de mis dotes de abogada. —Le dirigió una sonrisa que iluminó el ático—. Incluso es posible que haya huellas dactilares. He leído sobre huellas de cuarenta años de antigüedad tomadas de objetos de superficie lisa que han estado protegidos de manoseo y de los elementos.

Él soltó un suave silbido.

—Me gustaría saber si Darrell eligió intencionadamente una bolsa de papel marrón como las que usan los técnicos en escenarios del crimen.

—Podría ser. O igual simplemente hemos tenido suerte.

Él volvió a mirar la pistola.

—Ahora que la hemos encontrado, ¿qué hacemos con ella?

—Vamos al gobernador. Claro que se acerca una elección y él no quiere parecer blando con el crimen, pero ahora que hemos encontrado el arma con la que probablemente se cometió el asesinato, los medios de comunicación lo harían añicos si permitiera que siguiera adelante una ejecución sin que se haya analizado el arma.

Él se enderezó, y soltó una palabrota al golpearse la cabeza en el techo.

—Eso tiene lógica, pero ¿cómo vamos a captar su atención? No sé, no creo que podamos simplemente llamar a la mansión del gobernador en Annapolis.

—No, telefonearemos a alguien que sí puede llamar a la mansión del gobernador. —Le brillaron los ojos—. Al padre de Rachel, el juez Hamilton. Está muy bien conectado políticamente, y tocó muchas teclas para conseguir que eligieran a este gobernador. Él sabrá qué hacer.

Julia Hamilton contestó la llamada más dormida que despierta.

—Julia, soy yo, Val Covington —se apresuró a decir Val—. ¿Está el juez ahí? Esto es un asunto de vida o muerte.

—Val, ¿qué demon...? —al parecer Julia acabó de despertarse—. ¿Se trata del caso de Daniel Monroe?

—Exactamente.

—Espera un momento.

Se oyeron voces susurrantes y luego sonó la conocida voz de barítono de Charles Hamilton, enronquecida por el sueño:

—Vale más que esto sea bueno, Valentine.

—Lo es. —Hizo una inspiración profunda—. Hemos encontrado el arma del crimen.

«Malditos Val y Rob. Dijeron que estarían aquí y no están.»

Kendra necesitaba maldecir a alguien o a algo. Era posible que eso le calmara un poco la rabia y la angustia que la consumían mientras se paseaba inquieta por la sala para los asistentes, que estaba separada de la sala de ejecución por una enorme ventana.

Cuando llegó a la penitenciaría tuvo que abrirse paso a codazos por entre grupos que protestaban a favor y en contra de la pena de muerte, periodistas y furgones de televisión, por no mencionar a los simplemente curiosos. Con toda la publicidad de esa semana, se había congregado una buena multitud.

Conseguir ser testigo de una ejecución no era asunto fácil. Los periodistas tenían que echarlo a suertes. También se permitía la presencia de familiares de la víctima. Pero en ese caso sólo estaba presente un familiar, una señora de rostro hermético, hermana de Malloy. Val podía asistir, por ser la abogada de Daniel, y logró persuadir al alcaide para que dejara asistir a Kendra y a Rob. Pero ni Val ni Rob estaban allí. Lo más probable era que se hubieran pasado toda la noche follando y se hubieran quedado dormidos. Incluso mientras pensaba eso Kendra no lo creía, pero necesitaba arremeter contra alguien y Val era un blanco fácil.

Los seis periodistas estaban charlando tranquilamente entre ellos, pero las otras cinco personas, como ella, estaban callados, bebiendo café y sin mirarse entre ellas.

¿Dónde diablos estarían Val y Rob?

Las ocho menos cuarto. No faltaba mucho. Su mirada fue a posarse en la camilla de la sala de ejecución, y pensó si sería suficientemente larga para Daniel; sería indecoroso si le quedaran los pies fuera colgando.

Tal vez eso no importaba, pero su mente no paraba de aferrarse a pequeños detalles. Junto a la camilla había una especie de monitor; seguro que a Daniel ya lo habría examinado un médico para comprobar si estaba lo bastante sano para morir.

Oyó una inspiración colectiva entre los testigos y miró hacia donde miraban todos. Daniel estaba entrando en la sala, escoltado. El momento del espectáculo. Se acercó a la ventana y miró; estaba temblando. Tal vez él tenía razón y ella no debería estar allí.

Él se veía majestuoso y remoto, un hombre que ya está a medio camino de un lugar adonde nadie más puede seguirlo. Se llevó una mano al corazón, angustiosamente consciente de su historia compartida. La dicha, la aflicción y la injusticia los habían unido para siempre.

Aunque él no podía haber oído su movimiento, miró hacia la ventana. Se encontraron sus ojos y, con expresión grave, él inclinó la cabeza a modo de despedida. Después se tendió en la camilla. Una vez que lo dejaron sujeto con las correas, un técnico empezó a instalar los tubos para las inyecciones intravenosas.

Las lágrimas le borraron la visión. Se retiró a la parte de atrás de la sala, y tropezó con alguien. Quizá ya era hora de que se marchara, porque no sabía si podría soportar verlo morir. Medio cayó sentada en una silla, bajó la cabeza y ocultó la cara en las palmas.

«Cántame, Kendra.»

¿Cuántas veces le había pedido eso Daniel? Casi oyó las palabras en su mente. ¿Él le estaría enviando ese pensamiento? Estremecida, trató de recordar un espiritual que conviniera a la ocasión.

Swing Low, Sweet Chariot. Claro. Había oído decir que esa canción era una manera secreta de hablar del tren clandestino que llevaba a los esclavos a la libertad, pero también era una canción acerca de la muerte. Con la voz tan baja que nadie podía oírla comenzó a entonar la letra de su última canción para Daniel. «*Swing low, sweet chariot, Comin' for to carry me home...*»

Había llegado a la estrofa que decía «*I looked over Jordan, and what did I see? Comin' for to carry me home, A band of angels comin' after me...*»,* cuando el repentino ruido de voces exaltadas la sacó de sus nebulosos pensamientos.

Levantó la vista, desorientada, y vio que los periodistas estaban pegados a la ventana de la sala de ejecución. Deseando ver qué pasaba, se subió a la silla para mirar por encima de las cabezas, y vio que la sala se estaba llenando de gente. Daniel yacía en la camilla. ¿Ya habría muerto? No, dos guardias estaban desabrochando las correas. Cuando terminaron, Daniel se sentó; parecía aturdido.

¿Qué habría ocurrido? Juntó las manos y se cubrió la boca con ellas, deseando chillar.

---

* Mécete lento, dulce carro, que vienes para llevarme a casa. / Miré hacia el Jordán, ¿y qué vi? / Que vienes para llevarme a casa / Viene una banda de ángeles, a buscarme. (*N. de la T.*)

Se abrió la puerta de la sala para los asistentes y entró un hombre de aspecto vigoroso, de traje oscuro.

—Buenos días, soy el alcaide Brown. Acabamos de recibir una llamada telefónica del despacho del gobernador para decir que se concede un aplazamiento temporal de la ejecución.

—¿Por qué? —preguntaron varios periodistas al unísono.

—Una nueva prueba. —El alcaide pareció debatirse entre si explicar algo más o no—. Se ha encontrado el arma con la que pudo haberse cometido el asesinato, y el gobernador considera que, en interés de la justicia, la ejecución de Daniel Monroe debe aplazarse hasta que se hayan hecho los análisis.

Mientras se elevaban los murmullos en la sala y los periodistas hacían más preguntas, Kendra volvió a dejarse caer en la silla, llorando oraciones de gracias a Dios.

Daniel estaba vivo. Repentinamente tuvo una muy buena idea de en qué habían andado Val y Rob.

Capítulo 33

Ya era primera hora de la tarde cuando llegaron a la iglesia a encontrarse con Kendra, y Val iba muerta en vida. Incluso le había pedido a Rob que condujera su coche, porque estaba tan cansada que no se sentía capaz de conducir ella. Eso sí, cuando se bajó del coche aún le quedaba el orgullo suficiente para caminar hasta el despacho y no permitir que Rob la llevara en brazos.

—¿Cuánto tardarán los análisis balísticos y del ADN? —preguntó cubriéndose la boca para ocultar un bostezo.

—Varias semanas. Después el tribunal tendrá que procesar la información, suponiendo que los análisis exculpen a Daniel. —Le pasó un brazo por los hombros y caminaron juntos hacia la puerta de atrás de la iglesia—. No paro de repetirme que la pistola podría no tener nada que ver con el asesinato de Malloy, pero no lo creo. Las piezas del rompecabezas encajan demasiado bien para que sea una prueba falsa.

—Coincido contigo —dijo ella volviendo a bostezar—. Me alegro de que hayas estado ahí para vértelas con todos los policías y fiscales. Yo me habría desplomado ahí mismo por los nervios.

—No les hizo ninguna gracia tener que reorientar sus ideas, sobre todo al suplente del fiscal del Estado. —Se adelantó para abrir la puerta—. Pensé que Daniel estaba perdido cuando resultó que el gobernador estaba en Europa. El juez Hamilton es increíble.

—Te dije que está muy bien conectado, por no decir que es muy tenaz. Si no hubiera logrado hablar con el gobernador, creo que habría ido a la penitenciaría a parar él personalmente la ejecución. Eso habría dado para un reportaje fabuloso, ¿no crees?

—Ya es noticia de primera página sin ese drama extra —dijo Kendra abriendo la puerta del otro extremo del vestíbulo—. Val, te ves algo así como el gato al que arrastraron por debajo de una reja.

Val no se molestó en mirar su apariencia, pues sabía que Kendra tenía razón. Llevaba la ropa polvorienta, manchada y arrugada, y su pelo parecía tener vida propia, completamente revuelto.

—Tú, por desgracia, estás magnífica.

—Tuve tiempo para ir a casa a ducharme y cambiarme después de salir de la penitenciaria. Val —la levedad dio paso a un fuerte y sincero abrazo—, cuando te pedí que vieras qué podías hacer por Daniel, nunca me imaginé que una abogaducha como tú pudiera cambiar algo.

Val se rió, pensando que nunca se habían tomado el pelo así en el trabajo anterior. Habían pasado de ser simples compañeras de trabajo a verdaderas amigas.

—Si ésa es la verdadera opinión que tienes de mí, no me interesa saberla.

—Mi verdadera opinión es que eres una diosa.

—Rob se lleva los honores por su trabajo de investigación. Yo sólo moví los papeles.

—De acuerdo, entonces, si tú no eres una diosa él debe de ser un dios.

Kendra se giró hacia Rob y le puso las manos en los hombros. Era casi tan alta como él, así que cuando lo besó con lenta deliberación, él reaccionó como si le hubieran inyectado cafeína por vía intravenosa.

Cuando ella puso fin al beso, él resolló:

—Éste ha sido un beneficio inesperado, pero será mejor que no lo vuelvas a hacer. Estoy tratando de convencer a Val de que le vale la pena conservarme.

—Ya es hora de que os dejéis de tonterías y legalicéis lo vuestro —dijo Kendra sonriendo—. He estado pensando que empezáis a parecer como si estuvierais hechos el uno para el otro. ¿Está indicado felicitaros?

—Todavía no, pero te tendré informada.

Rob pasó un brazo alrededor de cada una y los tres caminaron lentamente hasta la sala de recepción de cielo elevado. Frente a ellos colgaba el tapiz de la justicia de Callie, sus colores resplandecientes con el sol de la tarde.

—No sé si somos divinos o no pero ¿habéis pensado, damas increíblemente bellas....?

—Mujeres magníficas —dijo Val en tono firme, dejándose caer en el sofá y sentando de un tirón a Rob a su lado.

—Hermanas guerreras —propuso Kendra sentándose al otro lado de él.

—Lo que sea —dijo él besando a Val en la punta de la nariz—. Hemos hecho un estupendo trabajo en equipo. Todos hemos sido esenciales en este caso, y recibimos muchísima ayuda en el camino. ¿Has pensado en la posibilidad de llevar más casos de condenas erróneas? Debe de haber bastantes.

—Es un trabajo que vale la pena —repuso Val. Y digno de una aspirante a cuáquera, pensó. El trabajo en el caso de Daniel había sido agotador y la carga emocional había sido enorme. Pero ¿qué había hecho en su vida que fuera más satisfactorio y valioso?—. No sé si querría dedicarme exclusivamente a los casos de condenas injustas. Es un trabajo intenso, y no proporciona el dinero que se necesita para mantener el despacho. Pero sí, me gustaría hacer más. ¿Supongo que tú te encargarías del trabajo de investigación?

Él asintió.

—Tendré que obtener una licencia si quiero hacer esto en serio. También podemos reclutar a algunos de los voluntarios que han estado llamando para poder coger más casos. Conseguir estudiantes de periodismo, abogados y estudiantes de derecho. En cuanto al dinero, bueno, quizá podrías conseguir subvenciones anuales de la Brothers Foundation para cubrir los gastos generales.

¿De la fundación de Rob?

—Eso sería... muy conveniente —musitó Val—. Kendra, ¿cómo estás para redactar solicitudes?

—No hace falta que sea excelente —sonrió Rob—. Yo... conozco a alguien de la fundación.

—Para que conste —dijo Kendra—, he hecho solicitudes de subvención para mi iglesia y para un par de grupos comunitarios de mi barrio, y soy muy buena para eso. Aunque me parece que no debes preocuparte por el dinero, Val. Llamó Bill Costain hace media hora. Sospecho que quiere que vuelvas a trabajar para él.

—Eso sería estupendo. Siempre me ha gustado trabajar con Bill. —Ladeó la cabeza—. Yo también tengo una idea. Kendra, ¿has pensado en la posibilidad de sacarte el título de derecho? La Universidad de Baltimore tiene un curso vespertino.

—Chica, llevo años haciendo cursos vespertinos, y todavía no he sacado mi licenciatura. Me llevaría diez años conseguir el título de abogada. Tendría cincuenta años.

Pero Kendra no dijo que le disgustara la idea, observó Val. Interesante.

—¿Qué edad tendrías dentro de diez años si no fueras a la Facultad de Derecho?

Kendra abrió la boca para discutir y volvió a cerrarla.

—Buen argumento. Tal vez le dé vueltas a la idea. —La miró con los ojos entrecerrados—: Eres una pelirrojilla mala.

—Eso intento —contestó Val riendo.

—A mí se me ha ocurrido una idea para cuando saquemos a Daniel de la cárcel —dijo Rob—. Kendra, ¿crees que le gustaría trabajar en el Centro Fresh Air? ¿Hacer trabajo de orientación, jugar al baloncesto, actuar a modo de padre adoptivo? El centro se beneficiaría de un hombre maduro como él, que ha aprendido tanto de la manera difícil.

Kendra lo miró asombrada.

—Ésa es una idea estupenda. No tiene muchas habilidades para trabajos normales, pero sería maravilloso para orientar y aconsejar a niños sin padre. Sugiéreselo la próxima vez que vayas a verlo. Creo que le encantaría.

Tal vez ayudar a otros chicos le serviría también para compensar todos los años que se perdió de Jason.

Val se apoyó cansinamente en el costado de Rob.

—Ahora que hemos resuelto el futuro, ¿puedo irme a casa a acostarme?

—Buena idea. —Rob se puso de pie y la levantó en brazos, apoyándola en su cuerpo, de modo que ella tuvo que agarrarse a él estilo mono—. Cualquier otro cabo suelto puede esperar.

Suspirando, Val apoyó la cabeza en su hombro y se dejó llevar hasta el coche. Tenía que atar un cabo suelto con él, pero tal como había dicho él, eso podía esperar.

Aunque no mucho tiempo.

Comenzaba a caer el crepúsculo cuando Val despertó en los brazos de Rob. Se habían ido a la casa de huéspedes, porque Rob tenía que darle la comida a *Malcolm* y sacarlo a pasear. Los gatos necesitaban menos cuidados. Cuando volvió Rob de sacar al perro, Val ya estaba mejor.

La luz oblicua del sol destacaba las vetas rubias de su pelo y marcaba los contornos de sus fuertes rasgos. Estaba como para comérselo. Val archivó esa idea para después y suavemente le acarició la barba de día y medio que le oscurecía las mandíbulas. Sexy.

Él abrió los ojos y la miró con tanto cariño que a ella le costó recordar que ese color claro de sus ojos parecía frío como el hielo antes.

—¿Te sientes mejor? —le preguntó él.

—Mucho mejor. —Se movió para ponerse de costado, provocando una suave queja de *Malcolm*, que estaba echado a sus pies—. Vamos a necesitar una cama extra grande, para que quepamos nosotros y todos los animalitos.

—¿Estamos en la fase de comprar cama para dormir juntos, o eso sólo fue un comentario gracioso? —preguntó él interesado.

—No, no ha sido sólo un comentario gracioso. —Deslizó los dedos por el suave vello de su pecho desnudo—. Espero que no dejes del todo tu trabajo de remodelación. Los resultados son espléndidos.

—Me alegra que pienses eso, pero volvamos al tema de la cama.

Parecía prometedor.

Promesas... A ella se le resecó la boca.

—Sigo trabajando esa idea del matrimonio. Aunque creo que mi pánico se ha reducido por lo menos en un tercio, aún falta un largo camino por andar. Pero hay una cosa que sí tengo clara.

Él alzó las cejas, alentador.

—Te quiero.

Decir esas dos palabras le resultó increíblemente difícil. Para bien y para mal, amor significa vulnerabilidad, compromiso, todas esas cosas temibles que no había podido aceptar, pero sin las cuales ya no sabía si podría vivir.

—Cuando te conocí comprendí por primera vez que no sabía qué era el amor —continuó—. Amistad, lujuria, corazones rotos... Era bastante ducha en esas cosas, pero en el amor no. Todavía no entiendo todos los matices, pero no puede haber en el mundo un maestro mejor que tú.

—El amor va en dos sentidos, Valentine —dijo él dulcemente—. Tú eres la luz de mi vida, muy literalmente. Me produces una dicha que no había conocido y creía que no conocería nunca.

La cogió en sus brazos y la subió encima de él. No tenía sólo el pecho desnudo, descubrió ella.

—Veo que estás decidido a llevar esta conversación de vuelta a la cama —rió inclinándose para besarlo.

¿Se estaría imaginando esa alegría que notaba en él? No, era alegría de verdad. El éxito que tuvieron salvando a Daniel lo había liberado a él también. Aunque la pena y el pesar por su hermano serían siempre parte de él, ya no estaba prisionero de esas emociones. Sí que habían hecho un largo camino desde que se conocieron. Había más viajes por delante. Recordando el día anterior, le preguntó:

—¿Te educaron en alguna determinada religión?

Él negó con la cabeza.

—Cuando niño a veces iba a la escuela dominical de la iglesia que estuviera más cerca, porque deseaba saber las cosas que sabían los demás niños. Me sirvió para mezclarme con los demás, pero no fue exactamente una educación religiosa exhaustiva.

—Como sabes, yo me eduqué en la religión cuáquera. —Cruzó los brazos sobre el pecho de él y apoyó el mentón en ellos—. Dejé de ir al centro de reuniones cuando descubrí a los chicos y me entró el deseo de ser una estupenda abogada, pero sus valores siguen formando parte de mí. Más de lo que había creído durante muchos años. La visita al centro de reuniones ayer... me llenó algunos agujeros que estaban vacíos.

Él la miró a los ojos.

—¿A eso se debe que ahora puedes decir que me quieres?

Ella pestañeó sorprendida.

—Podría ser. Me sentí mejor por haber estado allí, y voy a

comenzar a ir nuevamente a las reuniones del Primer Día. ¿Te gustaría acompañarme?

—Me gusta lo que he oído acerca de los cuáqueros —musitó él—. Parecen personas de principios. ¿Qué creen?

—No hay mucho de doctrina concreta. A todos se los anima a orar pidiendo orientación y a seguir su luz interior. Los Amigos son una comunidad, no una religión jerárquica.

—Creo que me gustará. ¿Iremos a una reunión este domingo?

—Lo llamamos el Primer Día, y sí, me encantaría llevarte. Encajarás muy bien. —Sus ojos perdieron enfoque—. Hace falta un enorme rigor espiritual y fe para llegar a ser un buen cuáquero. Sospecho que yo lo intentaré todo el resto de mi vida y aun así no daré la talla.

Él sonrió.

—Al contrario de Yoda, yo creo que intentarlo cuenta muchísimo.

—Eso espero, porque jamás seré la mujer perfecta. —Movió las caderas presionando las de él, y le encantó ver cómo se le oscurecían los ojos de deseo—. Pero estoy empezando a pensar que podría ser una bastante buena.

Epílogo

Aquel día, víspera de Acción de Gracias, era fresco y luminoso, cristalino; era tan hermoso que Kendra pensó que incluso el triste exterior de la penitenciaría se veía bien.

Sólo había llevado unos días identificar las huellas dactilares de Omar Benson y Darrell Long en la Walter PPK 765. Los análisis del ADN, en cambio, que confirmaron concluyentemente que las gotitas de sangre que manchaban la pistola eran de James Malloy, tardaron más de dos meses. Una vez que eso quedó demostrado, el tribunal tardó menos de una semana en ordenar la liberación de Daniel.

Y había llegado la hora, por fin. Entre las personas que esperaban esa liberación estaban Kendra y Jason, Val y Rob, Lyssie y el amigo de Rob, Sha'wan, Luke y Angel Wilson.

Resplandeciente en su uniforme, Jason comentó:

—Estoy más nervioso ahora que cuando estaba esperando saber si me habían aceptado en la academia.

Kendra pasó el brazo bajo el codo de su hijo, agradeciendo que las Fuerza Aéreas le hubieran dado permiso para venir a estar presente en la liberación de su padre.

—Yo también, Jay. Me cuesta creer que haya llegado este día, por fin.

También estaban presentes partidarios de la abolición de la pena de muerte y una multitud de periodistas y cámaras de televisión. Al Coleman ya contaba con publicar una exclusiva con una entrevista a Daniel, pero en ese momento él y sus colegas se mantenían a una respetuosa distancia.

Se abrió la puerta de la penitenciaría y salió Daniel, alto, imponente, libre después de más de diecisiete años. Se elevaron vivas entre los espectadores, y él paró en seco. Pareció sorprendido, eufórico tal vez, e incluso asustado. Kendra sólo podía imaginarse los complejos sentimientos que estarían experimentando.

Lyssie rompió la tensión subiendo los peldaños para ofrecerle un ramo de flores de otoño.

—Bienvenido al mundo, señor Monroe —dijo con voz muy clara. Lo había ensayado antes con Val—. Muchísimas personas nos alegramos de verle.

La expresión de Daniel se relajó e hincó una rodilla en el suelo para recibir el ramo.

—Tú eres Lyssie. Me han hablado muchísimo de ti. Gracias por las flores. —Rozó con las yemas de los dedos los pétalos de los crisantemos color oro y bronce—. En mis tiempos nunca me fijé en lo hermosas que son las flores.

Sonriendo, pero repentinamente tímida, Lyssie bajó la escalinata y fue a reunirse con Val y Rob.

Con la expresión más segura, Daniel se incorporó y bajó los peldaños yendo a caer directamente en los brazos de Kendra y Jason.

—Ay, cariño, cariño, cariño —dijo con voz ronca.

Kendra no supo si se dirigía a ella o a Jason. Probablemente a los dos. Su potente cuerpo le resultaba conocido e inesperado a la vez. En otro tiempo habían sido amantes, y volverían a serlo, de eso estaba segura.

Y de pronto, para su horror, se echó a llorar. Hundió la cara en el hombro de Daniel, y todo su ser se estremeció por desgarradores sollozos.

—Lo siento, cariño —sollozó—. No me permitía llorar delante de ti cuando estabas en prisión, pero ahora...

—No pasa nada, chica —dijo él sonriendo—. Si yo no fuera un tío malo tan grande también estaría llorando.

Mientras ella y Jason se reían, se les acercaron Luke y Angel y luego Val y Rob. Después de saludar a su hermano y a su cuñada, Daniel le dio un abrazo a Val levantándola en volandas.

—Pequeñina —dijo afectuoso.

Después se volvió hacia Kendra y le dijo en voz muy baja, para que ni Jason pudiera oírlo:

—La primera vez que vi a tu madre le dije que me casaría contigo, pero no tuve la oportunidad. Ahora no estoy más en forma para casarme que un bulldog al que acaban de quitarle la cadena. Tengo mucho que aprender y vivir. Pero de aquí a un año, bueno, entonces ya debería estar preparado para hacerte una petición. Piénsalo mientras tanto.

Ella sonrió en medio de las lágrimas que insistían en brotarle de los ojos.

—Sí, Daniel, lo pensaré.

Lo pensaría, sopesaría las ventajas y desventajas, tal vez incluso haría una ordenadita lista de los pros y los contras. Meditaría sobre si todavía parecían hechos el uno para el otro.

Y luego le diría que sí.

Con los ojos empañados, Val observó a Daniel y a su familia adentrarse en medio de la multitud de periodistas. La mirada de Lyssie tenía la observadora agudeza de una escritora en potencia. Casi veía las notas mentales que estaba tomando su hermana pequeña. Con la mejoría de salud que estaba experimentando Louise ahora que tenía mejores cuidados, era improbable que se convirtiera en madre adoptiva de Lyssie, pero serían hermanas para siempre.

—Han pasado seis meses desde que decidí instalarme por mi cuenta para poder hacer justicia —dijo a Rob en voz baja—. Cuántas cosas han cambiado en este tiempo.

Él le pasó el brazo por los hombros.

—Y casi todo para mejor.

Cierto. Rob se había aficionado a las reuniones de los cuáqueros como un águila al aire. Su claridad duramente conseguida y su integridad hacían de él un cuáquero por naturaleza. Ella se pasaría toda la vida esforzándose para ser una buena Amiga, pero ésa era otra batalla digna de lucharse.

—He estado pensando. Ahora que el tiempo se está poniendo más frío, seguro que tú y *Malcolm* viviríais más cómodos en mi casa, hasta que termines las obras de remodelación en la tuya.

—Si eso es una invitación, la acepto —dijo él al instante—. Pero ¿no dijiste que las personas que viven juntas tienen más probabilidades de divorciarse si después se casan? Tal vez tengamos que hacer algo para no convertirnos en víctimas de esa estadística.

—También he pensado en eso. —Sonriendo tendió la mano con la palma abierta ante él—. Dame las llaves del Corniche y empecemos a buscar fecha.

Nota de la autora

La pena de muerte provoca fuertes opiniones a favor y en contra, pero nadie está a favor de que se ejecute a personas inocentes. Si bien cualquier persona da por descontado que el sistema judicial comete errores a veces, las pruebas de ADN han demostrado con qué alarmante frecuencia se cometen esos errores.

Desde entonces, la conciencia pública del problema se ha estimulado con reportajes como los que llegan de Illinois. Gracias al trabajo de enérgicos estudiantes de periodismo de la Universidad de Northwestern, del corredor de la muerte han salido liberados por inocentes más hombres de los que han sido ejecutados. Las historias eran tan atroces y horrorosas que finalmente el gobernador de Illinois puso en moratoria las ejecuciones.

Si bien los personajes y el argumento de esta novela son pura ficción, la mayoría de los detalles provienen de casos reales. Una importante inspiración para esta novela fue el caso de Michael Austin, preso por asesinato en mi ciudad natal Baltimore. A Austin lo condenaron por el testimonio de un testigo ocular que mintió y una tarjeta de visita que resultó no tener nada que ver. No sólo otros testigos oculares describieron a un asesino de apariencia muy diferente, sino que además Austin estaba en su trabajo en el momento del asesinato y tenía la ficha de registro horario para demostrarlo. Hicieron falta veintisiete años para que la verdad lo liberara.

Gracias a la intervención de Centurion Ministries, organización de Nueva Jersey dedicada a ayudar a presidiarios condenados erróneamente, a Michael Austin lo pusieron en libertad después de haber pasado la mitad de su vida en la cárcel. Aquellos que estén interesados en saber más acerca de las condenas erróneas, encontrarán información en Internet.

Un sitio bueno es www.justicedenied.com, que ofrece bibliografía y artículos sobre el tema.

Sobre la autora

Mary Jo Putney se licenció en literatura del siglo XIII y diseño industrial en la Universidad de Syracuse. Autora omnipresente en las listas de novelas más vendidas del *New York Times*, ha ganado numerosos galardones, entre ellos dos RITA Award de Romance Writers of America, cuatro Hojas Doradas consecutivas por la mejor novela romántica, y el Career Achievement Award que se concede a la mejor novela romántica histórica. Ella fue la principal oradora en el congreso 2000 National Romance Writers of America. Mary Jo vive en Baltimore (Maryland).

www.titania.org

Visite nuestro sitio web y descubra cómo ganar
premios leyendo fabulosas historias.

Además, sin salir de su casa, podrá conocer
las últimas novedades de
Susan King, Jo Beverley o Mary Jo Putney,
entre otras excelentes escritoras.

Escoja, sin compromiso y con tranquilidad,
la historia que más le seduzca
leyendo el primer capítulo de cualquier libro
de Titania.

Vote por su libro preferido y envíe su opinión
para informar a otros lectores.

Y mucho más…